WUNDERRAUM

Lesen ist ankommen.

Buch

Als ihre Mutter stirbt, steht Olivia Potts in der Küche von Freunden und backt einen Kuchen. Es ist kein Meisterwerk, aber sie möchte einen Mann beeindrucken, der etwas von Essen versteht. Von diesem schicksalhaften Tag an ist das Backen für sie untrennbar mit dem Verlust ihrer Mutter verbunden. Und doch drängt es Olivia zu ihrer eigenen Überraschung nun immer wieder an Herd und Ofen. Wenn sie nach einem langen Tag vor Gericht – Olivia ist Strafverteidigerin – müde und niedergeschlagen nach Hause kommt, stellt sie sich in die Küche, um zu backen. Der Teig sackt ein, die Vanillesoße klumpt. Und doch findet sie Trost bei dieser Arbeit. Bis aus der Flucht vor der Trauer die unstillbare Sehnsucht nach einem anderen Leben wird: Olivia gibt ihren Beruf auf, für den sie so hart gearbeitet hat, und schreibt sich an der berühmten Kochschule Le Cordon Bleu für ein Diplôme de Pâtisserie ein. Madeleines statt Mandanten, Pralinen statt Plädoyers, Gebäck statt Gerichtssaal. Es wird eine aufregende Reise in eine fremde Welt voller Herausforderungen, Rückschläge, Erfolgserlebnisse und seltsamer Gerätschaften. Und auch wenn die Trauer dadurch nicht verschwindet, eröffnet sich Livvy doch ein neues, erfülltes Leben. Und ein privates Happy End mit einem Mann, der etwas von Essen versteht …

OLIVIA POTTS

Das Leben neu backen

Wie Trauer, Liebe und Kuchen mein Leben veränderten

Aus dem Englischen von Sonja Häußler

WUNDERRAUM

Wie Trauer, Liebe und Kuchen
mich aus dem Gerichtssaal
ins Le Cordon Bleu gebracht haben.

Für Mummy, dank Sam

Olivia Potts als kleines Mädchen mit ihrer Mutter Ruth

I

Wenn ein geliebter Mensch stirbt, geschieht etwas Seltsames. Was immer auch in diesem Moment passiert, erzeugt ein besonderes Echo. Vielleicht hat man sich gerade eine Folge der eigenen Lieblingsserie angesehen, oder man war auf dem Weg zum Pilatestraining. Oder man hat gerade eine bestimmte Sorte Schokoladenkekse gekauft.

Es muss nicht einmal etwas Besonderes gewesen sein; meistens ist es sogar etwas ganz Alltägliches. Der Tod hat ein Händchen dafür, in ganz gewöhnlichen Situationen aufzutauchen. Doch es sind gerade diese gewöhnlichen Situationen, die den Großteil unseres Lebens ausmachen. Und so nehmen wir wahrscheinlich genau diese alltägliche Tätigkeit, ohne es eigentlich zu wollen, irgendwann wieder auf und durchleben dadurch den Moment des Todes immer und immer wieder. Es wird mit jedem Mal schwerer, die Lieblingsserie anzuschauen; Pilates verliert seinen Reiz.

Mit der Zeit klingt die Trauer ein wenig ab, aus dem Stich, der uns den Atem raubt, wird ein dumpfer Schmerz; sie steht nicht mehr vor uns und versperrt uns die Sicht, sondern tritt einen Schritt hinter uns, ist gegenwärtig, verwirrend, aber unauffällig. Doch am Ende sind es genau die Schokoladenkekse, die uns immer wieder direkt zu diesem Moment zurückkatapultieren, auf eine Weise, die uns den Atem raubt und uns immer wieder das Herz bricht.

Wenn man an diesem Punkt ist, scheint es vernünftig, diese mit dunklen Erinnerungen behafteten Situationen und Tätigkeiten zu meiden, das Problem zu lösen, indem man so schnell wie möglich davor flieht. Man findet eine neue Lieblingsserie, die dieselben Bedürfnisse stillt; Pilates kann ohnehin niemand ausstehen, und es gibt andere Kekse. Problematisch wird es dann, wenn man zur eigenen Überraschung feststellt, dass es genau diese von Trauer überschatteten Tätigkeiten sind, mit denen man sich für den Rest seines Lebens beschäftigen will.

Als meine Mutter starb, war ich gerade in der Küche. Allerdings war ich damals bei Weitem keine Köchin. Ich kochte gar nicht. Ich ernährte mich von Sandwiches bekannter Fast-Food-Ketten, von gefüllter Pasta aus dem Supermarkt und von mehr Kebabs, als ich zugeben mochte. Meine seltenen Ausflüge in die Küche führten zu zusammengefallenen Kuchen, verbrannten Keksen und pampigen Eintöpfen. Aber ich hatte vor Kurzem einen Mann kennengelernt – einen Mann, der ganz scharf aufs Kochen war und den ich unbedingt beeindrucken wollte. An einem Wochenende schlug er vor, gemeinsam für Freunde zu kochen. Und ich dachte noch: *Oh Gott, das klingt nach einer furchtbaren Idee!* Aber ich sagte: »Klingt großartig!« Und so stand ich plötzlich in einer Küche, die nicht mir gehörte, und backte zusammen mit einem Mann, den ich kaum kannte, einen Kuchen.

Währenddessen starb 442 Kilometer entfernt meine Mutter. Am Vormittag hatte ich noch mit ihr telefoniert. Ich hatte ihr von diesem Mann erzählt und davon, was ich für seine Schwächen hielt: Er war sich nicht sicher, ob er Kinder wollte, und er war kürzlich wieder Vegetarier geworden – etwas, was ich unerklärlicherweise als Affront empfand. »Mach dir keine Sorgen, Liebes«, erwiderte meine Mutter. »Bring ihn mit nach Hause, damit er deine Mutter kennenlernt: Ich werde auf dein gebärfreudiges Becken hinweisen und meinen Shepherd's Pie für ihn backen. Das bringt ihn wieder in die Spur. Als ich deinen Vater kennenlernte, trug er einen blauen Samtanzug. Alles lässt sich zurechtbiegen«, schloss sie. Ich lachte und erwiderte, dass sich diese Geschichte gut erzählen ließe, sollten wir je heiraten. Sie gähnte, und wir verabschiedeten uns.

Zu dem Zeitpunkt wusste ich noch nicht, was ich dann sechzehn Stunden später erfahren sollte: dass dieses Gähnen eine Totenglocke war, ein Schwanengesang. Ein Gähnen – so gewöhnlich, so trivial –, das bedeutete, dass sie nicht genug Sauerstoff bekam. Später führte ich mir dieses Gespräch, dieses Gähnen immer und immer wieder vor Augen. Ihr Körper hatte sich bereits auf das, was in den folgenden Stunden eintreten würde, vorbereitet. Vollkommen selbstbezogen hatte ich nicht einmal nachgefragt, wie es ihr ging. Allerdings versprach ich ihr, sie am nächsten Tag anzurufen und einen lückenlosen Nachruf auf das Abendessen zu liefern. Die Ironie bemerkte ich erst später. Meine Mutter war 442 Kilometer entfernt, und sie lag im Sterben. Doch das wusste ich nicht. Deshalb trank ich und lachte und servierte stolz den Kuchen, den ich für diesen Abend gebacken hatte – einen Klementinen-Mandel-Kuchen, den einzigen Kuchen, den ich backen konnte. Betrunken machte ich den Abwasch – und zwar ziemlich schlecht. Der Mann, mit dem ich nicht zusammen war, wusch später alles noch einmal ab, ohne zu erwähnen, wie nachlässig ich meine Aufgabe erledigt hatte – auf diese stille Art und Weise, die merkwürdig ist für ein Paar, das seinen Status als Paar noch gar nicht etabliert hat. Der Abwasch war nur zur Hälfte gemacht, als ich in ein Bett schlüpfte, das nicht mein eigenes war. Und 442 Kilometer entfernt war meine Mutter gestorben.

Am Nachmittag des folgenden Tages, einem unglaublich blauen Februartag, der ebenso kalt wie strahlend war, klingelte mein Telefon. Die Nummer meiner Eltern leuchtete auf dem Display auf. Ich schaffte es nicht rechtzeitig, den Anruf anzunehmen, und das Display verdunkelte sich wieder. Dann leuchtete das Symbol für eine Sprachnachricht auf. Egal, wie oft ich meinen Vater darum bat, nicht auf meine Mailbox zu sprechen – er tat es immer wieder. Genervt verdrehte ich die Augen. Er wusste genau, wie ich dazu stand. Widerwillig rief ich die Mailbox an, während ich auf dem Klo saß. Er sagte nur, dass ich zurückrufen solle, aber ich wusste sofort, dass etwas Schlimmes passiert war. Ich legte auf und rief zu Hause an. Und auch wenn ich immer noch am liebsten vergessen will, was darauf folgte, erinnere ich mich sehr gut an alles.

Wenn ein geliebter Mensch stirbt, kommt man nicht umhin, die Nachricht immer und immer wieder anderen überbringen zu müssen. Es überrascht nicht, dass dies mit der Zeit leichter fällt, auch wenn es niemals diese gewisse Befangenheit verliert, diese seltsame Betretenheit, die sich als Entschuldigung manifestiert: »Es tut mir so leid, ich habe schlechte Nachrichten …« Diese zaghafte Verlegenheit wird noch größer, wenn das Gegenüber Schock und Trauer zeigt. Die eigene Trauer fühlt sich wie eine Unannehmlichkeit an, die einen im gleichen Atemzug vor Schuldgefühlen erschaudern lässt.

Man wird besser darin. Natürlich wird man das. Man variiert immer wieder dasselbe Gespräch, jeden Tag, jahrelang.

Man legt sich Worthülsen zurecht, die die ganze Sache so schmerzfrei wie möglich gestalten. Man findet eine Methode, wie man es für die andere Person so leicht wie möglich machen kann. Man erledigt es schnell, effizient, wie wenn man ein Pflaster von einer Wunde reißt. Vielleicht findet man sogar einen schonenden Witz, den man am Ende des Gesprächs anbringen kann, um die Spannung zu lösen. Aber nichts ist vergleichbar mit dem Moment, in dem man die Worte das erste Mal aussprechen muss.

Ich ging zurück ins Schlafzimmer, wo Sam gerade ein Buch las. Er blickte auf und war eindeutig überrascht, als er mich reglos dort stehen sah, doch er sah mich mit der sorglosen Ruhe eines Mannes an, dessen Leben nicht gerade durch einen einzigen Anruf aus den Fugen geraten war. »Meine Mum ist … tot?«

Die körperliche Anstrengung, diese Worte auszusprechen, wirkte wie ein Dammbruch. Trauer brach über mich herein wie eine Woge, Adrenalin durchströmte mich, und ich merkte, dass mir übel wurde, und ich befürchtete, gleich ohnmächtig zu werden. Es riss mich buchstäblich von den Füßen; ich krümmte mich und fiel auf die Knie, eine Parodie des Leids, wie der Protagonist einer griechischen Tragödie.

Meine Mutter war tot. Meine Mutter war tot. Meine schöne, brillante, mich auf die Palme bringende, verrückte Mutter, mit der ich vor weniger als vierundzwanzig Stunden noch gesprochen hatte, die Witze über Shepherd's Pie und gebärfreudige Becken gemacht hatte, war tot. Mich überfiel dieses schwerelose Gefühl, das man empfindet, wenn man sich hinlegt, nachdem man zu viel getrunken oder den ganzen Tag in einem Spaßbad verbracht hat.

In *Über die menschliche Trauer* schrieb C. S. Lewis: »Niemand hat mir je gesagt, dass sich Trauer so sehr nach Angst anfühlt. Ich habe zwar keine Angst, aber es fühlt sich an wie Angst.« Doch in diesem Augenblick wusste ich, dass er sich irrte. Ich *hatte* Angst. Ich war in völliger Panik, die Angst war tiefsitzend und körperlich. Ich hatte gleichzeitig das Bedürfnis zu pinkeln, mich zu übergeben und fest in den Arm genommen zu werden. Ich hatte das Gefühl, als würde ich zerbrechen, wenn mich jemand berührte. Ich hatte Angst davor, keine Mutter mehr zu haben. Ich hatte Angst davor, den Menschen zu verlieren, der vertraglich, biologisch und genetisch dazu verpflichtet war, mich zu lieben. Ich hatte Angst davor, nichts mehr zu haben, auf das ich meine Liebe zu ihr richten konnte.

Plötzlich ging mir auf, dass ich diesen Mann eigentlich kaum kannte, in dessen Schlafzimmer ich stand, auf dessen Klo ich gesessen hatte, als ich die Mailbox abgehört hatte, und der mich jetzt entsetzt ansah, während ich meine Sachen einsammelte. Und ich fühlte mich fürchterlich allein. »Willst du, dass ich mitkomme … hoch in den Norden, dass ich dich begleite?«, fragte er.

Himmel, bloß nicht.

Doch plötzlich wurde mir bewusst, was mir bevorstand. Ich musste nach Hause fahren. Ich musste in den Norden. Jetzt. Ich war Strafverteidigerin und musste in etwas mehr als zwölf Stunden am Kingston Crown Court, dem dortigen Strafgericht, sein. Ich war im südlichen Teil von London, aber meine Papiere lagen im Norden. Mein Vater war in Sunderland, wo ich so schnell wie möglich hinmusste. Es war Sonntagabend, und niemand war in der Kanzlei, deshalb rief ich meinen Vorgesetzten auf dem Handy an und störte ihn am Ende seines Wochenendes, um ihm die Information zu geben, die ich Minuten vorher selbst erhalten hatte; ich verschluckte die wichtigsten Worte, doch am Ende schaffte ich es, die Botschaft zu übermitteln, und legte so schnell wie möglich auf. Sam begleitete mich zu Fuß zur U-Bahn-Station, und wir verabschiedeten uns unbeholfen voneinander. Ich hatte für die Dinnerparty Schuhe mit hohen Absätzen angezogen, und da ich keine anderen bei mir hatte, schlitterte ich die Treppen zum Bahnsteig in Stockwell hinunter.

Die verfremdende Taubheit, die mit der Trauer einhergeht und die die Hinterbliebenen distanziert, benommen, ja sogar unhöflich erscheinen lässt, war noch Tage entfernt. Diese klischeehaften Stadien, von denen wir alle schon mal gehört haben – Leugnung, Zorn, das Hadern mit dem Schicksal, Depression –, erfüllen alle einen Zweck. Sie schützen uns; sie hüllen uns ein und entfernen uns von der Realität. Ihre Heftigkeit bietet einen Puffer gegen die neue Welt, in der wir gelandet sind. Doch sie setzen erst ein, wenn der Schock abgeklungen ist. Davor, ohne diese Decken und Kissen, die einen ummanteln, wenn echte Trauer einsetzt, steht man nackt vor der Welt da. Nein, mehr als nur das, man ist wie ein rohes Stück Fleisch. Eine Masse aus Knochen und pulsierenden Muskeln und ohne den Schutz der Haut.

Während ich London durchquerte, gab es nichts, was mich vor einer Welt schützte, die nicht todunglücklich war. Die U-Bahn-Station King's Cross fiel mich regelrecht an. Die lärmende Geschäftigkeit und die Alltäglichkeit der Leute, die ihren Angelegenheiten nachgingen, fühlten sich wie ein persönlicher Angriff an.

Mechanisch traf ich meine Reisevorbereitungen, so wie Hunderte Male davor. Keiner der einzelnen Handgriffe deutete darauf hin, dass diese Reise anders war als frühere. Einen Moment lang reagierte ich gereizt auf die Kosten für das Ticket von London nach Newcastle für den selben Tag, bevor ich mich mit einem Entsetzen zusammenriss, das beinahe an Hysterie grenzte. Ich konnte nicht fassen, dass die Leute um mich herum meinen Kummer nicht spürten, nicht wahrnahmen, wie ich ihn verströmte, mich nicht als leidgeprüft, als anders identifizierten.

Der Zug nach Newcastle war überfüllt, wie meistens sonntagabends – Leute fuhren zu ihren Jobs oder ihren Familien, kehrten von Ausflügen und Besuchen zurück. Ich saß eingezwängt auf einem Fensterplatz. Unfähig, mit meinem Dad oder meiner Schwester Madeleine zu sprechen, schrieb ich eine Nachricht an Maddys Freund; kurz darauf sah ich auf mein Handy und stellte fest, dass der Akku leer war. Ich saß mit einem toten Handy in der Bahn und hatte nichts, was mich von meiner toten Mutter hätte ablenken können. *Meine Mum ist tot, meine Mum ist tot, meine Mum ist tot.* Mein Kopf wiederholte den Satz im ratternden Rhythmus des Zuges.

Irgendwann im Laufe der Bahnfahrt fragte mich der Mann, der neben mir saß, ob alles in Ordnung sei, und da merkte ich, dass ich weinte. Wir können darüber reden, wenn Sie möchten, bot er an. Ich dachte kurz darüber nach: Wenn ich das künftig erzähle, Jahre später, mache ich eine lustige Geschichte daraus. »Stellt euch vor«, sage ich dann, »wenn ich mich an diesen wohlmeinenden Mann gewandt und ihm mein Herz ausgeschüttet hätte ...!« *Meine Mum ist tot, meine Mum ist tot, meine Mum ist tot!* Aber natürlich hätte mir das keine

Erleichterung verschafft. Es hätte den Gedanken Form und Gestalt verliehen. Ich konnte diese Worte nicht wiederholen, jetzt noch nicht.

Dass meine Mutter stirbt, war immer meine größte Angst gewesen. Ich meine das nicht in einem abstrakten Sinne. Ich dachte viel über meine größten Ängste nach – was vielleicht etwas über meine allgemeine Veranlagung verrät –, und diese Angst stand ganz oben auf meiner Liste. Ich war schon immer ängstlich, ein Charakterzug, den ich – und das entbehrt nicht einer gewissen Ironie – von meiner Mutter geerbt habe, auch wenn es bei ihr schlimmer gewesen war, zumindest bis zu diesem Zeitpunkt. Meine Mutter war gefangen von ihrer Angst vor dem Tod. Ihr Vater war an Krebs gestorben, als sie dreizehn gewesen war. Sie liebte Hunde, aber wir durften nie einen haben. Auch kein anderes Haustier übrigens, denn sie wusste, wenn wir einem Hund unsere Liebe geschenkt hätten, würde er uns irgendwann wegsterben, und wir wären sehr traurig gewesen. Sie liebte auch Pferde. Sie wuchs mit dem Reitsport auf und ging jeden Tag in den Stall, bis ihre beste Freundin im Alter von sechzehn Jahren starb, nachdem sie von einem Pferd abgeworfen worden war, und das war es dann: Keine Pferde mehr. Mum hatte dauernd entsetzliche Angst um uns, ihre Töchter. Alle Eltern machen sich natürlich Sorgen, aber ich schwöre, dass es bei meiner Mutter schlimmer war. Keine Tätigkeit – von Kreuzstich bis Tennis – war aus ihrer Sicht ungefährlich. Panik brodelte unter der Oberfläche.

Nun, ich bin die Tochter meiner Mutter. Ich habe ihr glattes, dunkles Haar, ihre Stimme und ihr Lachen, ihren Wettbewerbsgeist geerbt, aber es ist ihre Angst, die schon immer alle anderen Eigenschaften wie ein Leuchtfeuer überstrahlte. So fühlte es sich an, jedes Mal, wenn etwas beinahe Schlimmes oder potenziell Schlimmes oder einfach etwas Neues passierte: Es war, als hätte irgendjemand ein Leuchtfeuer in mir entzündet, das durch meinen Körper hinauf bis zum Kopf schoss und ihn mit gleißendem Licht ausfüllte – und mit einem alles überwältigenden Gedanken: Etwas Schreckliches war passiert. Jemand, den ich liebte, war tot.

Dieses Gefühl war vor allem mit Anrufen verbunden. Mum hinterließ mir nie Nachrichten auf der Mailbox, weil sie dieses Gefühl kannte und genauso empfand. Natürlich hatte sie auch eine Technikphobie und trug einen alten Backstein von einem Handy in ihrer Handtasche mit sich herum, schaltete es aber nie ein; sie hatte nicht mal eine E-Mail-Adresse. Ich habe nie auch nur eine einzige Textnachricht von ihr erhalten. Doch selbst wenn sie Bill Gates oder Mark Zuckerberg gewesen wäre, hätte sie mir trotzdem nie und nimmer eine Nachricht auf die Mailbox gesprochen. Weil sie wie ich war, nur neunundzwanzig Jahre älter. Weil sie Bescheid wusste.

Gewissermaßen hätte ich meinen Dad gar nicht zurückzurufen brauchen. Ich hörte seine Nachricht ab, hörte, wie seine Stimme brach, als er mir sagte, ich solle ihn zurückrufen, und ich wusste es. Mein ganzes Leben lang hatte ich damit gerechnet, dass genau das passierte. Jetzt saß ich hier und war erschüttert, weil die Prophezeiung in Erfüllung gegangen war.

Sam rief mich an jenem ersten Abend in meinem Elternhaus an. Ich tappte aus meinem alten Kinderzimmer nach unten, bekleidet mit dem T-Shirt, das ich am Tag vorher schon getragen hatte. Ich setzte mich aufs Sofa, zog die Füße unter mich und gab ihm einen Freifahrtschein. »Das ist nicht, worauf du dich eingelassen hast«, sagte ich zu ihm. »Du hast die Erlaubnis auszusteigen, ohne als ›bad guy‹ dazustehen.«

»Ich weiß«, sagte er. »Aber das will ich nicht.« Noch lange, nachdem wir uns verabschiedet hatten, starrte ich auf mein Handy. Ich glaubte ihm nicht.

Ich war in diesem seltsamen Hinterland des Erwachsenendaseins. Ich war fünfundzwanzig; also in jeder Hinsicht erwachsen. Ich lebte 442 Kilometer von meinen Eltern entfernt, ich zahlte Miete, ich verdiente Geld, ich vertrat vor Gericht andere Erwachsene (und Kinder!) und stritt für ihre Freiheit. Ich hatte eine Katze! Aber ich war immer noch ein Kind. Und anders als meine Schwester hatte ich keinen richtigen Partner, niemanden, auf den ich mich stützen, auf den ich mich verlassen konnte. Nur diesen Kerl, mit dem ich online geflirtet und ein paarmal zu Abend gegessen hatte.

Ich konnte mich nicht daran erinnern, wann ich meine Mum zum letzten Mal gesehen hatte. Es musste wohl Weihnachten gewesen sein. Hatte sie damals schon angefangen zu sterben? Ließ ihr Körper sie damals schon im Stich? Wusste sie, dass etwas ganz und gar nicht stimmte? Ich weiß es nicht sicher, aber ich glaube, die Antwort auf all diese Fragen wäre ja. Genau wie sie vor der modernen Technik zurückschreckte, mied sie auch Ärzte, aber ich vermute, dass sie wusste, dass etwas nicht in Ordnung war. Natürlich spielt das eigentlich keine Rolle. Es ändert nichts am Resultat. Aber irgendwie spielt es doch eine Rolle. Es spielt eine Rolle. Für mich spielt es eine Rolle. Als wir klein waren, hatten wir ein Lieblingsbuch, es hieß *Ich will meine Mami!* und war von Martin Waddell. Es ging darin um drei kleine Eulen, die eines Nachts aufwachen, und ihre Mutter ist verschwunden. Sarah und Percy, die älteren Eulchen, bleiben recht gelassen. Sie versuchen herauszufinden, wo ihre Mutter sein könnte. Vielleicht ist sie jagen gegangen! Um Futter zu besorgen! Doch Bill, der Jüngste, ist untröstlich. *»Ich will meine Mami«*, sagt er. Wir haben diese Zeile bestimmt tausendmal zusammen gelesen. Es war so einfach, so unmöglich, sich das vorzustellen.

Natürlich kehrt die Mutter in *Ich will meine Mami!* wieder zurück: *»Was soll die ganze Aufregung?«*, fragt sie.

*

Sam bekam nie die Gelegenheit, den Shepherd's Pie meiner Mutter zu essen. Lange Zeit aß ich ihn auch nicht mehr. Der Tod verwandelt die banalsten Erinnerungen in schmerzhafte, in Trauer verstrickte – selbst wenn man nur Kartoffelpüree isst. Man muss hart dafür arbeiten, um die Heftigkeit dieser Erinnerungen zu mildern, ihnen wieder zu erlauben, dass sie Trost spenden, wie sie es früher getan hatten. Dies ist eine meiner liebsten Erinnerungen an meine Mutter: Mum, die in ihrer Küche steht und sorgfältig und systematisch Gemüse in Würfel schneidet, der Duft von Lauch, der schonend in Butter angebraten wird, und das schmatzende Geräusch der obligatorischen Dose Baked Beans, die irgendwann ins Spiel kommt. Ich verwende dafür Henderson's Relish, eine vegane Version von Worcestershiresauce und in Yorkshire eine Institution. Aber Worcestershiresauce tut es auch, wenn man das Zeug aus dem Norden nicht auftreiben kann. Meine Mutter behauptete immer, ihr Shepherd's Pie hätte Zauberkräfte. Wie sich zeigt, hatte sie recht.

Shepherd's Pie

Menge: Für 4 Personen
(aber ich bereite diese Menge für 2 Personen zu und bewahre die Reste auf: Aufgewärmt und mit brauner Soße schmeckt es am nächsten Tag noch besser)
Zubereitungsdauer: 25 Minuten
Backzeit: 1½ Stunden, einschließlich der unbeaufsichtigten Zeit auf dem Herd

Zutaten:

Für die Füllung
2 EL Olivenöl
400 g Lammhackfleisch
2 mittelgroße Karotten, gewürfelt
2 Stangen Sellerie, gewürfelt
2 kleine Zwiebeln, gewürfelt
1 Dose Baked Beans (400 g)
2 EL Tomatenmark
½ EL Henderson's Relish / Worcestershiresauce
200 ml Lammbrühe
Salz und Pfeffer

Für die obere Schicht
1 kg Kartoffeln, geschält und in 5 cm große Würfel geschnitten
50 g Butter
50 g reifer Cheddar, gerieben
1 Stange Lauch, in feine Streifen geschnitten

1. Das Hackfleisch in einer großen Schmorpfanne und in 1 Esslöffel Olivenöl bei starker Hitze anbraten, bis es braun ist. Aus der Pfanne nehmen und beiseitestellen, die Flüssigkeit, die ausgetreten ist, wegschütten.

2. Einen weiteren Esslöffel Öl in die Pfanne geben und das gewürfelte Gemüse bei niedriger Hitze schonend darin anbraten, bis es weich, aber nicht braun ist.

3. Das Hackfleisch zurück in die Pfanne geben und die Baked Beans, das Tomatenmark, Henderson's Relish/Worcestershiresauce, die Lammbrühe sowie großzügig Salz und Pfeffer hinzufügen. Zum Kochen bringen, bei sehr niedriger Hitze abgedeckt eine Stunde köcheln lassen. Danach die Konsistenz prüfen: Wenn sie noch ziemlich flüssig ist, den Deckel abnehmen, die Hitze ein wenig erhöhen und weitere 20 Minuten kochen, bis sie dick und auflaufähnlich ist.

4. Die Kartoffeln ca. 15 Minuten gar kochen. Abgießen und 5 Minuten ausdampfen lassen. Die Kartoffeln zerstampfen oder durch eine Kartoffelpresse drücken, bis eine glatte Masse entsteht; die Butter unterziehen.

5. Den Backofen auf 200° C Umluft/220° C Ober- und Unterhitze/Gas Stufe 7 einschalten. Zwei Drittel des Käses und den kompletten Lauch unter das Kartoffelpüree mischen und die Mischung damit bedecken. Mit dem Löffelrücken glattstreichen, dann einen Gabelrücken in konzentrischen Kreisen darüberziehen. Den verbliebenen Käse darüberstreuen. 25 Minuten backen, bis die obere Schicht goldgelb ist und an den Rändern knusprig wird.

2

Sam und ich haben uns über Twitter kennengelernt. Wir waren zusammen im selben Unijahrgang, doch obwohl wir Dutzende gemeinsamer Freunde hatten, gab es lange Zeit keine Berührungspunkte in unseren Leben. 2009 unterhielten wir uns zum ersten Mal auf Twitter. Dann trafen wir uns 2011 zu einem »Tweetup«, wie es damals so spaßig hieß, bei Wetherspoon's, einem gemütlichen Pub. Er stand mit mir draußen, während ich eine Zigarette rauchte; wir tauschten die Namen von Freunden und Bekannten aus und staunten darüber, wie wir es bisher geschafft hatten, uns noch nie über den Weg zu laufen. Aber das war es dann auch schon. Ich hatte einen Freund, er hatte eine Freundin. Ich begegnete ihm erst sehr viel später wieder, nachdem wir beide im Abstand weniger Wochen von unseren Partnern kurzerhand sitzen gelassen worden waren.

Für unser erstes Date – bevor all das hier passierte – lud er mich zum Abendessen zu sich ein. Es war kurz vor Weihnachten. Wir hatten bereits vereinbart, dass wir Silvester zusammen verbringen würden, und hatten uns schon fadenscheinige Gründe zurechtgelegt, weshalb wir auf Partys verzichten und lieber mit einem praktisch Fremden abhängen wollten. Aber wir hatten beide beschlossen, dass wir uns vorher noch einmal so treffen wollten – denn wer hat schon sein erstes Date (wenn es überhaupt eins war) an Silvester? Wir hatten uns sehr kurzfristig verabredet, und zum ersten Mal genoss ich meinen Arbeitstag im Milton Keynes Magistrates' Court, der durch die Aussicht auf Romantik und Spannung versüßt wurde. An all das dachte ich, obwohl Sam mir – per Twitter natürlich – geschrieben hatte, dass er höllisch erkältet war. Als mein Zug im Bahnhof Euston einfuhr, hatte ich noch Zeit totzuschlagen und deckte mich mit Schmerzmitteln, Taschentüchern und Klementinen ein, die ich ihm mitbringen wollte. Das hielt ich für charmant.

Er sah tatsächlich aus wie die fleischgewordene Erkältung, als er mir die Tür öffnete, und ich fragte mich, ob wir nicht vielleicht einfach noch ein paar Wochen hätten warten und dieses erste Date dann doch für Silvester hätten vereinbaren sollen. Aber nun waren wir hier, deshalb konnte ich ebenso gut das Beste daraus machen, fand ich. »Wie wäre es mit einem Käsetoast?«, fragte er. »Gerne«, erwiderte ich, »was immer dir keine Umstände bereitet.« Dabei dachte ich: *Ja, selbst ich würde einen Käsetoast zustande kriegen.* Durch einen Nebel aus verstopfter Nase und blockierten Nebenhöhlen machte er sich in der Küche zu schaffen, schnitt das Ende eines selbstgebackenen Brotes in Scheiben und schnippelte Kräuter, die er auf der Fensterbank zog. Er schmolz Butter in einer Pfanne und streute Mehl darüber, bis es brutzelte. Dann schüttete er Milch in die Pfanne, bis eine dicke, samtige Soße entstanden war. Er rieb würzigen Käse in die Mischung, gab Senf und Worcestershiresauce dazu und legte dicke Scheiben Brot in den Grillofen. Danach löffelte er die Käsesoße auf die Brotscheiben, bevor er sie wieder zurück in den Ofen schob. Dort blieben sie, bis der Käse Blasen schlug. Ich heftete mich an seine Fersen und versuchte, mir interessante Dinge einfallen zu lassen, die ich erzählen konnte, doch eigentlich quatschte ich nur von meinem Job. Ich war frischgebackene Anwältin, und der Job verzehrte mich. Ich beobachtete, wie er in der Küche hantierte, und dachte: *Ich bin gerade so was von langweilig, was tue ich da eigentlich?* Der blubbernde Toast kam aus dem Ofen, gelb wie Schlüsselblumen und braun wie Mahagoni. Ganz anders als alle anderen Käsetoasts, die ich je gegessen hatte. Er hatte das Ganze ohne Rezept, ohne Hektik und ohne sich die Haare zu raufen zustande gebracht. Wir aßen an seinem kleinen Esstisch, dann setzten wir uns aufs Sofa und plauderten (beide) und schnieften (er). Er bestand darauf, mich zur U-Bahn zu begleiten. Vor der Station Stockwell küsste er mich, und ich ließ ihn trotz seiner Erkältung gewähren. »Ich würde dich gern wiedersehen«, sagte er. »Nun, das wirst du auch!«, sagte ich. »An Silvester!« Aber was ich dachte, war: *Ich auch.* Ich saß in der Victoria Line und lächelte die ganze Strecke bis Finsbury Park. Denn ich war fünfundzwanzig – die Aussicht auf Romantik ließ mich ganz hibbelig werden, und, nun ja, meine Mutter war noch am Leben.

*

Die ersten Tage der Trauer ziehen sich in die Länge wie Toffee. Es ist zu früh, um damit zu beginnen, die Besitztümer durchzuschauen. Momente fieberhafter Aktivität und hektischer Entscheidungen wechseln sich ab mit endlos langen Phasen, in denen man Tee trinkt und sinnlos herumsitzt. Es gibt keinen Plan. Alle verweilen in Schockstarre, einer Art Schwebezustand, in dem man nicht so recht weiß, was man mit sich anfangen soll. Wie am zweiten Weihnachtsfeiertag, nur dass der zweite Weihnachtsfeiertag nicht schrecklich ist.

Keiner in meinem Umfeld konnte schlafen. Ich hingegen war praktisch narkoleptisch. Ich schlief. Ich schlief und schlief und schlief. Ich brauchte mich nur einen Augenblick hinzusetzen, und schon klappten mir die Augen zu. Ich hatte so ein schlechtes Gewissen deswegen. Ich war traurig, weil meine Mum gestorben war, oder? Wie kam es dann, dass ich schlief wie ein Baby? Ich schlief auf Sofas und in Sesseln ein, ich machte nachmittags ein Nickerchen und ging abends früh schlafen. Ich sehnte mich danach, dass der Tag zu Ende ging und ich in das Bett meiner Kindheit sinken und alles vergessen konnte.

Maddy und Dad schienen sich in ihrer Art zu trauern sehr ähnlich zu sein: Sie konnten nicht schlafen, sie waren still und nachdenklich, während ich vollkommen ausgeruht war und mir während meiner Wachzeiten geradezu manisch vorkam. Ich klammerte mich an Aufgaben, To-do-Listen, blinden Aktivismus.

Andererseits konnte ich nichts essen. Oder wollte vielmehr nichts. Zum Frühstück schlangen mein Vater und meine Schwester mit dunklen Ringen unter den Augen Bacon-Sandwiches in sich hinein, die Tanten und Onkels vorbereitet hatten, während ich nur dasaß und ihnen zusah. Beim Gedanken an Essen drehte sich mir der Magen um. Essen an sich fühlte sich schon wie eine so erfreuliche Tätigkeit an, vor allem zu Hause, am Tisch meiner Mutter, dass es mir wie eine Art Verrat vorkam, es in ihrer Abwesenheit zu tun, an so etwas überhaupt Gefallen zu finden.

Dad ist Nachlassverwalter, was bedeutet, dass der Tod schon solange ich denken kann Teil unseres Lebens ist. In meiner Kindheit schlug er jeden Abend die Lokalzeitung auf und blätterte geradewegs zu den Todesanzeigen weiter, um zu sehen, ob einer seiner Klienten gestorben war. Fast jede Woche war er auf einer Beerdigung. Und auch auf persönlicherer Ebene waren Tod und Verlust nichts Neues für uns. Als meine Mutter starb, hatte ich in unterschiedlichen Lebensphasen schon alle meine Großeltern durch diverse Krankheiten verloren. Außerdem war ich versierter in *Emergency Room* und *Grey's Anatomy* als in irgendwelchen Texten, die ich für meinen Abschluss kennen musste.

Von daher war ich mit dem Tod bereits vertraut, egal ob er in der Nähe oder weit weg zuschlug, plötzlich oder allmählich eintrat. Aber das hier war anders. Ganz anders. Man könnte glauben – ich tat das zumindest früher –, dass der Prozess und das Gefühl des Trauerns sich auf verschiedenen emotionalen Stufen abspielt und dass es einfach mehr schmerzt, wenn man einen nahen Angehörigen verliert, es jemanden vielleicht ganz plötzlich oder allzu früh aus dem Leben reißt. Aber das hier war nicht nur eine tiefere, dunklere Trauer. Es war, als würde ich ausgehöhlt und auf einmal bis oben hin mit Verlust angefüllt. Das Gefühl des Verlusts durchströmte mich bis zu den Fingerspitzen, bis zu den Haarwurzeln.

Trotz unserer Vertrautheit mit dem allgemeinen Konzept des Todes war meine Familie nicht für das Trauern gemacht. Vielleicht waren wir *zu* vertraut mit dem Tod; unsicher, wie wir reagieren sollten, wenn Galgenhumor nicht mehr zog. Wir begegneten den meisten Herausforderungen des Lebens mit Witz und Humor. Sowohl Maddy als auch ich würden eher sterben, als irgendetwas mit Ernst zu begegnen – und, na ja, wir hatten bereits genug Tod erlebt. Daher machten wir Witze. Wir scherzten unablässig darüber, was Mum wohl gewollt hätte – zum Beispiel hätte sie uns ausgeschimpft, wenn wir um sie weinten. Eigentlich war das aber nur halb im Spaß. Mum hatte sehr entschiedene Ansichten über Anstand, wenn es um den Tod (oder Hochzeiten und Partys, Schriftverkehr und alle möglichen anderen gesellschaftlichen Interaktionen) ging. Rückblickend waren diese Ansichten bestenfalls abseitig. Wenn es nach ihr ging, war es ein Zeichen mangelnder Weltgewandtheit, wenn man auf Beerdigungen weinte, ungefähr so, wie wenn einem die Sandwiches oder das Bier ausgingen.

Trauer, oder zumindest das Ausdrücken von Trauer in der Öffentlichkeit, kann gesellschaftlich ausgesprochen blamabel sein. Dieses Gefühl kennen nicht nur meine verrückte Mutter oder ich: Es ist ein Phänomen, das viele Menschen, die es mit einem kürzlich erlebten Verlust zu tun haben, empfinden. Die Wissenschaftlerin und Literaturkritikerin Sandra Gilbert beschreibt die Erfahrung, ihre Trauer nach außen hin sichtbar gemacht zu haben, als »anhaltende, kaum bewusste Empfindung […], ein seltsam gedämpftes Gefühl der *Falschheit*«, während C. S. Lewis noch einige Schritte weitergeht und Kolonien für Trauernde vorschlägt: »[…] ein seltsames Nebenprodukt meines Verlustes besteht darin, dass ich mir bewusst bin, eine Peinlichkeit für alle zu sein, denen ich begegne […] Vielleicht sollten die Hinterbliebenen wie Leprakranke in speziellen Siedlungen isoliert werden.«

Ich machte Witze über Mums feste Überzeugungen, aber ich nahm sie mir auch zu Herzen und ging mit Mums Tod, so einzigartig er auch war, genauso um wie mit dem Tod meiner Großeltern: Ich machte weiter. Frei nach dem Motto: *Was auch immer geschieht, ich bin die Tochter meiner Mutter.* Ich machte weiter, als könnte mein Leben immer noch so funktionieren wie bisher, wenn ich mich nur genug auf alles, was es in meinem Alltag zu bewältigen galt, konzentrierte, ganz so, als wäre Mums Tod belanglos. Das Mindeste, was wir tun konnten, wenn wir um sie trauerten, war, so zu trauern, wie sie es sich gewünscht hätte. Ich traf meine Entscheidung hier und jetzt: Was immer passierte, ich würde die Lage schlicht und ergreifend meistern.

Ich ertrank in Schriftkram. Niemand sagt einem, wie viel Verwaltung der Tod mit sich bringt. Inmitten von Schock und Verwirrung ist die schiere Menge an Papierkram und Logistik überwältigend. Mum war gerade mal zwei Tage tot, und schon mussten wir über so viele Details entscheiden: über Särge, Orte, Reden, Blumen, Almosen, Zeitungsanzeigen. Damit einher gingen so viele Gelegenheiten, diese Entscheidungen im Nachhinein anzuzweifeln.

Ich weiß nicht mehr, wer entschied, dass wir den Trauergottesdienst in der Dorfkirche abhalten würden, aber zu irgendeinem Zeitpunkt war die Entscheidung ohne vorherige Debatte gefallen. Ich saß im Wohnzimmer, dem Zimmer, das nur für Gäste, an Weihnachten, zum Klavierüben und – wie sich jetzt herausstellte – für den Tod benutzt wurde, ich starrte die Hussen an und dachte: *Das ist nicht, was Mummy gewollt hätte.* Aber du lieber Gott, was *hätte* sie denn gewollt? Mir wurde klar, dass ich viel besser wusste, was ihr nicht gefallen als was ihr gefallen hatte, als wäre sie eine Waldlichtung oder eine Höhle, die vom Negativ definiert wird, von dem, was gar nicht da ist. Ich wusste, dass meine Mutter in ihrem Schreibtisch eine Liste von Kirchenliedern für ihre Beerdigung aufbewahrte, aber ich konnte sie nicht finden. Ich hatte keine

Ahnung, was für eine Predigt ihr zugesagt oder was für ein Gottesdienst ihr gefallen hätte. Ich hatte von gar nichts eine Ahnung. Mein Kopf war leer, und dieses Gewicht erdrückte mich. In Bezug auf das, worauf es wirklich ankam, was als Einziges noch zu tun war, ließ ich sie im Stich.

In *Tatsächlich … Liebe* gibt es eine Szene, in der Daniel, gespielt von Liam Neeson, eine Trauerrede für seine Frau hält, die an Krebs gestorben ist. Sie will, dass »Bye Bye Baby« von den Bay City Rollers gespielt wird, wenn der Sarg hinausgetragen wird. Daniel sagt zur Trauergemeinde: »Als sie zum ersten Mal erwähnte, was passieren würde, sagte ich ›Nur über meine Leiche‹. Und sie sagte: ›Nein, Daniel, über meine …‹.« Dann sind die charakteristischen ersten Töne des Songs zu hören. Aber wenn diese Person unerwartet und vor ihrer Zeit – was auch immer das heißt – stirbt, wie kann man das dann wissen? Wenn der schlimmste Fall eintritt, wer weiß dann, was die Eltern mittleren Alters, Brüder, Schwestern oder Kinder gewollt hätten? Der Bestatter fragte, ob wir vorne ein großes Bild von Mum aufstellen oder ein Foto im Programmheft wollten. Erleichterung überkam mich, weil ich die richtige Antwort sofort wusste: »Gott, nein«, sagte ich.

Und dann war da natürlich noch das Essen. Wir hatten eine Besprechung. Nein, mehr als nur das – wir hatten eine *Verkostung*. Dad, Maddy und ich saßen an einem Tisch voller Kostproben, die Teil des Leichenschmausbüfetts werden könnten, so wie man es vor einer Hochzeit macht, nur viel trostloser.

Leichenschmaus-Kuchen. Leichenschmaus-Pasteten. Leichenschmaus-Sandwiches. Jede Entscheidung fühlte sich äußerst wichtig an. Wie viele Schweinefleischpasteten sollte es geben? Ein Hauch von Panik breitete sich am Tisch aus, als jemand andeutete, wir würden den Schweinefleischpastetenkonsum von Trauernden womöglich unterschätzen. Ja, wir wollten unbedingt Thunfischsandwiches als Fingerfood; sie liebte Thunfischsandwiches. Dazu wurden Meeresfrüchte in kleinen Schälchen serviert, und wir diskutierten ernsthaft darüber, ob Mum das bei ihrer Beerdigung gewollt hätte. Sie war allergisch gegen Schalentiere gewesen. Im Zusammenhang mit diesen Muscheltöpfchen war sie natürlich buchstäblich der am wenigsten ausschlaggebende Mensch. Es gab so vieles, worum wir uns kümmern mussten, was uns Kopfzerbrechen bereitete: Warum sollten wir uns Gedanken darüber machen, was sie auf ihrem eigenen Leichenschmaus hätte essen oder nicht essen können?

Mums Zustimmung war mir immer wichtiger gewesen als alles andere, daher ergab es auf verdrehte, kummervolle Weise einen Sinn, dass ich sie hier, in dieser letzten Runde, beeindrucken wollte. Alles, was ich getan hatte, war erfolgsorientiert gewesen. Leistungsorientiert. Das war vor allem das Werk meiner Mutter. Also nahm ich das Thema Trauer ähnlich in Angriff. Das war etwas, worin ich brillieren konnte. Ich behandelte jeden Aspekt der Bestattungsplanung als administrative Aufgabe, die auf einer langen To-do-Liste mit der Überschrift »Mum verabschieden« abgehakt werden konnte. Ich musste unbedingt eine gute Bestattungsgastgeberin werden.

Unversehens bot ich mich an, die Trauerrede zu halten. Das war etwas, was meine Mum wirklich gewollt hätte. Oder? Sicher wusste ich das nicht; genau wie bei allem anderen hatte ich ehrlich keine Ahnung. Doch ich klammerte mich an die Vorstellung, dass dies eine letzte Möglichkeit war, sie stolz auf mich zu machen. Als Kinder hatten Maddy und ich an

Schauspiel- und Rhetorikwettbewerben teilgenommen, als würde unser Leben davon abhängen. Jede von uns wurde von Mum im Wohnzimmer in Bezug auf jede Pause und jede Betonung gecoacht. »Okay, dieses Mal war es besser«, sagte sie nach dem vierzehnten Vortrag, »aber achte beim nächsten Mal auf das Komma am Ende von Zeile fünf.« Dieses Mal stand ich allein im Wohnzimmer.

*

Am nächsten Tag fingen wir mit den Anrufen an. Es waren Dutzende. Dad und ich hatten das Adressbuch zwischen uns aufgeteilt und machten uns an die Arbeit. Ich klinge wie meine Mutter, vor allem am Telefon. »Hallo!«, sagte ich mit so viel Fröhlichkeit, wie ich nur aufbringen konnte, wenn einer von Mums Freunden oder Kollegen dranging.

»Ruth!«, riefen sie dann. »Wie schön, dass du dich meldest!« Oft redeten sie dann sofort weiter, bevor ich einhaken und erklären konnte, dass ich es war, mit der sie sprachen. Ich erledigte Anruf um Anruf und entschuldigte mich immer und immer wieder. »Tut mir leid, ich bin nicht Ruth. Ich fürchte, ich habe in Bezug auf sie schlechte Nachrichten. Es tut mir so leid.« Ich entschuldigte mich noch einmal, aber ich konnte mich nicht dazu aufraffen, die schreckliche Nachricht, die ich zu überbringen hatte, zu verharmlosen, sie in Watte zu packen. »Meine Mutter ist tot.« Um das Maß vollzumachen, fügte ich dann noch ein »Es tut mir leid« hinzu.

An diesem Abend telefonierte ich eine halbe Stunde lang mit einem Freund aus der Kanzlei, der am nächsten Tag einen meiner Fälle übernehmen würde. Er hatte angerufen, um sich die Fakten zu dem Fall geben zu lassen. Es ist nicht ungewöhnlich, kurzfristig den Fall eines Kanzleikollegen zu übernehmen; auf diese Weise halten wir das Strafgericht mit seinen Myriaden an Verbindlichkeiten und seinem wechselhaften Wesen am Laufen. Häufig ruft man dann denjenigen an, der bis dahin für den Fall zuständig war, um sich zu vergewissern, dass man alles hat, was man braucht, und dass man alles weiß, was man wissen sollte, da es vielleicht in den Unterlagen nicht auftaucht – ein besonders kapriziöser Klient, ein schwieriger gegnerischer Anwalt, ein launischer Richter. Meinem Freund hatte man gesagt, dass er den Fall übernehmen solle, aber nicht, warum. Deshalb verbrachten wir eine seltsame halbe Stunde am Telefon, in der ich zusammenkratzte, was mein erschöpftes Gehirn und meine durcheinandergewürfelten Erinnerungen hergaben, in der Annahme, dass wir meine unglücklichen Umstände umschiffen würden. Ich erwähnte, dass ich oben in Newcastle war, was ihn zu der Frage veranlasste, ob ich Urlaub machte. »Eigentlich ist meine Mum gestorben«, sagte ich und zuckte zusammen, als die Worte mir fast ohne mein Zutun über die Lippen kamen. Der arme Kerl. »Oh, mein Gott. Das haben die Sekretärinnen gar nicht erwähnt. Warum haben die mir nichts davon gesagt?«, stammelte er. »Es tut mir so leid«, erwiderte ich. »Es tut mir leid.«

Wir schalteten eine Todesanzeige für Mum in der Zeitung. Sie war korrekt und gleichzeitig vollkommen falsch:

> *POTTS*, Ruth Anne (geborene Littlehales) ist am Sonntag, den 10. Februar nach langer Krankheit im Alter von 54 Jahren in ihrem Zuhause plötzlich und unerwartet von uns gegangen.

Das war genau das, was passiert war – aber so vieles blieb ungesagt. Es stand weder darin, dass sie seit mehreren *Jahren* krank gewesen war, noch dass es eben nicht diese Krankheit gewesen war, die sie umgebracht hatte – oder zumindest kein vorhersehbarer, erwarteter Teil davon. »Plötzlich und unerwartet« schien den lähmenden, atemberaubenden, uns in allen Grundfesten erschütternden Schock über all das nur unzureichend wiederzugeben. Die Anzeige sagte nichts darüber aus, dass es gleichzeitig so falsch war, so falsch; dass dies niemals hätte passieren dürfen. Dass es so wahnsinnig ungerecht war. Dass, wenn sie schon so lange unter ihrer schlechten Gesundheit gelitten hatte, sie und wir wenigstens die Gelegenheit hätten bekommen sollen, uns zu verabschieden, dass wir hätten erfahren sollen, dass es zu Ende ging. Dass sie zwar zu Hause gestorben war, aber dass sie dabei alleine gewesen war. Weil wir nichts davon gewusst hatten. Weil sie es höchstens ganz tief drin geahnt hatte.

Über alles geliebt. Mit diesen Worten wurde sie im Rest der Anzeige beschrieben. »Über alles geliebte Mutter von Olivia und Madeleine.« Diese Worte beschwören eine körperliche Reaktion in mir herauf, wenn ich sie lese. Es klingt aufgesetzt, kitschig, aber es war die einzige Beschreibung, die auch nur annähernd einfing, wie erfüllt Maddy und ich uns von ihrer Liebe zu uns und von unserer Liebe zu ihr gefühlt hatten, wie mich diese Liebe aufgeblasen hatte wie ein Ballon und wie jetzt, ohne meine Mum, nichts mehr einen Sinn für mich ergab.

Ich hörte, wie Dad am Telefon mit jemandem sprach, der kondolierte. »Ja, Livvy und Maddy sind tapfer. Eigentlich zu tapfer.« Ich war wütend und zugleich auf perverse Art erfreut. Es fühlte sich an, als würde etwas warm in mir anschwellen. Ich war stolz. Jeder andere würde zusammenbrechen, nicht wahr? Ich hielt mich wackerer als alle anderen, wackerer, als man von irgendjemandem erwarten konnte. Ich hielt mich an mein Versprechen, die perfekte hinterbliebene Tochter abzugeben. Ich würde die beste Trauernde aller Zeiten sein. Man würde mir nicht einmal anmerken, dass ich trauerte! Ich wollte so hochfunktionstüchtig sein, dass niemand denken konnte, dass ich flatterhaft oder unzuverlässig oder – Gott bewahre! – instabil sein könnte. Und ganz bestimmt wollte ich nicht, dass es dramatisch wird. Ich neige zum Drama, aber jetzt war ohnehin schon alles dramatisch genug – vielen Dank auch. Und ich wollte auf keinen Fall, dass es bei alldem um mich ging. Daher musste ich das Gleichgewicht wiederherstellen. Deshalb lautete die Antwort, ruhig und lieb zu sein und die Situation zu meistern. Bloß kein Spektakel um mich selbst machen. Ich würde keine Schwäche zeigen. Trauer war Schwäche. Trauer war Scheitern. Mit dieser Einstellung sorgte ich natürlich dafür, dass es um nichts anderes ging als um mich selbst. Ich brauchte es, dass die Leute versuchten, mich zu bedauern, damit ich sie durch meine Contenance verblüffen konnte.

Zu diesem Zeitpunkt war mein Job noch immer außerordentlich unsicher. Im Jahr zuvor hatte ich mein Jurastudium abgeschlossen, meine Zulassungsprüfung bestanden und mich einer Londoner Kanzleigemeinschaft für Strafrecht im Herzen von Temple angeschlossen. Anwälte sind selbstständig, schließen sich aber oft zu Gruppen zusammen, um sich Räumlichkeiten, Schreibkräfte und Büroressourcen zu teilen. Häufig verbinden sie entsprechend ähnliche Lebensvorstellungen und Werte. Junge Anwälte sind zu Beginn ihrer Tätigkeit noch Referendare: Diese verbringen die ersten sechs Monate damit, den älteren Anwälten – ihren zugewiesenen Ausbildern und Ausbilderinnen – über die Schulter zu schauen, um zu wissen, wie der Hase läuft, von ihnen zu lernen und kleinere Aufträge für sie zu übernehmen. Nach diesen sechs Monaten dürfen sie meist eigene Fälle übernehmen, bleiben aber in der fachlichen Betreuung ihres Ausbilders. Danach folgt im besten Fall die Aufnahme in die Kanzlei, wo sie oftmals die gesamte Karriere über bleiben. Das Procedere, dort aufgenommen zu werden, unterscheidet sich von Kanzlei zu Kanzlei, aber im Grunde muss die Kanzleigemeinschaft das neue Mitglied in aller Form »akzeptieren«. Wer nicht aufgenommen wird – was durchaus vorkommt –, muss in einer anderen Kanzlei anfangen. Während all dieser Zeit steht viel auf dem Spiel, weil es sich hier quasi um ein Vorstellungsgespräch handelt, das ein ganzes Jahr dauert. Hier wird jeder auf Herz und Nieren geprüft.

Die Entscheidung darüber, ob ich in meine Kanzlei aufgenommen werden würde, sollte in nur drei Wochen fallen. Mein Vorgesetzter war freundlich, aber bestimmt: Ich sollte erst wieder zur Arbeit erscheinen, wenn ich dazu auch wirklich bereit wäre. Aber ich war nervös. Ich war seit vier Tagen nicht mehr am Gericht gewesen, und am folgenden Morgen hatte ich einen wichtigen Fall. Die Verhandlung selbst war keine große Sache, aber ich war für einen der wenigen privat bezahlten Rechtsanwälte dort, von dem ich angeleitet wurde, und von Tag eins an war es mein Fall gewesen. Privat bezahlte Fälle sind in der Welt des Strafrechts dünn gesät, die meisten Fälle werden über die Prozesskostenhilfe finanziert, und wenn ich mich für diese eine, eher unwichtige Verhandlung vertreten ließe, würde dem Rechtsanwalt meiner Überzeugung nach nicht nur klar werden, dass ich nicht das war, wofür er mich gehalten hatte, sondern er würde mich auch nicht weiter anleiten und einen meiner kompetenteren, charismatischeren Kollegen vorziehen. Ich musste also für diesen Fall nach London zurückkehren.

Dad brachte mich mit dem Auto von Newcastle nach London. Bevor wir losgefahren waren, hatten wir versucht, die richtige Musik für die Feuerbestattung zu finden, und ich hatte hastig eine Handvoll CDs eingepackt. Aber wie fasste man ein Leben in nur zwei Musikstücken zusammen? Methodisch hatten wir uns durch den CD-Stapel gearbeitet, der Musik gelauscht, die meine Mum ausgemacht hatte: The Housemartins und The Beautiful South, Billy Joel und Trisha Yearwood. Schweigend hörten wir uns Kirsty MacColl, Mums Lieblingssängerin, an. Und als dann »Days« begann, fingen wir beide an zu weinen. Dad sah mich von der Seite an: »Das ist es, das ist *das* Lied, oder?« Schweigend nickte ich.

Als ich schließlich alleine in meine WG kam, ging ich nach oben, um meine Handtasche und die Tüte mit den Kleidern abzustellen, die ich noch hatte kaufen müssen, um die Zeit oben im Norden zu überstehen. Mein Schlafzimmer sah nicht so aus, wie ich es zurückgelassen hatte. Ich bin von Natur aus nicht besonders ordentlich. Meine Kleider hingen nie in meinem Schrank, meist lagen Schuhe und Bücher auf dem Boden herum, Papiere waren überall verstreut. Doch jetzt stapelte sich meine Kleidung frisch gewaschen und ordentlich zusammengelegt auf meinem gemachten Bett, das frisch bezogen war. Als ich in die Küche kam, fand ich den Kühlschrank voller Backofenpizza und gefüllter Pasta vor, daneben auch noch dicke, fette Dairy-Milk-Schokoriegel, Räucherlachs, Brot und Butter. Alles, was ich gern esse – eine Aufmerksamkeit meiner Mitbewohnerinnen Suzy und Rachel. Ich fing wieder an zu weinen.

Vor Mums Tod hatten Sam und ich beschlossen, den Valentinstag ausfallen zu lassen; wir kannten uns noch nicht lange und wussten noch nicht so recht, was oder wer wir als Paar waren. Der Valentinstag würde uns nur unnötig unter Druck setzen. Wir würden in dieser Woche Zeit miteinander verbringen, nur wir beide, auf quasiromantische Art – aber wir würden das zwei Tage vor dem großen »V« tun, am Pancake Day. Da ich in Newcastle feststeckte und einen Sarg und einen Leichenbeschauer organisierte, kam und ging der Pancake Day, aber der Valentinstag dräute noch immer übermächtig. Wenn man sich meinen Zeitplan ansah, war es in der Tat der einzige Tag, an dem wir uns überhaupt würden sehen können.

Und so saß ich zwei Tage später in Sams Wohnung und hatte ein schlechtes Gewissen, dass ich überhaupt noch Interesse an diesem Mann hatte. Irgendetwas musste bei mir ernstlich schieflaufen, wenn ich in der Lage war, mich schon wieder auf mein Liebesleben zu konzentrieren, obwohl meine Mum noch nicht mal unter der Erde war. Als ich das letzte Mal hier gewesen war, hatte ich erfahren, dass meine Mutter gestorben war. Jetzt saß ich an dem kleinen Tisch im Wohnzimmer, während Sam in der Küche rumorte und Pancakes briet. Ich las ihm den ersten Entwurf meiner Trauerrede vor – ihm, der von den Menschen, die meine Mutter nie kennengelernt hatten, der Erste war, mit dem ich seit dem Tod meiner Mutter so richtig geredet hatte. Ich probierte meine Witze an ihm aus und übte, an den schwierigen Stellen nicht in Tränen auszubrechen. Wir saßen am Tisch und aßen Pancakes, und wieder staunte ich über seine Fähigkeit, eine simple Mahlzeit zusammenzustellen und dabei weder ins Schwitzen zu geraten noch ein Rezept zu konsultieren. Er versuchte, mich an seine Familienspezialität heranzuführen: ein Pancake, der zu zwei Dritteln mit Marmite und zu einem Drittel mit Marmelade bestrichen war. Ich lehnte ab. Aber in seiner Gegenwart hatte ich zum ersten Mal das Gefühl, wieder atmen zu können.

Am nächsten Morgen machte ich mich wegen des Falls, der mich veranlasst hatte, zurück in den Süden zu fahren, auf den Weg zum Luton Crown Court. Ich belud meinen Koffer mit Akten für die Anhörung, mit meiner Perücke, meiner Robe, meinen Büchern. Von all den Gerichten im Land – den Dutzenden, zu denen ich an jedem beliebigen Tag geschickt werden könnte – lande ich fast jede Woche am Luton. Ich kenne es so gut, dass ich auf Autopilot durch den Tag komme. Nachdem ich das übliche Augenverdrehen meiner Mitpendler in Bezug auf meinen riesigen Koffer, den ich in die Bahn schleifte, ignoriert hatte, kam ich in St Pancras an und wartete auf dem Bahnsteig auf den Thameslink nach Luton. Die abgenutzten Rollen meines Koffers klapperten geräuschvoll, als ich ihn durch die Shoppingmall rollte, in der es nach Popcorn roch. Ich passierte den Sicherheitscheck des Gerichts – zwei sehr gelangweilte Securitymänner und einen Metalldetektor – und gab den Zugangscode für den Ankleideraum ein, den ich auswendig kannte. Der Ankleideraum ist der Bereich für Prozessanwälte, in dem sie ihre Perücken und Roben anlegen – wie eine Umkleidekabine, nur dass sich Sportler nicht wie Batman verkleiden. Ich zog meine Jacke aus, legte meine Halsbinde um, ein weißes Baumwolllätzchen, das ich über meinem schwarzen T-Shirt glattstrich, und zog mein Jackett an. Ich knöpfte es zu, sodass nur noch der Spitzenkragen und die weißen Bänder herausschauten. Dann schwang ich mir die Robe über die Schultern, setzte die Perücke auf und zog die hochhackigen Schuhe an, die in meinem Koffer wohnten. Ich stakste nach oben und setzte mich vor den Gerichtssaal, um auf meinen Anwaltskollegen zu warten. Mir war bewusst, dass ich vollkommen normal aussah. Oder so normal man eben aussehen konnte, wenn man im Jahr 2013 Rosshaar auf dem Kopf und einen Umhang trug. Als ich den Kollegen kommen sah, lächelte ich ihn an, und dieses Lächeln war aufgesetzt und aufrichtig zugleich; es verbarg meine Erschöpfung und Trauer, war aber auch ein Ausdruck der Erleichterung darüber, dass eine Komponente meines früheren Lebens unverändert geblieben war. Die Anhörung war binnen Minuten vorbei, und danach plauderten wir am unteren Treppenabsatz über den Verlauf des Falls, die nächsten Schritte, die unternommen werden mussten, und andere bevorstehende Fälle, an denen wir zusammen arbeiteten.

Und dann, kurz bevor ich mich entschuldigte, um mich umzuziehen, sagte ich ihm, dass ich gleich zurück in den Norden zur Bestattung meiner Mutter fahren würde. Der Kollege war entsetzt. In dem Moment, in dem mir die Worte über die Lippen kamen, war *ich* entsetzt. Warum hatte ich es ihm gesagt? Zum zweiten Mal innerhalb von achtundvierzig Stunden hatte ich es fertiggebracht, dass sich einer meiner Kollegen meinetwegen schrecklich fühlte. Musste ich ihn unbedingt wissen lassen, dass ich mich wegen einer Anhörung in einem Sozialbetrugsfall aus einem Trauerhaus in Newcastle in den Luton Crown Court geschleppt hatte? Was war los mit mir? Bestimmt hatte ich mich soeben als völlig verstört anstatt als robust und professionell erwiesen. Idiotin. Idiotin.

Zwei Tage später zog ich mich in meinem früheren Kinderzimmer für die Bestattung um, umgeben von Theaterplakaten von Stücken, in denen ich an der Uni mitgewirkt hatte, von Regalen voller Bücher, die nicht wichtig genug gewesen waren, als dass ich sie mit nach London genommen hätte, die ich aber trotzdem nicht wegwerfen wollte. Sorgfältig schminkte ich mich, wobei ich mir schmerzhaft darüber bewusst war, dass dies ein absurdes Schauspiel werden würde. Alles, was ich tat, fühlte sich surreal an, als würde ich mich verkleiden. Das tat ich wohl auch. Ich beschloss, eins von Mums Kleidern zu tragen. Ich weiß nicht, warum. Ich war Anwältin an Strafgerichten: Ich hatte so viele schwarze, förmliche Kleider, dass sie mir schon aus den Ohren herauskamen. Doch ich entschied mich dafür, eines von ihren zu tragen. Versuchte ich mir dadurch eine Art Trost zu verschaffen? Oder wollte ich damit ein Statement abgeben? Wenn ja, was für eins?

Nervös warteten wir auf den Leichenwagen und die Autos, die uns zur Bestattung bringen würden. Das Haus meiner Eltern besitzt eine leicht geschwungene Einfahrt, sodass man die Straße nicht einsehen kann, und ich musste gegen das Bedürfnis ankämpfen, andauernd nachsehen zu wollen, ob sie angekommen waren, als würde es sich um Taxis handeln, die sich aus dem Staub machen würden, sobald wir sie mehr als fünf Minuten warten ließen.

Die Beerdigung umfasste einen Gottesdienst im Krematorium, danach einen in der örtlichen Kirche. Anschließend waren die Trauergäste zu uns nach Hause zum Leichenschmaus eingeladen. Eigentlich erwarteten wir nur eine Handvoll Leute im Krematorium, es war als kleine private Zusammenkunft geplant; das Hauptereignis sollte dann in der Kirche stattfinden. Doch als wir uns in unserem Auto näherten, sah ich eine große Menschenmenge. Es waren so viele mehr gekommen, als ich erwartet hatte: Dutzende von Menschen, die auf den Stufen des Krematoriums und bis hinunter auf die Straße standen. Ich war vollkommen überwältigt. Mir wurde am ganzen Körper kalt, dann heiß. Ganz vorne entdeckte ich meine beste Freundin Ruth.

Ruth und ich waren schon unser ganzes Leben lang befreundet: Sie wurde einen Monat vor mir geboren – unsere Eltern waren gute Freunde –, deshalb war sie das Übungsbaby meiner Mum gewesen. Mum hatte den letzten Monat, in dem sie mit mir schwanger gewesen war, damit verbracht, zu lernen, wie man die kleine Ruth hielt und wie man ihre Windeln wechselte. Dass sie genauso hieß wie meine Mum, war Zufall, und natürlich war es kein ungewöhnlicher Name, aber dadurch hat es sich für mich immer noch mehr so angefühlt, als würde sie zur Familie gehören. Wir waren zusammen auf der Schule, machten zusammen Familienurlaube und gingen zusammen zu den Pfadfindern. Wir badeten gemeinsam und besuchten das Set unserer Lieblingsserie, *Last of the Summer Wine* (kein Witz). Ruth zeichnete die Thunfischsandwiches meiner Mum dadurch aus, dass sie ihretwegen dem Vegetarismus abschwor. Wir waren an der gleichen Uni, und sie war diejenige, die zu mir kam, als ich mit meiner ersten großen

Liebe Schluss gemacht hatte; sie brachte Kuchen mit, setzte sich auf meinen schmuddeligen Fußboden und fütterte mich damit. Ruth zog sich wie ein roter Faden durch mein ganzes Leben.

Unsere Blicke trafen sich, und ihre Augen füllten sich mit Tränen. Ich hatte mich so sehr bemüht, nicht zu weinen, um Mum nicht zu enttäuschen. Es war das erste Mal seit Mums Tod, dass ich Ruth begegnete. Die Distanz, die ich an diesem Morgen so sorgfältig vor den Menschen in meiner Umgebung, vor diesem Anlass an sich, vor allem, was ich fühlte, gewahrt hatte, löste sich in Nichts auf. Es war unser Wagen, der auf die Menge zufuhr, doch als ich Ruth anblickte, fühlte es sich an, als würde die Menschenmenge auf mich zurasen, schnell und unaufhaltsam. Mir stockte der Atem.

Heute Morgen hatte Dad mich darum gebeten, dafür zu sorgen, dass die Blumen, die den Sarg feierlich schmückten, aus dem Krematorium zum Gottesdienst in der Kirche mitgenommen würden. Ich war so erleichtert gewesen, eine Aufgabe zu haben, dass ich meine ganze Energie dahingehend kanalisierte. Meine Berufung war es, Blumen zu transportieren. Nichts war wichtiger. Ich trieb mehrere Bestatter und Krematoriumsangestellte in die Enge und machte ihnen klar, wie wichtig es war, dass die Blumen zusammen mit den Trauernden transportiert würden. Ich war gründlich: Das würde auf keinen Fall schiefgehen. Dad hatte die richtige Person mit dieser Aufgabe betraut.

Aber wussten Sie, dass der Leichnam, wenn der Sarg zur Verbrennung hinter die Vorhänge gebracht wird, daraus entfernt wird und nicht das ganze Ding mit allem Drum und Dran in den Verbrennungsofen gesteckt wird, wie in eine Art

Müllschlucker? Liebe Leserin, lieber Leser, das wusste ich nicht. Das war die erste Feuerbestattung, bei der ich die bedeutungsvolle Rolle der Produktionsassistentin innehatte; ich hatte keine Ahnung. Da ich meine Rolle als Hüterin des Blumenschmucks ernst nahm, hatte ich nicht weniger als vier verschiedene Personen deswegen in die Mangel genommen, seit ich am Krematorium angekommen war: Warum keine von ihnen erwähnte, dass meine Blumen nicht verbrannt werden würden, obwohl es den Anschein hatte? Ich habe keine Ahnung. Das konnte ja wohl kaum eine Situation sein, die nur bei uns so war. Ich hatte Stunden mit den Bestattern zugebracht; und doch hatte niemand diese überaus nützliche, pragmatische Information erwähnt. Der Panikmoment, als sich die Vorhänge öffneten und der Sarg zusammen mit meinen kostbaren Blumen in den feurigen Abgrund glitt, war heftig. Ich kämpfte gegen das Bedürfnis an, aufzuspringen und mich an den Sarg zu klammern; nicht aufgrund meiner tiefen Trauer ob des bevorstehenden Abschieds, sondern einfach, um den Blumenschmuck darauf zu retten.

Die Musik fing an, Kirsty MacColl, wobei die ersten Sekunden dank technischer Schwierigkeiten fehlten, und wir gingen der Reihe nach hinaus – in die Kirche, zum nächsten Teil dieser grauenvollen Zeremonie.

Ich holte tief Luft und fing an. »Ruth Anne Potts, geborene Littlehales – Mummy – wurde 1958 geboren …«

Meine Erinnerungen an die Trauerrede sind verruckelt, schräg. Ich weiß noch, wie ich zum Rednerpult ging, wie ich es berührte und mich daran festklammerte, als würde es um Leben und Tod gehen. Wenn ich es nur fest genug umklammerte, würde ich die Tatsache, dass meine Hände zitterten, verbergen können, ein alter Trick aus dem Gerichtssaal. Ich erinnere mich daran, wie ich mit meiner Stimme kämpfte, als sie zittern wollte, und an das seltsame Aufwallen von Stolz, als ich es schaffte, das Zittern zu unterdrücken. Ich weiß noch, dass ich scherzhafte Bemerkungen eingebaut hatte, aber ich erinnere mich nicht mehr daran, welche. Ich weiß noch, dass ich ins Publikum schaute und meine Freunde aus dem College in einer Reihe sitzen sah, auf der Kirchenbank, in der meine Mutter die ersten zwölf Jahre meines Lebens jeden Sonntag zu sitzen pflegte, bevor sie ihren Glauben verlor – die Bank, in der ich mich nach der Sonntagsschule immer zu ihr setzte.

Ich war hier getauft worden, in dieser Dorfkirche. Ich bin nicht im Entferntesten gläubig, aber diese Kirche war ein wichtiger Teil meiner Kindheit. An ebendiesem Rednerpult hatte ich aus der Bibel vorgelesen, und ich war hier auch im Konfirmandenunterricht gewesen. Mit fünf Jahren hatte ich hier beim Krippenspiel die Maria dargestellt, und meine Schwester, die damals noch ein Kleinkind war und einen Engel spielte, wollte mir nicht von der Seite weichen. Sie hielt mich die ganze Aufführung über an der Hand und folgte mir überallhin. An einem Ostersonntag hatte ich eine große Kerze durch die Gangreihe getragen, bevor ich während des Vaterunsers dramatisch in Ohnmacht fiel – und das war es dann mit meinem Altardienst. Ich hatte in der kleinen Seitenkapelle und im Gedenken an meinen Großvater mütterlicherseits mehr Teelichter angezündet, als ich denken kann. Was meine Mutter wohl jede Woche gedacht haben mochte, als wir in dieser totenstillen Kapelle saßen? Als kleines Kind war es ein Vergnügen für mich, Kleingeld in den Opferstock zu werfen, ein Teelicht auszusuchen und es anzuzünden. Wer weiß, was es für sie war? Sie kniete dort mit ihrer kleinen Tochter, die ihren Großvater nie kennengelernt hatte. Wie fühlte sich das wohl an? War es so schwer wie das hier?

Nun stand ich drei Meter von der Stelle entfernt, an der wir immer gesessen hatten, und erzählte all diesen Leuten, die Mum gekannt hatten, was sie für mich bedeutete, oder ich versuchte es zumindest; ich versuchte, das Leben einer Frau in eine fünfminütige Rede zu packen. Ich erzählte ihnen, wie sie aufgewachsen war und welchen Verlauf ihr Leben genommen hatte. Es war eine Trauerrede voller Dinge, die man in einer Trauerrede so sagte, und während ich sie hielt, distanzierte ich mich von ihr. Denn die Beziehung zwischen mir und Mum auf ein paar Anekdoten und Episoden zu reduzieren, war unmöglich und beleidigend. Die Rede konnte weder ihren Duft noch ihr Lachen vermitteln, weder, wie sehr sie mich immer wieder auf die Palme gebracht hatte, noch das Gefühl, dass buchstäblich ein Feuer ihrer Liebe in mir brannte. Und auch nicht, wie sehr ich mich danach sehnte, sie zu riechen – nur noch ein einziges Mal –, und dass ich tief in meinem Inneren wusste, dass mich niemals wieder jemand so lieben würde oder so würde lieben *können* wie sie. Irgendwie schaffte ich es durch die Rede und flitzte zurück an meinen Platz.

Danach gab der Pfarrer einige Plattitüden über meine Mum zum Besten, obwohl er sie überhaupt nicht gekannt hatte. Der Pfarrer, der für diese Gemeinde zuständig gewesen war, als wir noch regelmäßig hingegangen waren, war schon seit Jahren nicht mehr da. Es hat etwas Eigenartiges an sich, wenn jemand, der die Verstorbene nie getroffen oder kennengelernt hat, eine Rede über sie hält; wenn derjenige leidenschaftlich und gefühlvoll von jemandem spricht, den er nicht nur nicht gekannt hat, sondern morgen auch schon vergessen haben wird.

Ich stand an der Kirchentür, wo immer die Gesangbücher eingesammelt wurden, als ich klein war, und wir drei stellten uns feierlich in einer Reihe auf, bereit, jedem der Trauernden, die nacheinander an uns vorüberkamen, die Hand zu schütteln. Jeder von ihnen stellte sich mir vor, in der Annahme, ich hätte sie vergessen. Hatte ich aber nicht. Aber jeder von ihnen war wie ein winziger Stromschlag für mich: Dutzende und Dutzende von Menschen, Hunderte, und sie alle kannte ich im Zusammenhang mit Mum. Sie hier ohne Mum zu sehen, ließ diese Leute fehl am Platz erscheinen, wie wenn man zum ersten Mal seinen Lehrer im Supermarkt sieht. Es gibt eine Standardfloskel, wenn man Hinterbliebene begrüßt: »Mein herzliches Beileid.« Man braucht wirklich nichts anderes zu sagen. Aber die Antwort? Die Antwort ist schwieriger. Rückblickend ist sie eigentlich einfach: Ein einfaches »Danke« hätte genügt. »Danke, dass du gekommen bist« wäre noch besser gewesen. Stattdessen entschied ich mich dafür, die Leute zu überreden, zum Leichenschmaus vorbeizukommen, wie ein eifriger Clubpromoter.

Beim Leichenschmaus war ich frisch wie der junge Morgen; ich war im Gastgeberinnenmodus, womit ich mich auf sicherem Boden bewegte. Ich war höflich, wenn man mich fragte, wie es mir ginge, und sagte, dass ich zurechtkäme. Eigentlich jedoch war ich emotional katatonisch. Ich quasselte über die Blumen, die jetzt stolz auf unserem Esstisch standen und tatsächlich nicht mit verbrannt worden waren, drosch mit immer hochtrabenderen Formulierungen Phrasen über ihre Schönheit, während sich der Nachmittag hinzog. Es gab genug

Schweinefleischpasteten. Niemand rührte die Meeresfrüchte an. Berge von Bananenbrot, von dem ich mich nicht erinnern konnte, es bestellt zu haben, flankierten den Tisch.

Als der Leichenschmaus halb vorbei war, schlich ich mich zusammen mit Ruth hinaus. Wir setzten uns in Mums Garten, auf ihre Bank, und ich rauchte ihre Zigaretten. Sie hatte nicht gewusst, dass sie sterben würde, deshalb lag noch eine halbe Schachtel Zigaretten in der Kommode im Frühstückszimmer, wo sie sie immer aufbewahrt hatte. Ich sage das jetzt, als hätte sie, wenn sie eine Art Vorwarnung bekommen hätte, die genau richtige Anzahl an Zigaretten gekauft und sie sich so eingeteilt, dass sie, bevor sie starb, die letzte geraucht hätte. So meine ich das nicht. Aber sie sind ein Beispiel für all die vielen Dinge, die von ihr geblieben waren, nachdem sie gestorben war. Friseurtermine, die abzusagen waren. Bücher aus der Bibliothek, die zurückgegeben werden mussten. Weitere winzige Gegenstände, die auf eine Zukunft verwiesen, die so plötzlich ein Ende gefunden hatte. Ich war jedoch nicht so sentimental, dass ich an ihren Zigaretten festhielt. Ich rauchte sie alle, eine nach der anderen. So hätte Mum es gewollt.

Bevor ich an diesem Abend nach London zurückfuhr, packte ich in der Küche meine Sachen zusammen. Mein Vater stand an der Spüle und wusch Lake aus Dutzenden Meeresfrüchteschälchen. »Was machst du denn da?«, fragte ich ungläubig. »Ich spüle die Muscheln durch!«, erwiderte er. »Für Paella!« In unserem Haushalt hatte es noch nie Paella gegeben, und ich wäre bereit gewesen, eine große Menge Geld darauf zu verwetten, dass mein Vater in seinen ganzen sechsundfünfzig Jahren noch nie eine Paella gekocht hatte. Wir waren noch nicht mal zusammen in Spanien gewesen, Herrgott noch mal.

Aber zu diesem Zeitpunkt war es eindeutig sehr, sehr wichtig für ihn, dass die Meeresfrüchte aufbewahrt wurden, dass es nicht zwangsläufig ein Fehler oder eine weitere Verschwendung gewesen war, sie zu bestellen. Die Meeresfrüchte lagen dann noch über zwei Jahre in der Gefriertruhe, bis er das Haus verkaufte; zu diesem Zeitpunkt wurde dann Gott sei Dank alles weggeworfen. Das Prasseln des Wassers auf den Styroporschälchen klang wie starker Regen.

Auf der anderen Seite der Küche stapelte ich Scheibe für Scheibe das übrige Bananenbrot in eine rechteckige grüne Keksdose, die, wenn man sie umdrehte, ein kleines weißes Etikett zierte, auf dem in der ordentlichen und charakteristischen Handschrift meiner Mutter der Name POTTS stand – in großen Druckbuchstaben, genau wie auf der Todesanzeige. Die Dose gehörte zum Haus, war ein Teil ihres Lebens, und ich nahm sie mit nach London. Es war bei Weitem nicht das beste Bananenbrot, das ich je gegessen hatte. Es schmeckte ein wenig fade und zäh. Aber es war süß. Und während ich es im Zug aß, stellte ich fest, dass mein Appetit zurückgekehrt war.

Wenn Sie mich heute im Rückblick auf damals fragen, glaube ich, dass ich Bananenbrot gegen Trauer verschreiben würde. Es enthält alles, was man braucht: Pampe gegen seelische Qualen, Zucker gegen Unsicherheit und Kalium gegen Erschöpfung. Das sage ich nicht leichtfertig. Es hat seine Gründe, weshalb wir Trost im Essen suchen. Bestimmte Gerichte machen irgendwie zufrieden oder schubsen einen zumindest in Richtung Gleichgewicht. Ich hätte nie gedacht, dass diese fingerbreiten Stücke stinknormalen Bananenbrots das fertigbringen würden, doch ich irrte mich.

Das folgende Rezept ist für ein viel besseres Bananenbrot als das, was ich im Zug gegessen hatte. Es ist dunkel und feucht, mit Karamell- und Schokoeinschlüssen, und der braune Demerara-Zucker, der darübergestreut wird, verleiht ihm eine Knusprigkeit, die süchtig macht. Aber es sorgt gleichermaßen für Trost wie dieses erste Bananenbrot. Es ist kein Brot, das ich oft für andere backe, aber es ist das Brot, das ich stets für mich mache, wenn ich diese Art von Kuchen will.

Wenn ich leicht überreife Bananen habe, dann lege ich sie ganz und ungeschält ins Gefrierfach. Wenn man sie wieder herausholt, sehen sie vielleicht noch genauso aus wie vorher, aber während sie auftauen, werden sie kohlrabenschwarz: Das Einfrieren und Auftauen bewirkt, dass sie oxidieren und reifen, sodass die Frucht verdorben, süßer und, nun ja, bananiger herauskommt. Es liegt an Ihnen, wie lange Sie sie eingefroren lassen, aber ich empfehle mindestens einen Tag. Vor dem Backen auftauen, indem Sie sie für zehn oder fünfzehn Minuten ungeschält in warmes Wasser legen, bis sie vollkommen weich sind. Diese Vorgehensweise hat meine Bananenbrote unendlich verbessert, sodass ich sie Ihnen empfehlen möchte.

Bananen-Rolo-Brot

Menge: 1 Laib
Zubereitungsdauer: 1 Stunde
Backzeit: 40–50 Minuten

Zutaten:

125 g Butter
150 g dunkelbrauner Vollrohrzucker (Mascobado)
85 g hellbrauner Vollrohrzucker (Mascobado)
250 g Mehl
2 Eier
3 Bananen (müssen überreif sein)
2 TL Backpulver
1 TL Salz
2 Päckchen Rolos
1 Handvoll Demerara-Zucker

1. Den Backofen auf 180 °C Umluft / 200 °C Ober- und Unterhitze / Gasstufe 6 vorheizen. Eine 900-Gramm-Kastenform mit zwei Streifen Backpapier auslegen, einen der Länge nach, den anderen der Breite nach, mit Überhang zum Festhalten.

2. Butter und die beiden Mascobado-Zuckersorten in der Küchenmaschine, mit einem Handrührgerät oder einem Teigschaber und viel Entschlossenheit verrühren. Am Ende sollte die Mischung leicht und fluffig sein und erkennbar heller als am Anfang.

3. Das Mehl abwiegen. Nach und nach die Eier in das Butter-Zucker-Gemisch geben, jedes einzelne vollständig einarbeiten, bevor das nächste dazugegeben wird. Wenn die Mischung aussieht, als würde sie gerinnen, 1 TL des abgewogenen Mehls hinzufügen und fortfahren.

4. Nach und nach die Bananen in die Mischung geben und zermatschen, dabei aber nicht alle Klümpchen zerquetschen.

5. Das übrige Mehl, das Backpulver und das Salz unterheben. Dann die Rolos unterheben.

6. Die Masse in die Kastenform löffeln und die Form dann rütteln, um die Oberfläche zu glätten. Mit Demerara-Zucker bestreuen.

7. 40–50 Minuten backen, bis das Brot fest ist, wenn man vorsichtig mit der Fingerspitze daraufdrückt und nicht mehr wackelt, wenn man die Form leicht schüttelt. Abkühlen lassen und in dicke Scheiben schneiden.

3

Niemand sagt einem, wie langweilig Trauern eigentlich ist. Anfangs trifft das natürlich nicht zu. Direkt nach dem Todesfall ist es alles andere als langweilig. Aber ganz schnell, überraschend schnell, wird das alles sehr langweilig. Ich wollte mich unbedingt nützlich machen, wollte meine Energien in etwas stecken, das mich davon abhalten würde, über meine neue Realität nachzudenken; ich bestand darauf, den Löwenanteil des Verwaltungskrams zu übernehmen, indem ich ihn Maddy und Dad wegschnappte. In meiner Vorstellung stürzte ich mich natürlich kompetent und effizient, aber zugleich – Sie wissen schon – taktvoll und mühelos darauf; in Wirklichkeit war das Ganze allerdings eher eine schwerfällige Mischung aus unerklärlichem Heldenkomplex und Märtyrertum. Wie auch immer es sich darstellte, ich wollte wirklich helfen, ich wollte etwas tun, um Maddy und Dad den Schmerz zu nehmen, und wenn das bedeutete, dass ich Banken anrufen und E-Mails an Anwälte schicken musste, dann sollte es eben so sein. Dieser Verwaltungskram ist langweilig: Man muss Konten schließen und Termine absagen, Papiere ablegen, letzte Wünsche ausführen, Rechtsanwälte treffen, Anrufe tätigen und Kleider in die Secondhandläden von Hilfsorganisationen bringen. Spuren eines Lebens, das ein Ende gefunden hat.

Aber auch alles andere ist langweilig. Was im Kopf passiert, ist langweilig. Nach den ersten paar Tagen puren, rohen

Schocks ist Trauer unbeschreiblich nervtötend. Während man versucht, den Verlust dieses Menschen zu verarbeiten, kommen immer wieder dieselben Gedanken auf. Man ist immer wieder aufs Neue überrascht über seine Abwesenheit, und jedes Mal muss man sich dann selbst an diese Tatsache erinnern. Jemanden zu vermissen und zu wissen, dass es keine Möglichkeit gibt, diesen Verlust zu mindern, ist ausnehmend nervtötend.

Wenn die Leute über Trauer reden, verwenden sie oft Wassermetaphern: in Trauer versinken, Wellen des Schmerzes, von Trauer überflutet werden. Viele sagen, es wäre so, als wollte man unter Wasser atmen. Aber das alles kommt mir viel zu dramatisch vor. Abgesehen von den ersten ein oder zwei Tagen fühlte ich mich nicht, als würde ich ertrinken. Wenn ich schon eine Wassermetapher verwenden müsste, würde ich sagen, dass sich Trauer anfühlt, als würde man in sich abkühlendem Badewasser sitzen, aus dem man nicht herauskann. Die Finger verschrumpeln langsam. Wussten Sie, dass es sich dabei um einen Trick der Evolution handelt? Dass die Fingerkuppen Falten bilden, damit man unter Wasser einen festeren Griff bekommt? Ist das nicht erstaunlich? Allerdings nicht in meiner Trauervorstellung. Denn darin gibt es nichts, woran man sich festhalten kann. Das abkühlende Bad ist ein riesiger glatter Halbkreis, und inzwischen ist es ungemütlich kalt geworden, man selbst ist ermattet. Niemand sagt einem, wie man herauskommen kann. Niemand ist da, der einem heraushilft, einen in ein Handtuch wickelt und dafür sorgt, dass es einem besser geht. Klar gibt es Leute in der Nähe, die Unterstützung anbieten – die einem sagen, dass man herauskommen und sich in ein Handtuch einwickeln soll. Aber es geht nicht. Man weiß einfach nicht, wie.

Ich ertrank nicht. Ich trieb auf dem Wasser: ziellos, widerwillig, aber unaufhaltsam.

Die Langeweile, das Treiben auf dem Wasser und alles andere wird durch die Tatsache unerträglich, dass man nicht weiß, wann beziehungsweise ob es je enden wird; so wie es weit schlimmer ist, auf einen Bus zu warten, wenn man keine Ahnung hat, ob und wann er kommt. Die Zeit dehnt sich vor einem aus. Man geht arbeiten. Man bezahlt seine Rechnungen. Man gießt die Blumen und denkt allmählich darüber nach, ob man Rankhilfen für die Bohnen kaufen soll, damit sie etwas haben, wenn sie im Frühling herauskommen. Man lebt sein Leben, aber jeder Teil davon fühlt sich ein wenig grauer, ein wenig sinnloser an. Ein wenig kälter.

Früher hatte Trauer ihre Codes. Die Viktorianer hatten unmissverständliche Regeln für Trauerphasen, für Kleidung und Etikette. Eine Witwe durfte nach drei Monaten den Schleier an ihrer Haube lüften, aber die Haube mit dem Schleier musste ein ganzes Jahr, die Trauerfarben zwei Jahre getragen werden. An den Türen hing mit Bändern zusammengehaltener Krepp, nicht um Besucher abzuhalten, sondern um sie auf den Tod dahinter aufmerksam zu machen und sie zu ermahnen, leise einzutreten, ohne die Glocke zu läuten. Für die Jungen wurde weißer Krepp mit Bändern verwendet, für die Älteren schwarzer. Enge Freunde konnten die Hinterbliebenen nach zehn Tagen besuchen, entferntere Bekannte mussten allerdings warten, bis die Familie wieder in die Kirche ging. Die Hinterbliebenen konnten Kondolierende nach ihrem eigenen Zeitplan zu sich einladen, indem sie Trauerkarten mit schwarzem Rand verschickten, auf denen sie der Welt mitteilten, dass sie nun bereit waren, Beileidsbekundungen zu empfangen.

Diese Regeln lockerten sich Anfang des zwanzigsten Jahrhunderts, besonders während des Ersten Weltkriegs. Angesichts der vielen Toten wurden Trauerrituale sowohl unpraktisch als auch absurd, und man riss sich zusammen. Ein Jahrhundert später sind wir immer noch am selben Punkt, auch wenn der Tod in den meisten Leben eine weit kleinere Rolle spielt. Wir gehen zu einer Beerdigung. Wir essen Schweinefleischpastete und Bananenbrot. Wir gehen nach Hause und machen mit unserem Leben weiter. Wohl oder übel müssen so die meisten von uns auf ihre eigene Art trauern. Ich bin mir ziemlich sicher, dass das keine gute Entwicklung ist. Unsere Trauer hat keine Struktur mehr.

In anderen Ländern und Kulturen gestaltet sich der Trauerprozess ganz anders. Bei den Vietnamesen tragen Trauernde ein schwarzes Band, eine Art Baby-an-Bord-Aufkleber für Trauerfälle: Trauerfall an Bord. Das gefällt mir. Wenn ich eine schwarze Armbinde oder komplette Trauerkleidung getragen hätte, hätten die Leute vielleicht gewusst, dass ich verletzlich war und dass sie mich lieber mit Samthandschuhen anfassen sollten. Vielleicht hätte ich dann eher das Gefühl gehabt, mir erlauben zu dürfen, öffentlich zu trauern.

Mal abgesehen von den eher abgespeckten christlichen Konfessionen bieten die meisten Religionen immer noch irgendeine Art von Trauerstruktur, ein paar Rituale, die man einhalten muss. Im Hinduismus ist festgelegt, wie sich die trauernde Familie wäscht und wie sie isst: zweimal täglich baden, vegetarische Mahlzeiten. Die ersten zehn Tage nach dem Todesfall rasieren sich die Männer nicht und schneiden sich nicht die Haare, die Frauen waschen ihre Haare nicht; in dieser Phase wird Weiß getragen, um zu zeigen, dass man trauert.

Am zehnten Tag – Daswan – werden Haare gewaschen und Bärte rasiert.

Die jüdische Gemeinde betrachtet Trauern als Prozess, durch den die Hinterbliebenen ihre Trauer verarbeiten und allmählich wieder ins normale Leben zurückkehren können. Unmittelbar nach dem Todesfall »sitzen sie Schiv'a«: Es handelt sich um eine siebentägige Trauerphase, die zu Hause verbracht wird. Danach folgt Scheloschim, eine dreißigtägige Phase, während der die Hinterbliebenen dazu ermutigt werden, langsam wieder zu ihren Alltagsaktivitäten zurückzukehren. Die Idee, die dahintersteckt, ist, dass jede Trauerphase dem Trauernden schrittweise mehr abverlangt, bis er in der Lage ist, wieder in die Gesellschaft zurückzukehren. Die Trauerphase für den Tod eines Elternteils beträgt ein Jahr.

Bei uns kam irgendwie das Leben dazwischen: Maddy ging zurück nach Sheffield, ich nach London. Anstatt dass wir drei physisch füreinander da waren und uns dadurch gegenseitig Trost spendeten, zerstreuten wir uns.

Wenn ich in eine dieser Kulturen oder Religionen hineingeboren worden wäre, die eine Auseinandersetzung mit dem Tod auf strukturierte Art festlegen, die dazu eingeladen hätte, meine Trauer anzuerkennen und zu lernen, mit der neuen Realität meiner Situation zurechtzukommen, dann hätte ich vielleicht die Fähigkeit, wirklich zu trauern, gehabt. Aber ich bin Atheistin, aufgewachsen in der unemotionalen Church of England. Für mich würde Trauern immer so kurz und ausdruckslos wie möglich sein. Ich war der Überzeugung, ich würde auf diese Weise vermeiden, mich zu lange mit dem Thema Tod aufzuhalten, aber eigentlich kapselte ich mich ab. Meine Trauer wickelte sich innerlich ab.

Meine Mum wurde 1958 in Leeds geboren. Sie hatte eine ältere Schwester, Jan. Ihr Vater starb an Lungenkrebs, als sie dreizehn war. Ihre Mutter zog mit den Kindern nach Ponteland nahe Newcastle, wo sie sich mit einem Anwalt neu verheiratete. Von klein auf liebte Mum Bücher, vielleicht mehr als alles andere, doch sie wurde dazu angehalten, an der Uni Jura zu studieren. Sie liebte ihre drei Jahre in Durham, aber sie interessierte sich nie besonders für Jura. Sie ging aufs Collingwood College, das hoch auf dem Hügel liegt, und schrieb ihre auch objektiv tollen Beine der Tatsache zu, dass sie viermal am Tag diesen Hügel hoch- und runtergehen musste, auf dem Weg vom und zum College und ihren Vorlesungen. Sie dachte daran, Anwältin an Strafgerichten zu werden, doch ihr Stiefvater gab ihr zu verstehen, dass sie zu leicht in Tränen ausbrach, um vor Gericht zu stehen. Deshalb ließ sie sich zum Rechtsbeistand ausbilden. Dafür zog sie nach Guildford, wo sie sich völlig isoliert und elend fühlte (auch wenn sie dort einmal von Paparazzi, die vor der Wohnung ihrer besten Freundin warteten, für die neue Freundin von Prinz Charles gehalten wurde. So viel dazu …). Schließlich zog sie wieder in den Norden und stieg in die Anwaltskanzlei ihres Stiefvaters ein, wo sie ihre Ausbildung zum Rechtsbeistand abschloss. Meinen Vater lernte sie 1980 auf einem Law Society Dinner kennen. Er trug den oben erwähnten blauen Samtanzug und versuchte, sie und ihre beste Freundin Mac zu beeindrucken, indem er den schrecklich lieblichen Wein trank, der ihnen serviert wurde. Unglaublich, dass das funktioniert hatte. Er lud Mum zu einem Ausflug nach Llandudno zu einem Hockeyspiel ein, bei dem er Spielführer war. Dort machte er ihr einen Heiratsantrag. Sie kannten sich seit drei Wochen. Sie sagte zu ihm, dass sie darüber nachdenken müsse.

Sie heirateten in Ponteland, im Nordosten, und es gab einen Empfang im Haus von Mums Schwiegereltern. Granny, die noch Profit aus dem gemieteten Zelt schlagen wollte, schmiss am folgenden Morgen noch eine zweite Party, zu der das glückliche Paar jedoch nicht eingeladen war.

Mum und Dad hatten vor, eine Anwaltskanzlei zu eröffnen, nur sie beide: Potts und Potts. Doch dann wurde Mum mit mir schwanger, und Dad wurde eine Partnerschaft in Mums Kanzlei angeboten – das heißt in der Kanzlei seines neuen Schwiegervaters. Klar, wie sie sich entschieden.

Ich wurde 1987 geboren. Kurz vor meiner Geburt zogen Mum und Dad in das Haus, das zum einzigen Elternhaus werden sollte, das ich je gekannt habe. Es handelte sich dabei um ein viktorianisches Haus und eigentlich um die Dienstbotenunterkunft des sehr viel größeren Hauses nebenan. Es hatte einen großen Garten, in dessen Zentrum ein Apfelbaum stand. Für kurze Zeit hing daran eine Schaukel, bis Mum zu große Angst davor bekam, Maddy oder ich könnten darauf sterben.

Früher liebte ich die Geschichte meiner Geburt. Ich kam drei Wochen zu früh und hatte Gelbsucht, deshalb wurde ich in einen Brutkasten gesteckt und bekam eine Sonnenbrille in Frühchengröße, die meine Augen schützen sollte. Doch je älter ich werde, desto klarer wird mir, wie entsetzlich das Ganze für meine Eltern gewesen sein musste.

Maddy ist drei Jahre jünger als ich und wurde 1990 geboren. Zuerst hegte ich einen Groll gegen sie, wie alle guten großen Schwestern, dann akzeptierte ich sie widerwillig – manchmal als Spielkameradin, manchmal als Erzfeindin.

Genau wie ich vor ihr wuchs auch sie zu einem quietschvergnügten Kleinkind heran, das auf allen Fotos grinste; sie hatte widerspenstige kastanienbraune Locken, während meine Haare dunkel und vollkommen glatt waren.

Das ist in Kürze die Biografie meiner Mutter und unserer Familie. Darüber hinaus könnte ich noch Myriaden von Belanglosigkeiten anführen. Sie hatte Angst vor dem Fliegen, liebte aber Züge. Sie reagierte allergisch auf Schalentiere und Penizillin. Sie sammelte blaue Glasflaschen. Sie konnte pfeifen wie kein anderer, den ich kannte. Sie liebte Zitronen in jeder Form. Sie war entsetzlich Furcht einflößend, wenn sie wütend war – wenn sie brüllte, hätte sie einen Panzer oder ein Nashorn dazu bringen können, wie angewurzelt stehen zu bleiben. *Vom Winde verweht* wäre das Buch gewesen, das sie mit auf eine einsame Insel genommen hätte, und ich vermute, ein Zwanzigerpack Silk Cut und ein Feuerzeug wären ihr Luxus gewesen.

Mums letzte Jahre waren von Krankheit geprägt gewesen. Es fing 2007 mit einer Schwellung an ihrem Bauch an, der bald aussah wie ein riesiger Babybauch. Ihr Rücken tat weh, und sie konnte nichts mehr essen. Sie kam mich an der Universität besuchen, und ich war schockiert darüber, wie sehr sie sich verändert hatte, seit ich sie nur ein paar Wochen vorher gesehen hatte. Viele Untersuchungen später lautete die Diagnose kryptogene Leberzirrhose – eine Lebererkrankung, deren Ursache nicht bekannt ist und die nicht unter anderem auf Alkoholmissbrauch zurückgeführt werden kann. Die folgenden vier Jahre ging es ihr daher ziemlich schlecht, aber nicht so, dass man es für lebensbedrohlich hielt. Ich wusste, dass sie eines Tages vermutlich eine Lebertransplantation bräuchte und dass ihr das, genau wie mir, Grauen einjagte.

Was keiner von uns wusste, war, dass ihre Zirrhose durch ein blutendes Magengeschwür kompliziert wurde, das fatale Folgen hatte. Die Biografie, die ich oben geschildert habe, die verschiedenen Ereignisse, die Eigenarten und Wendungen, die ein Leben ausmachen – dies alles war vorbei. Am 10. Februar 2013 starb Ruth Anne Potts. Und nichts war mehr so wie bisher.

Nicht nur wir waren von ihrem Tod schockiert; auch ihr Hausarzt, bei dem sie kurz vorher noch gewesen war und dem sie nicht den leisesten Hinweis auf ihr Magengeschwür gegeben hatte. Vielleicht erwähnte Mum ihre Symptome nicht, vielleicht begriff sie nicht, was in ihrem Körper vorging. Wie auch immer – eine Obduktion wurde angeordnet. Plötzlich wünschte ich, dass ich keine Prozessanwältin wäre, dass ich nicht wüsste, was bei Obduktionen passierte. Dass ich keine Fotos gesehen hätte.

Meine Mutter war meine beste Freundin. Klingt das kitschig? Vielleicht. Aber es stimmt. Nachdem sie gestorben war, fühlte ich mich so verdammt einsam. Der einzige Mensch, mit dem ich über meinen Verlust und meine Trauer reden wollte, war sie. Sie hatte frühzeitig ein Elternteil verloren; sie hätte es verstanden. Vielleicht war sie der einzige Mensch, der es verstehen konnte. Mit Dad oder Maddy konnte ich nicht reden. Ich konnte den Schmerz in ihren Stimmen nicht ertragen. Ich fürchtete mich davor, den Schmerz in meiner Stimme preiszugeben. Wenn wir miteinander sprachen, versuchte ich, so viel Leichtigkeit wie möglich zu wahren. Ich ignorierte den mumförmigen Elefanten im Zimmer. Sam war wundervoll, ebenso meine Mitbewohnerinnen, aber sie würden stets irgendwie distanziert sein. Ich war sicher, der einzige Mensch, der mir helfen konnte, war der, der nicht mehr da war. Und egal, wie viel Liebe und Unterstützung mir die Leute auch schenkten, ich konnte mich nur darauf konzentrieren, wie einsam ich mich fühlte. Sie war der Mensch, den ich gebraucht hätte, und sie war nicht mehr da. Sie war buchstäblich unersetzlich.

*

Meine Mutter hat mir vieles gegeben, aber keinen Kochunterricht. Sie aß lieber, als zu kochen. Sie liebte Käsescones, Moussaka und Bolognesepizza – die genau so war, wie sie klingt: Fleischsoße auf einer Pizzakruste – ein nicht verhandelbarer Bestandteil unserer Pizzabestellungen. Als sie krank wurde, war sie plötzlich besessen von Klementinen, und davor war sie besessen gewesen von Thunfischpastete – eigentlich von allem, was Thunfisch enthielt – und von Kirschtomaten und Bacon-Salat-Tomaten-Sandwiches von Marks & Spencer. Außerdem von Feigenrollen, trockenem Weißwein und Marmite. Sie konnte nicht zum Tee in einen Pub gehen, ohne Schinken, Eier und Pommes frites zu bestellen, dazu noch einen Ring Ananas, was in der Art von Pub, in der wir verkehrten, immer dazugehörte. Sie reagierte zwar allergisch auf Salzwassergarnelen, genoss aber die Süßwassergarnelen, die es ab und zu in indischen Restaurants gibt – ein spannendes russisches Roulette, wenn man mit ihr auf ein Curry ausging. Baked Beans liebte sie jenseits aller Vernunft, sogar kalt: »Heimliche Bohnen« nannte sie den Löffelvoll, den sie direkt aus der Dose aß, bevor sie den Rest aufwärmte. An ihrem Geburtstag konnte man ihr leicht eine Freude machen, denn alles, was sie sich wirklich wünschte, war eine Schachtel von Thornton's Schokolade mit Fruchtfüllung. Oh, und sie trank jeden Abend zwei

Liter Sprudel, direkt aus der Flasche (manchmal schlich ich mich in ihr Zimmer, um die Überreste dieses Wassers zu klauen, der Geschmack von halb abgestandenem Sprudel ist noch immer seltsam tröstlich für mich).

Sonntags waren Desserts obligatorisch, aber sie wurden immer im Laden gekauft. Pfannkuchen gab es einmal im Jahr, und sie wurden eindeutig mir und Maddy zuliebe gebacken, nicht einfach so zum Spaß. Backen war bei uns gänzlich unbekannt. Als ich sechs wurde, schenkte sie mir ein Kochbuch von Usborne, wobei ihr vermutlich nicht ganz klar war, welche Rolle sie bei der Umsetzung der Rezepte zu spielen hätte. Mit einem fehlgeschlagenen Versuch, Windbeutel zu backen – der damit endete, dass wir etwas in die Mülltonne kippten, was wie eine Auswahl an Dörrpflaumen aussah –, erlosch jegliche Aussicht auf eine aufkeimende Leidenschaft für das Backen, und niemand war besonders erpicht darauf, diese Flamme wieder zu entfachen.

Weil sie keinen Gefallen daran fand, hielt ich sie immer für jemanden, der nicht kochen konnte. Aber das ist nicht fair. Als junges Mädchen hatte sie zwangsläufig kochen lernen müssen, als sich ihre Mutter einer Hüftoperation unterziehen musste. Und manche Dinge konnte sie großartig. Ich weiß, dass ich mit dieser Aussage nicht allein bin, wenn ich sage, dass meine Mutter die besten Roast Dinners der Welt machte: Ihre Yorkshire Puddings waren, wie es sich für eine Frau aus Yorkshire ziemte, unvergleichlich; ihre Röstkartoffeln waren unübertroffen, und ihre Karotten, in die sie eine kriminelle Menge Butter und schwarzen Pfeffers hineinmischte, waren köstlich. Füllung und Bratensoße kamen aus der Packung, aber aus welchem Grund auch immer wurden sie bei mir nie so gut.

Ich liebte ihre Blätterteigpasteten, gefüllt mit einer Mischung aus Thunfisch aus der Dose und Pilzsuppe von Campbell's, die absolut köstlich waren, obwohl es eklig klingt. Mir war nie klar gewesen, wie altmodisch diese Pasteten eigentlich waren, bis ich mit Anfang zwanzig auf einer Silvesterparty mit einem Tablett davon auftauchte und alle ein verwirrtes Gesicht machten. Sie kochte Lauch-Kartoffel-Suppe, Coq au Vin, Bœuf bourguignon und Moussaka, einen Nudelauflauf griechischer Art, der mit Käse, Joghurt und Eiern überbacken und ganz dunkel wurde, wenn die Masse garte, und das Haus mit seinem intensiven Käsegeruch erfüllte, sodass wir anderen aus unseren verschiedenen Zimmern kamen, um uns vor dem Backofen zu versammeln.

Mum vertrat eher das Motto »Das Leben ist zu kurz, um Pilze zu füllen«. Sie gehörte zu der Generation, die in den Siebzigern erwachsen wurde und sich in die neuen Annehmlichkeiten aus dem Supermarkt verliebte. Die Schnelligkeit und Leichtigkeit, die früher ausschließlich im Reich der Pasteten zu finden waren, wurden nun auch für Moussaka möglich! Und für Spaghetti Carbonara! Und erst recht für Fischpastete!

Insbesondere hatte Mum die eigenartige Auffassung, dass es vollkommen akzeptabel wäre, auch Standardgerichte und -produkte zu kaufen, wenn man denn grundsätzlich *wusste,* wie man sie zubereitete. Fast jede Woche kaufte sie eine fertige Fischpastete; ihrer Meinung nach wäre es eine große moralische Schwäche gewesen, wenn sie die dazugehörige weiße Soße nicht selbst hätte zubereiten können. Doch da sie das konnte, war es kein Problem, die Soße zu kaufen. Gemäß dieser Argumentation brauchte man bei jeder zeitaufwändigen oder schwierigen kulinarischen Aufgabe nur einmal Erfolg zu haben. Nur ein Tor bereitete aus ihrer Sicht regelmäßig selber eine weiße Soße, Gebäck oder Vanillepudding zu. Daher bin ich in einem kulinarischen Niemandsland aufgewachsen, in dem Glauben, dass Leute, die nicht kochen konnten, unzivilisiert, und Leute, die kochten, schreckliche Streber waren.

Meine Mutter ist nie dazu gekommen, mir zu zeigen, wie man weiße Soße herstellt – oder eigentlich bin ich eher nicht dazu gekommen, sie darum zu bitten, es mir zu zeigen. Ich war Anfang zwanzig, viel zu sehr damit beschäftigt, meine Unabhängigkeit zu genießen, und kam mir wie der erste Mensch vor, der an der juristischen Fakultät Prüfungen ablegte, Dates hatte oder von zu Hause auszog. Und dann war es natürlich zu spät. Und so landete ich in der ersten Gruppe, bei den Unzivilisierten, und niemand war da, der mir das Kochen beibringen konnte.

In vielerlei Hinsicht hat mich genau das zum Handeln getrieben. Wenn meine Mutter schon gestorben war, ohne mir beigebracht zu haben, wie man weiße Soße machte, musste ich es eben selbst lernen. Mir ist schon klar, dass es sich angesichts der großen Tragödie, plötzlich ein Elternteil zu verlieren, wie eine Fußnote ausnimmt, wenn man dessen beschränktes kulinarisches Wissen verliert. Aber ich wagte es nicht, über die größeren Dinge nachzudenken. Daher legte ich meinen Fokus darauf.

In den ersten paar Wochen ernährte ich mich von diesen Supermarktpizzas, die meine Mitbewohnerinnen für mich besorgt hatten, ergänzt durch Einkäufe im Laden an der Ecke, die ich wie auf Autopilot absolvierte. Instantnudeln. Baked Beans (das hätte meine Mutter so gewollt, auch wenn ich sie kalt nicht hinunterkriegte). Abwechselnd die gleichen drei

Fertiggerichte, die ich auf dem Heimweg von der Arbeit kaufte. Doch eines Abends stach mir ein Mix für Fischpastete ins Auge: Man findet diese Zusammenstellung regelmäßig in den Regalen mit den heruntergesetzten Waren: ein Fischtrio – gelblicher Schellfisch, blassrosa Lachs und glatter weißer Kabeljau. Ich legte das Ensemble in meinen Korb und trug es wie einen Talisman mit mir im Supermarkt herum. Was brauchte man sonst noch für eine Fischpastete? Milch vermutlich. Kartoffeln, da war ich mir sicher. Käse. Nach und nach, unterstützt von jeder Menge Spekulationen, füllte ich meinen Korb mit den Dingen, von denen ich glaubte, dass ich sie brauchen würde.

Als ich nach Hause kam, packte ich meine kleine Ausbeute aus und stellte mich vor unseren temperamentvollen Elektroherd. Bewaffnet mit einem Google-Rezept in der einen und einem Kochlöffel aus Holz in der anderen Hand, versuchte ich mir beizubringen, wie man weiße Soße zubereitete. Zuerst eine Mehlschwitze: etwas, was ich vor meinem ersten Versuch nur schwer hätte erklären können. Aber eigentlich war es nicht allzu schwer, Butter zu schmelzen und Mehl darin anzubrutzeln. Hinten in einer der Küchenschubladen fand ich einen Schneebesen, der Rachel, meiner Mitbewohnerin, gehörte, und ich rührte Milch in die Mischung; ich rechnete schon damit, dass es Klümpchen geben würde, doch stattdessen merkte ich zu meiner Überraschung, dass das Ganze glatt und seidig wurde. Als ich halb durch das Rezept durch war, konnte ich erkennen, dass ich – Heureka! – eine weiße Soße hergestellt hatte! Ganz allein! Dann gingen mir zwei Dinge auf: Erstens, dass ich das konnte. Und zweitens: dass ich Fischpastete schon immer gehasst hatte.

Mum hatte meine Abneigung gegen Fischpastete nie verstanden. Ich war eine gute Esserin. Ich war nicht wählerisch oder eigen. Aber Fischpastete stellte eine Ausnahme dar. Schon als kleines Kind war ich allein von der Möglichkeit, dass mir angeboten wurde, so etwas zu essen, vor den Kopf gestoßen. Ich weiß nicht so recht, ob meine Mutter Lach- oder Weinkrämpfe bekäme, wenn sie noch erfahren könnte, dass die erste richtige Mahlzeit, die ich selbstständig in Angriff nahm, ausgerechnet Fischpastete war.

Da stand ich nun am Herd und bewunderte stolz meine seidige Soße, während ich darüber nachgrübelte, weshalb ich mich so ins Zeug gelegt hatte, ein Gericht zu kochen – und zu essen –, das ich die letzten fünfundzwanzig Jahre gehasst hatte, was aus Gründen, die ich zu jener Zeit nicht aufdröseln konnte, plötzlich schrecklich wichtig für mich geworden war. Ich löffelte die Soße über den Fisch. Ich zerdrückte die Kartoffeln, bedeckte das Ganze damit und schob die Pastete in den Backofen.

Und dann aß ich Fischpastete. Und sie war köstlich. Seit wann war Fischpastete köstlich? Wie um alles in der Welt hatte ich sie je nicht mögen können? Doch noch wichtiger war: Etwas Seltsames war passiert. Der Akt, eine Mahlzeit mit meinen eigenen Händen zu kochen – und sie dann zu essen –, hatte mich irgendwie geerdet. Mich beruhigt. Ich war zwar nicht meinem Trauerbad entstiegen, aber es war, als hätte jemand einen Kessel heißes Wasser hineingeschüttet. Also kochte ich zwar nicht am nächsten oder übernächsten Tag weiter, aber kurze Zeit später. Ich kehrte immer wieder zu dieser Fischpastete zurück, dem meistgehassten Gericht meiner Kindheit, nach dem ich mich nun plötzlich regelmäßig sehnte.

Die höhere Anwaltschaft in Großbritannien ist trotz aller Modernisierungsbemühungen von der Struktur her archaisch. Um Zugang zu diesem Metier zu erhalten, muss man eine Palette von Prüfungen über sich ergehen lassen – wie in den Bereichen Medizin oder Buchhaltung –, aber auch die Teilnahme an aufwändigen Dinners mit Abendkleidern, Tischreden und guten Umgangsformen gehört dazu. Sobald man das geschafft hat und in die Anwaltschaft berufen wird, muss man eine Kanzleigemeinschaft finden, die einen als Referendarin oder »Anwältin in Ausbildung« unter ihre Fittiche nimmt. Das Leben des Referendars wird von dem ihm zugewiesenen Ausbilder diktiert.

Einen Monat nach der Bestattung meiner Mutter übernahm mein Vorgesetzter einen Mordfall. Und nicht nur irgendeinen Mordfall: einen Fall, in dem es um einen Foltermord mit drei Tätern und eine unbarmherzige Verteidigung ging, was bedeutete, dass sich alle Angeklagten gegeneinander gewandt hatten. Das Ganze würde sechs Wochen dauern und im Old Bailey stattfinden. Mein armer Mitreferendar steckte in ungefähr dem gleichen Zeitraum im tiefsten Essex fest, in einem Fall, bei dem es um die illegale Entsorgung von alten Fernsehern in Nigeria ging. Ich war alles andere als dankbar für mein Glück.

Das Old Bailey ist das altmodischste aller Gerichtsgebäude. Es liegt direkt hinter der St Paul's Cathedral, der Eingang versteckt sich in einer unscheinbaren Seitenstraße, direkt im Herzen Londons. Das Old Bailey hat etwas Besonderes an sich, und zwar nicht nur, weil es mit vielen der schwersten Fälle des Landes betraut ist. Man muss seine Anwesenheit dort ebenfalls rechtfertigen. Angeklagte und Zeugen dürfen nicht nach

Belieben durch die Korridore spazieren, so wie in anderen Gerichtsgebäuden, sondern müssen ihren Namen beim Sicherheitsdienst angeben und dann in einem Vorzimmer warten, bis ihr Prozessanwalt kommt und sie abholt wie ein Kind aus der Kindertagesstätte. Anders als so ziemlich jedes andere Gerichtsgebäude des Landes hat das Bailey einen separaten Eingang für die Öffentlichkeit, deren Platz beschränkt ist auf engmaschig kontrollierte öffentliche Galerien, und selbst dann sind keine Handtaschen und Handys erlaubt. Um das Innere des Heiligtums zu sehen, muss man zur Gruppe der Auserwählten gehören: Angeklagte, Zeugen, Geschworene – oder eben Prozessanwälte.

Außerdem gehört es zu den schönsten Gebäuden Londons: riesige geschwungene Treppen, gewölbte Decken und marmorne Fußböden bis hinauf zu den riesigen kuppelförmigen Oberlichtern. Selbst die Gerichtssäle sind prachtvoller als die anderer Crown Courts, mit Holztäfelung, so weit das Auge reicht, Galerien, von denen aus die Öffentlichkeit zusehen kann, richtigen Bankreihen für die Anwälte (die erste Reihe ist für den Kronanwalt reserviert, selbst wenn keiner da ist) und wahren Thronen für die Richterschaft. Die moderne Einrichtung anderer Gerichtsgebäude wie die des Southwark oder Woolwich Crown Court ist nichts für das Bailey.

Die Gerichtskantine – wo die Anwälte ausspannen, ihre Unterlagen durchgehen, essen oder um Einsprüche feilschen können – ist ebenso prachtvoll, mit Chaiselongues anstatt der mottenzerfressenen alten Sofas der anderen Gerichte, auf denen mottenzerfressene, alternde Anwälte oft bei einem Nickerchen angetroffen werden. Selbst das Essen, das hier serviert wird, spielt in einer anderen Liga als an den übrigen

Gerichten: Ein Old-Bailey-Mandat zu bekommen ist an und für sich schon ein Coup, aber das wahre Sahnehäubchen ist das Frühstück im Bailey, wo die Eier auf Bestellung vor einem gekocht werden wie bei einem Hotelbrunch im West End. Hinter der Kantine ist eine Bibliothek, in der Anwälte fieberhaft arbeiten oder möglicherweise auch nur dem unvermeidlichen Kuhhandel entfliehen, der in der Kantine vor sich geht.

Tatsächlich ist im Bailey alles ein wenig anders. Es gibt ein separates Ankleidezimmer für männliche Kronanwälte (für Kronanwältinnen natürlich nicht, sie müssen sich unter das Nachwuchspack mischen). Anstelle der kleinen Klientenberatungsräume in den anderen Gerichtsgebäuden gibt es hier lange Eichentische und Stühle mit geraden Lehnen, wo Prozessanwälte, Rechtsbeistände und Klienten die Köpfe zusammenstecken, Strategien entwerfen und Ränke schmieden. Die Richter tragen unterschiedliche Roben und werden unterschiedlich angesprochen: Bei einem genauen Blick auf die blauen Notizblöcke, die jeder Junior-Anwalt bei sich hat, kann man hier und da sehen, dass jede Seite mit einem dick unterstrichenen »MY LORD« überschrieben ist, dahinter eine Reihe Ausrufezeichen. Bei all den Merkwürdigkeiten und Diskriminierungen gibt es, wenn man sich glamourös und wichtig fühlen möchte, nichts Besseres auf der Welt, als im Old Bailey mit schwingender Robe durch ein Atrium zu stolzieren, während die mit Schleifen gebundenen Zöpfe hinten an der Perücke hüpfen.

An einem nasskalten, regnerischen Freitagnachmittag fing ich mit der Arbeit an dem Fall an. Ich saß in unserem kleinen Zimmer in der Kanzlei, dessen Mangel an Größe und Pracht durch eine absolut perfekte Aussicht auf die Temple

Church wettgemacht wurde; mein Vorgesetzter reichte mir einen dicken Stapel Hefte und fing dann an, seine Sachen einzupacken. »Das sind die Fotos des Mordfalls. Ich gehe jetzt nach Hause. Sobald Sie das durchgesehen haben, können Sie auch nach Hause gehen. Nur damit Sie Bescheid wissen: Bei Autopsien muss die Haut abgezogen werden, um die Quetschungen von unten betrachten zu können.« Ich wurde blass.

Der Fall war abartig brutal. Die Anklage lautete, dass drei Mitglieder der Obdachlosengemeinde einen vierten Obdachlosen in ein leeres Gebäude in Südlondon gelockt hatten, wo sie ihn über vierundzwanzig Stunden zu Tode folterten. Wie es so oft der Fall ist, war Rache das Motiv: Die Ex-Freundin des Hauptangeklagten Dan hatte eine kurze Affäre mit dem Opfer gehabt, und Dan hatte den Plan geschmiedet, das Opfer in eine Wohnung zu locken, damit er sich an seinem Konkurrenten rächen konnte. Doch es war auch einer jener hässlichen Fälle, bei denen die Idee eines einzelnen Menschen in die Tat umgesetzt wurde und die anderen Beteiligten in einem Rausch von Adrenalin und Gewalt mitgerissen wurden. Eine Mobmentalität. Eine Art *Clockwork-Orange*-Fall. Den Tag über lud Dan Freunde und Bekannte ein, vorbeizukommen und bei der Folter zuzuschauen. Einer nach dem anderen tauchte auf, sah sich an, was passierte, und ging dann wieder. Eines der schlagkräftigsten Beweisstücke war eine Audioaufnahme von einem Bauarbeiter, der etwas Seltsames gehört hatte – auch wenn er gravierend unterschätzt hatte, wie seltsam es tatsächlich war. Er nahm in einer der anderen Wohnungen des Gebäudes das Ganze mit seinem iPhone auf. Man konnte eindeutig hören, dass während der Folterung ein Greatest-Hits-Album von Blondie in voller Lautstärke lief. Es war meine Aufgabe gewesen, die Aufnahme zu transkribieren. Wie ein zum Leben erwachter Tarantinofilm ebbte die Gewalt ab und steigerte sich wieder parallel zur Audiospur: Während die Musik von »The Tide is High« zu »Heart of Glass« und schließlich zu »One Way or Another« wechselte, war es möglich, den Verlauf des Übergriffs akustisch zu verfolgen.

Ich saß da und blätterte langsam durch die Seiten der Fotobücher. Ich hatte nicht geglaubt, dass ich in Bezug auf diesen Teil meines Berufs blauäugig war: Ich hatte gewusst, worauf ich mich einlasse, oder? Ich hatte die Lehrbücher gelesen, hatte in simulierten Gerichtsverfahren geübt, hatte das Thema Berufserfahrung abgehakt. Doch durch eine Reihe von Fotos zu blättern, die völlig unverblümt und unemotional den brutalen Tod eines Mannes aufzeichneten, traf mich wie ein Hammerschlag. Es war der absolute Horror des Ganzen, der einen vom Hocker riss. Und ich dachte: Bin ich wirklich da, wo ich sein will? Ist das wirklich das, was ich tun will? Ich hatte hart dafür gekämpft, so weit zu kommen, und war jetzt schon ein Wrack. Ich fühlte mich wie eine Hochstaplerin.

Wenn man leidet, gibt es keine besondere Schwelle, die man erreichen muss, bevor es einem erlaubt ist, die Fassung zu verlieren. Trauer kennt keine bestimmten Kriterien. Wir haben alle diesen einen Freund, der uns, immer wenn wir uns über unseren kaputten Boiler oder unseren angebrannten Kaffee beschweren, daran erinnert, dass im Jemen ein Bürgerkrieg tobt. Aber so funktioniert Trauer nicht.

Manchmal rege ich mich auf, wenn mein Schweinefleisch Gefrierbrand hat. Manchmal bricht nachgerade die Welt zusammen, nur weil ich den Bus verpasst habe. Und manchmal bin ich gleichzeitig auf eine tiefere, wenn auch leisere Weise traurig wegen Krieg, Armut und Leid. Wenn man ein Trauma erlebt, verändert sich die Gleichung ein wenig. Für die meisten Menschen ist man dann fest in der Rubrik »berechtigte Klagen« verankert. Doch wenn man Strafverteidigerin ist, begegnet man dennoch täglich Menschen, deren Leid das eigene Erlebte vollständig in den Schatten stellt. Strafverteidiger müssen sich Fotos von Toten ansehen und erkennen, dass ihr Leid vielleicht größer ist als das eigene – und nicht nur *ihr* Leid, sondern auch das ihrer Eltern, ihrer Kinder, ihrer Freunde. Und dann muss man es hinter sich lassen. Nach Hause gehen und Abendessen kochen und das eigene Leben weiterleben und akzeptieren, dass, egal, wie groß ihr Leid ist oder das Leid irgendeines anderen Menschen, das eigene Leid dennoch seine Berechtigung hat. Frauen werden weltweit systematisch unterdrückt, das Opfer wurde brutal ermordet, das Schweinefleisch hat Gefrierbrand, deine Mutter ist tot. Das alles koexistiert, und das alles tut weh.

Ich verließ die Kanzlei desillusioniert und wütend. Wütend auf mich selbst. Ich hatte doch mehr zu bieten, oder? Ich versuchte, meine Gefühle aus unterschiedlichen Perspektiven zu beleuchten, ich pulte daran herum, wie man an einer verletzten Stelle knibbelt, die gerade erst von einer dünnen Schicht Schorf bedeckt wird. Ich hätte eigentlich völlig aus dem Häuschen sein sollen, weil ich in einer renommierten Kanzlei arbeitete und interessante Fälle bekam, warum war ich dann nicht in Hochstimmung? Niedergeschlagen schleppte ich mich durch den Supermarkt, nahm ein Netz Zitronen und ein halbes Dutzend Eier mit und ging nach Hause.

Ich stand am Herd, rührte im Topf und wartete auf den Moment, in dem sich die Zitronen und Eier von einer bleichen, faden Flüssigkeit in ein dickes goldenes Band verwandelten und fette Spuren auf dem Löffel hinterließen. Lemon Curd zu machen, hat etwas sehr Therapeutisches: Es ist ein langsamerer, ruhigerer, feinfühligerer Prozess als Marmeladen oder Gelees zu kochen. Die Temperatur, die man benötigt, ist viel niedriger als bei Marmelade, und kein flüssiger Zucker spritzt alles voll, was in Reichweite ist. Das Einzige, was man bei der Herstellung dieses traditionellen Lemon Curds zu tun hat, ist, die Hitze zu kontrollieren und zu rühren: rühren, bis sich der Zucker auflöst und die Flüssigkeit im Topf schwappt; rühren, bis man davon überzeugt ist, dass etwas schiefgegangen ist, dass man falsch abgemessen hat, dass man noch mal von vorne anfangen muss, dass es niemals klappen wird; rühren, bis die Mischung plötzlich, wie aus dem Nichts, dick wird – glatt und gleichzeitig glänzend; rühren, bis die Mischung winzige Bläschen schlägt und man eine Creme erhält. Es ist eine Übung in Geduld und Vertrauen. Und als ich da stand und rührte, rührte, rührte, fiel mir auf, dass ich gar nicht mehr an den Fall dachte. Ich dachte nicht einmal mehr an meine Überreaktion auf den Fall. Ich dachte nur noch an Lemon Curd.

*

Der Zitronenaufstrich ist, wie ich finde, die perfekte Konserve. Es ist die erste, die ich je hergestellt habe, und kann anders als Marmelade auch in kleinen Mengen hergestellt werden. Man kann auch weniger als die unten aufgeführte Menge kochen – gerade genug für ein Glas, das man im Kühlschrank aufbewahren kann – indem man die Zutatenmengen halbiert.

Der Aufstrich ist eine wahre Freude: Schwungvoll und

frisch im Geschmack und glatt wie Satin auf der Zunge, der säuerliche Geruch steigt einem sofort in die Nase, wenn man das Glas öffnet. Er ist flüssiger als das dicke chemische Zeug, das es zu kaufen gibt, deshalb fließt er in Wellen und Verwehungen über heißen Toast.

Lemon Curd

Ergibt ca. 250 g
Zubereitungsdauer: 15 Minuten auf dem Herd

Zutaten:

3 unbehandelte Zitronen
100 g Zucker
2 Eier
50 g Butter, sehr weich, aber nicht geschmolzen

1. Einen kleinen Topf zur Hälfte mit Wasser füllen und bei mittlerer Hitze erwärmen. Eine Glas- oder Metallschüssel auf den Topf setzen. Dünne Streifen Zitronenschale und den Zitronensaft in die Schüssel geben und den Zucker hinzufügen. Erhitzen, bis sich der Zucker aufgelöst hat, dann abseihen, um die Schalen zu entfernen. Die Zucker-Zitronen-Mischung zurück in die Schüssel schütten. Achtung! Dabei Backofenhandschuhe oder ein dickes Geschirrtuch verwenden. Die Schüssel ist überraschend heiß.

2. Die Eier in die Zucker-Zitronen-Mischung geben und mit dem Schneebesen verquirlen. Wenn sie in die Mischung eingearbeitet sind, zu einem kleinen Teigschaber wechseln und vorsichtig anfangen zu rühren, wobei die Hitze des heißen Wassers im Topf die Eier langsam gart. Wichtig ist hier, langsam und gleichmäßig vorzugehen: Der Curd wird dicker, aber das braucht Zeit, und man muss die ganze Zeit rühren und ein Auge darauf haben. Sobald die Mi-

schung sichtlich dicker wird und sich schwer auf dem Schaber anfühlt, vom Feuer nehmen, vorsichtig abseihen und beiseitestellen.

3. Die Mischung so weit abkühlen lassen, dass sich die Schüssel nicht mehr warm anfühlt, dann die sehr weiche Butter in kleinen Portionen einrühren, bis keine Streifen mehr zu sehen sind.

4. Den Curd in ein sterilisiertes Glas löffeln, versiegeln und im Kühlschrank lagern. Kalt auf dicke Scheiben heißen Toast oder zwischen die einzelnen Schichten eines Biskuitkuchens streichen oder Shortbread oder noch warme Madeleines hineintunken.

4

Kein Prozess nimmt im Old Bailey seinen Anfang, auch wenn er noch so wichtig ist. Kriminalfälle werden in einem der folgenden beiden Gerichte verhandelt: dem Crown Court oder dem Magistrates' Court. Am Crown Court, dem Strafgericht, werden die schwersten Fälle angehört, so ziemlich alles, was zu einer Haftstrafe von über sechs Monaten führen kann; hier dauern die Fälle tendenziell länger, und Geschworene sind mit dabei, die über den Sachverhalt entscheiden; den Vorsitz hat ein Richter in Robe, der entscheidet, welches Gesetz angewandt und welche Strafe verhängt werden soll. Und dann ist da noch der Magistrates' Court für die weniger schweren Delikte; die Verhandlungen hier dauern selten länger als einen Tag. Doch im ersten Stadium aller Fälle – der Sichtungsphase, dem ersten Erscheinen vor Gericht – werden sie vor dem Magistrates' Court angehört, wo dann das endgültige Gericht festgelegt wird. Jeder Kriminalfall landet zuerst im Magistrates' Court, selbst Mord und Terrorismus, und hier kommen dann solche Prozessanwälte wie ich mit herzlich wenig Erfahrung ins Spiel. Einige dieser Gerichtsgebäude sind immer noch sehr schön und ehrwürdig, wie sehr schöne Rathäuser, mit Galerien für die Öffentlichkeit im Zwischengeschoss und riesigen geschnitzten alten Türen; selbst die Zellen dort sind dezent beeindruckend. Aber die meisten von ihnen sind langweilige, heruntergekommene Gebäude, in denen die Decken undicht sind und alles aus Beton besteht.

Für mich war wohl die Kleidung am aufregendsten. Und wenn erst einmal die Perücke und die Robe maßgeschneidert werden, fühlt man sich ziemlich glamourös. Man sucht eine kleine Schneiderei in der Chancery Lane auf – Robenhersteller und Schneider seit 1689 – und geht an den maßgeschneiderten Anzügen und Hemden vorne im Laden vorbei und nach hinten durch, wo sich die Abteilung für juristische Bekleidung befindet und Perückendosen die Wände säumen. Die Perückenmacher selbst sitzen im Stockwerk darunter in einer kleinen Kellerwerkstatt und stellen die Perücken her, die jeder Rechtsanwalt an höheren Gerichten braucht. Die Perücken, die wir tragen, sind von Hand genäht und bestehen aus Rosshaar; die Herstellung einer schlichten Anwaltsperücke dauert bis zu einer Woche. Der ganze Aufzug kostete bei der Entstehung dieses Buches über £ 700, und zwar ohne die schwarz-goldene Perückendose, auf der handgeschrieben der eigene Name prangt, und ohne den zur Robe passenden Kordelzugbeutel aus dickem blauem Stoff und mit aufgestickten Initialen. Doch was man für diesen gepfefferten Betrag bekommt, ist das Gefühl, soeben in Harry Potters Winkelgasse geschlüpft zu sein, um dort seinen Zauberstab abzuholen. Oder wenigstens, als hätte man Zeit bei »Madame Malkins Anzüge für alle Gelegenheiten« verbracht.

All das wirkt von außen betrachtet vermutlich lächerlich, doch Perücke und Robe dienen einem ganz bestimmten Zweck. Es hat etwas Schützendes an sich, Perücke und Robe zu tragen. Es soll einen anonym machen. Als Prozessanwältin habe ich die *Erlaubnis,* die Fragen zu stellen, die die

Normen unserer Gesellschaft normalerweise verbieten. Ich frage nach intimen Details aus dem Sexleben eines Fremden, ich unterstelle Affären, ich frage nach früheren Verurteilungen und Fehltritten, ich klage andere der Lüge oder der Gewalt an, häufig inmitten traumatisierender Beweise. Dies in einer Uniform zu tun, bedeutet, dass ich diese Fragen nicht als Livvy Potts, fünfundzwanzigjährige Idiotin, stelle, sondern als Miss Potts von der Strafverteidigung. Dies klingt nach einem anmaßenden Unterschied, aber er ist wichtig. Er identifiziert einen als Teil des Systems. Man fühlt sich zwar ein wenig wie ein Spinner, wenn man sich die Perücke auf dem Kopf zurechtrückt, aber wenn man dann aus dem Ankleidezimmer heraustritt, ist man kostümiert und maskiert, man spielt eine Rolle. Und es funktioniert: Ein Klient, den ich vier Tage lang in einem ziemlich ernsten Körperverletzungsprozess vertreten und mit dem ich Stunden in kleinen Räumen den Wert seines fragwürdigen Alibis diskutiert hatte, erkannte mich überhaupt nicht, als ich ohne Perücke und Robe an ihm vorüberging. Dadurch wird es auf jeden Fall leichter, neben Leuten an der Bushaltestelle zu stehen, denen man im Gerichtssaal gerade noch vorgeworfen hat, den Briefträger gevögelt zu haben.

Schade für mich, dass man im Magistrates' Court, in dem, wenn man wie ich Anfängeranwältin ist, die meisten meiner Fälle zur Anhörung kommen, keine Perücke und Robe trägt. Am Magistrates' Court werden in Großbritannien die meisten Urteile gefällt. Meist handelt es sich dabei um die unangenehmsten und verfahrensten Prozesse, mit denen sich die Staatsanwaltschaft an diesem Tag auseinandersetzen muss. Wenn man Glück hat, bekommt man die Prozessakten am Abend vorher; wenn man Pech hat, erwarten sie einen, wenn man um neun Uhr morgens das Gerichtsgebäude betreten darf, eine Stunde, bevor von einem erwartet wird, dass man mit der Anklage beginnt. Wenn man ganz großes Pech hat, sind die Akten noch nicht da, wenn man im Gericht ankommt, dann kann man nur hoffen, dass man diesen Tag ausschließlich mithilfe des eigenen Verstandes überlebt.

Aber gehen wir mal davon aus, dass man Glück hat: Man hat eine Handvoll Prozesse vorzubereiten. Manchmal nur vier, an schlimmen Tagen aber bis zu zehn. Man hat vorher keine Ahnung, welchen Fällen Priorität eingeräumt werden wird, welche also angehört werden. Natürlich kann man Vermutungen anstellen: wenn zum Beispiel ein unwilliger Zeuge in den ersten Fall verwickelt ist, kann es also gut sein, dass der Fall in sich zusammenfällt; im dritten Fall hingegen geht es um ein gefährdetes Kind, daher wird er auf der Liste nach oben schießen. Der vierte Prozess allerdings dreht sich um einen Angeklagten, der bereits in Haft sitzt, das heißt, es gelten Haftzeitbeschränkungen, und es ist klar, dass die Zeit abläuft. Der zweite Fall wurde bereits zum zweiten Mal auf die Liste gesetzt, aber das reicht angesichts der dringenderen Fälle wahrscheinlich nicht aus, um angehört zu werden. Natürlich steckt hinter diesen Vermutungen, welcher Prozess wohl heute verhandelt werden wird, nichts anderes als eine subjektive Einschätzung. Es ist gut möglich, dass der unwillige Zeuge tatsächlich vor Gericht erscheint und es sich dabei um eine im achten Monat schwangere Frau handelt; oder dass der Angeklagte in Haft inzwischen seine Zeit abgesessen hat und lieber auf schuldig plädiert, anstatt das ganze Tamtam eines Prozesses auf sich zu nehmen. Um einer öffentlichen Demütigung vorzubeugen und dem absoluten Minimum an professionellen

Anforderungen zu genügen, muss man alle Prozesse, die an dem Tag möglich sind, vorbereiten.

Wenn man als Anfänger am Magistrates' Court eingesetzt wird, dann ist das Samstagsgericht das Magistrates' Court auf Drogen, und die Referendare haben die absolute Herrschaft.

Wo Samstagsgericht draufsteht, ist auch Samstagsgericht drin: Es ist ein Gericht, das samstags tagt, und es existiert für diejenigen, die freitagabends verhaftet und angeklagt werden, wenn die Gerichte nach der Arbeitswoche geschlossen haben.

Kein ausgewachsener Prozessanwalt oder Rechtsbeistand will sich an einem Samstagmorgen zum Uxbridge Magistrates' Court schleppen. Keiner will spät am Freitagabend im Pub einen Anruf von seinem Büroleiter erhalten, der mit den Worten beginnt: »Tut mir leid, da ist morgen am Hastings Magistrates' ein Fall für Sie, wichtiger Klient, will Kaution, vermasseln Sie es nicht.« Deshalb sind diese Fälle Aufgabe der Referendare, die die ganze Zeit beweisen müssen, dass sie zuverlässig und motiviert sind, und denen es – was noch wichtiger ist – eigentlich gar nicht erlaubt ist, zum Samstagsgericht nein zu sagen. Mit der Bezeichnung »organisiertes Chaos« würde man das ganze Debakel nur unverdient beschönigen. Am Samstagsgericht liegt die Freiheit jedes Angeklagten in den kollektiven Händen eines Rudels Neulinge.

Wenn man Glück hat, wird man am Freitag um achtzehn Uhr aus dem Sekretariat gescheucht, in der Hand einen Zettel mit einem Namen und gewappnet mit dem falschen Versprechen, dass diese Anhörung wegen Tätlichkeit am Hendon Youth Court das Tor zu größeren, besseren Dingen sein kann: zu Mordprozessen, privat zahlenden Rechtsberatern, einem besseren Schreibtischplatz in der Kanzlei; oder dass der Klient garantiert wichtig ist – *er hat zwanzig Polizisten mit der Waffe bedroht, und Sie bekommen den Prozess, Miss!* Wenn man weniger Glück hat, kommt der Anruf morgens um sechs nach der Geburtstagsparty der besten Freundin.

Die erste Herausforderung besteht darin, rechtzeitig zum Gericht zu gelangen. Man schlüpft rasch in schwarze Klamotten (vermutlich in die, die man am Abend vorher abgelegt hat), putzt sich die Zähne und zupft sich die Kebabreste aus den Haaren. Die schiere Logistik, zu einem der fünfundvierzig Magistrates' Courts im Südosten zu gelangen, ist an und für sich schon ein Kraftakt. Dazu ist die Art von komplizierter Mathematik notwendig, die einen an Mathearbeiten erinnert: Wenn Sally um 7.16 Uhr zu Hause losgeht und zu Fuß zehn Minuten zum Bahnhof braucht und der Zug 160 Meilen pro Stunde fährt, wann erreicht sie dann den Aylesbury Magistrates' Court? Sie kennen bestimmt alle die Binsenweisheit, dass Männer eines gewissen Alters über eine unglaubliche Zeitspanne hinweg das Für und Wider einer bestimmten Fahrtstrecke diskutieren können, wenn sie auch nur halbwegs die Gelegenheit dazu bekommen. Anfängeranwälte sind genauso, wenn es um öffentliche Verkehrsmittel geht. Wenn man ihnen erzählt, dass man zu einem Mädelswochenende nach Southend fährt, oder erwähnt, dass man die oberirdische Linie nach Harrow genommen hat, dann klären sie einen nicht nur bereitwillig über die besten Strecken auf, sondern auch über die vier schlechteren Verbindungen, und als Postskriptum führen sie an, weshalb man wirklich NIEMALS die oberirdische Linie nach Harrow nehmen sollte (glaubt mir: das lohnt sich echt nicht, dann lieber auf den Zug warten).

Wenn man es dann zum Gericht geschafft hat – herzlichen Glückwunsch, und ich hoffe, Sie haben unterwegs auch noch einen Muffin und einen extrem starken Kaffee auftreiben können –, dann sieht man sich mit etwas konfrontiert, das eher dem *Herrn der Fliegen* ähnelt.

So ziemlich definitionsgemäß sitzt der Mandant in der Zelle (zumindest mal angenommen, man ist zum richtigen Gericht geschickt worden, der Gefängniswagen ist angekommen und der Klient saß tatsächlich darin ...). An einem Samstagmorgen können die Zellen eines Magistrates' Court jeden enthalten. Absolut jeden. Mordverdächtige mischen sich unter Teenager, die in betrunkenem Zustand gedacht haben, es wäre eine Gaudi, einen Verkehrskegel zu klauen, und es dann für eine gute Idee hielten, die diversen Vorzüge ihrer Tat mit dem beteiligten Polizisten zu diskutieren. Keiner von ihnen hat seit der Verhaftung seine Familie gesehen, und höchstwahrscheinlich warten diese Familien bereits verwirrt und wütend oben.

Es ist schwer, den Geruch der Zellen eines Magistrates' Court an einem Samstagmorgen genau zu beschreiben, aber ich werde es versuchen. Der Gestank nach Schweiß ist überwältigend. Darunter erkennt man den Übelkeit erregenden süßlichen Geruch von Alkohol, der aus vielen Poren dringt. Dazu ein Hauch von Toilette. Darüber legt sich der penetrante Geruch nach Plastik, Schweinefleisch und Bohnen, was von den Ganztagesrationen kommt, die den Angeklagten vorgesetzt werden, sowie der Geruch von Instantkaffee. Dieser Geruch bleibt haften. Klingt nach. Man wird ihn einfach nicht los. Ich habe schon am Samstagsgericht verteidigt, bin nach Hause gegangen, habe geduscht, mich umgezogen, und als ich Stunden später mit Freunden ausgegangen bin, war ich davon überzeugt, einen Hauch dieser Ganztagesrationen zu riechen, Baked Beans und Gummi. Eine Freundin von mir steckte an einem Samstagmorgen mal mit ihrem Klienten in einer Zelle fest, als woanders im Gerichtsgebäude irgendetwas schiefgegangen war und sämtliche Zellen abgeriegelt wurden. Ihr Klient hatte in einem Anfall von Großzügigkeit, was in einem Magistrates' Court selten vorkommt, sein Frühstück mit ihr geteilt. Während wir bei ein paar Drinks zusammensaßen, erzählte sie uns diese Geschichte, und alles, was ich denken konnte, war: *Gott, er hätte ihr einen größeren Gefallen getan, wenn er das Frühstück für sich behalten hätte.*

Wenn man seinen Klienten dann ausfindig gemacht hat, muss man ihm erklären, in was für einer Klemme er steckt. Bei Fällen, die am Crown Court verhandelt werden, hat der Angeklagte meist Zeit, sich in die Situation hineinzufinden. Und wenn er dann zum Prozess oder zur Urteilsverkündung erscheint, trägt er sehr wahrscheinlich Sonntagskleidung und wird von seinen Angehörigen begleitet. Aber hier nicht. Nicht am Croydon Magistrates' Court um sieben Uhr morgens an einem Samstag. Wenn man den Zellentrakt betritt – einen Korridor mit Räumen, die mit großen, altmodischen Schlüsseln abgeschlossen werden, die am Gürtel des Zellenpersonals hängen –, sind die Angeklagten völlig verstört und geschockt, irgendwo zwischen kataleptisch und fassungslos bis hin zu einfach nur stinksauer. Das Ziel des zuständigen Anwalts ist es, dort unbeschadet wieder herauszukommen, ohne vom Richter oder dem eigenen Klienten angebrüllt zu werden. Kaution ist ein Bonus. Wenn der Angeklagte trotz der geflüsterten Warnungen, das Reden bitte dem zuständigen Anwalt zu überlassen, den Richter anschreit, dann heißt es: Gehe direkt ins Gefängnis, gehe nicht über Los und kassiere keine £ 200.

Trauer sollte schmerzlich sein. Natürlich. Man verarbeitet den Tod, die Abwesenheit von jemandem, den man geliebt hat. Man muss den eigenen Platz in der Welt fortan ohne die Beziehung zu diesem Menschen ausfüllen. Doch dieser Schmerz, den ich aus den Augenwinkeln beinahe sehen konnte, den ich auf mich zukriechen spürte, war so riesig, so unüberwindlich. Ich konnte ihm unmöglich direkt ins Auge blicken. Ich hatte sie so sehr geliebt, dass es mir die Kehle zuschnürte, wenn ich nur an sie dachte. In dem Bemühen, die Bestattung und die ganzen organisatorischen Dinge zu regeln, hatte ich mich von der Trauer abgewandt, und das hatte für mich funktioniert; vielleicht konnte ich nun in derselben Art fortfahren, bis der Schmerz abebbte oder wenigstens auf eine verkraftbare Größe schrumpfte. Mit Dad und Maddy sprach ich regelmäßig am Telefon, weit mehr, als ich es vor Mums Tod getan hatte – auch wenn Maddy und ich zu emotional unproblematischeren WhatsApps tendierten, bei denen das Risiko, dass die Stimme brach oder schwierige Pausen entstanden, abgeschwächt war; aber wir mieden es, über die ganz großen Gefühle zu sprechen. Ich dachte dauernd an die beiden, fragte mich, wie sie mit dieser bizarren Talsohle zurechtkamen, in der unsere neuerdings geschrumpfte Familie steckte, aber ich fragte nicht nach. Jeder trauerte für sich selbst, im Privaten. Das passte mir ganz gut. Jedes Mal, wenn ein Gedanke an meine Mum aufkam, der nicht absolut harmlos war, dachte ich einfach an etwas anderes. Ich schaltete die Gedanken einfach aus. Ich wurde ziemlich versiert darin. Ich konnte über sie sprechen. Witze machen. Aber wenn ich allein war, wenn ich wach im Bett lag oder an meinem Schreibtisch saß und Löcher in die Luft starrte, während meine Tasse Tee abkühlte, wenn mich diese Gedanken auszufüllen drohten, dann höhlte ich sie aus, bis ich mich leer und sauber fühlte. Gut, dachte ich, das heißt es, mit etwas fertigzuwerden. Das heißt weitermachen.

Nach einer Weile hören die Leute auf, nach dem Todesfall zu fragen. Zuerst stellt dies eine überwältigende, beinahe körperliche Erleichterung dar. Man muss die Geschichte, die man so oft erzählt hat und inzwischen aus dem Effeff kann, nicht länger wiederholen. Die Erleichterung ist tiefsitzend, euphorisch. Ich persönlich war froh, dass ich nicht mehr in gesellschaftlich akzeptablen Euphemismen über mein Leben reden musste. Ich hasste sie. Es ist kein Geheimnis, dass die meisten Leute eigentlich nicht wissen, was sie sagen sollen, nachdem jemand gestorben ist. Verständlich vielleicht, dass sie dieses gesellschaftlich von Angst behaftete Fahrwasser umschiffen, indem sie weichere, zartere, blumigere Phrasen verwenden. *Nicht mehr da sein. Sanft entschlafen sein. Das Zeitliche segnen. An einem anderen Ort sein. An einem* besseren *Ort sein. Eingeschlafen sein. Bei den Engeln sein. Über den Jordan gegangen* (okay, DAS vielleicht nicht). Selbst dieses *Ruhe in Frieden* machte mich wahnsinnig. Woher sollte man wissen, dass sie nun ihren Frieden hatte? Oder ruhte? Die Frau war *tot*. Meine Mutter war *tot*. Natürlich sagte ich das nie. Ich dankte den Menschen für ihre freundlichen Worte, Worte, die meine Wirklichkeit leugneten, Worte, bei denen sich mir die Zehennägel kräuselten. Deshalb konnte ich ein wenig freier atmen, als die Leute aufhörten, über den Tod zu reden.

Doch zugleich wollte ich es von den Dächern rufen. Der Tod ist eine so prosaische Angelegenheit, die andauernd vorkommt, überall um uns herum, und so ziemlich jeden ereilt die gleiche, den Verstand raubende Trostlosigkeit. Der Tod ist so weltverändernd, wie wenn man sich zum ersten Mal verliebt oder den Rausch ungezügelter Lust verspürt; es fühlt sich für jeden Einzelnen so an, als hätte dies nie jemand vor ihm so empfunden. Es scheint unbegreiflich zu sein, dass die Menschen um einen herum nicht die seismische Verwerfung spüren, die eingetreten ist – sie nehmen sie gar nicht wahr. »HALLO?!«, hätte ich am liebsten gebrüllt. »Ist dir bewusst, dass sich *alles verändert hat*? Dass es niemals mehr dasselbe sein kann? Dass sie *weg* ist! Du kannst nicht einfach weitermachen, als wäre nichts passiert!« Obwohl ich natürlich genau das versuchte.

Es stimmt nicht ganz, dass ich kein Interesse am Kochen hatte, bevor meine Mutter starb. Einmal stand ich Schlange, um mir von Jamie Oliver ein Kochbuch signieren zu lassen, das ich nie benutzte, mit Ausnahme seines Rezepts für heiße Schokolade. Als Teenager besaß ich ein Kochbuch und las es immer wieder, faltete Eselsohren, merkte mir die Fotos, bis mir jedes davon so vertraut war wie die Poster an der Wand meines Zimmers. Doch ich habe nie daraus gekocht; auch wenn meine Mutter nicht unbedingt Freude am Kochen hatte, war unsere Küche fest in ihrer Hand, und man durfte ihr nicht hineinpfuschen oder sich einmischen. An der Uni wurde man vom Kochen aktiv abgehalten. Für all meine Mahlzeiten war gesorgt: In der Mensa roch es immer und überall nach gekochtem weißem Reis. Im ersten Semester war ich so aufgeregt, dass ich mich sowieso nicht dazu bringen konnte, in der Mensa zu essen. Ich lebte von meinen Nerven und unendlich vielen Schokokeksen, dazu gab es gelegentlich eine Scheibe Toast mit Marmite. Mikrowellenöfen waren die einzige Küchenausstattung, die zur Verfügung gestellt wurde, und im Laufe der Semester entwickelte ich eine zweifelhafte Vorliebe für verlorene Eier aus der Mikrowelle und Salami-Käse-Toasties (ebenfalls aus der Mikrowelle). Nach meinem Abschluss zog ich nach London, wo meine kulinarische Ausbildung ebenfalls lahmte, wenn nicht komplett zum Stillstand kam. Ich lebte in Bloomsbury, in einer winzigen Wohnung in der Nähe des Russell Square, die einen Kühlschrank aus braunem Plastik von der Größe einer Minibar enthielt, der aus den 1970ern stammte, sowie einen Backofen ähnlichen Baujahrs; man musste ein Streichholz tief in ihn hineinstecken, dann ging er praktisch in Flammen auf. Achtzehn Monate lang hatte ich keine Haare auf meinem rechten Arm, auch wenn ich den Backofen nur dazu verwendete, um gefrorene Fischstäbchen zu garen. Trotz dieser technischen Hürden war mein Mitbewohner Pablo ein guter Koch und schmiss extravagante Dinnerpartys, bei denen ich ab und zu zum »Souschef« ernannt wurde, was ein Euphemismus für »Tellerwäscherin« war. Zu dieser Zeit ging er durch eine langwierige Gelatinephase. Zwei Wochen, nachdem ich eingezogen war, hatte ich Geburtstag, und er präsentierte mir ein Geburtstagsfrühstück, das aus perfektem goldenem, bebendem Blancmange, einer Mandelspeise mit Safrangeschmack, bestand. Im Jahr darauf kochte er für mich Gin-and-Tonic-Jelly, das wabbelte und im Dunkeln leuchtete. Ich hielt ihn für einen Zauberer.

In der Welt nach dem Tod meiner Mutter und nach der

Fischpastete wollte auch ich nun zum Zauberer werden. Ich wollte eine Göttin des Hauses werden. Ich wollte Sam, der kein Vegetarier mehr war, mit meinen großartigen Sonntagsbraten beeindrucken. Und obwohl meine Mutter den Job der von der Familie ernannten Köchin eigentlich nie genossen hatte, wollte ich ihren Platz einnehmen. Am Anfang tat ich das, was jeder, der um die Jahrtausendwende geboren ist, tut: Ich recherchierte im Internet. Ich las Rezept für Rezept und hatte keine Ahnung, welche gut und welche schlecht waren. Doch ich dachte, wenn ich es nur oft genug probierte, würde es am Ende schon etwas bringen, deshalb kochte ich einfach weiter.

Völlig high von dem Erfolg mit meinem Lemon Curd und der Fischpastete beschloss ich, den zweiten Schritt vor dem ersten zu tun. Da ich bisher nur *ein* Gericht für *eine* Person zubereitet hatte – die Fischpastete für Sam –, ging ich einen Schritt weiter und lud drei Freunde zum Abendessen ein, und indem ich die Vielfalt an Gerichten mit Raffinesse gleichsetzte, plante ich mein Menü. Zuerst würde es Pastete geben, dann eine Lasagne, völlig unnötigerweise begleitet von einer Focaccia mit vier Käsesorten. Und als Krönung würde das Ganze eine perfekte Schokotarte abrunden. Ich befolgte das Rezept auf den Punkt genau: Ich wog jede Zutat im Voraus ab und siebte das Mehl, ich hatte zu dieser Gelegenheit sogar eine neue, perfekt gewellte Backform gekauft. Der Teig war unglaublich klebrig. Er hing an meinen Fingern, haftete auf der Arbeitsfläche, egal, wie viel Mehl ich hinzufügte. Ich wickelte ihn in Frischhaltefolie und schob ihn in den Gefrierschrank, weil ich glaubte, das Problem würde sich dann lösen. Zwei Stunden später hatte er immer noch die Konsistenz von Spachtelmasse, war aber geringfügig brauchbarer als zuvor. Ich schaffte es gerade so, ihn auszurollen und in meine brandneue Form zu pressen, wobei ich dabei immer wieder Löcher flicken und ausbessern musste. Ich schüttete Backbohnen – eine weitere Neuanschaffung – auf den Teig, schob ihn in den Ofen und war stolz auf meinen ersten Versuch im Blindbacken – und noch stolzer, weil mir eingefallen war, Backbohnen zu verwenden, um den Teig zu beschweren, damit der Boden beim Backen flach blieb. Aber ich konnte ihn nicht in Ruhe lassen. Ich kann überhaupt nichts in Ruhe lassen. Zehn Minuten später schlich ich mich zurück in die Küche, um einen Blick auf mein Meisterwerk zu werfen. Es sah seltsam aus. Der Teig war nicht flach geblieben, aber das war nicht das eigentliche Problem. Ich hatte vergessen, den Teig mit Backpapier zu belegen, bevor ich die Backbohnen darauflegte, und deshalb war er *um* die Bohnen *herum* aufgegangen, und die Bohnen wurden *in* den Teig hineingebacken. Panisch zog ich das Ganze aus dem Ofen und fing an, glühend heiße Keramikbohnen – Hunderte davon – einzeln aus meinem traurigen, pockennarbigen Teig zu pulen. Am Tag zuvor hatte ich die Kochshow *Junior Masterchef* im Fernsehen gesehen, wo ein Achtjähriger perfekte Soufflés herstellte. Trotzdem hatte ich es geschafft, einen simplen Tortenboden zu vermasseln. Doch seltsamerweise war ich nicht besonders niedergeschlagen. Ich schob den löchrigen Teig zurück in den Ofen und backte ihn fertig; ich verteilte die Füllung darauf und ließ sie fest werden. Es sah überhaupt nicht aus wie das Bild im Kochbuch, und der Boden war seltsam aufgeblasen und klumpig, doch ich war trotzdem außerordentlich stolz. Immer wieder stahl ich mich zurück in unsere kleine, versiffte Küche, um mir meine Schokotarte anzuschauen, wie sie ungelenk auf einem Teller auf der schmierigen Mikrowelle hockte. Und als ich sie servierte, fühlte ich mich unschlagbar. Natürlich schaffte sowieso niemand mehr etwas davon nach der Pastete, der Lasagne und der Tausend-Käse-Focaccia. Aber das machte nichts. Noch Tage später, lange nachdem sie ihre beste Zeit hinter sich hatte, konnte ich mir ein Stück davon abschneiden, es direkt von der Tortenplatte essen und darüber staunen, dass ich eine Schokotarte gebacken hatte.

Schon bald fand ich mich im Gericht wieder, wo ich darauf wartete, dass mein Fall aufgerufen wurde, und mit halbem Ohr den richterlichen Beamten zuhörte, die über irgendetwas plauderten, was mich nichts anging; ich machte Listen mit Dingen, die ich kochen wollte, sobald mein Fall vorbei wäre. Wenn ich am Gericht war, kam ich oft vor meinen Mitbewohnerinnen nach Hause, und in diesen ruhigen Nachmittagsstunden kochte ich dann. Fast jeden Tag kochte oder backte ich etwas. Mit wechselndem Erfolg, gelinde gesagt. Auf jeden gut gelungenen Lemon Curd folgte eine geronnene Vanillecreme, ein zusammengefallener Kuchen, Gebäck, das man als Angriffswaffe hätte benutzen können. Ich verstand nicht, weshalb diese Dinge passierten, und war vorübergehend traurig darüber. Doch das alles schreckte mich nicht ab.

Im Mai wollte ich zu Sams Geburtstag Cake-Pops, kleine Kuchen am Stiel, backen. Keine Ahnung, warum. Haben Sie je einen Cake-Pop gegessen? Er besteht aus Kuchenkrümeln, die mit Buttercreme zusammengeklatscht, mit klebrigen Fingern zu kleinen Kugeln geformt, anschließend in gefärbte weiße Schokolade von minderer Qualität getaucht und dann auf einen Stiel gesetzt werden. Sie sind absolut eklig:

außerordentlich süß und seltsam konsistenzlos, wie ein Cupcake ohne seine guten Eigenschaften. Aber ich hatte mir das in den Kopf gesetzt, und darüber hinaus wollte ich auch noch, dass sie wie Füchse aussahen. Sam liebte Füchse! Mein Plan war makellos. Ich machte mich daran, perfekte kleine Cupcakes zu backen, die ich dann für das Innere der Cake-Pops auseinanderreißen würde. Die Cupcakes wurden schön; ich hätte zum richtigen Zeitpunkt aufhören sollen.

Meine erste Ladung weiße Schokolade brannte an. Ich hatte zuvor nicht gewusst, dass man so etwas überhaupt schaffen konnte. Ich rannte zum Laden an der Ecke und kaufte eine neue Tafel, dann machte ich unermüdlich weiter. Ich klebte die Kuchenkrümel mit Buttercreme zusammen – Buttercreme, die ich neonorange gefärbt hatte – und formte mit zuckrigen, fettigen Fingern die Mischung zu groben Kugeln. Eigentlich soll man Lollystiele verwenden, aber ich hatte nur Kebabspieße zur Hand, was wahrscheinlich viel über mich aussagt. Die Masse glitt sofort an den langen, dünnen, spitzen Stäben hinab und fiel auseinander. Vorsichtig formte ich sie erneut zu Kugeln und setzte sie auf die Spitzen, doch wieder rutschten sie herunter. Mitten in diesem Kampf strich ich mir verärgert eine Haarsträhne aus dem Gesicht und schmierte mir einen Streifen grell orangefarbene Buttercreme über die Wange. Das ließ sich noch retten. Vielleicht musste ich die Mischung nur ein bisschen besser zusammenkleben. Wenn ich sie zuerst in die Schokolade tauchte, bevor ich sie auf den Stiel spießte, würde sie bestimmt halten. Ich dachte an das Profil, das die Kanzlei für mich angefertigt hatte – »Olivia ist in der Lage, unter Stress Probleme zu lösen« –, und wurde ganz selbstzufrieden.

Die Mischung glitt immer noch am Stiel herunter. Und dieses Mal setzte sie sich unten fest und wurde flach, wobei sie eine fettige orangefarbene Schmierspur hinterließ. Schließlich beschloss ich, dass ich diese Flachheit einfach akzeptieren, die Cake-Pops umgekehrt zusammensetzen und sie dann zum Festwerden so in den Kühlschrank stellen würde.

Eine halbe Stunde später holte ich sie wieder heraus. Sie hatten beim Kühlen eine unappetitliche rostbraune Farbe angenommen. Jedes von ihnen war ein ungleichmäßiges, eichelförmiges Klümpchen und nicht die perfekte Kugel, die ich gern gehabt hätte. Die meisten von ihnen waren außerdem unerklärlicherweise seltsam körnig. Aber sie waren fest geworden – sie waren *fest* geworden! Ich befestigte Mandelplättchen als Ohren und Schokodrops als Augen daran. Außerdem klebte ich kleine Fondantbärte an ihr Kinn, in der Hoffnung, dass sie dann mehr wie Füchse aussahen. Ich betrachtete meine Arbeit der letzten zwei Stunden. Die Cake-Pops sahen aus wie wütende Bären mit flachen Köpfen, bis auf einen, der mich angrinste. Ich verglich das Bild, das ich gegoogelt hatte, mit den Monstrositäten vor mir; sie ähnelten weder dem Bild noch einander noch Füchsen. Meine Mitbewohnerin Suzy, die den halben Prozess als Souschef begleitet hatte, wälzte sich vor Lachen auf dem Boden und kam nur einmal hoch, um für die Nachwelt ein Selfie von sich und den »Fuchs-Pops« zu machen. Ich habe nie wieder auch nur einen Cake-Pop hergestellt.

Aber an sich spielte es für mich wirklich keine Rolle, wenn ich einen Fehler machte: Das Backen hob die Redewendung »über verschüttete Milch lohnt sich nicht zu weinen« in Bezug auf wörtliche Auslegung auf ein ganz neues Level. Die

Einsätze waren niedrig – so viel niedriger als in meinem Brotjob –, und auch wenn ich bisher vor allem von den schlechten Erfahrungen berichtet habe, gab es auch Erfolge. Mein erster Honeycomb Cake war ein Erfolg, ich war völlig baff, als er aufging, genau wie er sollte. Ich stellte eine sirupsüße Treacle tart her, und dieses Mal dachte ich auch daran, den Teig mit Backpapier auszulegen, bevor ich die Backbohnen daraufschüttete. Ganz, ganz langsam wurde ich besser.

Manchmal hat Kochen etwas Meditatives an sich: köchelnde Marmelade, die allmählich dickflüssiger wird, während Schalenstücke in der glühenden bernsteinfarbenen Masse tanzen. Dann wieder kann Kochen aber auch eine belebende Wirkung haben: Gewürze rösten, ploppende Koriander- und Senfkörner, knisternder Kumin und Fenchel in der trockenen Pfanne, deren Düfte die Küche mit der Verheißung auf kommende Speisen erfüllen.

Manchmal hat es auch etwas Beglückendes an sich, in der Küche zu werkeln: etwa der Moment, in dem man Crêpes Suzette flambiert und die nach Orange duftende Flamme an der Pfanne und den Pfannkuchen leckt. Und einige dieser Erfahrungen brachten pure Freude mit sich: der Moment, in dem der Honeycomb Cake aufgeht und in einer dunklen goldenen Wolke in der Pfanne nach oben steigt.

Manches bedurfte der Konzentration, manches benötigte einfach Muskelgedächtnis. Ich liebte all diese unterschiedlichen Momente. Rezepte hatten etwas Beruhigendes an sich – eine Reihe von Anweisungen, die, wenn man sie sorgfältig befolgte, ein vorhersehbares Ergebnis liefern würden, auch wenn mein Endprodukt nicht immer den glänzenden Fotografien entsprach. Alles um mich herum löste sich in Ungewissheit auf, aber hier folgten auf Handlungen ganz ordentlich Konsequenzen. Ich schob etwas bei 180° C in den Backofen, und zwanzig Minuten später war es fertig – es war goldbraun, glühend heiß, und es war aufgegangen – genau wie das Rezept versprochen hatte. Unter diesen Umständen suchte ich mir die schwersten Rezepte, die ich finden konnte. Deshalb fühlte ich mich zu dieser Zeit so zum Backen hingezogen, wo Temperaturen wichtig waren und die Zutaten genau abgewogen werden mussten. Beim Backen weiß man immer, woran man ist. Man weiß genau, wo man gerade steht.

Nun muss ich sagen, dass Sams Repertoire und Interesse in Bezug auf Essen seltsam altmodisch waren. Als er mir mitteilte, dass er zu spät zu einem unserer ersten Dates kommen würde, weil er »darauf wartete, dass seine Marmelade fest wurde«, war ich wie verzaubert (wenn auch ein wenig gereizt). Wie viele vierundzwanzig Jahre alte Männer in London konnten Marmelade kochen? Wahrscheinlich spielt hier eine entscheidende Rolle, dass ich mich zu allen Menschen hingezogen fühlte, die etwas konnten, was ich nicht konnte, was vermutlich eine Art evolutionäre Anpassung ist, um das begrenzte Paket, das ich zu bieten hatte, zu vervollständigen (das bedeutete, dass ich fast fünfundzwanzig Jahre lang nach allen Menschen gegiert hatte, die Auto fahren konnten, und bis zum heutigen Tag sollte man mich nicht mit jemandem, der Klavier spielen kann, in einem Raum allein lassen). Da versteht es sich von selbst, dass ich völlig hin und weg war, als Sam (endlich) an meiner Tür auftauchte und ein klebriges Glas noch warmer Marmelade dabeihatte.

Doch Marmelade kochen war nur die Spitze des *Good-Life*-Eisbergs. Sam war besessen von Früchtebrot: dem alten trockenen, mit Sirup gebundenen, rosinenschwangeren Früchtebrot, der Domäne der Hochzeits- und Weihnachtskuchen, überzogen mit Marzipan und Zuckerguss. Bis er an die Universität ging, hatte er geglaubt, dass ein wahrer Geburtstagskuchen eigentlich ein Früchtebrot war, so wie wenn wir Weihnachtskuchen sagen und Früchtebrot meinen. Kein Schokoladenbrötchenkuchen und keine riesigen Kekskuchen für ihn. Ich dachte, er wäre verrückt. Er liebte Porridge, quicheartige Gemüsekuchen und Corned Beef, und er fand, dass Curry mit Kokosraspeln, Sultaninen und Bananenscheiben, nun ja, total Banane war. An einem heißen Sommertag teilte er mir mit, dass er unbedingt Lardy Cake backen wollte – den schweren Kuchen auf Schweineschmalzbasis, den seit ungefähr 1930 niemand mehr gebacken oder gegessen hatte, und zwar aus gutem Grund – und machte sich daran, genau das zu tun. Doch ungeachtet seines seltsamen Geschmacks war er gewillt, Zeit und Energie ins Kochen zu stecken, ein Konzept, für das ich vorher ironischerweise nie Zeit gehabt hatte. Ich war eine treue Anhängerin sofortiger Sättigung gewesen: Die Arbeitstage sind lang, das Leben ist kurz, diese Pasta kann in drei Minuten fertig sein. Doch Mums Tod schenkte mir ein neues Zeitgefühl, oder vielleicht einfach mehr Zeit; mir war nicht danach auszugehen, ins Pub, ins Kino oder sonst wohin. Stattdessen blieb ich zu Hause und sah zu, wie die Butter in der Pfanne braun wurde, oder drückte Teig in eine Quicheform, während ich die Lardy Cakes ablehnte, die Sam mir immer wieder anbot.

Aber er hatte auch bessere Ideen. Eines Abends kam er mit einem großen Tupperbehälter zu mir. In ihm befand sich der Pizzateig, den er früh am Morgen zubereitet und den ganzen

Tag im Kühlschrank auf der Arbeit aufbewahrt hatte, wo er ihn etwas gehen ließ, damit wir abends Pizza backen konnten. Ich hatte noch nie mit Pizzateig hantiert. Tatsächlich hatte ich niemals irgendeine Art von Brotteig berührt. Ich wusste, dass man Pizza*teig* in Supermärkten kaufen und daraus seine eigene Pizza backen konnte, doch ehrlich gesagt war die Idee, den Teig zu Hause selbst herzustellen, für mich ein ganz neues Level von Pizzaliebe. Der Teig war blass und kühl, trotz der langen U-Bahn-Fahrt mit der Victoria Line und einem viel zu langen Aufenthalt in einem Rucksack. Und als ich mit dem Finger hineindrückte, blieb die Vertiefung zwar bestehen, der Teig fiel aber nicht in sich zusammen. Ich beobachtete, wie Sam ihn zu einem Kreis knetete, und tat mein Bestes, es ihm nachzutun. Als Teenager hatte er in einem Pizzarestaurant gearbeitet, und selbst wenn er je zulassen würde, dass man seine Expertise auf diesem Gebiet vergaß, würde einen die Brandnarbe an seiner Hand, die er sich in der Tür des Pizzaofens eingeklemmt hatte, stets daran erinnern. Bei ihm sah das Kneten ganz leicht aus, doch als ich den Teig mit den Handballen von mir weg dehnte und Sams Bewegungen imitierte, sprang er immer wieder zurück. Sam wartete eine Zeit lang höflich ab, bevor er wieder übernahm. Wir belegten unsere Pizza mit allem und jedem, was wir finden konnten – Sardellen, Oliven und Ei –, und schoben die schiefen Ovale in den Backofen. Sie waren perfekt.

*

Als Maddy und ich noch ganz klein waren, bestand unser Lieblingsabendessen aus Pitta-Pizzas: braune Pittabrote (gesund!), mit Ketchup bestrichen und getrocknetem Oregano bestreut, dann mit kleingerissenem, hauchdünnem Schinken und mildem geriebenem Cheddar aus der Tüte belegt. Ich schmecke sie immer noch auf meiner Zunge, und der Duft von getrocknetem Oregano und Tomaten reicht aus, um mich zurück an unseren Küchentisch zu versetzen. Als ich neulich meine Schwester fragte, was ihre intensivste Erinnerung in Bezug auf Mums Speisen wäre, nannte sie genau das (Mum, es tut mir so leid: Dein Coq au Vin war köstlich). Daher schien es mir nur richtig, dass Pizza eine kulinarische Grundlage meiner Beziehung mit Sam darstellte. Und einseitig war es auch nicht. Denn genau wie er mich an hausgemachte Pizza heranführte, brachte ich ihm Pizza vom Pizzaservice nahe. Können Sie das glauben? Bevor er mich kennenlernte, hatte er noch nie eine richtige, primitive Take-away-Pizza gegessen. Eine Domino's oder eine Papa Johns oder eine Pizza GoGo, die inzwischen zu unserer Lieblingspizza avanciert ist. Die Tatsache, dass ich diese kleine eigene Freude in sein Leben gebracht habe, tröstet mich immer, egal, wie unsere Beziehung weitergeht.

Keine Sorge, hier folgt jetzt nicht das Rezept für eine Take-away-Pizza, auch wenn man sagen muss, dass auch diese hier nicht besonders authentisch ist. Sie ist eine Art Kreuzung zwischen einer neapolitanischen Pizza und einem New York-Style Pie – aus dem einfachen Grund, dass ich es so mag. Der Teig wird schön knusprig, und die Stücke können gerade so ihren Belag tragen, aber trotzdem ist er schön teigig, wenn man hineinbeißt. Ich habe eine Methode gefunden, bei der man nicht kneten muss, deshalb ist der Teig denkbar einfach herzustellen: Alle Zutaten in einer Schüssel vermengen und sie ganz langsam im Kühlschrank für ganze fünf Tage gehen lassen – eine kalte Fermentation. Es ist nicht nur so, dass diese

Prozedur unglaublich wenig Aufwand darstellt, sie schmeckt auch noch unglaublich lecker und besitzt zudem noch die bereits erwähnte knusprig-weiche Konsistenz.

Der Schlüssel zu einer zünftig gebackenen Pizza – bei der der Teig Blasen schlägt und zu etwas ausbeult, was die Italiener *cornice* (»Gesims«) nennen – ist *Hitze*. Richtige Hitze, die die Augen tränen und die Mascara schmelzen lässt. In Restaurants gibt es Pizzaöfen, die den ganzen Tag über rot glühen, damit die Pizza innerhalb von wenigen Momenten fertig ist. Zu Hause imitiert man dies am besten mit einer gusseisernen Bratpfanne und dem Ofengrill. Wenn man die Pfanne vorheizt, sodass sie richtig heiß ist, wenn der Teig hineinkommt, erhält man eine gute Farbe und Konsistenz der Kruste; wenn man sie dann unter den Ofengrill stellt, schlagen nicht nur Käse und Soße Blasen, sondern der Teig bläst sich auch an den Rändern auf, wird schwarz und verbrannt und ergibt diese perfekten *cornici*.

Die Tomatenbasis ist eine Verfälschung von Marcella Hazans berühmter Soße, für die sie Dosentomaten mit einer Zwiebel und jeder Menge Butter schmort. Hier füge ich Knoblauchzehen hinzu sowie ein wenig Zucker (und ein bisschen weniger Butter). Während Marcella die Zwiebel wegwirft, lasse ich sie drin und koche sie mit dem Knoblauch, bis sie weich ist. Dann mixe ich das Ganze, bis es dick, glatt und blass ist. Es ist lächerlich einfach und wahrscheinlich die beste Tomatensoße, die ich je gegessen habe.

Pizza

Menge: 4 Pizzas (reicht mit Salat für 4 Personen oder für zwei gierige Menschen bei einem Date)
Zubereitungsdauer: 5 Tage, einschließlich Gehzeit
Backzeit: 20 Minuten

Zutaten:

Für den Pizzateig
500 g weißes Brotbackmehl
350 ml Wasser
6 g Trockenhefe
1½ EL Olivenöl
13 g Salz
15 g Zucker

Für die Tomatensoße
eine 400-g-Dose Eiertomaten
6 Knoblauchzehen, geschält
½ mittelgroße Zwiebel, geschält
40 g Butter
1 TL dunkelbrauner Zucker (normaler Streuzucker geht auch, wenn man keinen dunkelbraunen hat)
Salz nach Geschmack

Belag
200 g Mozzarella
eine Handvoll frische Basilikumblätter
½ TL getrockneter Oregano (optional)

1. Mehl, Wasser, Hefe, Öl, Salz und Zucker zu einem Teig vermischen. In eine leicht geölte Schüssel geben, mit Frischhaltefolie bedecken und für 5 Tage in den Kühlschrank stellen.
2. Aus dem Kühlschrank nehmen und in 4 gleich große Kugeln unterteilen, jede davon in eine separate, mit Frischhaltefolie bedeckte Schüssel geben und ein paar Stunden bei Zimmertemperatur gehen lassen.
3. Für die Tomatensoße die Dosentomaten in eine Pfanne schütten. Die Tomaten zusammendrücken, damit sie aufplatzen, am besten eingetaucht in der Soße, weil sie eventuell spritzen (noch besser: eine Schürze tragen). Knoblauch, Zwiebel, Butter und Zucker hinzufügen und zum Kochen bringen. Dann die Hitze auf ein Minimum einstellen und etwa eine Stunde köcheln lassen, bis sich die Knoblauchzehen zerquetschen lassen, wenn man mit einem Löffel daraufdrückt. Wasser hinzugeben, falls die Soße während des Kochens zu trocken aussieht. Mit einem Pürierstab die Tomatensoße pürieren, bis sie dick und glatt ist. Nach und nach mit ein wenig Salz abschmecken.
4. Den Grill auf hohe Hitze einstellen und eine gusseiserne Pfanne bei mittlerer Hitze auf dem Herd erwärmen. Wenn beides vorgeheizt ist, eine der Teigkugeln so dehnen, dass sie die Größe der Pfanne einnimmt – an den Rändern sollte der Teig dicker sein als in der Mitte. Den Teig in die Pfanne fallen lassen und einen gehäuften Esslöffel Soße sowie 50 g in Stücke gerissenen Mozzarella darauf verteilen.
5. Wenn der Boden der Pizza eine gute dunkle Farbe bekommen hat, die ganze Pfanne unter den Grill stellen – zum

Hochheben ein trockenes Geschirrtuch verwenden, weil der Griff sehr heiß ist!

6. Die Pizza grillen, bis sie Blasen geworfen hat und nach Belieben gebräunt ist – ca. 5 Minuten –, und dann die Pfanne wieder aus dem Ofen nehmen.

7. Mit frisch gezupftem Basilikum garnieren. Wer wirklich nostalgisch ist, kann ein wenig getrockneten Oregano darüberstreuen.

5

Ich war der Arbeit nicht gewachsen. Oder eher: Nach außen hin *war* ich ihr gewachsen: Ich schaffte es, pünktlich da zu sein und meinen Job zu erledigen. Ich schaffte es, jeden Abend an meinem Esstisch zu sitzen, umgeben von den Akten für den nächsten Tag, und die notwendigen Vorbereitungen zu treffen. Ich konnte Mandanten beraten und ihnen alle sachgerechten Fragen stellen. Doch innerlich zerfiel ich in meine Einzelteile.

Und zur Krönung des Ganzen stand die Entscheidung, ob ich in die Kanzlei aufgenommen würde, kurz bevor. Ich hatte ein neues Datum bekommen: den 7. Juni. Ursprünglich war die Entscheidung für März angesetzt gewesen, nur wenige Wochen nach Mums Tod. Als ich zur Arbeit zurückkehrte, fragten mich die Chefs der Kanzlei, ob ich die Entscheidung gern aufschieben würde, was ich bereitwillig akzeptierte, auch wenn ich keine Ahnung hatte, ob dies meine Chancen für eine Aufnahme vergrößern oder meinem chaotischen Kopf helfen würde, aber ich war trotzdem dankbar für den Aufschub. Nach beinahe zwei Jahren als Referendarin in dieser Kanzlei hing mein Schicksal in der Schwebe, und ich hatte zwei Monate Zeit, um meine Kollegen (endlich) zu beeindrucken. Doch die zwei zusätzlichen Monate fühlten sich an, als wären sie ruckzuck vorbeigezogen.

Die ersten Wochen zurück bei der Arbeit waren einfach gewesen. Ich hatte die Ablenkung genossen; je langweiliger oder vertrackter ein Fall, je pedantischer ein Richter oder je hinterhältiger ein Mandant, desto besser. Zum ersten Mal in meiner kurzen Karriere suchte ich geradezu nach Arbeit. Ich rief die Assistenten an und fragte, wohin sie mich schicken, welche Fälle sie mir zuschieben, ob sie mehr von meiner Zeit ausfüllen könnten. Das hielt nicht an. Einen Monat später war meine Angst übermächtig geworden. Bei jedem Anruf zuckte ich zusammen, bei jeder E-Mail wurde ich panisch.

Wie bereits erwähnt, war das Gefühl der Angst schon seit meiner frühen Kindheit ein Teil meines Lebens. Viele meiner frühesten Erinnerungen waren geprägt von der reinen Panik, kleine, unwichtige Gegenstände zu verlieren. Als ich drei war, ging im Kindergarten mein gemustertes Haarband kaputt, und ich war den ganzen Tag lang untröstlich. Im Alter von vier Jahren trieb mich die Tatsache, dass ich eine halb aufgegessene Packung Aprikosenhalsbonbons verloren hatte, in den Wahnsinn. Als ich elf war, verlegte ich die Halskette mit dem kleinen Kreuz, die ich zur Konfirmation geschenkt bekommen hatte. Mich überkamen so große Schuldgefühle, dass ich mich für das folgende Jahrzehnt weigerte, das Gericht zu essen, das mir meine Mutter an jenem Abend serviert hatte, und ich verbot ihr, es jemand anderem zu servieren (eine Meat-Feast-Pizza aus dem Supermarkt, falls das hier von Belang ist). Bis vor Kurzem hatte ich dieses Detail vergessen, aber wie es scheint, wird meine Schwester mir das ewig übel nehmen. An jenem Wochenende bettelte ich darum, zur Beichte gehen zu dürfen, um Abbitte für meine Sünden zu leisten; meine Mutter verdrehte die Augen und erinnerte mich daran, dass wir nicht katholisch waren.

Mit solchen Dingen konnte ich einfach nicht umgehen; bei

kleinen Verlusten verlor ich jegliche Relation. Neben diesen Verlustängsten litt ich immer wieder unter Todesängsten. Mit fünf war ich besessen von der Vorstellung, zu ertrinken oder von jemandem betäubt zu werden, womöglich von Menschen, die mich liebten. Vor allem hatte ich Angst davor, Rolos zu essen, aus Angst, jemand könnte daran herumgepfuscht haben. Angesichts ihrer eigenen Neurosen war ironischerweise meine Mutter der einzige Mensch, der mich von meinen ausufernden Schuldgefühlen und Sorgen wieder herunterholen konnte. Ohne sie schoss meine Panik ins Kraut.

Bevor meine Mutter starb, hatten wir jeden Tag telefoniert. Das gewöhnte ich mir schon in meiner Jugend an: Schon in der Oberstufe, lange bevor ich ein Handy hatte, rief ich sie um die Mittagszeit oder in den Pausen an, manchmal sogar beides, ich stellte mich in die Schlange vor dem Münztelefon, nur um mich kurz zu melden.

In meinem ersten Jahr an der Universität hatte ich so riesiges Heimweh, dass ich sie jeden Tag anrief, manchmal sogar mehrmals. Mir kam das überhaupt nicht seltsam vor, und auch wenn meine Mutter sich anfangs deswegen Sorgen machte, ergab sich schon bald ein Muster, und wir sprachen so oft miteinander, als würden wir noch unter einem Dach leben. Dies ging auch nach der heftigen Heimwehphase so weiter. Die Gespräche an sich waren nichts Besonderes: Wir redeten darüber, was ich gegessen hatte, was sie gerade las, was ich gerade lernte, wie gut sich jede von uns am Vortag bei der Spielshow *Pointless* geschlagen hatte. Später, als ich Referendarin war, rief ich sie auf diesen langen Fußwegen zu Provinzgerichten und wieder zurück an. Die weiten Wege machten mir nicht so viel aus, wenn ich meine Mutter als Gesellschaft hatte. Nach ihrem Tod gab es nichts, was ich mehr vermisste. Ich war gezwungen, allein zu gehen.

Es war Ende April, an einem Frühlingstag, zwei Monate, nachdem sie gestorben war, und einen Monat bis zu der Entscheidung, ob ich in die Kanzlei aufgenommen würde. Ich war zu Fuß unterwegs durch Cambridge zum Magistrates' Court und dachte über ein Buch nach, das wir beide gelesen hatten. Mir fiel der Titel nicht mehr ein, und da ich kaum noch die grobe Handlung zusammenbekam – es ging irgendwie um Frauen, die während des Zweiten Weltkriegs zusammen kochten –, konnte mir auch Google nicht helfen. Aber sie würde es wissen. Instinktiv griff ich nach meinem Handy und hatte es schon halb am Ohr, als ich erstarrte. Obwohl ich vom Kopf her wusste, dass sie tot war, verriet mich mein Körper. Alte Gewohnheiten, wissen Sie?

Muskelerinnerung ist eine seltsame Sache: Sie kann selbst das außer Kraft setzen, was uns gleichzeitig ganz bewusst und klar ist. Fünfzehn Jahre täglicher Telefonate – buchstäblich Tausende und Abertausende Anrufe – waren in meine Bewegungen einprogrammiert. Ich dachte dauernd an den Tod meiner Mutter, und doch trickste mich mein eigener Körper aus und ließ mich das vergessen. Dieser Moment in Cambridge war nur ein Beispiel. Es passierte immer und immer wieder.

Natürlich geschieht so etwas die ganze Zeit, nicht nur wenn wir trauern. Wir geben Taxifahrern unsere alte Adresse und nennen unseren neuen Partner beim Namen unseres alten. Das ist lustig und manchmal auch peinlich. Der Moment, in dem wir es merken, ist schräg, aber wir überspielen ihn mit einem Lachen, überrascht von der falschen Verknüpfung zwischen unserem Bewusstsein und unseren Reflexen. Verwundert darüber, wie uns unser Gehirn im Stich lassen kann, als hätte ein Lichtstrahl, der in einem seltsamen Winkel einfällt, die Marionettenfäden beleuchtet, die wir nie zuvor gesehen haben.

Doch wenn man vergisst, dass die eigene Mutter gestorben ist, und sich dann wieder daran erinnert, dann ist es, als wäre einem plötzlich der Boden unter den Füßen weggezogen worden. An diesem Abend erzählte ich Sam bei einem Drink in einer Bar diese Geschichte, und tat sie mit einem Lachen ab. Doch mein Gelächter fühlte sich hohl an.

So abgedroschen es sich auch anhören mag – es stimmt: Wenn ein geliebter Mensch stirbt, dann bereitet das körperliche Schmerzen. Nicht umsonst sprechen wir von gebrochenen Herzen. In meinem Fall betraf es nicht genau das Herz, aber zumindest grob diese Gegend. Ich kann es am besten beschreiben als etwas zwischen akuten Verdauungsproblemen und diesem heftigen Gefühl der Empörung und der Ungerechtigkeit, das man empfindet, wenn man für etwas gerügt wird, an dem man nicht schuld ist. Oben in meiner Brust saß dauerhaft ein richtiger Kloß, ein Druck. Es gab gewisse Dinge, die den Kloß dazu brachten, höher zu steigen, anzuschwellen, meine ganze Kehle einzunehmen.

Ich vermisste ihre Berührung. Meine Mutter war kein Mensch der ständigen Berührungen, doch wenn wir zusammen waren, berührte ich sie ständig. Als Kinder saßen meine Schwester und ich oft zu dicht neben ihr auf dem Sofa (wogegen sie häufig schwach protestierte), jede von uns hielt eine ihrer Hände, oder wir hakten uns bei ihr unter. Sogar als Erwachsene spielte ich mit den Ringen an ihren Händen herum und streichelte ihre Arme. Da sie nie besonders mütterlich gewesen war, bevor sie Kinder bekam (danach eigentlich auch nicht), neigte sie dazu, streng zu wirken. Doch für Maddy und mich war sie ein Hort der Wärme: Ein Paar offener Arme, ihr Schlüsselbein und ihre Brust hätte ich mit geschlossenen Augen zeichnen können. Ich habe ihre Leiche nicht gesehen. Es war mein Vater, der sie – zu spät – gefunden hatte, der den Krankenwagen rief, der bei ihr gewartet hatte, bei der Leiche, bei *ihrer* Leiche. Als ich etwa sechs Stunden später in Newcastle eintraf, war sie schon weggebracht worden. Ich berührte sie nie, nachdem sie gestorben war. Ich hielt nie ihre Hand oder küsste sie oder … berührte sie einfach.

Jetzt sehe ich meine Hände und Arme an und merke, dass sie sich in ihre verwandeln. Die ersten Anzeichen für Falten, wenn ein bestimmtes Licht auf mich fällt, die Haut, die schon ein wenig dünner wird, und ich berühre sie, denn dann ist es ein wenig so, als würde ich *sie* berühren. Ich ertrage es nicht, dass ich sie nie mehr berühren werde.

Ich glaube nicht, dass ich eine besonders wütende Person bin. Ich hasse Konfrontationen, daher sind jegliche Wutanfälle auf die Politik beschränkt oder auf Gelegenheiten, bei denen ich aus Versehen zu viel Weißwein getrunken habe. Doch jetzt wurde ich von Zorn zerfressen. Ein besonderes Merkmal plötzlicher Todesfälle ist, laut John Bowlby, einem berühmten Psychiater für Trauerarbeit, ein erhöhtes Bedürfnis zu verstehen, einen Sinn zu erkennen, nach Gründen zu suchen und Schuld zuzuweisen. Und, oh Mann, war ich erpicht darauf, Schuld zuzuweisen! Doch ihre Todesursache machte dies schwer, daher schwirrte mein Zorn ziellos umher. Ich schämte mich für meine Wut. Dafür, wie wütend ich auf meine Mum war. Ich war böse auf sie, weil sie gestorben war. Dass sie mich verlassen, dass sie mich *im Stich gelassen* hatte. Ich war nicht bereit, ohne sie zu leben. Natürlich gelang es mir gut, diese Wut vor allen anderen zu verbergen, einschließlich vor mir selbst, ich unterdrückte sie und erlaubte mir nicht, irgendetwas zu empfinden.

Möchtegern-Trauerberater – oder eigentlich jeder, den man in den ersten zwölf Monaten nach dem Todesfall trifft – informieren einen darüber, dass Wut eine natürliche Antwort auf Trauer ist, und noch wichtiger, dass es eine Phase ist! Es ist nur eine Phase! Und man muss sie durchmachen, um schließlich zu akzeptieren. Es ist *gut*, wütend zu sein. Nein, ist es nicht. Und der Gedanke, dass es gut wäre, basiert auf Unsinn.

Die Theorie der fünf Stadien der Trauer wurde 1969 erstmals von Elisabeth Kübler-Ross in ihrem Buch *Interviews mit Sterbenden* dargelegt und wird von allen Filmen und Fernsehshows, in denen es um den Tod geht, hartnäckig aufgegriffen. Diese Theorie wurde rasch und umfassend von der akademischen Welt und von Fachleuten abgelehnt. Tatsächlich geht es darin eigentlich gar nicht um die Auswirkungen des Todes auf die Hinterbliebenen, sondern eher um die Auswirkungen des Todes auf die Sterbenden – diejenigen mit tödlichen Krankheiten. Und selbst dann war es von Kübler-Ross eigentlich nicht als lineare Zeitschiene des Trauerns gedacht – das Ganze basierte auf anekdotischer Evidenz –, doch das hat die westliche Welt nicht davon abgehalten, es als solche zu übernehmen und Kübler-Ross' zahlreiche Versuche zu ignorieren, die sie in den folgenden Jahren ihrer Forschungen unternahm, um das Ganze klarzustellen. Wir geben diese Stadien immer als universelle Erfahrung von uns wieder und nicken weise, wenn Hinterbliebene irgendetwas von sich geben, was man in eine der fünf Trauer-Schubladen stecken kann. Ein nettes kleines Narrativ der Trauer: Sie ist sauber und ordentlich verpackt und hat einen eindeutigen Schlusspunkt.

Es überrascht nicht, dass wir uns an diese eigentlich diskreditierte Theorie klammern: Das einzig wirklich Universelle an dem Gefühl der Trauer ist, dass sie vollkommen chaotisch ist. Die meisten Menschen werden das ganze Spektrum an Emotionen durchleben, einschließlich der großen Fünf, und es ist ganz natürlich, dass wir – vor allem als Außenstehende – denjenigen, der das gerade durchmacht, beruhigen möchten, dass wir eine Art Struktur über dieses ganze jämmerliche Spektakel stülpen wollen. Daher zitieren wir mantraartig die fünf Phasen der Trauer, als würde das allein schon helfen, uns zu dieser letzten, gesunden Phase zu führen: Nicht-wahrhaben-Wollen, Zorn, Verhandeln, Depression, AKZEPTANZ; Nicht-wahrhaben-Wollen, Zorn, Verhandeln, Depression, AKZEPTANZ. Doch so funktioniert das nicht. Für mich waren es eher Schock, Starre, Zorn, Starre, Zorn, Zorn, Zorn. Bislang stand ich bis zu den Ellbogen in Zorn, und es sah nicht so aus, als würde sich das in absehbarer Zeit ändern.

So stark ich den Zorn auch spürte, ich artikulierte ihn nicht und trug ihn nicht nach außen. Es fühlte sich an, als hätte ich ihn bis in die Knochen in mich aufgenommen, als würde er in meinem Körper herumschwirren, als würde er mich antreiben.

Die Methodologie des Trauerns und deren praktische Anwendung ist seit Kübler-Ross' einflussreichem Buch sehr viel weiter vorangeschritten. In den 1980ern legte J. William Worden einen pragmatischen Ansatz über den Umgang mit Trauer vor, der Freuds Ausdruck der »Arbeit« in die Trauer einbrachte und ihn auf etwas Praktischeres herunterbrach. Laut Worden muss ein Trauernder vier Aufgaben bewältigen:

1. *Die Realität des Verlusts anerkennen.* Zuerst muss man akzeptieren, dass ein Wiedersehen unmöglich ist. Die Person ist tot. Die meisten Leute schaffen das – wirkliches »Scheitern an dieser Akzeptanz« wurde eigentlich nur bei Menschen mit Psychosen dokumentiert oder bei Personen, die sowohl Exzentriker als auch Einsiedler sind. Normalerweise manifestiert sich dies darin, dass der Trauernde nach der toten Person ruft, deren Besitztümer aufbewahrt oder Menschen auf der Straße mit dem oder der Toten verwechselt. Wer mit dieser Phase ringt, könnte die Beziehung zu dem verstorbenen Menschen neu justieren, indem er ihn im Gegensatz zu früher jetzt als weniger wichtig einordnet. Rituale helfen dabei, da sie die Realität des Todes nach außen verlagern.
2. *Sich zum Schmerz der Trauer durcharbeiten.* Als Nächstes muss man sich dem Schmerz öffnen: Es ist nicht möglich, so Worden, sich durch die Trauer hindurchzuarbeiten, ohne sich der Verwundbarkeit durch den Schmerz zu öffnen. Den Schmerz zu meiden oder zu unterdrücken, wird die Dauer des Trauerns höchstwahrscheinlich verlängern.
3. *Sich an eine Umgebung anpassen, in der der Verstorbene fehlt.* Dies bedeutet, ganz konkret ohne den Verstorbenen zurechtzukommen. Wie ein trauernder Mensch es einmal ausdrückte: Es geht nicht darum, eine Antwort auf den Tod zu finden, sondern ohne eine Antwort zu leben.
4. *Den Verstorbenen emotional neu verorten und mit dem Leben weitermachen.* Die letzte der vier Phasen erfordert, dass sich der Trauernde selbst in den Vordergrund stellt: eine Art und Weise zu finden, wie der Zurückbleibende weiterleben kann, die sich nicht um den Verstorbenen dreht. Nicht nur

den Tod der Person akzeptieren, sondern auch das Leben, so wie es jetzt ist; dieses Leben geht weiter.

Ein Scheitern im Bewältigen dieser Arbeit, dieser Aufgaben kann zu »unvollendeter Trauer« führen, die fortan Wachstum und Entwicklung behindern kann, genau wie der unvollendete Heilungsprozess einer Wunde künftig zu Schwächung und Komplikationen führen kann.

Ich war nun zwei Monate dabei und steckte in meiner Entwicklung irgendwo zwischen den Phasen 1 und 2. Die Phasen 3 und 4, und mit ihnen jede Chance, mich aus dem Dornengestrüpp zum Stillstand gebrachter Trauer zu befreien, waren so weit entfernt, als wären sie nur erfunden. Doch damals dachte ich das nicht. Meiner Meinung nach hatte ich Phase 2 übersprungen und war in einer gigantischen und vollkommen unbekümmerten Meisterleistung an Tüchtigkeit direkt zu Phase 3 übergegangen. Es fiel mir schwer, meine Trauer mit anderen Gefühlen zu verknüpfen als mit Selbstmitleid und Schwäche. Ich wollte nicht verwundbar sein; weit davon entfernt einzusehen, dass dies ein wesentlicher Bestandteil dessen ist, was dazugehört, wenn man auch nur irgendeinen Teil dieses Prozesses bewältigen will, dachte ich, das wäre der Weg in den Ruin. Deshalb sah ich das nicht ein. Bowlby hat eine finstere Prophezeiung dafür: »Früher oder später brechen alle zusammen, die bewusstes Trauern vermeiden, was meist zu irgendeiner Form der Depression führt.«*

* Bowlby, John, Verlust: Trauer und Depression, Ernst Reinhardt Verlag, München.

Man möchte sich nicht daran erinnern, doch schon gar nicht will man vergessen. Die unpräzisen Erinnerungen an meine Mutter frustrierten mich. Sie wurden unscharf und dunkler. Zwar erinnerte mich immer noch fast alles, womit ich in Berührung kam, an sie, doch selbst konkrete Gegenstände fingen an, mir zu entgleiten: Ein Schlüsselring, den sie mir gekauft hatte – eine kleine silberne Anwaltsperücke – fiel zusammen mit meinen Schlüsseln durch ein Loch in meiner Einkaufstasche und ging verloren. Ein Pullover, den sie mir zu Weihnachten geschenkt hatte, lief im Wäschetrockner ein. Schon bald nach diesem Tag in Cambridge fand ich eine hauchdünne Strickjacke mit Leopardenmuster hinten in ihrem Schrank; sie roch nach ihr, nach ihrer Haut und ihren Haaren. Ich nahm die Strickjacke mit nach Hause und steckte sie in eine Plastiktüte, die ich zuschnürte. Ich rationierte, wie oft ich daran roch, vor allem weil ich davon überzeugt war, dass der Geruch endlich war, und wenn ich zu oft daran schnupperte, wäre er rasch aufgebraucht. Ich kaufte ihren Gesichtsreiniger, ihren Puder, ihr Parfüm, ihren Nagellack – in dem verzweifelten Versuch, diesen Geruch auf meiner Haut und meinen Kleidern nachzubilden. Es funktionierte nicht. Deshalb schnürte ich die Plastiktüte mit der Strickjacke enger zu und bemühte mich, nicht mehr daran zu denken, wie an alles andere.

So sehr meine Mutter in meinen Erinnerungen auch verblasste, nachts erwachte sie zum Leben. Seit Mums Tod träumte ich extrem schlecht. Nicht nur ab und zu, sondern jede Nacht. Ich litt unter lebhaften Albträumen mit riesigen dräuenden Gestalten und damit einhergehender Schlafparalyse. Ich konnte mich nicht daran erinnern, wie meine Mutter geklungen oder ausgesehen hatte, doch sobald ich einschlief, beschwor mein Gehirn sie sofort herauf. Meine Mutter lebte, wir hatten einen Fehler gemacht, sie lebte, und ich war so *erleichtert,* nur um dann festzustellen, dass sie mich hasste. Jeden Morgen wachte ich erschöpft auf, weil sich meine Gedanken immer um dasselbe gedreht hatten, ich hatte immer und immer wieder dieselben Bilder gesehen. Jede Nacht das Gleiche. Völlig klischeehaft wachte ich keuchend und schweißgebadet auf. Die Details vergaß ich so schnell wieder, wie sie kamen. Zurück blieben Schuldgefühle und Angst, die mich morgens wie der Mief einer durchfeierten Nacht umfingen, wenn eine Dusche, ein Kaffee und das aufdringliche Piepsen unzähliger E-Mails das Pochen in der Stirn und die Atem beschleunigenden Bilder vertrieben, bis es wieder Zeit war, schlafen zu gehen.

Tag für Tag ging ich zu Fuß. In diesen drei Monaten lief ich vom Willesden Magistrates' Court zur U-Bahn-Station Neasden, von Woolwich nach Plumstead, von Hammersmith zum Barons Court. Ich ging an Fernstraßen entlang, unter Umgehungsstraßen hindurch, über Brücken; ich ging an Bordsteinen entlang, versenkte meine Absätze in Grünstreifen und zog meinen ramponierten Rollkoffer meilenweit über Schotter, Kopfsteinpflaster und Teer. Und weil ich irgendetwas *tun* musste und die Telefonate mit Mum nicht mehr hatte, weil ich meine Gedanken mit etwas anderem als Erinnerungen füllen musste, dachte ich mir ein Spiel aus. Es hieß Trauer-Quartett.

Trauer-Quartett ist einfach. Alles, was man braucht, ist ein toter Familienangehöriger. Es gibt verschiedene Kategorien: Wie nah man ihm stand; wie plötzlich er verstorben ist; wie alt man selbst war, als es passierte. Für jede Kategorie bekommt man bis zu zehn Punkte. Und hier kommt die wichtigste Regel: Weil es mein Spiel war, wählte ich die Kategorie.

Beim Gehen spielte ich gegen alle, die ich kannte, im Kopf dieses Spiel: gegen Freunde von der Uni, Mädchen aus der Schulzeit, die ich seit fünfzehn Jahren nicht mehr gesehen hatte, gegen Leute aus den Nachrichten, Romanfiguren aus dem Buch, das ich gerade las. Niemand war vor meinem Spiel sicher. Der Vater einer Freundin aus der Schule war an Krebs gestorben – ein schrecklicher, in die Länge gezogener Tod. Sie bekam neun Punkte in der Kategorie Schmerz und acht in der Kategorie Alter, in dem es passiert war. Doch in der Kategorie Plötzlichkeit konnte sie mich nicht schlagen. Eins zu null für Olivia.

Einer, mit dem ich studiert hatte, hatte seine Großmutter am Tag vor seiner Hochzeit verloren, was eine hohe Punktzahl in den Kategorien Logistischer Albtraum und Emotionaler Schmerz einbrachte. Aber ich bin nicht dumm. Dieses Mal wählte ich die Kategorie Nähe zum Verstorbenen. Zwei zu null.

Es stimmt natürlich, dass die Karten zu meinen Gunsten gezinkt waren, dennoch war ich sehr gut in diesem Spiel. Wenn es mit dem Gewinnen knapp wurde, konnte ich immer noch eine neue Kategorie erfinden. Ein jüngerer, prägenderer Tod verlor, weil ich die Trauerrede für meine Mutter halten, den Sarg aussuchen und entscheiden musste, was die Trauernden beim Leichenschmaus wohl essen wollten. Selbst meine eigene Mutter konnte ich in diesem Spiel schlagen, deren Vater gestorben war, als sie dreizehn gewesen war: Der Verlust ihres geliebten gütigen, lustigen Vaters verblasste, wenn seinem Tod die organisatorische Bürde gegenübergestellt wurde, die ich bei dem ihren zu schultern gehabt hatte. Die traumatischsten und unangenehmsten Tode konnten bagatellisiert, konnten umgedreht werden, um meinen Triumph zu gewährleisten. Ich empfand mich perverserweise als Siegerin, wenn ich etwas mit den Karten, die mir zugeteilt wurden, gewinnen konnte. Trauer-Quartett ist leicht zu spielen, aber schwer zu gewinnen. Nur für mich nicht. In diesem Spiel gewinnt immer, wirklich immer, das Casino.

Meine Schritte wurden schneller, wenn ich Trauer-Quartett spielte, mein Puls beschleunigte sich; ich hatte das Gefühl, vor Zorn zu vibrieren. Ich hatte vollkommen die Fähigkeit verloren, Mitgefühl zu empfinden. Vor allem hatte ich eine instinktive weißglühende Wut auf einfach alle, deren Mutter noch lebte. Für mich ließen sie sich jetzt in zwei Lager aufteilen: diejenigen, die ihre Eltern nicht zu schätzen wussten, die sie für selbstverständlich erachteten, und diejenigen, die mir die fortbestehende Existenz ihrer Eltern unter die Nase rieben, die damit angaben, wie sehr sie ihre Mütter liebten. Ich hasste beide gleichermaßen. Und wer die Frechheit besaß, die Worte »schockiert« oder »todunglücklich« zu benutzen, wenn jemand über Achtzigjähriges gestorben war, dann schäumte ich vor Wut. Diejenigen, die um ihre Großeltern trauerten, verachtete ich. Mein Zorn kannte keine Grenzen.

Ich hatte zwar nicht vorgehabt, mir Trauer-Quartett patentieren zu lassen, es an Schulkinder zu verkaufen oder Zeitschriftenläden damit auszustatten, doch dann entdeckte ich, dass Emily Dickinson schon vor mir die Idee gehabt hatte, allen anderen in Bezug auf Verlust eine Nasenlänge voraus zu sein.

Was mir an Kummer kommt vor Augen
Das pfleg ich abzuschätzen
Ist er so schwer wie Meiner – ist er
Von angenehmrer Größe

Ich stürzte mich in die Recherche, um sicherzustellen, dass ich in der Tat mehr litt, als sie es getan hatte. Beruhigt von dem Gedanken, Emily Dickinson auszustechen, ignorierte ich die Tatsache, dass sie ihre Trauer womöglich würdevoller getragen hatte als ich. Eins wusste ich sicher: Mein Leid war größer als das aller anderen. Niemand hatte jemals zuvor etwas so Schreckliches erlebt. Es spielte keine Rolle, dass ich zu der einen oder anderen Gelegenheit über mein eigenes Leben hinausblicken und sehen konnte, dass dies rational gesehen eindeutig nicht der Wahrheit entsprach. In meinem Herzen empfand ich es dennoch ganz genau so.

Ich suchte nach dem Tod: Erinnerungen, Artikel in Zeitschriften, Nachrichten – ich verschlang sie gierig und bezog sie jedes Mal in mein kleines Spiel mit ein. Ich war manisch in meiner Verfolgung, gierig wie ein Hungry Hippo der Trauer: Meins, meins, meins. Aber der Tod suchte auch mich. Überall um mich herum sah ich Tod und Trauer, sowohl in Leuten, die ich kannte, als auch in Fremden. Zu dieser Zeit ging ich auf einen Junggesellinnenabschied, auf dem vier – *vier!* – der anderen Junggesellinnen Elternteile auf verstörend verschiedene traumatische Arten verloren hatten. Ich war völlig entgeistert, dass ich nicht darauf gekommen war, dass ich es nicht gemerkt hatte, sobald ich sie sah; ich glaubte, inzwischen eine Art sechsten Sinn zu haben – dass ich tote Menschen stellvertretend durch jene, die sie betrauerten, sehen konnte. Ich konnte gar nicht mehr aufhören, über diese vier Junggesellinnen nachzudenken. Als die Hochzeit schließlich anstand, beobachtete ich sie von Weitem, wie Ausstellungsobjekte in einem Museum.

Sam gab unter diesen widrigen Umständen sein Bestes.

Konfrontiert mit einer Frau, die insistierte, schon zurechtzukommen, aber mir nichts, dir nichts in fieberhafte, rasende Trauerberechnungen abtauchte, lernte er schnell, meinen Schmerz nicht mit etwas zu vergleichen, was er selbst erlebt hatte. Ich wollte kein Mitgefühl, denn es konnte auf keinen Fall jemand mitfühlen. Anteilnahme war zulässig, solange sie nicht in Mitleid umschlug, was absolut verboten war. Für ihn war das ein Drahtseilakt, aber größtenteils wahrte er das Gleichgewicht.

Meine Ängste in Bezug auf die Arbeit waren etwas, was er immerhin ansprechen *konnte.* Hier klinkte er sich ein, und als die Entscheidung über meine Aufnahme in die Kanzlei näher rückte und ich immer angespannter wurde, schlug er vor, London für ein langes Wochenende zu verlassen. Als ich Widerwillen zeigte, *bestand* er darauf, dass wir London für ein langes Wochenende verließen. Mein Widerwille war nicht vorgetäuscht – es war eigentlich nicht üblich, dass sich Referendare freinahmen, schon gar nicht kurzfristig, und ganz bestimmt nicht vor einer Entscheidung über die Aufnahme in die Kanzlei. Es hatte einen Beigeschmack von Launenhaftigkeit und Unzuverlässigkeit oder noch schlimmer: einer Geringachtung des ganzen Prozesses. Aber ich war erschöpft und hatte gerade noch so viel gesunden Menschenverstand in mir, um zu wissen, dass ich mir keinen Gefallen damit tat, die Märtyrerin zu spielen und anderthalb Tage zusätzlich zu arbeiten.

Sobald wir in Lyme Regis aus dem Zug stiegen, spürte ich, wie sich meine Lungen entspannten. Trotz all der Trauer-Quartett-Spielereien und der Aufnahmespekulationen hatte ich wirklich geglaubt, ich würde zurechtkommen. Mein

Glaube zumindest war nicht vorgetäuscht. Doch als ich die Seeluft einatmete, merkte ich, dass ich schon sehr lange Zeit die Luft angehalten hatte.

Sehr viel von der Zeit, die Sam und ich die vergangenen Monate miteinander verbracht hatten, war hektisch gewesen, überschattet von den verwaltungstechnischen Details des Todes oder von den endlosen, sich im Kreis drehenden Gesprächen, die damit einhergehen. Es war eine Tatsache, dass mein ganzes Leben zu dieser Zeit vom Tod meiner Mutter beherrscht wurde. Und für Sam war es wirklich mein ganzes Leben, wie er es bisher kannte. Und doch hatte er es irgendwie geschafft, darüberzustehen.

Wir wanderten stundenlang an der Jurassic Coast entlang und aßen Käse, Brot und eine Schweinefleischpastete unter einem Baum. Wir meldeten uns zur Fossilienjagd an, und es stellte sich heraus, dass wir dort die einzigen Erwachsenen ohne Kinder waren. Ich entdeckte ein bisher unbekanntes Talent für das Auffinden von Ammoniten. Sam hatte eine simple Taktik, damit umzugehen, wenn ich abwesend war oder ins Leere starrte oder mir Tränen in die Augen stiegen: Er machte mit dem weiter, was er zu diesem Zeitpunkt gerade tat. Am zweiten Tag waren wir in einem Pub. Er versuchte, mich in ein Kreuzworträtsel zu verstricken, während ich ins Nichts starrte. »Komm schon, Liv. 13 waagerecht: Nackter Mann, Skulptur, Künstler anonym, sieben Buchstaben. Ich habe zwei Ns, und es endet mit einem D.« Ich verdrehte die Augen: Er hatte dieses Kreuzworträtsel zum Um-die-Ecke-Denken mitgebracht, er hatte es aus einer Zeitung herausgerissen, die er bei unserer Abfahrt am Bahnhof gekauft hatte. Ich hasste Kreuzworträtsel zum Um-die-Ecke-Denken. Ich verstand sie nicht.

Ich sah ihn matt an und hatte Mitleid mit mir selbst. Er ließ die Augenbrauen auf und ab tanzen, und unwillkürlich musste ich lächeln. Ich stieß einen dramatischen Seufzer aus, nahm ihm das Kreuzworträtsel ab, als würde ich ihm einen riesigen Gefallen tun, wo er doch eigentlich mir den Gefallen tat.

Wir aßen ausgiebig: dicke Scheiben dunklen Brotes, zwischen denen Krabben und Mayonnaise herausquollen, tütenweise Scampis und Pommes mit Salz und Essig, die wir am Strand in uns hineinschlangen.

Nach eingehender Beratung ging Sam zurück zu dem Pommeswagen am Strand und stellte sich geduldig in die Schlange. Dann kehrte er zu der Steinmauer zurück, in der Hand sein allerserstes Solei, das er mir ehrfürchtig zeigte, als würde es von einem dieser Tiere aus dem Jura stammen, von deren Gebeinen die Küstenlinie hier übersät ist.

An unserem letzten Abend gingen wir zusammen am Strand entlang. Ich betrachtete Sam. Das war der Mann, der mich mit Pancakes gefüttert hatte, während er sich die zahllosen Entwürfe für die Trauerrede auf der Bestattung meiner Mutter angehört hatte. Der Mann, der mich zum Lachen gebracht hatte, der mich weinen ließ. Er hatte keine große Sache daraus gemacht, dass ich total im Eimer war, und er hatte mitgespielt, als ich so tat, als hätte ich alles im Griff. Dieser Mann hatte Geschichten für mich erfunden, bis ich neben ihm einschlief. Er brachte mir Brotlaibe statt Blumen mit und lehrte mich, Pizza aus einem Teig zu machen, für dessen Vorbereitung er morgens vor der Arbeit extra früh aufgestanden war. Sam hatte mich Mensch sein lassen anstatt nur ein Opfer. Und am Strand wurde mir klar, dass ich mich in ihn verliebt hatte.

Das überraschte mich. Es fühlte sich wie Verrat an, eine

Liebe gefunden zu haben, während ich von meinem Verlust so verzehrt wurde. Doch in all der Bitterkeit hatte ich eine überraschende Menge Süße gefunden.

Ich wandte mich Sam zu – meine Lippen formten die Worte bereits – und hielt inne. Ich brauchte überhaupt nichts zu sagen; nichts zu einem Menschen, den man liebt, zu sagen, macht das, was man empfindet, nicht unwirksam. Der Moment reicht aus. Dieser Moment reichte aus.

Am folgenden Tag gingen wir in eine einfache, aber bezaubernde Bäckerei mit Café: Zum Frühstück gab es lediglich Toast und Marmelade, zum Mittagessen hausgemachte Suppe und dazu Bretter von Brotscheiben. Wir saßen auf den schlichten Holzbänken und bemerkten ein kleines Plakat, auf dem stand, dass das Café zu verkaufen war. »Das könntest du doch machen«, sagte Sam zu mir.

»Ja, klar«, erwiderte ich. »Natürlich könnte ich das. Hör mal, wenn das mit der Aufnahme in die Kanzlei nicht klappt, schmeiße ich alles hin und werde Bäckerin, okay?«

Nachdem wir nach Hause gekommen waren, ging mir diese Bäckerei nicht mehr aus dem Kopf, während das Thema der Aufnahme in die Kanzlei um mich herumwaberte wie ein dunkler treibender Nebel. Ich stellte mir ein Leben vor, das geprägt war von Mehl, dem langsamen Gehenlassen des Teiges und davon, etwas für andere Menschen herzustellen, anstelle von Haftzeitbegrenzungen, wütenden Mandanten und schimpfenden Richtern. Und auch wenn ich wusste, dass das Ganze ein Luftschloss war, backte ich Sodabrot und hoffte auf Besseres.

*

Für Sodabrot verwendet man normales Weißmehl wie zum Kuchenbacken oder für eine Mehlschwitze, im Gegensatz zu dem starken, proteinreichen Brotmehl, das man normalerweise benutzt, um »richtiges« Brot zu backen. Weißmehl gibt der Hefe nicht genug Nahrung, um gut aufzugehen, unterstützt aber die Reaktion von Backsoda mit Buttermilch, wodurch eine weiche, zarte Krume entsteht und eine knusprige Kruste.

Auch wenn man Sodabrot sowohl mit Irland als auch mit uralten Zeiten assoziieren mag, kennt man Backsoda – das für das Aufgehen des Sodabrots unerlässlich ist – in Irland tatsächlich erst seit den 1830er-Jahren. Darüber hinaus waren die Iren möglicherweise gar nicht die Ersten, die diesen Trick auf Lager hatten; bereits im achtzehnten Jahrhundert verwendeten die Ureinwohner Nordamerikas nachgewiesenermaßen Pottasche (Kaliumkarbonat), um ihr Brot zu säuern. Doch Sodabrot wurde von ganzem Herzen von den Iren übernommen, sodass es zu einem unauslöschlichen Teil ihrer nationalen Identität geworden ist.

Wenn man sich an Hefe nicht herantraut, ist Sodabrot für Anfänger eine großartige Alternative. Als ich anfing zu backen, verwarf ich es, weil ich fand, ich würde mich auf diese Weise zum Brotbacken durchmogeln. Und genau so ist es natürlich. Aber genau deshalb ist das Brot so großartig zu backen. Das Backen von Sodabrot ist unglaublich einfach. Außer der Anweisung, »flüssige und trockene Zutaten zu mischen und in Form zu bringen« gibt es eigentlich nichts weiter zu tun. Man kann großartig Joghurt und Milch aufbrauchen, die ihren Haltbarkeitszenit bereits überschritten haben. Weil es ein schnelles Brot ohne Hefe ist, braucht man den Teig nicht gehen zu lassen. Ich habe das eher authentische, traditionelle Sodabrot abgewandelt, indem ich massenhaft reifen Cheddar hineinmische. Das muss natürlich nicht sein, es geht auch ohne und schmeckt köstlich. Aber ich mag die Kombination aus der natürlichen Säure des Brotes mit dem starken, würzigen Geschmack des Käses.

Sodabrot mit Käse

Menge: 4 kleine Brote
Zubereitungsdauer: 5 Minuten
Backzeit: 30 Minuten

Zutaten:

200 g normales Weißmehl
150 g Vollkornmehl
50 g Haferflocken
10 g Salz
15 g Backpulver
½ TL Senfpulver
100 g reifer Cheddar
280 ml Buttermilch
15 g Honig

1. Den Backofen auf 180° C Umluft / 200° C Ober- und Unterhitze / Gasstufe 6 vorheizen. Zwei Backbleche mit Backpapier auslegen und mit Mehl bestäuben.

2. Die trockenen Zutaten in einer großen Schüssel vermischen. Buttermilch und Honig abmessen und in einem anderen Gefäß mischen.

3. Die flüssigen Zutaten zu den trockenen hinzufügen und sofort mit den Händen verkneten. Der Teig muss gut zusammenhalten, soll aber so wenig wie möglich geknetet werden. Er wird nicht glatt oder elastisch, deshalb keine Panik, wenn er ein wenig sehnig aussieht.

4. Den Teig in vier Teile teilen und daraus Kugeln rollen. Diese mit gutem Abstand voneinander auf die Backbleche legen und mit dem Messer oder Teigschaber ein Kreuz hineinschneiden, sodass der Teigball in die Länge und Breite gezogen wird. Der Schnitt sollte so tief wie möglich sein, ohne die Teigbällchen in zwei Hälften zu teilen.

5. Die kleinen Brote 25 Minuten backen, bis sie golden sind und nach Käse duften. Etwa 15 Minuten abkühlen lassen, danach vorsichtig vom Backpapier lösen. Wenn möglich sollte man das Brot warm essen, aber es hält sich auch mindestens einen Tag und lässt sich auch noch gut toasten.

6

Ich saß mit Sam in einem Pub an der Strand und wartete auf den Anruf, der mir sagen würde, ob ich erfolgreich gewesen war mit dem, worauf ich die letzten zwei Jahre – oder noch deutlich länger, das Jurastudium mitgerechnet – hingearbeitet hatte. Trotz allem, was ich in den letzten drei Monaten durchgemacht hatte, wollte ich das alles wirklich. Ich brauchte es. Ich hatte mich so orientierungslos gefühlt, seit Mum gestorben war; ich dachte, beruflicher Erfolg würde mir wieder Sicherheit geben, einen Lebenszweck.

Manchmal fällt die Entscheidung, ob ein Kandidat in eine Kanzlei aufgenommen wird, leicht, und der Referendar wird nach Beginn der Besprechung innerhalb von Minuten einhellig aufgenommen oder abgelehnt. In anderen Fällen ist das Ganze nervenaufreibend, es wird stundenlang debattiert und verhandelt, geschmeichelt und geschachert. Die Diskussionen sind geheim und bleiben dies auch, nachdem die Entscheidung gefallen ist. In manchen Kanzleien ist die Prozedur einfach: Jeder Referendar, der sich um eine Aufnahme bewerben will, bringt seinen Namen ein, und wenn ihn innerhalb einer Woche oder so niemand auf die schwarze Liste setzt, ist er angenommen. In anderen Kanzleien wird ein Komitee gewählt, das die Entscheidung im Auftrag der Kanzlei trifft. Aber oft ringen mehrere Referendare um einen oder zwei Plätze, und dann wird meistens abgestimmt.

Die Etikette für das Aufnahmeverfahren erfordert, dass der Referendar an diesem Tag früh die Kanzlei verlässt. Berichte über sein Verhalten und seine Fortschritte können von den Abstimmenden eingesehen werden, ebenso ein Portfolio seiner Arbeit. Die zugewiesenen Ausbilder beziehungsweise Ausbilderinnen stehen für Fragen zur Verfügung. Die Kanzleimitglieder kommen schon etwa eine Stunde, bevor die Entscheidung getroffen wird, zusammen und wollen von denen, die den Referendar besser kennen, ins Bild gesetzt werden, um diejenigen zu überzeugen, die noch unentschlossen sind, und um zu tratschen. Die Referendare, die bisher keine Gelegenheit ausgelassen haben, sich vor und nach Gerichtsverhandlungen in der Kanzlei sehen zu lassen, räumen nun also das Feld. Traditionell gehen sie dann alle zusammen irgendwo in der Nähe einen trinken und warten auf die schicksalhafte Entscheidung. Doch in diesem Fall war ich die einzige Anwärterin. Mein früherer Mitreferendar war nach zwölf Monaten abgelehnt worden, und die anderen Referendare hatten noch sechs Monate vor sich. Deshalb war ich allein.

Ich war hier schon einmal gewesen. Kurz bevor Mum gestorben war, kurz bevor ich Sam kennengelernt hatte, hatte die Kanzlei entschieden, mir weitere sechs Monate zu gewähren, in denen ich mich beweisen konnte – ein »third six«, wie es im Anwaltsjargon hieß –, mit der Begründung, dass ich noch »den letzten Schliff« brauchte, aber »vielversprechend« war. Das ist nichts Ungewöhnliches, war aber ein schwerer Schlag für meinen Stolz. Mir wurde für diese weiteren sechs Monate ein neuer Ausbilder zugewiesen, Miles, der fast jeden Abend mit mir am Telefon hing und »good cop, bad cop« spielte. Die Aufnahme in die Kanzlei wäre zum Greifen nah, sagte er immer, ich könnte es schaffen, aber es läge jetzt an mir. Nur ich selbst könnte das bewerkstelligen.

Nun saß ich mit Sam im Pub und umklammerte mein Bier, während ich versuchte, nicht aufs Handy zu schauen, das zwischen uns lag. Es war noch früh, gerade mal achtzehn Uhr. Die Konferenz hatte um halb sechs begonnen. Wahrscheinlich mussten wir mindestens noch eine Stunde warten. Sam stand auf, um zur Toilette zu gehen. Mein Handy klingelte. Es war Miles. »Sitzt du gerade?«, fragte er unheilverheißend. »Ja«, erwiderte ich gereizt und dachte *Komm schon, heraus damit.* »Du bist drin.« Und das war's dann.

Sam kam von der Toilette zurück und wischte sich die Hände an der Jeans ab. »Ich bin drin«, sagte ich, sobald er in Hörweite war. »Der Trockner funktioniert nicht«, erwiderte er. Ich sah ihn an. »Moment mal, was hast du gesagt?« »Ich bin drin«, wiederholte ich. »Oh!«, erwiderte er. »Gott, hätte ich doch bloß nicht zugesagt, heute zu meinem Lesekreis zu gehen.«

Ich war nicht euphorisch, aber das würde bestimmt noch kommen. Das war alles, was ich mir gewünscht hatte. Und nun hatte ich es. Ohne Sam ging ich zurück in seine Wohnung, dort aß ich eine riesige Packung Cheese-and-Onion-Chips und schlief sofort ein.

Spät am Abend kam Sam von seinem Lesekreis zurück und schlüpfte neben mir ins Bett. Ich richtete mich ein wenig auf, um mich auf die Ellbogen zu stützen, und sah ihn an. »Ich liebe dich, weißt du das?«, sagte ich zu ihm. Er lachte. »Ich weiß. Ich liebe dich auch.«

Kurz nachdem ich mir endlich meine Aufnahme gesichert hatte, folgte auch schon mein erster Prozess am Crown Court.

Der erste Crown-Court-Prozess ist eine große Sache. Wie bereits beschrieben, kommen mindere Vergehen – wie einfacher Diebstahl und fahrlässiges Autofahren – vor den Magistrates' Court, während im Crown Court Mord, schwere Körperverletzung – alle interessanten Fälle eben – verhandelt werden. Die Prozesse werden in Anwesenheit von Geschworenen entschieden, die noch nicht Dutzende oder sogar Hunderte von Prozessen zuvor begleitet haben. Die Wahrscheinlichkeit ist groß, dass sie zum ersten Mal ein Kreuzverhör erleben oder ein Abschlussplädoyer hören. Sie sind nicht abgebrüht oder abgehärtet. Das Publikum ist unbedarft.

Nach Hunderten Anhörungen und Prozessen an Magistrates' Courts und nach zwanzig Monaten Praxiserfahrung würde ich nun endlich auf eine Jury losgelassen werden. »Sie sind dran, Miss«, sagte mir Dan, einer der Assistenten, am Telefon. »Morgen ist der Prozess. Ein Fall von Störung der öffentlichen Ordnung. In Croydon. Nein, sorry.« Er hielt kurz inne. »Inzwischen am Old Bailey. Sie sind Strafverteidigerin eins, und Miss Daniels ist Strafverteidigerin zwei. Die Unterlagen sind im Sekretariat.« Wenn ein Gericht überbucht ist, werden seine Fälle auf andere Gerichte in der Nähe verteilt. Was bedeutete, dass dieser unglaublich unbedeutende Fall von Störung der öffentlichen Ordnung, der eigentlich in Croydon hätte stattfinden sollen und irgendwie mir zugeteilt worden war, seinen Weg in die heiligen Hallen des Old Bailey gefunden hatte.

Der Vorwurf lautete auf absichtliche Belästigung, Beunruhigung oder Bedrängnis, ein Verstoß gegen Paragraph 4 des Gesetzes der öffentlichen Ordnung von 1986. Dem Angeklagten wurden rassistische Motive unterstellt, was bedeutete, dass ihm eine Haftstrafe von maximal zwei Jahren drohen konnte.

Ich hatte schon mit etlichen solchen Fällen zu tun gehabt, aber keiner von ihnen war am Crown Court verhandelt worden, und schon gar nicht am Old Bailey. Meine Erfahrung mit dieser Art von Vergehen hätte mich eigentlich beruhigen sollen, tat es aber nicht. Stattdessen saß ich an jenem Tag noch bis spätabends am Schreibtisch, die Akten um mich herum ausgebreitet. Wenn man an der juristischen Fakultät Verteidigung lernt, wird man angewiesen, nicht die ganze Rede voll ausformuliert aufzuschreiben, sondern stattdessen Stichpunkte festzuhalten. Auf diese Weise deckt man alle Punkte ab, die man vorbringen möchte, aber es klingt natürlich und nicht wie abgelesen. Man sieht die Geschworenen an und starrt nicht auf ein Blatt Papier. Am Magistrates' Court war ich diesem Ratschlag unzählige Male gefolgt und war auch ziemlich gut darin gewesen. Verteidigung war schon immer meine größte Stärke gewesen, und zweifellos hatte ich darin das größte Selbstbewusstsein; ich hatte darin Übungen und Examen absolviert, ich war zu simulierten Gerichtsverhandlungen angetreten; ich hatte so viele Reden vor Magistrates' Courts gehalten, oft ohne mich vorbereiten zu können, weil der Schriftsatz so kurz gewesen war oder die Informationen des Klienten in letzter Minute eingetrudelt waren. An diesem Abend ließ mich mein Nervenkostüm im Stich, und während ich mir vorstellte, wie ich vor der Jury ausgerechnet im Old Bailey einen Blackout hatte, weil ich nach den richtigen Formulierungen suchen musste, ignorierte ich den Rat: Ich formulierte mein Abschlussplädoyer voll aus. Jedes einzelne Wort.

Am nächsten Morgen kreuzte ich am Central Criminal Court alias Old Bailey auf und verspürte die vertraute Anspannung, die mich hier immer überkam, selbst wenn ich nur als Referendarin mit meinen Vorgesetzten zu Fällen hierhergekommen war.

Ich schleppte meine Akten in die Gerichtskantine hinauf, um nach meinem Opponenten Ausschau zu halten. Er war nirgends zu sehen. Auch Alice nicht, meine Mitverteidigerin aus der Kanzlei. Erst als ich da oben saß, an meinem Kaffee nippte und ruhigeren, erfahreneren Anwälten zusah, wie sie sich in der Schlange anstellten, um ein warmes englisches Frühstück zu bestellen, merkte ich, dass man mir die falsche Zeit genannt hatte. Der Fall war auf den Nachmittag verschoben worden, wodurch ich noch mehr Zeit hatte, meine Nerven zu verlieren. Als mein Gegner schließlich auftauchte, merkte ich, dass er bedeutend älter war als ich und eindeutig fand, dass der Fall – ganz zu schweigen von seiner Gegnerin – unter seiner Würde war.

Eigentlich hätte mich beruhigen sollen, dass Alice meine Mitverteidigerin war, tat es aber nicht; sie war mir zwar um Längen voraus, aber ich war die erste Strafverteidigerin und vertrat damit den Angeklagten in allererster Linie. Das bedeutete, dass ich zuerst alle Fragen stellen würde. Wenn ich es gut machte, konnte sie dann einfach mit der Befragung fortfahren; wenn nicht, musste sie meine Unzulänglichkeiten ausgleichen. Wie dem auch sei – ich konnte mich nirgends verstecken.

Meine Absätze klapperten, als ich die Treppe hinunterging, um meinen Mandanten – Marcus – zu finden. Marcus war leicht zu erkennen: Er war dem Teenageralter gerade so entwachsen und zum ersten Mal vor Gericht; seine Umgebung schüchterte ihn sichtlich ein. Von Mitgefühl überwältigt, musste ich mich beherrschen, um nicht damit herauszuplatzen, dass dies mein erster Prozess am Crown Court war (meiner Erfahrung nach wollen Mandanten zumindest glauben, dass man mehr Zeit im Gerichtssaal verbracht hat als sie).

Der Fall an sich war eine Geschichte, die so alt war wie die Menschheit. Der Polizeibeamte behauptete, dass sich der Angeklagte in der Öffentlichkeit schlecht benommen hatte – nicht eklatant, aber doch auf kriminelle Weise, dass er absichtlich Belästigung, Beunruhigung oder Bedrängnis erzeugt hatte, und zwar auf rassistische Art. Der Angeklagte versicherte, dass er nichts dergleichen getan hätte und dass eigentlich der Polizist der Aggressor gewesen sei.

Täglich läuft es überall im Land bei vielen Gerichtsfällen darauf hinaus: Ein Wort steht gegen das andere. Das Urteil hängt davon ab, wessen Bericht das Gremium aus Laienrichtern oder – wie in diesem Fall – die zwölf Geschworenen bevorzugen. In den allermeisten Fällen läuft dies nicht wie im Fernsehen ab: Es gibt keinen Starzeugen, keinen dramatischen Aha-Effekt, keine Chance für eine unabhängige Prüfung. Selten gibt es eine polizeiliche Ermittlung. Sehr selten liegen Videomaterial aus Überwachungskameras, Spuren oder Funkzellenabfragen vor. Ein Muster aus Blutspritzern, Tathergangsrekonstruktionen, Fingerabdrücke? So ein Glück muss man erst mal haben.

Ich war hinsichtlich dieses Falls nicht besonders optimistisch. Ich machte mir keine Illusionen darüber, wie viel Macht das Wort eines Polizisten hatte. Geschworene sind weniger beeinflussbar als Laienrichter (sie nennen zum Beispiel die Belastungszeugen nicht »unsere Zeugen« oder versuchen schon, jemanden für schuldig zu erklären, noch bevor sie sich die Verteidigung angehört haben). Aber für eine Gruppe von

Leuten, die nicht mit dem Rechtssystem vertraut sind, kann es trotzdem schwierig sein, das Wort eines Beamten mit angemessener Skepsis zu behandeln. Wenn Wort gegen Wort steht, sollte es niemals zu einer Verurteilung kommen, Polizeibeamter hin oder her. In Wirklichkeit passiert dies aber oft.

Hier wurde meine Aufgabe sogar noch erschwert: Es stand nicht nur das Wort eines Menschen gegen das eines einzelnen Polizisten: Mehrere Polizisten waren anwesend, und sie alle sangen dasselbe Lied. Ein verdächtig ähnliches Lied, wenn man eine zynische Strafverteidigerin war; ein herrlich überzeugendes Lied, wenn man das nicht war.

Ich nahm die Polizeibeamten ins Kreuzverhör und ging mit ihnen alle Details ihrer Geschichte durch, wobei ich auf Lücken und Widersprüche hinwies. Das Übliche. Ich hatte keinen Funken Hoffnung. Dann trat der Polizist, der behauptet hatte, angegriffen worden zu sein, in den Zeugenstand. In seiner Aussage hatte er beschrieben, dass er von meinem höflichen, recht jungen Mandanten so eingeschüchtert worden sei, dass er Angst, Belästigung oder Stress empfunden hätte. Ich unterdrückte einen tiefen Seufzer, während ich aufstand, meine Robe glattstrich, die einfach nie ordentlich von meinen Schultern hängen wollte, und einen Versuch wagte. »Officer, eigentlich haben Sie gar nicht Angst, Belästigung oder Stress empfunden, oder?« setzte ich an. »Nein, Euer Gnaden«, erwiderte der Polizist, und damit leistete er sich wissentlich den Doppelpatzer, den ein Polizist in einer Aussage machen kann – er ignorierte absichtlich die Anwältin, die die Frage gestellt hatte, wandte sich direkt an den Richter und versemmelte obendrein auch noch die korrekte Anrede. Moment mal, was? Ich hatte eine Spätzündung. Wenn sich der

Beamte nicht eingeschüchtert *gefühlt* hatte, dann war dieses Delikt kein Fall für das Oberste Gericht. Ermutigt ging ich das Risiko ein: »Gehe ich recht in der Annahme, dass Marcus gar nicht derjenige war, der rassistische Kommentare abgegeben hat?«, hakte ich nach. »Sie haben recht«, stimmte mir der Polizist zu. Einen Moment lang schwieg ich überrascht. Ich stand im Old Bailey und hatte einen Polizisten im Kreuzverhör, und die Anklage war gerade in sich zusammengefallen. Irgendwie schaffte ich es, einen Jubelschrei zu unterdrücken, und murmelte stattdessen: »Keine weiteren Fragen, My Lord« und setzte mich dann ein wenig ruckartig auf meinen Platz.

Der Richter wandte sich an den Staatsanwalt. »Nun, Mr Childs, wie es aussieht, hat Ihr Zeuge den Fall für Sie entschieden.« Childs machte Ausflüchte. Er sagte, dass er mit dem Fall fortfahren und das Ganze der Jury überlassen würde. Der Richter wollte nichts davon wissen. »Wenn Sie keine Anordnungen befolgen, Mr Childs, und den Fall nicht fallen lassen, werde ich die Verteidigung zu einer Eingabe auffordern, und ich glaube, wir wissen alle, wie das ausgehen wird.« Dermaßen gedämpft führte Mr Childs keine weiteren Beweise an, und Marcus wurde in aller Form freigesprochen.

Ich konnte es nicht fassen. Ich hatte mein erstes Verteidigungsverfahren am Obersten Gericht gewonnen, noch dazu am Old Bailey, auch wenn es kampflos abgelaufen war. Ich faltete die Kopie meiner Rede zusammen und steckte sie in meinen Koffer, zusammen mit meiner Perücke und meiner Robe. Ich kehrte zu Fuß in die Kanzlei zurück, vorbei an der St Paul's Cathedral über die Fleet Street, dann nach links in den Inner Temple und über den gepflasterten Hof, der zu meiner Kanzleigemeinschaft führte.

Ich beschloss, den Ausgang meinen Kollegen gegenüber, die in der Kanzlei herumhingen, nicht zu erwähnen. Es war ja auch nichts aufsehenerregendes dabei. Ich wollte gerade meine Tasche und meine Jacke nehmen, um zu gehen, als mich Adam, ein Kanzleimitglied, das mir ein paar Jahre voraus war, abfing: »Ich habe gehört, du hattest heute einen durchschlagenden Erfolg am Old Bailey! Alice hat es mir gerade erzählt«, sagte er. »Oh!«, erwiderte ich, aus dem Gleichgewicht gebracht. »Ähm, nun ja, nicht wirklich: Die Staatsanwaltschaft lieferte letztendlich keine Beweise. Ich bin nicht mal dazu gekommen, mein Abschlussplädoyer zu halten.«

»Hey, gewonnen ist gewonnen«, gab er zurück und machte sich aus dem Staub. Doch mein bizarrer und merkwürdiger Triumph bei der Arbeit stand in krassem Gegensatz zu – nun ja, zu allem anderen.

»Erzählen Sie mir, was passiert ist«, sagte der Therapeut.

Ich betrachtete eingehend die gegenüberliegende Wand.

»Nehmen Sie sich Zeit«, ermutigte er mich.

Ich war wegen meiner »schweren krankhaften Angst« hier – oder, um es anders zu formulieren, weil ich wirklich sehr große Angst hatte, dass die Menschen, die ich liebte, bald sterben würden. Ich war mir sicher, dass es hier nicht um Trauer oder um Mum ging. Damit hätte ich abgeschlossen, erklärte ich. Ich müsste nur die Angst etwas mildern, die mich jeden Moment begleitete, die mir ins Gehege kam, mich zu Fall brachte, die mich auf der Straße ruckartig stehen bleiben ließ. Mein Hausarzt hatte mich an einen Psychiater überstellt, der mich wiederum an einen Psychotherapeuten überwiesen hatte.

Nun war ich hier.

Tatsache ist, ich war schon immer eine Schwarzmalerin. Es schien mir tatsächlich eine zutiefst vernünftige Art und Weise zu sein, durchs Leben zu kommen. Wie man so schön sagt: Der Pessimist wird niemals enttäuscht – wenn man annimmt, dass der schlimmstmögliche Fall eintreten wird, und dies dann passiert, dann ist man bestmöglich vorbereitet, und wenn dieser Fall nicht eintritt, umso besser. Die KVT, die Kognitive Verhaltenstherapie, will einem dies im Grunde ausreden. Sie ist eine der am weitesten verbreiteten Psychotherapierichtungen – und eigentlich unglaublich einfach gestrickt. Der Therapeut hilft einem, die eigenen irrationalen Vorstellungen zu erkennen und sie dann kritisch zu hinterfragen. Ziel ist es, neue Gedankenmuster zu verankern, um künftig erkennen zu können, wenn man sich im Irrationalen verliert. KVT regt dazu an, sich das schlimmstmögliche Szenario anzuschauen und dann zu akzeptieren, wie unwahrscheinlich es eigentlich ist, dass dies tatsächlich eintritt. Pech für die Vertreter der KVT – insbesondere für meinen Therapeuten –, dass ich zehn Jahre lang, immer wenn das Telefon geklingelt hatte, mit dem Schlimmsten gerechnet hatte, was ich mir vorstellen konnte, und am Ende hatte sich genau das bewahrheitet. Eins zu null für Livvy.

Am Ende jeder Sitzung schickte mich mein Therapeut mit einem kleinen kopierten Merkblatt nach Hause. Darin forderte er mich auf, mir schlimme Dinge vorzustellen und dann Gründe zu finden, weshalb sie vielleicht gar nicht so schlimm wären. Der Zettel landete dann zerknittert und ignoriert unten in meiner Handtasche, bis ich ihn eine halbe Stunde vor meiner nächsten Sitzung widerwillig herausnahm und versuchte zu erraten, was gesunde Antworten auf die Fragen wären; ich schrieb die Antworten schnell in der U-Bahn auf, den Zettel auf den Knien. Zur Trauer kamen wir in diesen Sitzungen gar nicht: Alles, worüber ich reden konnte, war die Arbeit. Und selbst wenn ich das Thema Arbeit ausgeschöpft hatte, redete ich noch weiter darüber, einfach um diesen Elefanten im Zimmer zu meiden. Ich strengte mich so an, mir Zeit aus den Rippen zu schneiden, in der ich nicht bei Gericht anwesend sein musste und stattdessen zu diesen Sitzungen gehen konnte, und dann verbrachte ich die ganze Zeit damit, darüber zu reden, wie es war, bei Gericht zu sein.

»Wenn Patienten zu mir kommen und sagen, dass sie ihren Job kündigen oder ihren Partner verlassen wollen, dann sind diese Dinge nie die Antwort auf ihre eigentlichen Probleme«, teilte mir mein Therapeut mit und lehnte sich in seinem Sessel zurück. Er war eindeutig erfreut über diese Beobachtung. Ich konnte sehen, wie es in seinem Kopf arbeitete und er überlegte, wie er das zu einem noch griffigeren Lehrsatz umformulieren könnte. Ich hatte nie zu ihm gesagt, dass ich meinen Job aufgeben wollte.

Die Juristerei liegt mir im Blut. Meine Mum, mein Dad und mein Großvater mütterlicherseits waren alle Anwälte. Mein Dad ist es immer noch. Ich bin damit aufgewachsen, dass er abends und an Wochenenden davonstürmte, weil er bei der Polizei als Bereitschaftsanwalt arbeitete, und dass am Esstisch über Testamente und Stiftungen gesprochen wurde. Als Teenagerin verbrachte ich meine Sommer damit, seine Unterlagen abzulegen, in denen es um alles Mögliche vom Vibrationssyndrom bis hin zum Emphysem ging. Mit sechzehn arbeitete ich in den Ferien in Dads Kanzlei. Er schickte mich ans Gericht, um Notizen für einen der anderen Anwälte der Kanzlei zu machen. Innerhalb von Minuten hatte ich angebissen. Ich hatte zum ersten Mal mit Strafrecht zu tun, etwas, was Dad nicht mehr praktiziert hatte, seit ich klein war, und es war berauschend. Das Oberste Gericht in Newcastle liegt am Hafen und ist überraschend stattlich und beeindruckend für ein in den 1980ern gebautes Gerichtsgebäude: optimale Voraussetzungen für ein junges, beeindruckbares, großmäuliges Mädchen, um sich zu verlieben. Die Anwälte, die ich bei Gericht sah, waren nicht von Papierkram überfrachtet. Sie waren schlagfertig und glamourös und rauschten in ihren Perücken und Roben an mir vorbei. Und auch wenn sie die Richter mit herrlich altmodischen Titeln ansprachen, so erzählten sie Geschichten und sogar Witze, wenn sie sich den Geschworenen zuwandten. Sie verwandelten Halbwahrheiten und vage Möglichkeiten in überzeugende Argumente. Sie kreuzten Schwerter mit ihren Gegnern und brachten einen dazu, ihnen zu glauben.

Eine juristische Karriere schien wie ein vorherbestimmter Entschluss, als ich anfing zu studieren, zumindest für mich. Meine Eltern waren nicht besonders begeistert; sie hofften auf etwas Aufregenderes, vielleicht auch Kreativeres als die Jobs, die sie hatten. Sie überzeugten mich davon, Literatur zu studieren, was ich dann auch tat. Und in meinem letzten Jahr überraschte ich sie – und vielleicht sogar mich selbst – damit, dass ich erklärte, zu Jura wechseln und Strafverteidigerin werden zu wollen.

Ich fällte diese Entscheidung aus den richtigen Gründen, ließ angemessene Sorgfalt walten. Ich wusste, dass Strafverteidiger nicht viel verdienen. Ich hatte mich durch das elende Verfahren gekämpft, um eine Referendarstelle zu bekommen.

Die meisten Samstage in jenem Sommer verbrachte ich in Pubs in der Nähe der Inns of Court; ein Kandidat nach dem anderen kam in den Pub, und wir ertränkten unseren Kummer und leckten unsere Wunden nach den Vorstellungsgesprächen. Selbst wenn ich eine Referendarstelle bekäme – und viele schafften das nicht – wusste ich, dass meine Chancen, als voll qualifizierte Anwältin vor Strafgerichten zu enden, gering waren (das schaffte etwa einer von dreien). Doch am Ende verhalfen mir Hartnäckigkeit, blinde Hoffnung und möglicherweise eine gute Dosis jugendlicher Arroganz zum Triumph.

Außerdem glaubte ich an das Rechtssystem. Ich glaubte, dass jeder das Recht hatte, eine Verteidigung zu bekommen, seinen Fall vor einem Gericht vorzubringen; ich glaubte, dass diese Verteidigung kostenlos sein sollte, wenn sich jemand keinen privaten Anwalt leisten konnte. Ich glaubte an das kontradiktorische Verfahren, an die höhere englische Anwaltschaft, an ihre Unabhängigkeit. Ich glaubte wirklich an diese Dinge. Dies bildete die einzige Ausnahme in meinem Hass auf alles, was ernst ist. Und ich liebte es, sagen zu können, dass ich Anwältin an Strafgerichten war. Vielleicht lag dies nur an dem mir eigenen Snobismus, aber es fühlte sich immer wie mehr an als nur eine Berufsbezeichnung, als würde es etwas über mich aussagen, dass ich Prozessanwältin war – nicht nur Gutes vielleicht, aber auch das.

Nach dem, was ich alles durchgemacht hatte, um hier anzukommen, nachdem ich die Referendariatszeit überlebt und mir die Aufnahme in meine Kanzlei gesichert hatte, nachdem ich vielseitige Praxiserfahrungen gesammelt und meinen Traum verwirklicht hatte – warum fühlte ich mich jetzt, nach all der Zeit, dennoch so verloren?

Ich war immer schon ängstlich gewesen, doch das war gänzlich neues Terrain. Die Aussicht auf eine Verhandlung reichte aus, um mich schon Wochen vorher nervös zu machen, und ich verbrachte ganze Tage damit, mich hineinzusteigern, ob der Prozess an diesem Tag wohl in die Binsen gehen würde, zu beten, dass Zeugen nicht auftauchen oder dass Klienten in letzter Minute ihre Meinung ändern würden.

Ich bemühte mich um Gelassenheit – und manchmal war das auch gar nicht so schwer. Wenn ein Mandant schimpfte, weil ich ihm die Geldstrafe nicht ersparen konnte, die er sich für eine absichtliche Geschwindigkeitsübertretung eingehandelt hatte, unterdrückte ich ein Augenrollen. Wenn mir ein Vater erzählte, dass der Traum seiner Tochter, Kostenplanerin zu werden, aufgrund einer Anklage wegen Drogendelikten zerstört würde, musste ich mir auf die Zunge beißen. Kein neunzehnjähriges Mädchen in der Geschichte der Welt hat je davon geträumt, Kostenplanerin zu werden.

Doch auf jeden Fall, bei dem ich kein Mitgefühl empfand, folgten zehn, die mich belasteten. Jede Woche verbrachte ich Stunden mit Familien – einer bunten Mischung aus Tätern, Zeugen, Opfern oder aus allem zusammen –, Familien, die durch diese Anklagen, durch diese mutmaßlichen Verbrechen auseinandergerissen wurden. Eine Klientin, die bereits vier ihrer fünf Kinder an das Jugendamt verloren hatte, saß zitternd und weinend auf der Anklagebank. Neben ihr saß ihr Partner, der Mitangeklagte, der Mann, der sie gerade erst krankenhausreif geprügelt hatte. Als ich ihretwillen auf Milde plädierte, indem ich versuchte, dem Richter einen Einblick in das schwierige Leben zu gewähren, das sie mit diesem Mann führte, dass ihr Versagen bei der Fürsorge für ihre Kinder nur vorübergehend gewesen war, relativierte dies meinen eigenen Kummer. Einen weiteren Mandanten hatte ich bei seiner Bewährungsanhörung verteidigt. Er war zurück ins Gefängnis gewandert, nachdem er einer neuen Straftat angeklagt worden war. Von dieser Straftat wurde er zwar freigesprochen, aber der Bewährungsausschuss weigerte sich unerklärlicherweise trotzdem, ihn freizulassen. Ich war schon immer von den Richtern sanft dafür getadelt worden, dass ich zu viele Gefühle zeigte, aber diese Ungerechtigkeiten fühlten sich an, als würden sie in meine Seele eingebrannt.

Ich verlor die Geduld mit dem System. An einem grauen Dezembermorgen instruierte man mich, am Magistrates' Court der Londoner City einen Mann namens Gerry in einem Prozess wegen tätlichen Angriffs zu verteidigen. In der Zelle bekam ich Anweisungen von ihm: Wir gingen die Verteidigung durch. Wie es manchmal der Fall ist, stellte sich heraus, dass er eigentlich keine gesetzlich vorgesehenen Verteidigungsgründe hatte – sie hatte angefangen, sagte er, aber er hatte Vergeltung geübt, eher aus Zorn als aus Angst – und als ich ihm alles erklärte, sagte er, dass er sich schuldig bekennen wollte. Gerry machte sich sowieso größere Sorgen um seine Katze, die seit seiner Verhaftung vor ein paar Tagen allein zu Hause war. Wir kamen vor einen bekanntermaßen strengen, mitleidslosen Richter, der ihn zu zwei Wochen Gefängnis verurteilte – gerade lang genug, damit er nicht rechtzeitig zu Weihnachten wieder herauskam. Ich ging nach unten, um ihn in der Zelle zu besuchen, und seine einzige Sorge galt seiner armen Katze und dem Wunsch, dass jemand zu seiner Wohnung gehen und nach ihr sehen sollte. Mehrmals rief ich die Rechtsbeistände an, ich schrieb Mitteilungen, ich flehte sie an, sich bitte, bitte darum zu kümmern. Nichts wurde unternommen. Niemand scherte sich um die Katze. Ich weiß nicht, was mit ihr passiert ist. Innerlich tobte ich: Das war nicht meine Aufgabe; war ich die Einzige, die sich kümmerte?

Und dann war da noch Robbie, der sich der Erpressung schuldig bekannt hatte. Über einen Zeitraum von zwei Monaten mit mehreren gerichtlichen Anhörungen machten wir gemeinsam eine Berg-und-Tal-Fahrt durch. Nachdem er anfangs geglaubt hatte, er würde dafür nur einen Klaps auf die Finger bekommen, brachte ich ihn so weit, endlich zu begreifen, dass er eine beträchtliche Haftstrafe zu befürchten hatte. Doch am Tag der endgültigen Urteilsverkündung hatte ich *alles* gegeben. Beinahe eine Stunde lang stand ich da und sprach zu seinen Gunsten – weit länger, als ich das normalerweise tat. Ich warf alles in die Waagschale, einfach nur weil ich hoffte, dass irgendetwas davon verhindern könnte, dass dieser traurige Mann zum ersten Mal ins Gefängnis musste. Natürlich klappte es nicht. Er wanderte trotzdem ins Gefängnis. Hinterher ging ich hinunter zu den Zellen, eigentlich ein Höflichkeitsbesuch, da wir beide alles gesagt hatten, was gesagt werden konnte. »Danke, Miss. Sie haben alles in Ihrer Macht Stehende getan. Können Sie bitte meine Eltern anrufen und sagen, dass ich nicht nach Hause kommen werde?« Mein Magen sackte ab. »Sie wissen nicht, dass Sie heute verurteilt wurden?«, fragte ich schockiert. »Nein«, erwiderte er. »Sie wissen … nichts davon. Sie wissen nicht, dass ich überhaupt vor Gericht stand.« Himmel noch mal. Also musste ich, nachdem ich das Gericht verlassen hatte, die steinalten, pflegebedürftigen Eltern meines Klienten anrufen – Eltern, die nicht mehr für sich selbst oder füreinander sorgen konnten, noch irgendeine andere Pflege an der Hand hatten – und ihnen nicht nur mitteilen, dass ihr Sohn sich eines sehr schweren Verbrechens schuldig gemacht hatte, sondern auch, dass er für mehrere Jahre ins Gefängnis musste, und das alles, während sie am Telefon die ganze Zeit schluchzten und weinten. Hinterher ging ich zum Bahnhof, und alles, was ich denken konnte, war: »Verdammt, das ist nicht meine Aufgabe.«

Und dann kam die Zeit, in der ich mich am Magistrates' Court in Hammersmith einfand, um Jessica zu verteidigen, der ziemlich direkte Körperverletzung vorgeworfen wurde. Ich ging nach unten zu den Zellen und meldete mich an. »Es gibt gerade keinen freien Konferenzraum, Miss. Macht es Ihnen etwas aus, sie in der Zelle aufzusuchen?« Das war nicht ungewöhnlich und beschleunigte die Sache normalerweise, denn man muss sich nicht an all jenen vorbeikämpfen, deren Fälle gerade abgewickelt und die entlassen werden. Ich wurde zu Jessicas Zelle begleitet. Als die Tür hinter mir geschlossen wurde, überbrachte ich ihr die nicht allzu angenehme Nachricht, dass es auch in ihrem Fall – meiner professionellen Meinung nach – keine wirkliche Verteidigung gab. Sie sagte, dass sie das verstand und sich schuldig bekennen würde. Aus ihrem Verhalten ging hervor, dass sie gefährdet war; sie wirkte unstet und unberechenbar, war nicht in der Lage, mir in die Augen zu sehen, und redete von Paranoia, von Stimmen. Ich machte mir eine Notiz, um eventuell ein psychologisches Gutachten zu veranlassen, dann klingelte ich, damit mir jemand die Zelle aufschloss. Keine Reaktion. Genervt klingelte ich noch ein paarmal und machte währenddessen unbehaglichen Smalltalk mit Jessica. Immer noch nichts. Endlich ging eine Mitarbeiterin des Zellenpersonals mit einem Sandwich vorbei, und ich schaffte es, sie anzuhalten, indem ich den Arm durch den Briefschlitz in der Tür steckte und wild herumfuchtelte. Sie befreite mich, und ich ging nach oben; ich dachte mir nicht viel dabei, außer dass meine Zeit verschwendet worden war. Als ich den Gerichtssaal betrat, reichte mir eine juristische Beraterin ein Blatt Papier. »Antrag auf Handschellen«, sagte sie grimmig. Sie sah, wie mir die Kinnlade herunterklappte. »Wussten Sie das nicht?« Handschellen werden angelegt, wenn ein Angeklagter ein solches Risiko für das Gerichtspersonal darstellt, dass es nur sicher ist, ihn in den Gerichtssaal zu bringen, wenn er Handschellen trägt. Dies geschieht nur unter sehr besonderen Umständen, weil man vermeiden will, dass ein Angeklagter in Handschellen gefährlich aussieht und ihm deshalb womöglich keine Gerechtigkeit widerfährt. Ich las den Antrag durch. Die Angeklagte hatte gedroht, den Richter und ihren Rechtsbeistand zu verletzen. Außerdem war sie dafür bekannt, regelmäßig Klingen zu verstecken und sie in improvisierte Waffen zu verwandeln.

Mir blieb die Luft weg. Und dann strömte sie wieder zurück in meine Lungen. Plötzlich war ich außer mir. Das Zellenpersonal hatte das gewusst, als ich nach unten ging. Sie mussten es gewusst haben – sie waren diejenigen, die den verdammten Wisch beim Gericht eingereicht hatten. Aber aufgrund von Faulheit oder Nachlässigkeit hatten sie mich mit dieser Frau in einen Raum gesperrt, die so gefährlich war, dass sie vor Gericht Handschellen tragen musste, die wahrscheinlich am liebsten mit dem Messer auf mich eingestochen hätte. Und dann waren sie noch nicht mal gekommen, als ich geklingelt hatte.

Ich reichte beim Gerichtspersonal eine Beschwerde ein, dann rief ich die Assistenten an und bat sie darum, für künftige

Anwälte einen Warnhinweis auf der Akte zu hinterlassen. Es war nicht ihre Schuld, aber ich war so sauer, dass ich mich beherrschen musste, ihnen nicht »Wie kommt es verdammt noch mal, dass das meine Aufgabe ist?« zuzubrüllen.

Ich konnte Fälle nicht einfach zu den Akten legen, sobald ich mit ihnen fertig war. Ich beschäftigte mich weiter mit ihnen, rollte sie in Gedanken herum wie eine Murmel in einem leeren Glas und hatte Angst, einen Fehler gemacht zu haben. Ich sagte mir immer wieder, was ich zu tun hatte – dass ich hineingehen, den Job so gut wie möglich erledigen und dann damit abschließen sollte. Doch das konnte ich nicht. Ein guter Anwalt muss sich einen Fall leidenschaftslos anschauen und ihn dann leidenschaftlich verteidigen. Doch wenn meine Gefühle umhersprangen, als wäre mein Kopf ein Flipperautomat, dann ging beides nicht.

Ich fühlte mich verletzt und angeschlagen, als ich von einem Gerichtssaal zum nächsten tapste. Ich fühlte mich manipuliert, schuldig, überarbeitet. Ich war so, so müde. Ich war es leid, die Verursacher häuslicher Gewalt zu verteidigen, die Kautionsauflagen verletzten und gerichtliche Anordnungen ignorierten, um ihre Partnerinnen einzuschüchtern. Ich hatte die Opfer satt, die ihre Aussagen zurücknahmen, wenn sie in den Zeugenstand gerufen wurden. Ich glaubte weiterhin, dass jeder ein Anrecht auf eine Gerichtsverhandlung hat. Aber ich bezweifelte immer mehr, dass ich Teil dieses Prozesses sein wollte.

Zu dieser Zeit traf ich mich mit einigen Freunden aus dem Studium auf einen Drink. Ich hörte zu, wie sie ihre Fälle diskutierten. Einer von ihnen hatte morgens einen krassen Fall gehabt, ein anderer einen anstrengenden Mandanten in einem Prozess, bei dem es um schwere Körperverletzung ging. Mir wurde ganz elend bei der Aussicht, dass ihre Fälle in meinem eigenen Terminkalender landen könnten. Doch sie schienen glücklich. Sie wirkten *begeistert*. Als sie über ihre Fälle sprachen, merkte man, dass sie ihre Emotionen noch einmal durchlebten, wie ein Musiker, der eine Melodie in seinem Kopf noch einmal durchspielte. Der Nervenkitzel eines Abschlussplädoyers. Der Rausch, den sie empfanden, wenn die Jury ein Urteil fällte. Für mich waren dies Momente absoluter Panik, wenn es gut lief, gefolgt von einer Woge der Erleichterung, dass das Ganze endlich vorbei war. Ich hörte meinen Freunden zu, und zum ersten Mal begriff ich: Nicht das Gericht war das Problem. Das Problem war ich. Ich musste von dort weg.

*

Und dann war ganz plötzlich Weihnachten.

Seltsam, wie nach einem Todesfall die Zeit vergeht. Alle sagen dir, dass es schwer ist, jede Zeit des Jahres zum ersten Mal ohne diesen Menschen durchstehen zu müssen: seinen Geburtstag, deinen eigenen Geburtstag. Muttertag. Sommerferien. Sonnenbrand. Wenn die Schule wieder losgeht. Wenn die Blätter von den Bäumen fallen. Eine neue Winterjacke kaufen. Was einen jeden am meisten schmerzt, hängt dann vielleicht davon ab, auf welchen Moment der Todeszeitpunkt gefallen ist, denn das gibt natürlich vor, wie lange man schon getrauert hat, wenn ein bestimmtes Datum näher rückt. Ich glaube allerdings, dass Weihnachten am schwierigsten ist. Weihnachten kam ganze zehn Monate nach Mums Tod; meiner eigenen Einschätzung nach hätte ich zu diesem Zeitpunkt schon nicht mehr so dünnhäutig sein dürfen. Vor Mums Tod war unser Weihnachtsfest nie perfekt gewesen. Aber es waren *unsere* Weihnachtsfeste gewesen.

Maddy, Dad und ich hatten beschlossen, den Tag selbst nur zu dritt zu verbringen, deshalb bereitete ich mich auf die Fahrt nach Newcastle vor. Eine letzte Verhandlung vor Weihnachten stand mir dabei noch im Weg, und man hatte mich dabei ziemlich verschaukelt. Es handelte sich um einen Sozialbetrugsprozess am Crown Court von Inner London, für den eine geschätzte Zeit von ein paar Tagen angesetzt worden war, und ich vertrat die Anklage. Wir hatten den Prozess beendet, und die Jury war hinausgeschickt worden, um das Urteil zu fällen. Die Jurymitglieder hatten sich bereits länger beratschlagt, als der Prozess selbst gedauert hatte. Der Richter war vorsichtig: Es widerstrebte ihm offensichtlich, eine sogenannte Mehrheitsanweisung zu geben, bei der die Jury nicht einstimmig urteilen muss. Gleichzeitig zögerte er, sie wieder hereinzurufen und zu fragen, ob sie zu einem Urteil gelangt waren. Die Assistenten hatten mir versichert, dass sie die geschätzte Zeit nicht überziehen würden; heute war praktisch der letzte Arbeitstag, und die Jury machte keine Anstalten zurückzukehren. Der Zug, den ich gebucht hatte, kam an und fuhr ab. Wenn eine Jury beratschlagte, musste man da sein, für den Fall, dass sich etwas tat. Doch wenn dies nicht der Fall war, saß man einfach herum, trank unzählige Tassen Kaffee und versuchte, sich zu beschäftigen. Ich hatte mein Strickzeug mitgebracht, konnte mich aber nicht darauf konzentrieren; mehr als eine Seite konnte ich in dem Buch, das ich in meiner Tasche hatte, nicht lesen.

Sam war zu seiner Familie gefahren. Ich musste die Juryberatungen abwarten, bewaffnet mit Netflix und einer Familienpackung Quality Street, um meine einsamen Abende zu füllen. An Heiligabend war unser Gerichtssaal der einzige, in dem noch getagt wurde, selbst die Anträge auf eine Freilassung auf Kaution über Weihnachten waren schon durch. Die Jury war zu keinem Mehrheitsurteil gelangt, sie war nach vier Tagen Beratung immer noch unentschlossen. Der Richter wies die Klage widerwillig ab und schickte die Geschworenen nach Hause. Jedenfalls hatte ich »verloren«. Eigentlich hätte ich niedergeschlagen sein sollen. Doch stattdessen wurde mir ganz leicht ums Herz, als ich direkt vom Gericht zum Bahnhof King's Cross ging, um den nächsten Zug nach Newcastle zu nehmen.

Ich glaube nicht, dass irgendetwas unser erstes Weihnachtsfest nach Mums Tod leichter hätte machen können. Es war einfach etwas, was wir aushalten mussten. Mum war nicht in der Küche und füllte Pastetchen und putzte Rosenkohl. Als Dad spät am dreiundzwanzigsten Dezember den Supermarkt gestürmt hatte, war er allein gewesen. Und natürlich gab es an Heiligabend keine Minestrone. Sonst hatte es an Heiligabend immer Minestrone gegeben.

Wir taten, was wir konnten, um die klaffende Lücke zu mildern: Wir bunkerten uns ein, nur wir drei, als könnten wir uns und einander schützen, wenn wir eine möglichst kleine Einheit bildeten, Körperwärme austauschten. Wir unterließen bewusst alles, was auch nur annähernd so war wie immer – alles, was unterstreichen könnte, dass Mum nicht da war. Wir aßen Gans und spielten Trivial Pursuit, beides hatte Mum verschmäht. Maddy und ich übernahmen das Kochen. Wir lachten. Wir lachten überraschend viel. Wir machten Fotos! Wir machten sonst nie Fotos! Aber das Haus war entsetzlich still ohne sie. Die Küche war leer, wenn sie nicht an der Spüle stand, Radio 2 im Hintergrund, die Zigarette in der Hand. Die Keksdose war nicht aufgefüllt. Neben ihrem Bett lag nicht der charakteristische Bücherstapel. Ich hatte ihre Anwesenheit vor ihrer Abwesenheit nie bemerkt. Ihren weichen Körper, der auf dem goldenen Sofa dem meinen angepasst schien. Ihr Glas Wein im Garten, auf der Gartenbank. Ihre Handtaschen, die an der Tür hingen, nach Leder, Münzen und ihrem Parfüm rochen.

Zum ersten Mal seit Mums Tod verbrachte ich längere Zeit in meinem Zuhause, an dem Ort, an dem sie gestorben war. Maddy und ich waren entschlossen, uns in dieser Zeit einer Aufgabe zu stellen, die wir aufgeschoben hatten, solange wir konnten: Mums Habseligkeiten auszuräumen. Wir sahen Schubladen und ihre Garderobe durch, Schränke und Sekretäre; wir leerten ihren Frisiertisch und ihr Nachttischchen. Wir waren verzweifelt effizient; fast ohne Gefühlsregungen. Wir brauchten weniger als eine Stunde.

Mum war eine ausgezeichnete Schenkerin und hamsterte das ganze Jahr über Geschenke, die sie dann an Geburtstagen und an Weihnachten hervorzauberte. Früher lagerten diese Geschenke in Geheimverstecken überall im Haus, um das Risiko zu verringern, dass neugierige Kinder sie entdeckten. Diese Praxis endete an einem Osterfest, als Mum erst wieder einfiel, dass sie die Ostereier im Warmhaltewagen versteckt hatte, nachdem sie ihn für das Mittagessen vorgeheizt hatte. Danach wanderten die Geschenke in eine dafür vorgesehene Schublade im Gästezimmer (inzwischen waren wir alt genug – und hatten genug Angst vor Mum –, um die Unantastbarkeit dieser Schublade zu respektieren).

Nun schauten Maddy und ich zum ersten Mal in unserem Leben hinein. Es fühlte sich wie eine Grenzüberschreitung an. Wir fanden darin eine Menge winziger Geschenke: Minishampoos, ein paar Flaschen Nagellack, einen Satz Textmarker und ein mit Steinchen besetztes Notizbuch. Nichts Wichtiges, aber jedes einzelne davon mit einer ganz neuen Bedeutung.

Solange ich denken konnte, war meine Großmutter mütterlicherseits davon besessen gewesen, noch zu ihren Lebzeiten die Besitztümer aufzuteilen. Granny war morbide gewesen, das stimmt, sie war davon überzeugt gewesen, dass der Tod gleich um die Ecke lauerte, selbst als ich noch klein gewesen war und sie bei guter Gesundheit. Sie ging mit mir durchs Haus und zeigte dabei auf Gegenstände: »Das ist für dich, das sollst du mitnehmen, wenn ich nicht mehr da bin. Aber das da ist für deine Cousine Emma, das habe ich schon für sie reserviert.« Mum und ich hatten dann immer die Augen verdreht, aus Spott über diese schauerlich-gruselige Art. Aber jetzt wünschte ich, Mum hätte mehr zu dieser Art von Zuteilung geneigt.

Wir warfen fast alles weg. Hemmungslos packte ich ihre Kleidung in Tüten, um sie zu spenden, teilte ihren Schmuck als Andenken für andere auf, warf ihr Make-up und ihre Kosmetikartikel weg. Für mich selbst behielt ich kein Andenken, weil ich mir sicher war, immun gegen diese Rührseligkeit zu sein, der sich andere hingeben. Aber über ihre Bücher fiel ich her wie ein Schakal – ihre Anne Tylers und Margaret Drabbles, Helen Dunmores und Mary Wesleys, Elizabeth Jane Howards und Margaret Atwoods. Ich konnte den Gedanken nicht ertragen, dass sie weggegeben wurden oder verloren gingen – oder dass ich ein Buch verpassen könnte, das sie gelesen und geliebt hatte. Sie fühlten sich an wie ein Schlüssel zu ihr, einer, den ich nicht verlieren durfte.

Ich nahm auch ihren Le-Creuset-Bräter mit (mein Gepäck auf der Rückfahrt war ziemlich sperrig) – nicht den schönen enteneifarbenen, den sie sich erst vor Kurzem angeschafft hatte, sondern den dunkelblauen, den mit dem angeschlagenen Deckel. Innen war er von zahllosen Bolognesesoßen verfärbt, Mum hatte unzählige Chilis und Suppen für uns alle darin zubereitet. Dazu nahm ich noch eine kleine Sammlung Kochbücher mit.

Eigentlich kannte ich nur ein paar ihrer Rezepte. Ich hatte ihren Ananaskuchen – ihr einziges Zugeständnis an richtiges Backen – zu Weihnachten nach einem handgeschriebenen Rezept zubereitet, das Dad mir geschickt hatte; es war nicht Mums Handschrift, sondern die einer unbekannten Freundin, deren Identität den Wechselfällen der Zeit anheimgefallen ist. Mums Bolognese kannte ich vom bloßen Zusehen, und zu diesem Zeitpunkt hatte ich auch schon ihren griechischen Nudelauflauf rekonstruiert.

In dem neuen Fundus stolperte ich über ihr Ananasmarmeladenbrot und ihren Bread-and-Butter-Pudding. Ich dachte schon, das Rezept wäre vor ewigen Zeiten verloren gegangen, bis ich, versteckt zwischen den gebundenen Büchern, eine dünne Broschüre fand. Diese war vom Cleadon Ladies' Lifeboat Circle herausgegeben worden – einer gemeinnützigen Vereinigung, der Mum beigetreten war, als sie nach der Geburt meiner Schwester ihren Job aufgegeben hatte. Alle Rezepte in der Broschüre waren Produkte ihrer Zeit und Mums zweiter Beitrag neben dem Pudding noch mehr als alle anderen: eine ehrlich gesagt unfassbare gelatinebasierte Thunfischmousse. Der Bread-and-Butter-Pudding hatte sich – sozusagen – besser gehalten, und ich war begeistert, das Rezept gefunden zu haben.

Aber das war nicht mein Steckenpferd. Ich war inzwischen besessen von einer Suppe. Wann immer es mir schlecht gegangen war, hatte mir Mum eine Minestrone gekocht. Sie setzte sich mir gegenüber an den Küchentisch und sah schweigend zu, wie ich sie langsam, Löffel für Löffel, aß; dann ging sie ebenso langsam und schweigend mit mir im Garten spazieren. Wenn ich gewusst hätte, dass sie stirbt, hätte ich ihr da vielleicht die wichtigen Fragen gestellt: Was muss ich übers Kinderkriegen wissen? Wie bekommt man Curryflecken aus einer weißen Bluse? Wie kocht man deine Minestrone?

Ich habe kein einziges Mal nach dem Rezept gefragt, und jetzt war es zu spät. Ich musste diese Suppe nachkochen. Die ganze Fülle der Kochkünste und der Liebe meiner Mutter schien in dieser Suppe zusammenzufließen. Daher versuchte ich, sie aus dem Gedächtnis nachzukochen. Ich wusste, dass winzige Nudeln, Speck und jede Menge Gemüse darin waren und dass dieses Gemüse präzise gewürfelt war. Wieder und wieder kaufte ich Nudeln und Speck und würfelte präzise Gemüse. Das ganze Jahr hatte ich versucht, diese Suppe nachzukochen. Ich hatte Sam mit Dutzenden Minestronesuppen gefüttert. An Weihnachten fragte ich Dad und Maddy darüber aus, auch wenn ich sie schon vorher befragt hatte. Sie hatten keine Ahnung und verstanden im Grunde auch nicht, warum mir das so wichtig war. Mein erster Versuch schlug fehl. Mein hundertster ebenfalls. Ich konnte dem nahe kommen, aber nie war es genau richtig. Es war nie die

Suppe meiner Mutter. Ich versuchte es im Internet und verbrachte ganze Nächte damit, Suchergebnisse von Suppenrezepten anzustarren und Möglichkeiten auszuschließen: nein, nein, nein. Von allen Gerichten musste Minestrone eines der schwierigsten zum Nachkochen sein. Es gab nicht *die* Minestrone; Gott, warum hatte sie das verdammte Rezept nicht einfach aufgeschrieben?

Dies war die wahre Motivation, die dahintersteckte, als ich ihre Kochbücher mit zurück nach London schleppte. Doch nach langwieriger Suche gab ich mich geschlagen. Und dann, eines Abends, als ich auf der Suche nach etwas Neuem war, das ich kochen konnte, nahm ich diese Kochbücher wieder in die Hand. Ich blätterte eins nach dem anderen durch, müßig und uninspiriert. Fast hätte ich es übersehen. Doch sobald ich anfing zu lesen, wusste ich es: Das war das Rezept. Das war die Minestrone meiner Mutter. Ich studierte die Anleitung Zeile für Zeile und stellte mir vor, wie meine Mutter Würfel schnitt, briet, rührte – das raffinierte Ballett ihrer perfekten Suppe. Ich klappte das Buch zu und sah auf das Cover. Es war *Delia's Complete Cookery Course.* Die Minestrone meiner Mutter war Delias Minestrone. Ich hatte nach diesem Rezept gesucht, hatte drei Jahre lang damit experimentiert und verschiedenste Varianten getestet, und dann stand es in einem der berühmtesten Kochbücher, die je veröffentlicht wurden

Ich war in Hochstimmung und kam mir gleichzeitig wie eine Idiotin vor. Wie konnte ich das übersehen haben? Warum war ich nicht eher darauf gekommen? Ich kochte die Suppe, weil ich nicht vollkommen davon überzeugt war, dass ich endlich das Rezept gefunden hatte, nach dem ich so lange gesucht hatte. Es war perfekt. Es war Mums Suppe. Ich kochte sie in dem dunkelblauen, angeschlagenen Le-Creuset-Bräter und war so nah dran wie noch nie, Mum nach ihrem Tod heraufzubeschwören.

*

Das Rezept ist nicht identisch mit Delias: Ich verwende kleine Pastamuscheln, wo Delia Makkaroni benutzt, Zucchini statt Kohl, und ich glaube nicht, dass Mum je Basilikum hinzugefügt hat, auch wenn das Rezept dies erfordert. Am Ende konnte ich nicht widerstehen, ein wenig darin herumzupfuschen, auch wenn ich das Rezept gefunden hatte, das mich am meisten tröstete, das sich wie eine unantastbare Familieninstitution anfühlte.

Mums Minestrone
(Verzeihung, Delia)

Menge: 4 zünftige Portionen
Zubereitungszeit: 10 Minuten schnippeln, 2 Stunden köcheln

Zutaten:

25 g Butter
1 EL Olivenöl
4 durchwachsene Speckscheiben, in Streifen geschnitten, oder 100 g fertige Speckstreifen
1 mittelgroße Zwiebel, fein gehackt
2 Stangen Sellerie, fein gehackt
1 große Karotte, fein gehackt
1 Dose (400 g) Pizzatomaten
1 Knoblauchzehe, fein gehackt
Salz
Pfeffer
1 l Hühnerbrühe
2 Lauchstangen, in dünne Scheiben geschnitten
1 Zucchini, fein gehackt
75 g kleine Muschelnudeln
1 EL Tomatenmark

1. Eine große Pfanne oder einen Bräter bei mittlerer Hitze auf dem Herd erwärmen. Butter darin schmelzen und Öl hinzufügen. Speck darin anbraten, bis er leicht golden ist. Die Hitze verringern, Zwiebel, Sellerie und Karotten mit anbraten, bis sie weich sind.

2. Tomaten, Knoblauch und eine Prise Salz zugeben und bei niedriger Hitze 20 Minuten köcheln lassen, ab und zu umrühren, damit nichts anhaftet.

3. Brühe hinzufügen. Leicht zum Kochen bringen und mit geschlossenem Deckel eine Stunde lang köcheln lassen.

4. Lauch, Zucchini und Nudeln hinzufügen und weitere 30 Minuten köcheln lassen.

5. Tomatenmark einrühren und noch 10 Minuten weiterkochen lassen, mit Salz und Pfeffer abschmecken.

7

Trauer ist irgendwie skrupellos. Eigentlich ist es nicht so, dass sie die Dinge in die richtige Perspektive rückt, sondern eher das Gegenteil: Die Perspektive ist so verzerrt, alles steht auf dem Kopf, das Innerste ist nach außen gekehrt, sodass man sich von dem Leben, das man vorher geführt hat, überhaupt nicht mehr eingeschränkt fühlt. Die Trauer verleiht einem einen Freibrief, ob man will oder nicht. Es ist wenig überraschend, dass einen der Tod verändert. Manchmal ist dies unübersehbar und manifestiert sich etwa durch Gewichtsverlust und schlechte Gesundheit. Trauer strapaziert Beziehungen, die zuvor felsenfest schienen; für manche kann sie als Auslöser fungieren, eine Familie zu gründen. Andere veranlasst der Tod zu einer wilden Umarmung des Lebens, er erweckt das Bedürfnis, das Eisen zu schmieden, solange es noch heiß ist. Diese Menschen laufen Ultramarathons und reisen um die Welt. Andere finden zum Glauben – oder verlieren ihn.

Das sind die großen Veränderungen – die, die alle bemerken. Doch der Tod verändert die Menschen auch auf subtilere Weise, die man oft nur wahrnimmt, wenn man genau hinsieht. Wenn mich ein alter Bekannter in dem Jahr nach Mums Tod getroffen hätte, hätte er mich wohl kaum als drastisch verändert empfunden. Aber innerlich hatte sich etwas verschoben. Ich hatte mich neu kalibriert. Meine Welt war ins

Ungewisse gestürzt, und dadurch hatte sich ein neues Gefühl in mir etabliert: Meine Zukunft lag in meinen Händen.

Dieser Gedanke stand bei mir im Vordergrund, als ich verlegen auf der Bank im Atrium des Old Bailey saß und darauf wartete, dass mein Kanzleichef aus seinem großen Prozess käme.

»Also, was gibt es?«, fragte er.

Ich holte tief Luft. »Ich muss hier raus.«

Da Kochen eigentlich kein Teil meiner Kindheit war, hatte ich auch kaum ein Bauchgefühl dafür. Deshalb liebte ich Regeln und Rezepte. Ich wollte, dass es ein Richtig und ein Falsch gab; wenn es das nicht gab, woher sollte ich dann wissen, ob ich es richtig machte? Das Problem war, dass jedes Rezept für sich allein stand. Ich konnte Baiser zubereiten, aber von auf Baiser basierenden Macarons hatte ich keine Ahnung; ich konnte Wackelpudding mit Gelatine herstellen, aber keine Mousse auf Gelatinegrundlage. Ich kam einfach nicht dahinter, was schieflief. Egal, wie viele Kochbücher ich las und wie viele YouTube-Kanäle ich frequentierte – es fühlte sich so an, als würde ich eigentlich überhaupt nichts dazulernen.

Als ich Sam nach Rezepten für die Gerichte fragte, die er immer für uns kochte, sah er mich verständnislos an. Er hatte Rezepte quasi durch Osmose übernommen, weil er seit zwanzig Jahren kochte, weil er aus einer Familie kam, die sich immer in der Küche aufgehalten hatte, weil er in Bezug auf Essen nicht sein ganzes bisheriges Erwachsenenleben auf Pasta aus dem Supermarkt gebaut hatte. Er wusste, wie man aus dem Inhalt von Kühlschrank und Vorratsfächern ein Gericht zauberte. Ich habe ihn nie ein Rezept befolgen sehen. Und wenn er auf irgendetwas Kniffliges stieß, rief er seine Eltern an. Daher war er vollkommen nutzlos für mich. Eines Abends beschloss ich, das Rindfleisch-Rendang, das ich in einem Kochblog entdeckt hatte, nachzukochen. Ich bin mir nicht sicher, ob ich je ein Rindfleisch-Rendang gegessen habe, aber bei lecker aussehenden Rezepten werde ich immer schwach. Alles klappte wie am Schnürchen bis zur letzten Anweisung, die besagte, dass ich das Rindfleisch im Öl anbraten sollte. Nirgendwo stand, dass ich das Rindfleisch wenden oder irgendwie bewegen sollte, deshalb überließ ich es sich selbst. Es fing an, ein wenig zu qualmen, aber das sollte wahrscheinlich so sein, oder? Nach fünfzehn Minuten war die Küche voller Rauch. Sam kam herein und glotzte mich durch den Rauch hindurch an. »Liv, ich glaube, irgendetwas stimmt nicht.« Ratlos sah ich ihn an. »Das kann nicht sein, ich habe das Rezept ganz genau befolgt. Es steht eindeutig nichts von Wenden darin.« Er starrte mich an. »Aber das Rindfleisch ist angebrannt, Liv. Es ist ungenießbar.« Und das war es. Offensichtlich. Der Rauch war inzwischen beißend; ich weiß nicht, ob Sie je so richtig verbranntes Rindfleisch gerochen haben, aber es ist wirklich absolut schrecklich. Ich warf die verkohlten Überreste in den Mülleimer und musste zehn Minuten später die Mülltüte draußen in der Mülltonne entsorgen, so schlimm war der Gestank. Die frisch gewaschene Wäsche meiner Mitbewohnerin hing in der Ecke unserer ohnehin zu kleinen Küche. Sie musste sie noch dreimal waschen, ehe sie den Geruch loswurde.

Wenn ich kochen lernen wollte, und dann auch noch schnell, würde ich Hilfe brauchen. Und ich wollte es schnell lernen: Mir war nur allzu deutlich bewusst, dass ich hinterherhinkte – auch wenn ich nicht so genau wusste, was oder wem. Ich wusste nur, dass es wichtig war, dass ich es tat.

Die letzten paar Monate hatte ich in aller Stille Kochschulen gegoogelt – zuerst als Zeitvertreib, später zwanghafter. Ich saß auf meinem Bett, klappte den Laptop auf und tippte dieselbe Webadresse in die Leiste, die ich jedes Mal eingegeben hatte, wenn ich in den letzten drei Monaten den Laptop hochgefahren hatte: Die Cordon-Bleu-Website erschien, und ich wurde sofort ruhiger. Ich kannte die Seite schon in- und auswendig: Abgebildet waren hier Reihen von Schülern in makellosen weißen Uniformen und süßen kleinen Kappen auf dem Kopf, dazwischen ragte die seltsam hohe Mütze des Kochs auf. Konzentrierte Blicke beim Glasieren von Biskuitkuchen oder Croissants. Perfekt angerichtete Platten, belegt mit einzelnen Zwiebelblättern und exakten Rechtecken, die vermutlich aus Ente bestanden. Im Text wurden Myriaden unterschiedlicher Programme vorgestellt, und in den Referenzen wurde jeder einzelne Zentimeter der Institution gelobt. Ich weiß nicht mehr so genau, wann mir die Idee dazu kam, was mich so dazu hingezogen hat. Aber ich wusste, dass ich total vernarrt war.

Das war nicht der erste verrückte Plan, den ich in meinem Leben gefasst hatte. Es hatte eine Phase gegeben, in der ich wie besessen alles rund um die Harvard Law School recherchiert hatte, hauptsächlich weil Elle Woods in *Natürlich blond* dort viel Spaß hatte; dabei ignorierte ich die Tatsache, dass es mir in dem Rechtssystem, in dem ich lebte, bei der Rechtsprechung gar nicht helfen würde, wenn ich die Harvard Law School besuchte. Bevor ich mich ins Kochen verliebt hatte, hatte ich kurz den Plan gehegt, in Bezug auf Jura das

Handtuch zu werfen und Metzgerin zu werden. Trotz meines absoluten Mangels an Körperkraft, dachte ich, ich könnte bestimmt ziemlich gut darin werden, außerdem würde es mich ungewöhnlich und praxisorientiert wirken lassen. Aber *das hier* fühlte sich anders an. Auch wenn ich es schwierig fand, die Begründung dafür in Worte zu fassen, verlieh mir die Idee eine Energie, wie ich sie seit langer, langer Zeit nicht mehr verspürt hatte. So schlecht ich derzeit auch darin war – Kochen und Backen tröstete und faszinierte mich. Wenn ich in der Küche war, fühlte ich mich geerdet und ruhig. Doch ich wollte so viel mehr. Ich wollte lernen, wie man perfekte Eclairs und wunderschöne Brioches backte; ich wollte mich mit Schokolade auskennen und etwas auf eine Art und Weise auf den Teller bringen, bei dem man nicht an »Komposthaufen« dachte.

Als ich Sam davon erzählte, lachte er mir nicht ins Gesicht. Er wechselte auch nicht elegant das Thema. Er nahm mich ernst. Wir besprachen die Vor- und Nachteile, die nicht unbeträchtliche Logistik. Mal ganz abgesehen von dem Durcheinander, meine Karriere hinzuwerfen, war der Vollzeit-Patisseriekurs teuer; doch durch Mums Tod war das zum ersten Mal kein absolutes Hindernis mehr. Wie wir es auch drehten und wendeten: Das Ergebnis blieb dasselbe.

Ich würde Le Cordon Bleu besuchen.

Als meine Arbeit auf wenige Fälle zusammengeschrumpft war, bekundete Sam Interesse daran, mitzukommen und zuzuschauen, bevor es zu spät war. Ein wichtiger Grundsatz unseres Justizsystems besteht darin, dass es offen und öffentlich ist – bei den meisten Fällen kann jeder als Zuschauer dabei sein. Sam hatte mich noch nie bei Gericht erlebt, und jetzt bot sich ihm die Gelegenheit. Er hatte sich einen spannenden Prozess ausgesucht: Dies war zweifellos bisher mein größter Fall. Ein Übergriff nach Paragraph 18 ist der schwerste Fall von Körperverletzung, für die man bestraft werden kann – direkt eine Stufe unter Mord. Theoretisch kann man dafür eine lebenslange Haftstrafe bekommen, aber in diesem Fall würde es wohl eher auf eine Handvoll Jahre im Gefängnis hinauslaufen. Mein Mandant wurde angeklagt, bei einer Messerstecherei unter Gangs am hellllichten Tag auf einer Londoner Straße der Rädelsführer gewesen zu sein. Er war damals sechzehn. Ich hatte Ewigkeiten an einer Strafmilderung gearbeitet, fest entschlossen, die Strafe dieses jungen Mannes so weit zu reduzieren, dass er gemeinnützige Arbeit leisten konnte, denn ich wusste nur zu gut, was mit jungen Männern aus schwierigen Milieus passierte, wenn sie ins Gefängnis kamen. Immer wieder hatte ich meine Notizen überarbeitet und nach den herzzerreißendsten (das Urteil am ehesten zu unseren Gunsten beeinflussenden) Formulierungen gesucht, die ich finden konnte.

Ich stellte Sam vor dem Gerichtssaal ab und ging mich umziehen. Als ich mit Perücke, Robe und klappernden Absatzschuhen, die ich noch nie außerhalb des Gerichts getragen hatte, zurückkehrte, sah Sam mich ängstlich an. »Was muss ich machen, wenn wir in den Gerichtssaal gehen? Und wo sitze ich?«, fragte er. »Einfach auf der Galerie für die Öffentlichkeit«, erwiderte ich. Als er mich weiterhin anstarrte, präzisierte ich: »Hinten links.« Man vergisst so leicht, wie seltsam und einschüchternd das Gerichtssystem auf Außenstehende wirkt – selbst auf jemanden, der nur als Zuschauer da war und der sich schon seit Ewigkeiten zu Hause anhörte, wie ich mich darüber ausließ.

Mein Mandant kam zu spät, obwohl man ihm ausdrücklich gesagt hatte, dass er unbedingt pünktlich erscheinen musste. Ich wurde nervös und ging vor dem Gerichtssaal auf und ab, wobei ich versuchte, ruhig und gelassen auszusehen. Als er genau zwei Minuten vor Prozessbeginn angeschlendert kam, hätte ich ihm am liebsten den Marsch geblasen. Der Gerichtsdiener steckte den Kopf durch die Tür: »Der Richter kommt gleich«, informierte er uns. Es blieb keine Zeit, unsere Taktik noch einmal durchzusprechen. Ich bugsierte meinen Mandanten in den Gerichtssaal, und während er sich auf die Anklagebank setzte, nahm ich auf der Anwaltsbank Platz und warf Sam einen verstohlenen Blick zu. Ich war froh, dass er da war, auch wenn der Fall stressig war. Ich mochte zwar beschlossen haben, diese Karriere abzubrechen, aber tief in meinem Inneren war ich dennoch stolz darauf, hier zu stehen und die gefährdetsten Mitglieder der Gesellschaft zu verteidigen. Außerdem sah ich mit Perücke und Robe klasse aus, und es wäre ein Jammer gewesen, wenn er das verpasst hätte.

Der Richter kam herein, und wir standen alle auf. »Miss Potts«, fing er an. »Euer Ehren«, erwiderte ich und holte Luft, um sofort mit meinem sorgfältig komponierten Plädoyer in Sachen Strafmilderung loszulegen. »Ich habe mir den bisherigen Bericht über Ihren Mandanten angeschaut«, fuhr er fort, bevor ich die Gelegenheit hatte, ihn auf die Feinheiten der Verurteilungspraxis anzusprechen oder auf die abgrundtiefen Ungerechtigkeiten, die meinem Mandanten in seinem jungen Leben bereits widerfahren waren. »Ich bin gewillt, seine

Strafe durch eine Hausarrestauflage auszusetzen. Wie klingt das?« Ich war sprachlos. Wo blieb jetzt meine ruhmreiche, hochfliegende Strafmilderungsrede? Wo blieb der Moment, in dem ich so bewegend und eloquent sprach, dass die Anwesenden sehen konnten, wie ich das Herz des kompromisslosen, der Welt überdrüssigen Richters sichtlich erweichte? »Nur eine Frage«, sagte der Richter und riss mich damit aus meiner Fassungslosigkeit. »Wie sind die Arbeitszeiten Ihres Mandanten? Nur damit ich dafür sorgen kann, dass die Hausarrestzeiten für ihn machbar sind.« Ich schnappte nach Luft wie ein Goldfisch. Dies war im Grunde eine sehr vorhersehbare Frage bei der Strafzumessung, und die meisten Strafmilderungen stützen sich schwer auf den Job des Angeklagten, als Sinnbild für seinen Beitrag zur Gesellschaft, seine Stabilität und die Unwahrscheinlichkeit einer Rückfälligkeit. Und ich hatte ihn nicht danach gefragt. »Könnte ich … könnte ich mich mit meinem Mandanten besprechen, Euer Ehren?«, fragte ich, eine Formulierung für: »Sorry, Richter, ich habe keinen blassen Schimmer.« »Natürlich, Miss Potts, aber bevor Sie das tun: Was arbeitet Ihr Klient eigentlich?« Nein, so weit war ich gar nicht gekommen. »Ich werde mich auch diesbezüglich besprechen, Euer Ehren.«

Ich trottete durch den Gerichtssaal nach hinten, um mit meinem Mandanten zu sprechen. Ich war so durcheinander ob dieser unerwarteten Wendung, dass mein Mandant die Antworten letztendlich dem Richter direkt zurief. Mein Beitrag zu dieser außerordentlich milden Strafe? Absolut nichts. Ich zog wieder meine Zivilkleidung an, und Sam und ich verließen das Gebäude gemeinsam. »Was diesen Fall angeht …«, fing ich an. »Ja, ich dachte mir schon, dass das nicht dein bester

Auftritt war«, erwiderte er. Er nahm mich an der Hand, und wir entfernten uns gemeinsam vom Gericht.

Später in dieser Woche, nachdem ich mich nicht gerade mit Ruhm bekleckert hatte, saß ich beim Kanzlei-Tee. Der Kanzlei-Tee ist eine Tradition, die im Allgemeinen Kanzleien vorbehalten ist, deren Tätigkeiten es nicht erfordern, dass ihre Mitglieder jeden Tag der Woche an einem anderen, entlegenen Gericht sind. Ansonsten kann es schwierig sein, die Leute mitten am Nachmittag zu Tee und Kuchen zusammenzutrommeln. Doch ein gewisses Mitglied meiner Kanzlei besaß gleichermaßen Sturheit und Großzügigkeit, deshalb harrten wir trotz unserer weit in London verstreuten Gerichtstermine aus. Es ist nicht nur eine notwendige Pause von den zahllosen Stunden Videoüberwachungsaufnahmen oder Ordnern voller Telefonaufzeichnungen, mit denen wir uns den ganzen Tag beschäftigen. Es ist auch eine Gelegenheit, Anekdoten loszuwerden oder andere mit den eigenen Geschichten zu überbieten: Neues aus den Reihen der Anwälte. Wer kann die ungeheuerlichste, amüsanteste oder schrecklichste Geschichte aus seiner Arbeitswoche erzählen?

Inzwischen hatten sich meine Pläne, der Anwaltswelt zu entfliehen, herumgesprochen, auch wenn nicht jeder die Einzelheiten kannte. Ich machte mich auf ein paar weitere Runden des immer gleichen Gesprächs gefasst, das auf »Du gibst also die Juristerei auf, um Kuchen zu backen?« hinauslief. Eigentlich ist das aber unfair: Fast alle waren unglaublich freundlich und unterstützend gewesen, als sie meine Neuigkeiten gehört hatten, aber jetzt war ich gefangen in einem Gespräch mit Scott, einem älteren Anwalt, der glaubte, wir stünden uns näher, als es tatsächlich der Fall war, sodass er meinte, sich vernichtende Kommentare über meine Karrierepläne erlauben zu können. »Du verlässt die höhere Anwaltschaft nur, weil deine Mum gestorben ist«, sagte Scott unverblümt zu mir, während er an seinem exklusiven Tee aus losen Blättern nippte, als hätte er nicht gerade etwas möglicherweise Niederschmetterndes gesagt. »Das … das stimmt nicht«, sagte ich kläglich. Ich entschuldigte mich höflich und beschloss, dass ich genug hatte. Er irrt sich, dachte ich wütend, während ich auf die U-Bahn-Station Blackfriars zustapfte. Wie *konnte* er nur? Er weiß *nichts* über mich oder über meine Mum, verdammt. Er irrte sich gewaltig, schäumte ich. Ich wollte nicht, dass Mum der Grund dafür war, dass ich die höhere Anwaltschaft verließ. Das hieße, ihre Tragödie zu meinem Vorteil umzudeuten, sie zu untergraben, um diese ganze verdammte Sache auf *mich* umzumünzen. Oder?

Nach einer Weile wird die Trauer Teil der eigenen Identität. Ich hatte das Gefühl, sie sollte in meiner Kanzleibiografie erwähnt werden: *Olivia studierte Englisch am Corpus Christi College in Cambridge, dann besuchte sie die City Law School in London. 2011 wurde sie von Gray's Inn in die höhere Anwaltschaft berufen. Sie praktiziert in Betrugsfällen und schweren Verbrechen, hält Vorlesungen über Handelsvorschriften, und vor drei Jahren starb ihre Mutter.* Wenn ich ein Profil auf einer Dating-Website hätte, stünde da: *Livvy, London, 26. Kurvenreiche Brünette, Galgenhumor, will den Tod ihrer Mutter nicht wahrhaben. Möchte jemanden kennenlernen, der ebenfalls einen Verlust erlitten hat und dem klar ist, dass sein Schmerz weniger zählt als ihrer.*

Tote Mütter sind ein Motiv, das so alt ist wie die Menschheit. Sie bevölkern Märchen und Fabeln, von *Hänsel und Gretel* bis hin zu *Die Schöne und das Biest.* Viktorianische Schriftsteller waren besessen von mutigen jungen Männern und Frauen, die sich ohne die führende Hand einer liebenden Mutter durchs Leben schlugen: George Eliot setzte sie sowohl in *Daniel Deronda* als auch in *Middlemarch* wirkungsvoll ein. Auch Wilkie Collins war ein Fan dieses erzählerischen Elements. Charles Dickens konnte gar nicht genug davon kriegen: *Bleak House, Große Erwartungen* (Pip *und* Estella!), *David Copperfield, Oliver Twist.*

Und die Fixiertheit auf tote Mütter endete nicht mit den sentimentalen Schelmenromanen der Viktorianer, wie jeder rasch feststellen wird, der vor Kurzem einen Elternteil verloren hat und sich verwundbar fühlt. Auch in den modernen Medien sind sie populär.

Man kann sich kaum rühren vor toten Müttern. Denken Sie an unzählige Animationsfilme. In *Findet Nemo* wird Nemos Mutter Coral von einem Barrakuda gefressen, noch bevor der Filmvorspann erreicht ist. In *Der Glöckner von Notre Dame* wird Quasimodos Mutter von Frollo umgebracht, dem Mann, der ihn letztendlich auf den Stufen der Kathedrale großzieht. In *Lilo und Stitch* kommen Lilos Eltern bei einem Autounfall ums Leben, bevor der Film anfängt. In *Schneewittchen* und *Aschenbrödel* wird der Tod nicht mal in den sparsamsten Worten erklärt; er ist einfach eine gegebene Tatsache, ein Sprungbrett für die Handlung. Und, na ja, die meisten, die *Bambi* gesehen haben, erinnern sich wahrscheinlich an nichts anderes als an die Szene, in der das Rehkitz mit ansehen muss, wie seine Mutter von einem Jäger getötet wird, gefolgt vom brutalsten Satz, der je im Kino ausgesprochen wurde: »Deine Mutter kann nicht mehr bei dir sein.«

Die Mütter sind alle tot oder zumindest abwesend. Es gibt Ausnahmen, aber die sind rar. Der Grund dafür ist einfach: Spannungsbogen. Tote Mütter sind wichtig für die Handlung; sie sorgen für Motivation. Die tote Mutter stellt eine Widrigkeit dar, die es von unserem geliebten Protagonisten zu überwinden gilt. Dadurch schwebt ein kleines Fragezeichen über seiner Identität, seinen Ursprüngen, und er hat die Freiheit, für sich selbst den richtigen Weg zu finden, was schließlich für das Happy End sorgt, nach dem wir alle uns sehnen. Die Idee, die dahintersteckt, ist, dass die Abwesenheit der Mutter für emotionales Wachstum, für Selbstbestimmung notwendig ist; dies schafft der Identität Raum, sich zu entwickeln.

Rosarote Erinnerungen erlauben es diesen Müttern, als zweidimensionale Inbegriffe der Tugend aufzutauchen, die nur im Kontext ihrer Beziehung zu unserem Protagonisten beschrieben werden. Aber das will ich nicht. Ich will meine Mutter nicht als Fiktion darstellen. Ich will sie nicht in eine Legende verwandeln, die aus Worten besteht. Sie war ein realer Mensch. Es ist einfach, die Toten zu mythologisieren, und noch einfacher, die eigene Mutter als einen Menschen zu betrachten, der ausschließlich in Beziehung zu einem selbst existierte – als nicht mehr und nicht weniger. Beides zusammen setzte sich in meinem Kopf eher zu einer Figur in meinem Leben zusammen als zu einem eigenständigen Menschen. Und so wollte ich sie nicht im Kopf behalten. Wie Hilary Mantel in ihrem Essay über Trauer im *Guardian* schrieb: »Der tote Mensch tritt in den Hintergrund, verliert sein Selbst, verliert seine Vollständigkeit, wird zu einem Artefakt der Erinnerung.«*

* Mantel, Hilary, »Hilary Mantel on Grief«, Guardian, 27. Dezember 2014.

Ruth Potts war eine dreidimensionale, komplizierte Frau gewesen, die ich mehr geliebt hatte, als ich je für möglich gehalten hätte, und deren Tod ich ebenso heftig betrauerte. Ihr Leben wurde grausam verkürzt. Ihr Tod hat eine Lücke in meinem Leben hinterlassen und in dem meines Vaters, meiner Schwester und ihrer Freunde. Aber sie war mehr als das.

Sie war einmal ein kleines Mädchen, das sein Gemüse in der Schublade mit dem guten Besteck versteckte, sodass ihre Mutter es erst fand, wenn es zu spät war. Sie war das Kind, das nach einer Party, die ihre Eltern ausgerichtet hatten und auf der alkoholische Getränke gereicht worden waren, herumgegangen war, heimlich, still und leise die Reste aus allen Gläsern getrunken hatte und dann erklärte: »Das war ein herrlicher Tag«, bevor sie im begeisterten Überschwang das Glas, das sie gerade hielt, durch die geschlossene Terrassentür warf. Sie war die junge Frau, die Kapitänin des Korbballteams wurde und eine erbitterte Gegnerin im Airhockey war. Sie war eine Frau, die sich verliebt und geheiratet hat, die Rechnungen bezahlt und Einkaufslisten geschrieben hat. Sie war die junge Mutter, die mit ihrer lesebegeisterten Tochter im Garten »Bibliothck« spielte und dafür ihre komplette Buchsammlung nach draußen schleppte, nur damit das Mädchen sechs davon aussuchen (mehr nicht: ohne Regeln herrscht nur Chaos) und mit der Faust so tun konnte, als würde sie sie stempeln. Wem meine Mum ihre Aufmerksamkeit schenkte, der erstrahlte von innen heraus.

Wenn irgendwo das Weihnachtslied »Away in a Manger« angestimmt wurde, weinte sie unweigerlich. Sie war eine erwachsene Frau, die auf Marks & Spencer, Robert Lindsay, Speisekarten, Hunde, Haselnussjoghurt, Zitronenbrausebonbons und richtig erlesene Seifen stand. Sie war eine Mutter, die ihrer Töchter wegen Lampenfieber bekam und den Raum verlassen musste, wann immer diese eine Bühne betraten, um einen ihrer unzähligen Wettbewerbe im Gedichtevortragen oder in Rhetorik zu bestehen, wodurch ihre Wettbewerbsader allerdings nie geschmälert wurde (»Ihr müsst an der Kategorie Bibellesen teilnehmen – das macht sonst keiner! Das wird ein Kinderspiel!«). Sie war eine Frau mittleren Alters, die lange Zeit krank gewesen war. Sie war eine Frau, die gegen ihre Ängste kämpfte und ihre Töchter »Angel Cake«, »Lovebird« und »Pet Lamb« nannte. Sie war eine Persönlichkeit, bevor ich auf die Welt kam, und blieb es auch danach, auch wenn es bereits zu spät war, als ich sie als solche erkannte.

Ich glaube, ich war ganz kurz davor gewesen zu begreifen, dass sie über ihr Dasein als meine lange leidende Mutter hinaus auch ein eigenes Selbst hatte. Aber ich war Anfang zwanzig, selbstsüchtig und ichbezogen. Ich habe sie als Mensch nie kennengelernt. Ich war irgendwie wütend auf sie, weil sie gestorben war, ohne dass ich die Chance bekommen hatte, das wieder wettzumachen; um ihr die ausgeglichene, mitfühlende, großmütige Tochter zu sein, die sie verdient hatte. Ich fühlte mich so schuldig, und das war alles ihre Schuld.

Ich versuchte dahinterzukommen, *warum* ich mich gegen den Anwaltsberuf und für das Kochen entschied. Nicht die unmittelbaren Gründe – dass ich in der Lage sein wollte, hübsche Croissants und Vanillecremes herzustellen –, sondern die darunterliegenden Beweggründe. Vielleicht brauchte ich einen Neubeginn. Vielleicht musste ich mein Leben umkrempeln und durchrütteln, nur ein wenig. Um zu sehen, was blieb. Um zu sehen, wer ich sein konnte. Vielleicht wollte ich hart arbeiten. Oder etwas tun, bei dem sowohl meine Hände als auch mein Kopf beansprucht wurden. Vielleicht war es Erschöpfung oder Erbitterung über den Zustand der Strafanwaltschaft: unterfinanziert, Furcht einflößend. Vielleicht wollte ich einfach, dass sich mein Leben zum ersten Mal seit Ewigkeiten ausnahmsweise um etwas Süßes drehte anstatt um etwas Bitteres.

Ich wollte auf die Kochschule, weil meine Mutter gestorben war. Natürlich. Aber ich wollte auch aus all den anderen Gründen dorthin gehen – weil ich als Strafrechtsanwältin unglücklich war, weil ich einen Neubeginn wollte. Weil ich sehen wollte, ob ich es konnte. Meinetwegen.

Ein paar Wochen später fand ich eine neue Freundin, Kate. Kate hatte kürzlich ihren Job am Theater fürs Kochen aufgegeben. Wir verabredeten uns, weil wir beide einen Karrierewechsel anstrebten. Ich war nervös; es fühlte sich wie ein erstes Date an, als ich in einer Bäckerei in Hackney auf sie wartete. Während wir Kaffee tranken und dann im Pub nebenan zu Cocktails übergingen, lernten wir uns kennen. Sie strahlte aus, wie glücklich sie war, als sie mir von ihrer Entscheidung erzählte, den Beruf, für den sie ausgebildet worden war und in dem sie brillierte, aufzugeben: Ihre Liebe zum Essen war offensichtlich, und als wir unsere Aufregung und Begeisterung miteinander teilten, fielen wir uns gegenseitig ins Wort. Ich erzählte ihr von meinen Plänen, meinen Hoffnungen, meinen Ängsten. Ich erwartete, dass sie Einwände hätte oder meine geistige Gesundheit infrage stellen würde. »Oh, mein Gott, Liv«, sagte sie, »du musst da unbedingt hingehen. Du hast *so ein Glück.*« Und sie hatte recht! Ich hatte *so ein Glück.* Scott und alle anderen, die mich psychoanalytisch bequatschen oder abschrecken wollten, konnten mich mal. Ich würde neun Monate lang lernen, Gebäck herzustellen. Ich hatte *so ein Glück.*

Ich holte Luft und klickte auf »Bewerben«. Für das Formular war ein Motivationsschreiben notwendig. Ich legte in wenigen Worten meine jüngste Vergangenheit dar: Mutter gestorben, mit Backen angefangen, Job gekündigt. Ich zog dürftige Vergleiche zwischen Gerichtssälen und professionellen Küchen und listete Fähigkeiten auf, von denen ich eigentlich nicht sicher war, ob ich sie tatsächlich hatte. Und dann schrieb ich das Wahrhaftigste auf, was mir einfiel: dass das Backen mir Freude bereitete und damit auch anderen.

Eigentlich fiel meine Entscheidung zwischen Kochkunst und Patisserie nie aufgrund einer freien Wahl. Ich liebte das, was ich als »anständige« Küche bezeichnete: Grillen und Braten, Sautieren und Pochieren, eine heiße Herdplatte mit einer Pfanne und einem Stück Fleisch. Aber das war nicht das, was ich wollte. Ich wollte die Präzision, die beim Backen eine entscheidende Rolle spielte.

Ich hatte mir den Kochlehrplan angesehen, und sobald die absoluten Basics wie Brühen, Entgräten und Gemüsetournieren erst mal abgehakt waren, schien es hauptsächlich darum zu gehen, eine immer größere Anzahl von Fleischprodukten in Tierhäute zu stopfen, bis man so etwas wie eine russische Babuschkapuppe vor sich hatte – nur aus Fleisch –, die auf einem Tudorbankett nicht fehl am Platz gewesen wäre. Ich war mir ziemlich sicher, dass jemand, dessen Herz bei Fleischbrühe höher schlug, ein ebenso vernichtendes Urteil über den Patisserie-Lehrplan gefällt hätte, nach dem mit Vorliebe aufwändige essbare Kunstwerke hergestellt wurden, die nie zum Essen vorgesehen waren. Jedem das Seine.

In der Patisserie geht es um Präzision. Alles dreht sich um Kontrolle. Man kann schweißtriefend über einem offenen Feuer stehen, aber solange man nicht gelernt hat, wie man die Dinge verlangsamt, bis man seine Handlungen kontrollieren kann, und welche Auswirkungen die eigenen Handlungen auf einen Teig oder eine Vanillecreme haben oder darauf, flüssige Schokolade in einer geraden Linie zu spritzen, wird man nie Erfolg haben.

Man lernt, ein Muskelgedächtnis zu entwickeln, bis diese Dinge ganz von alleine kommen, bis diese Kontrolle, diese Präzision ein Teil von einem ist. Ich war unerwartet aus meiner Welt entwurzelt worden. Jetzt wollte ich es mit Gewissheiten zu tun haben. Ich wollte, dass meine Handlungen Konsequenzen hatten, für die ich zu hundert Prozent verantwortlich war. Das ist Patisserie. Außerdem gefiel mir die Vorstellung, mich mal so richtig an einem Klumpen Teig auszutoben.

Doch es ging auch um Freude. Gebäck zu verschenken und zu bekommen ist die reine Wonne. Fast immer ist es ein Fest, vielleicht nur ein kleines. Ich kenne mehrere Menschen, die sich üblicherweise von Süßspeisen fernhalten, mit der Begründung, dass diese sinnlos seien, dass es sich um leere Kalorien handele. Doch diese Menschen scheinen das Wesentliche an Süßspeisen nicht zu begreifen, nämlich Genuss und Eskapismus. Das Herstellen von Süßspeisen erfordert Kreativität und Erfindergeist, die richtige Technik und entsprechende Mühe. Sie sollen erfreuen. Wir müssen essen, um zu überleben. Aber wir müssen keine Süßspeisen essen, um zu überleben. Wir brauchen überhaupt keine Süßspeisen zu essen. Süßspeisen sind keine Nahrung. Süßspeisen sind Freude. Das schmatzende Geräusch eines heißen Sirupbiskuits, eingehüllt in dicke, kalte Vanillecreme; der erste Schnitt mit dem Messer in einen Kuchen. Eis, das bei perfekter Temperatur zu einer Kugel geformt wird. Wenn man zum ersten Mal Karamell probiert und die Entdeckung, dass etwas Bitteres auch süß sein kann und das Beste, was man je gegessen hat. Das Zerbrechen von exakt temperierter Schokolade. Hübsche Macarons in allen Farben des Regenbogens. Ein einzelner Donut, der vor scharlachroter Himbeermarmelade nur so strotzt. Ein Soufflé, das der Schwerkraft trotzt; gibt es irgendetwas Magischeres?

Süßspeisen stehen für Gefühle. Sie sind mit Erinnerungen und Sehnsüchten verbunden. Der üppige Schokokuchen von Marks & Spencer, der aussah und hieß wie eine Raupe, mag zwar ein Sakrileg sein, ist aber an sich wundervoll: Erwachsene Männer und Frauen meiner Generation lieben ihn immer noch, weil er sie an ihre Kindheit erinnert. Es steht für Feste. Ich koche keinen Milchreis aus ernährungsstrategischen Gründen, sondern um mich daran zu erinnern, wie das Haus meiner Großmutter roch und wie es bei ihr schmeckte. Erinnern Sie sich noch daran, wie Sie zum ersten Mal eine Crème brûlée mit der Rückseite eines Löffels geknackt haben? Die Magie der makellosen, brüchigen Schale, die zerbricht und dabei die glatte Vanillecreme darunter preisgibt? Ich schon. Ich war neun, vielleicht auch zehn, und verbrachte die Ferien mit meiner Familie in der Normandie: In diesem Sommer probierte ich so viele neue Speisen aus. Aber es war die Crème brûlée, die wirklich im Gedächtnis hängen geblieben ist. Und all das kann man selbst erschaffen, man kann es mit den eigenen Händen herstellen, wenn man einfach nur mit Eiern, Zucker, Butter, Sahne, Schokolade hantiert.

Doch das passte nicht alles auf meinen Bewerbungsbogen, deshalb schrieb ich »Freude«. Und Freude war, wie sich herausstellte, auch genug: Ich wurde genommen.

Le Cordon Bleu heißt wörtlich übersetzt »das blaue Band«; ursprünglich bezog sich dies auf ein tatsächliches blaues Band, an dem die diamantbesetzte Medaille hing, die von Königen verliehen wurde, angefangen mit Heinrich III., nachdem er 1578 den Orden vom Heiligen Geist ins Leben gerufen hatte. Die Ritter dieses Ordens gehörten zum engsten Kreis um den König, und es heißt, dass diese hochdekorierten Herren bekannt waren für ihre unerhört extravaganten Festessen, von denen eines verschwenderischer war als das andere. Während der Revolution wurde »das blaue Band« zu einem Synonym für schicke Abendessen und überlebte sowohl den Niedergang der Monarchie als auch den des Ordens.

Das moderne Cordon Bleu wurde Ende des neunzehnten Jahrhunderts zunächst als französische Feinschmeckerzeitschrift ins Leben gerufen – *La Cuisinière Cordon Bleu*, gegründet von Marthe Distel. Es enthielt klassische Rezepte und Tipps, wie man Gäste verwöhnte und unterhielt. Kostenlose Kochkurse wurden angeboten, um die Verbreitung des Magazins voranzutreiben – einige davon fanden sogar in den Küchen des Palais Royale statt –, doch schon bald waren sie beliebter als die Zeitschrift selbst. Gegeben wurden diese Kurse vom berühmtesten Koch jener Zeit: Henri-Paul Pellaprat, einem Schüler Auguste Escoffiers, der die Schule in ihren frühen Tagen geleitet hatte.

1933 erhielten Dione Lucas und Rosemary Hume, ehemalige Schülerinnen der Pariser Originalschule, die Erlaubnis, eine Zweigstelle in London zu eröffnen, L'École du Petit Cordon Bleu. Sie wurde rasch größer. Obwohl die Schule während des Krieges geschlossen war, war sie 1953 so berühmt, dass sie das Krönungsbankett für Königin Elizabeth ausrichtete, für das Hume das berühmte Coronation Chicken erfand. Das Gericht war die Lösung für diese komplexe Veranstaltung. Da die 350 Gäste in zwei separaten Bereichen saßen, kamen heiße Speisen nicht infrage. Die Kellnerinnen waren allesamt Amateurinnen – Studentinnen, die für diesen Anlass eingespannt worden waren. Am bedeutsamsten war jedoch, dass Gäste von überall aus dem Britischen Empire gekommen waren, über deren »unterschiedliche und unbekannte Geschmäcker« (in den Worten der Leiterin des Le Cordon Bleu Constance Spry, nicht meinen) nur spekuliert werden konnte. Ein relativ schnörkelloses Hähnchengericht war hier genau das Richtige.

1984 wurde Le Cordon Bleu von André Cointreau aufgekauft, einem Sprössling der Dynastien Cointreau und Rémy Martin. Die Schule expandierte rasch und hatte zur Zeit der Entstehung dieses Buches fünfzig Niederlassungen in zwanzig Ländern. Über 20.000 Schüler absolvieren jedes Jahr die dort angebotene Ausbildung. Inzwischen gibt es eine breite Palette an Kursen – alles vom Brotbacken bis hin zu Weindiplomen –, doch die prestigeträchtigsten Qualifikationen sind nach wie vor das Diplôme de Cuisine und das Diplôme de Patisserie.

Und ich war dort aufgenommen worden.

Ein paar Wochen, bevor der Kurs beginnen sollte, machten Sam und ich Urlaub. Wir flogen zu einer Hochzeit von

Freunden in die Toskana. Wahrscheinlich wäre dies nicht Sams erste Wahl gewesen; wir hatten früher schon mal Urlaub in der Toskana gemacht, und er wollte eigentlich immer neue Orte sehen und neue Dinge kennenlernen. Aber die Hochzeit fand in Florenz statt, und es schien albern, den Kurztrip nicht zu unserem Sommerurlaub auszudehnen. Ich hingegen war insgeheim begeistert. Ich liebe es zwar auch, neue Orte kennenzulernen, aber noch lieber sitze ich in der Toskana auf einer hübschen Piazza – idealerweise auf der Piazza del Campo in Siena –, trinke Campari und esse Oliven. Ich hatte erfolgreich darauf hingearbeitet, dass wir zu meinem Geburtstag nach Siena zurückkehrten. Und war begeistert.

Obwohl Sam sorgfältig für die Reise gepackt hatte, hatte er seine Raffinesse zu Hause gelassen. Auf dem Flughafen, im Flugzeug und in den ersten paar Tagen unseres Urlaubs wies er mich alle paar Stunden darauf hin, dass ich seinen Rucksack nicht anrühren dürfe, weil er meine Geburtstagsgeschenke enthalte. Als wir einige Tage später das Apartment in Florenz verlassen wollten, vergaß er diese Anordnung und rief mir zu, ich solle noch mal nach den Pässen sehen. Ich griff in die versteckte Tasche hinten im Rucksack, weil ich wusste, dass er sie dort aufbewahrte. Ich ertastete die Pässe, und dann trafen meine Finger noch auf etwas anderes: etwas Kleines, Quadratisches. Etwas von der Form eines Ringkästchens.

Sams Urlaube verlaufen normalerweise in gleichmäßigem Tempo und nach einem strengen Zeitplan. Er besichtigt gern mindestens zwei Museen und eine Kirche oder Kathedrale (oder auch Moscheen oder Tempel, als wir später in Indonesien waren) pro Tag. Das treibt mich in den Wahnsinn. Doch an meinem Geburtstag lockerte er diesen Zeitplan unter großen persönlichen Qualen. Wir frühstückten ausgiebig, lasen in unseren Büchern und tranken Kaffee; zur Mittagszeit verkosteten wir toskanische Rotweine, Fleisch- und Käsespezialitäten. Ich war misstrauisch, sagte aber nichts – ich wollte keinen eventuellen Heiratsantrag ruinieren; und sollte ich mich in dieser Hinsicht täuschen, wollte ich Sam nicht aus unserem seltsam gechillten Tag aufschrecken. Jedes Mal, wenn er in die Knie ging, um einen Schnürsenkel zu knoten, fing mein Herz an zu hämmern. Irgendwann verschwand er für eine Ewigkeit, um »einen besseren Blickwinkel für ein Foto zu finden«, und ich stand nur halb geduldig und mit vorgetäuschter Lockerheit herum; ich wartete, bis der – wie ich annahm – unvermeidliche Flashmob auftauchte, und versuchte, mich im besten Blickwinkel für mögliche Fotografen in der Umgebung zu zeigen. Nach einer Viertelstunde wurde mir langweilig, und ich ging ihn suchen. Und da war er – er kauerte hinter einem Poller und zielte mit der Kamera direkt auf den Duomo und nicht auf mich.

Gegen Abend begann ich, an mir selbst zu zweifeln, selbst nachdem er ungewöhnlicherweise eine Meinung dazu gehabt hatte, ob ich mir die Nägel lackieren solle, bevor wir zum Abendessen ausgingen. Wir setzten uns vor eine Bar am Rande der Piazza del Campo, gegenüber dem Duomo, tranken Americanos und spielten Trivial Pursuit. Sam schien bemerkenswert entspannt für einen Mann, von dem ich sicher war, dass er mir einen Heiratsantrag machen wollte. Hatte ich da womöglich etwas missverstanden? War es ein Täuschungsmanöver, eine Finte, mich an meinem Geburtstag hierherzubringen? War das kleine Kästchen womöglich ein Nähset oder so etwas? (Wem dies unplausibel erscheint:

Sam nimmt fast überallhin irgendein Handarbeitsprojekt mit, muss man wissen.)

Wir gingen durch eine ruhige, unscheinbare Gasse zu einem Restaurant, in dem wir auf unserer vorherigen Reise schon gewesen waren. Unsere letzte Mahlzeit dort war nichts Ausgefallenes gewesen, aber trotzdem unvergesslich: große Teller mit hausgemachten Pici, viel zu viel Wein, dicke Cantuccini, die wir in winzige Gläser Vin Santo tunkten. Ich hatte es geliebt.

Als wir allein in der Gasse waren, blieb Sam plötzlich stehen. »Möchtest du gern dein letztes Geburtstagsgeschenk haben?«, fragte er. Bevor ich die Gelegenheit hatte zu antworten, zog er ein dünnes Rechteck aus dem Rucksack und fing an, es auszupacken. *Unhöflich,* dachte ich. Er hielt ein Bündel Stichwortkarten in der Hand. Auf den Stichwortkarten waren vertraut aussehende Zeilen, aber er sah sie nicht an. Er sah mich an. Dann fing er sehr bedacht an zu sprechen, als wäre jedes Wort bedeutungsschwanger. Doch er redete Schwachsinn, verglich mich mit Brokkoli und einem Truthahngericht. Einen Augenblick lang fragte ich mich, wovon um alles in der Welt er da redete. Hatte er den schlechtestmöglichen Zeitpunkt gewählt, den Verstand zu verlieren?

Dann fiel es mir wie Schuppen von den Augen: Er zitierte »You're The Top«, einen albernen alten Lovesong von Cole Porter aus dem Musical *Anything Goes.* Es handelt sich dabei um ein Duett – die Sänger vergleichen sich gegenseitig mit verschiedenen Superlativen, von Greta Garbos Monatsgehalt über Zellophan bis hin zu, nun ja, einem Truthahngericht. Wir sangen es zu Hause dauernd, übernahmen die beiden Rollen in dem Song und tanzten in der Küche herum. Er gelangte zum Ende der ersten Strophe und drückte mir die Stichwortkarten in die Hand. »Jetzt du!«, zischte er. Er hatte meinen Teil auf die Karten geschrieben. Moment mal – wollte er, dass ich mitsang? Ich fing an, die Worte von den Karten vorzulesen, und unterdrückte ein leichtes Gefühl der Kränkung: Machte ich da gerade … meinen eigenen Heiratsantrag? Mit Sam war es nie einfach nur *einfach*, oder?

Er – oder vielmehr wir – erreichten das Ende des Liedes, und bei der letzten Zeile ließ er sich auf ein Knie sinken und holte das Ringkästchen heraus, das ich vor zwei Tagen entdeckt hatte (und in das ich in einem unglaublichen Anfall von Selbstbeherrschung nicht hineingeschaut hatte). Es enthielt einen blassblauen Saphir, gesäumt von Diamanten. »Willst du mich heiraten?«, fragte er. »Ja«, erwiderte ich, ohne zu zögern. Dann fügte ich hinzu: »Natürlich.« Wir gingen die letzten paar Stufen zum Restaurant hinauf und bestellten genau die gleichen Gerichte, die wir beim letzten Mal gegessen hatten, und staunten darüber, wie viel sich in diesen beiden Jahren verändert hatte.

*

Cantuccini sind toskanische Kekse, und auch wenn sie dieselbe Grundzusammensetzung haben wie ihre nichttoskanischen Brüder und Schwestern, sind sie typischerweise kürzer und plumper. Traditionell verleiht ihnen goldener toskanischer Dessertwein, Vin Santo, der zum Eintunken dazu serviert wird, ihren besonderen Geschmack. Wer möchte, kann den Vin Santo auch durch Amaretto ersetzen, da er leichter erhältlich ist und gut zu den Mandeln passt.

Cantuccini

Menge: Ergibt etwa 30 Kekse
Zubereitungsdauer: 15 Minuten
Backzeit: 45 Minuten

Zutaten:

250 g Zucker
60 g Butter
abgeriebene Schale einer kleinen Orange
abgeriebene Schale einer kleinen Zitrone
2 Eier
1 EL Vin Santo oder Amaretto
½ TL Salz
400 g Mehl
1½ TL Backpulver
150 g ungeschälte ganze Mandeln

1. Den Backofen auf 160° C Umluft / 180° C Ober- und Unterhitze / Gasstufe 4 vorheizen. Zucker und Butter in eine Schüssel geben und die abgeriebenen Schalen hinzufügen. Die Mischung verrühren, bis sie blass und schaumig ist.

2. Nach und nach die Eier hinzufügen und gründlich verrühren. Vin Santo oder Amaretto und Salz, danach das Mehl mit dem Backpulver einrühren und schließlich die Mandeln zugeben. Den Teig auf einer bemehlten Oberfläche ganz kurz durchkneten, damit er zusammenhält und die Mandeln gleichmäßig verteilt sind.

3. Ein Blech mit Backpapier auslegen und den Teig in drei gleich große Portionen teilen. Jede Portion zu einer Wurst rollen, die etwa 5 cm breit und 4 cm hoch ist, und mit Abstand voneinander auf das Backblech legen.

4. 20–30 Minuten backen. Die Teigrollen werden dann ein wenig aufgegangen sein und sollten fest, aber nicht hart sein. Sobald sie genug abgekühlt sind, dass man sie anfassen kann, die Teigrollen mit einem Brotmesser in etwa 2,5 cm breite schräge Scheiben schneiden.

5. Die Scheiben mit der Schnittstelle nach oben auf ein Backblech legen (wahrscheinlich benötigt man dazu ein zweites). Weitere 10 Minuten backen. Alle Scheiben umdrehen und weitere 5–10 Minuten backen. Die Kekse sollten golden, aber nicht braun sein und sich hart, aber nicht brüchig anfühlen; beim Abkühlen werden sie dann härter. Die Kekse ganz abkühlen lassen. In einem luftdichten Behälter halten sie sich gut eine Woche.

8

Ich sehe albern aus in einem weißen Kochoutfit. Das stellte ich viel zu spät fest, nämlich als ich zum ersten Mal in der Schauküche von Le Cordon Bleu stand und mich umsah, die übel dicke Mappe mit Rezepten und Theorie vor der Brust umklammert. Das Erste, was mir auffiel, war, dass die anderen alle aussahen, als wären sie für diese Uniform geboren. Mein Kopf war zu groß für die kleine Baumwollbeanie, die angeblich die größte Größe hatte; sie weigerte sich standhaft, bündig auf meiner Stirn zu sitzen, und wie ich mit der Zeit feststellte, lief sie jedes Mal, wenn ich sie wusch, um mehrere Zentimeter ein. Die schachbrettartig gemusterte Hose schien absurderweise zu lang und gleichzeitig zu kurz zu sein. Ich war mir des dicken, krausen Frotteetaillenbands extrem bewusst und auch der Tatsache, dass ich zum ersten Mal seit fünfundzwanzig Jahren eine Hose mit Klettverschluss trug. Meine Mitschülerinnen und Mitschüler hingegen sahen alle aus, als hätten sie über Nacht Saumband eingesetzt, während ich Takeaway gegessen und mit vollem Mund über mein neues Messerset geplaudert hatte. Das Halstuch, das wir bekommen hatten, sollte wohl verhindern, dass wir einen steifen Nacken bekamen, wenn wir in einer heißen Küche stark schwitzten, aber es fachte die Flammen der Lächerlichkeit nur an. Der unterrichtende Koch hatte uns erklärt, wie man diese Dreiecke faltete, um den Hals schlang und zu einem perfekten Knoten band, wodurch wir gepflegt, professionell und auch ein klein wenig altmodisch aussehen würden; meines sah eher aus wie die schneeweiße Version eines Pfadfindertuchs mit Knoten.

Und was die Kochjacke mit dem namengebenden blauen Band und dem eingestickten Schulnamen auf der linken Seite anging, so kann man getrost sagen, dass sie nicht für Frauen mit üppigem Busen gemacht ist. Meine spannte an den Druckknöpfen über der Brust und über den Hüften, obwohl sie an Schultern, Hals und Handgelenken viel zu locker saß. Die Clogs, die ich eine Woche vorher so stolz in einem Spezialgeschäft gekauft hatte, fühlten sich jetzt wie Clownsschuhe an. Ich bollerte mit ihnen wie Godzilla die Treppe hinauf. Alle anderen sahen aus, als könnten sie Stepptanz darin machen.

Ich war am Tag zuvor hergekommen, um meine Uniform und mein Messerset abzuholen, und hatte beschlossen, die idyllische Route nach Bloomsbury zu nehmen, um meine Nerven in Schach zu halten. Wenn ich vorgehabt hatte, meinen Neubeginn zu zelebrieren, hätte ich keinen schlechteren Weg wählen können. Ich ging am Old Bailey vorbei und weiter zur Fleet Street, wo ich an der Tür vorbeikam, hinter der die geheime Domäne der Anwälte lag: Middle und Inner Temple, wo meine alte Kanzleigemeinschaft beheimatet war. Die Chancery Lane und an der High Holborn entlang kam ich an meinem Inn of Court vorbei, Gray's Inn, wo ich studiert, Examen abgelegt, an simulierten Gerichtsverfahren partizipiert, wo ich Reden gehört und an Dinners teilgenommen hatte. Auf dem Weg in mein neues Leben hatte ich aus Versehen den Weg durch die Essenz meines alten Lebens eingeschlagen.

Ich bog um die Ecke zum Bloomsbury Square, und die Schule kam in Sicht. Le Cordon Bleu liegt hinter dem British Museum, ein elegantes georgianisches Stadthaus, mit dunkelblau-weißen Flaggen, die auf den Platz hinausragen. Das Gebäude hat vier Stockwerke, jedes davon umfasst zwei Lehrküchen und eine Schauküche, von denen jede nach einer berühmten Persönlichkeit aus der Welt des Kochens benannt ist: Julia Child heißt eine Küche für Kochkunst, Brillat-Savarin eine Patisserieküche und Cointreau heißt das Schauküchen-Klassenzimmer im obersten Stock. Auf dem Dach gibt es einen Kräuter- und Gemüsegarten und im Erdgeschoss ein Café für die Öffentlichkeit.

Eine Schlange zog sich beinahe über die ganze Länge eines der Seitenarme des Platzes, Hunderte von Menschen warteten darauf, sich für Kurse anzumelden. Mein Gefühl, einzigartig und besonders zu sein, einen ungewöhnlichen Traum zu haben, schwand dahin. Ich stellte mich ans Ende der Schlange, und die rückte in der folgenden halben Stunde ganz langsam auf.

Durch das Anstehen hatte ich die Gelegenheit, meine Mitstudenten zu mustern: Die überwiegende Mehrheit waren Frauen, die meisten davon eine ganze Ecke jünger als ich. Ein paar von ihnen klagten über einen schlimmen Kater. Eine Frau zog völlig unverhohlen in der Schlange an mir vorbei, und sofort machte ich mir im Geiste eine Notiz, sie zu meiner Nemesis zu machen. Ich versuchte zu erraten, ob sich die Leute um mich herum zu einem Kurs in Kochkunst oder in Patisserie berufen fühlten oder gar das Grand Diplôme machen wollten, für das beides in einen Zeitraum von neun Monaten gepackt wurde. Die Schlange ging innerhalb des Gebäudes weiter, über die ganzen vier Stockwerke des Treppenhauses.

Wir gingen den letzten Korridor entlang. Schwarzweißfotos von den unterrichtenden Köchen hingen an den Wänden. Alle sahen streng und leicht seemännisch aus in ihren traditionellen hohen weißen Kochmützen. Irgendwann betraten wir ein bereits überfülltes Zimmer und nahmen dicke Mappen voller Schulregeln und Prozeduren in Empfang, bekamen die Kleiderhüllen mit unseren Uniformen und unsere Messersets, die in dicken, rechteckigen Futteralen steckten, und schlurften wieder hinaus.

Ich ging in den Umkleideraum, um meine Uniform anzuprobieren. Dort wimmelte es nur so von Menschen: ein ganzer Raum voller Frauen, die sich wanden, um sich in schlecht sitzende weiße Uniformen zu zwängen. Ich probierte eine der Jacken an, die ich erhalten hatte, und zog mir halbherzig eine der Hosen mit Schachbrettmuster bis zur Taille nach oben, doch dann überlegte ich es mir anders. Ich zog meine Zivilklamotten wieder an und beschloss, mich aus dem Staub zu machen.

Doch das war gestern gewesen. Und jetzt war ich hier, ich saß tatsächlich in der Schauküche des Cordon Bleu und war kurz davor, mein Diplôme de Patisserie zu beginnen. Der Vorlesungsraum mit Schauküche ist wunderschön. Vorne befindet sich eine chromblitzende professionelle Küche mit offener Theke, sodass die Schüler sie einsehen können. Drei Kameras sind auf den unterrichtenden Koch gerichtet, eine davon kann direkt auf die Hand des Kochs zoomen, um jederzeit in hochauflösender Qualität zu zeigen, was er gerade tut. Die Bilder werden auf vier große Fernsehbildschirme im Raum übertragen. Ein abgewinkelter Spiegel über der Demoarbeitsfläche gibt den ganzen Kochbereich wieder, sodass die Schüler zusehen können, wie die Köche Fische entgräten, Champignons tournieren oder Rosen aus geschmolzenem Zucker drehen. Natürlich ist alles makellos sauber. Ich war zu nervös, um mich mit den Leuten zu unterhalten, die rechts und links von mir saßen, deshalb wandte ich mich den Arbeitsblättern zu, die wir für diese Vorführung bekommen hatten: die verschiedenen Grade beim Zuckerkochen, Fruchtsalat und Meringuen. So weit machbar, auch wenn ich überrascht feststellte, dass der Rezeptordner nur eine Zutatenliste enthielt und keinerlei Vorgehensweise. Als ich den Rest der Mappe für dieses Trimester durchging, konnte ich tatsächlich kein einziges Rezept finden.

Der Patisserielehrer erschien, und Schweigen senkte sich über den Raum. »Guten Morgen, Ladies and Gentlemen. Ich bin Chef Nicolas«, begann er mit wohlklingendem französischem Akzent. Er war ein kleiner Mann, den die riesige Kochmütze auf seinem Kopf größer machte – unglaublicherweise sah das trotzdem weniger albern aus als meine winzige Kopfbedeckung. Die Kochmützen bestehen aus Papier, damit sie sich im Falle, dass sie Feuer fangen, in Sekundenschnelle in Asche verwandeln, anstatt den Kopf des Kochs abzufackeln.

Chef Nicolas ging unser dreiunddreißigteiliges Messerset systematisch mit uns durch. »Etwa ein Drittel von Ihnen wird sich heute noch schneiden«, warnte er uns nüchtern. Ich sah meine Mitschüler an, die von dieser Mitteilung seltsam ungerührt zu sein schienen. Indessen stellte ich hektisch Berechnungen an. Über sechzig Personen waren im Raum. Mindestens zwanzig von uns würden sich schneiden. Meine Chancen gefielen mir ganz und gar nicht.

Es gab Messer zum Ausbeinen, Filetieren, Spalten und Knochenbrechen, die er rasch aussortierte. Das Set enthielt alles, was man sich nur vorstellen konnte, bis hin zu einem Teelöffel (einem Teelöffel extra für Köche!) und einer Nagelbürste (einer Nagelbürste extra für Köche!). Es waren Messer darin, die ich noch nie zuvor gesehen hatte: Das leicht gebogene Tourniermesser ist wie eine kleine Sichel geformt und wird dazu verwendet, Gemüse zu perfekten Rugbybällen zu schnitzen oder Pilze zu komplizierten Spiralen. Auch dieses Messer wurde von Chef Nicolas weggelegt. Wieder und wieder betonte er, wie scharf diese Messer wären. Als er die Bindenadel nahm, machte er ein noch strengeres Gesicht. »Diese Nadel verwendet man dazu, kleine Wesen wieder zusammenzuflicken.« Er machte eine Pause. »Verwenden wir das in der Patisserie? Nein, wir sind ja keine Monster.«

Dann wandten wir uns der Hauptsache zu, der Praxis. Das Thema »Grundbegriffe« ist selbsterklärend: Hier sollen die Schüler von einem angenommenen Punkt der absoluten Unwissenheit in eine Position versetzt werden, in der sie mit einer Fülle von Techniken und Rezepten vertraut sind (Pâte sucrée, Crème anglaise). Also begannen wir mit Obstsalat. Der Koch machte sich daran, einen riesigen Berg Früchte in eine Reihe perfekter Formen zu schneiden: identische Mangowürfel, raffinierte Wellen aus Ananas, Birnenkugeln, Erdbeermünzen, hauchdünne Apfelscheiben, gezackte Krönchen aus halben Trauben. Mir war bewusst, dass er es absichtlich einfach aussehen ließ, aber ich machte mir keine Sorgen: Obst schneiden kann jeder. Als der Koch aufblickte, sah er uns alle fieberhaft mitschreiben. »Sie brauchen kein Buch zu schreiben«, sagte er sanft. »Sie sollen einfach nur eine Orange und einen Apfel schneiden.« Ich wurde rot. Ich hatte bereits sechs Seiten mit Notizen gefüllt.

Als wir von den Früchten zum nächsten Punkt auf unserer Agenda übergingen – Baiser –, war der seltsame Fall der fehlenden Rezepte gelöst. Chef Nicolas erklärte: Le Cordon Bleu liefert keine Rezepte. Nicht dass man dort nicht daran glaubte, dass es eine »richtige« Art und Weise gab, wie die Dinge gemacht werden sollten; in der Tat wurde mir bald klar, dass das Lehrpersonal von Le Cordon Bleu sehr feste Vorstellungen davon hatte, was richtig und was nicht richtig war. Aber ihre Theorie war: Sobald man den Schülern ein Rezept vorsetzt, schalten sie ab und hören nicht mehr zu. Indem sie uns nur eine Zutatenliste gaben und uns die Rezepte selbst aufschreiben ließen, stellten sie sicher, dass wir aufmerksam waren – oder scheiterten. Außerdem hatte dieses Vorgehen den zusätzlichen Vorteil – und da stimme ich ihnen voll und ganz zu –, dass es gewährleistet, dass die Rezepte so aufgeschrieben werden, dass der Schüler sie versteht, ungeachtet seiner Muttersprache, seines Sprachniveaus oder seines kulinarischen Grundwissens. Alles sehr löblich. Aber am ersten Tag erfüllte es mich einfach nur mit Panik.

Jede Vorführung war mit praktischen Übungen kombiniert; drei Stunden Demo, drei Stunden Praxis. Im praktischen Teil sollten wir genau nachbilden, was man uns beim Schaukochen gezeigt hatte, und dafür die Rezepte benutzen, die wir uns notiert hatten. Bei dem, was man von uns unqualifizierten, unerfahrenen Amateuren in drei Stunden erwarten konnte, hatte der Patisserielehrer oft viel zu viel Zeit zur Verfügung, sodass wir oft mit ein oder zwei zusätzlichen Teilchen oder Kuchen belohnt wurden, die wir hinterher dann nicht nachzubacken brauchten. Aber grundsätzlich lief es nach dem Prinzip »alles nachmachen«.

Als die Vorführung vorbei war, machten wir uns auf den Weg in die Lehrküche. Der Koch marschierte durch den Flur und an uns, die wir uns unbehaglich zusammendrängten, vorbei. Diesen Koch kannten wir noch nicht, es war ein anderer als der, der vorgekocht hatte, und er war bei der Einführung nicht dabei gewesen. Chef Olivier. Er stand mit verschränkten Armen und ohne zu lächeln in der Tür. Er sah viel strenger aus als Chef Nicolas, und ich spürte, wie meine Nerven mit mir durchgingen. »Ziehen Sie eine Nummer und gehen Sie zur entsprechenden Station. Legen Sie Ihr Messerset auf die Arbeitsplatte, aber *nicht* öffnen«, befahl er. Wir gehorchten.

Die Küche an sich ist kühl – nicht wie die schweißtreibenden, glühend heißen Küchen, die man im Fernsehen sieht. In großen Restaurants und Hotels ist die Backstation tendenziell cooler – sowohl buchstäblich als auch im übertragenen Sinne – als die Küche, in der gekocht wird. Häufig wird in einem vollkommen separaten Raum gebacken, abseits von den Flammen und Flambierpfannen der Fleisch- und Gemüsebereiche. Es liegt im Interesse des Patissiers, die Zutaten kühl zu halten: Sahne verläuft, wenn es zu warm ist, fest gewordenes Karamell schmilzt, Butter sickert aus dem Teig, und das Temperieren von Schokolade wird zum absoluten Albtraum.

Unsere Praxisküche roch nach heißem Zucker, Butter und Eiern, als wäre der Duft von frisch gebackenem Brioche hineingepumpt worden, um uns in die richtige Stimmung zu versetzen (später erfuhr ich, dass sich hinter diesen Küchen eine kleinere Küche befand, wo tatsächlich – für das Cordon Bleu Café im Erdgeschoss – gebacken wurde). In der Ecke stand ein riesiger Brotbackofen mit genial ausgeklügeltem Gerüst, auf dem zahlreiche Laibe zugleich gebacken werden konnten. Anders als in den Kochküchen, wo jeder Schüler seinen eigenen Backofen zur Verfügung hatte, standen hier nur zwei große, jeweils an den Enden der Küche. An den Seiten des Raums waren acht Kochfelder, je eins für zwei Leute; die Mitte nahm lediglich eine riesige Arbeitsfläche aus Marmor ein. Die Fläche wurde flankiert von Behältern mit Mehl und Zucker. Neben der Backküche lag die Spülküche, die man durch eine Schwingtür erreichte, die dauernd in Bewegung war; hier stellten wir unsere benutzten Töpfe und Pfannen ab, die dann von Hand in teuflischem Tempo und bei hohen Temperaturen gespült wurden, bevor man sie uns wieder zurückbrachte.

Chef Olivier stand an der Lehrerstation am Kopf der Arbeitsfläche: »Okay, *jetzt* können Sie Ihre Messer herausholen. Und denken Sie daran! Sie sind scharf!« Langsam und sorgfältig packten wir unsere Messersets aus, entfernten vorsichtig jede Messerscheide, die Warnungen aus der ersten Vorführung klangen uns noch in den Ohren (*ein Drittel von Ihnen wird sich schneiden* wurde in meinem Kopf zu *Die Chancen stehen eins zu drei, dass du einen Finger verlieren wirst).* Mit wildem Blick musterte ich den Inhalt meines Sets: Ich merkte, dass ich trotz dreistündiger hingerissener Aufmerksamkeit absolut keine Ahnung hatte, welche Messer ich brauchte beziehungsweise was ich hier überhaupt tat. Mit der Raffinesse eines Ziegelsteins tat ich das, was Schüler seit Jahrtausenden getan haben: Ich beobachtete, was die anderen machten, und tat es ihnen nach; ich wählte drei Messer aus und legte sie auf das silberne Tablett vor mir.

Ich nahm eine planlose Auswahl Früchte aus dem riesigen Kühlschrank: ein paar Trauben, eine Orange … Rote Johannisbeeren? Wer schneidet Rote Johannisbeeren? Wer *isst* Rote Johannisbeeren?

Rasch wurde mir klar, dass meinen Mitschülern das Schneiden von Früchten nicht fremd war. Sie gingen ans Werk, als wären sie in einem Kung-Fu-Film, sie schnitten, häuteten und würfelten. Ich hingegen bekam das Gefühl, als hätte ich noch nie zuvor eine Frucht gesehen. Was ist eine Birne? Kann man ihre Schale essen? Sind Bananen real?

Behutsam schnitt ich einen Apfel in unregelmäßige Lappen und legte sie in meine Schüssel. Es sah aus wie die Früchte, die bei McDonald's im Happy Meal enthalten sind. Ich schaute nach links und nach rechts. Die anderen um mich herum schienen überhaupt keine Angst vor ihren Messern zu haben. Am liebsten hätte ich ihnen zugebrüllt: »Ein Drittel von euch wird heute ein Körperglied verlieren!«

Irgendwo rechts von mir sog jemand scharf die Luft ein, deutlich hörbar in der konzentrierten Stille von sechzehn Leuten, die versuchten, Obst zu schneiden. Ich blickte auf und sah zwei große schockierte Augen und bebende Lippen. »Schon gut, schon gut, kommen Sie nach vorne und holen Sie sich ein Pflaster«, rief Chef Olivier.

Entnervt nahm ich ein gewichtiges Kochmesser und kappte damit das obere und untere Ende einer Orange, dann schnitt ich sie in Segmente. Man kann wohl sagen, dass ich nicht die Geschicklichkeit erreichte, die der Koch zuvor an den Tag gelegt hatte. Etwa die Hälfte meiner Orange war am Ende Matsch, den ich diskret in den Mülleimer warf. Inzwischen schnitzten meine Kollegen Trauben zu Krönchen. Wussten

Sie, dass man Trauben zu Krönchen schnitzen kann? Wussten Sie, dass das etwas ist, was Menschen im Jahre des Herrn 2016 *immer noch* tun?

Ich versuchte es ihnen nachzutun. Ungelenk schnitt ich die Traube im Zickzack rundherum ein und zog die beiden Hälften dann auseinander. Ich glotzte sie an, wie man die Innereien eines unausgenommenen Fisches anglotzt. Eigentlich war es gar nicht so schlecht. Ein wenig ungleichmäßig vielleicht: Es sah eher aus wie das Gebiss eines Wildhundes als eine Krone. Aber es war *schon* irgendwie kronenförmig. Mit stolz geschwellter Brust blickte ich auf, nur um zu sehen, dass inzwischen jemand einen Schwan aus einer verdammten Pflaume geschnitzt hatte.

Aber wenigstens hatte ich mich noch nicht geschnitten! Bereits drei meiner Mitschüler hatten den »walk of shame« nach vorne, wo Chef Olivier immer noch mit strenger Miene stand, auf sich nehmen und um blaue Pflaster für diverse Wunden bitten müssen. Einige verstohlene Tränen wurden vergossen.

Aber das Schlimmste kam noch. Als Nächstes mussten wir Zucker kochen.

Wenn man Zucker kocht, verändert er sein Verhalten. Eine sehr einfache Methode, einem Haufen übereifriger Patisserieschüler die Wichtigkeit von Präzision und der Kontrolle von Hitze beizubringen. Wenn es um Zucker geht, spielen die Temperaturen eine besondere Rolle: Bei 110° C formt der Zucker kleine Fäden, die halten; bei 118° C können weiche Kugeln geformt werden. Bei 121° C werden diese weichen Kugeln hart; wenn man ihn noch weiter erhitzt auf 148° C, hört man ein scharfes Knacken, wenn er wieder abkühlt. Die

Namen dieser Stadien sind herrlich fantasielos: Faden, Starker Flug, Ballen, Bruch.

In unseren Messersets befand sich ein Thermometer mit Sofortanzeige, mit einem langen angehängten Draht, der einem erspart, dass man den Finger in das hineinhängen muss, dessen Temperatur man gerade messen will. Aber offenbar durften wir es heute nicht benutzen. Wir kochten Zucker bei genau 116° C – also bei »Schwacher-Flug-Temperatur« – um einen Sirup für unseren Obstsalat herzustellen; aber wir mussten das auf die traditionelle Art und Weise schaffen. Zuerst betäubten wir unsere Hände in Eiswasser, dann steckten wir sie in den kochenden Zucker. Wenn wir es schafften, einen kleinen Teil Zucker herauszuholen und zu einer nachgiebigen Kugel zu formen, hatten wir die richtige Temperatur erreicht.

Die Theorie, die dahintersteckt, lautet: Wenn man kein Thermometer hat oder wenn es kaputtgeht oder die Batterie alle ist oder wenn es nicht richtig geeicht ist, kann man trotzdem Zucker kochen. Ein Patissier sollte in der Lage sein, mithilfe seiner Nase, Ohren und Hände zu erkennen, wann etwas fertig ist. Gut und schön. Aber das Thermometer lag direkt vor mir, und meine Hände waren die weichen, zarten Hände einer Anwältin. Als ich vor einem Topf kochenden Zuckers stand, lehnte ich diese Theorie ab. Dann muss man eben zwei Thermometer bei sich haben. Oder drei. Oder immer Ersatzbatterien in seiner Kochhose mit sich tragen.

Aber ich bin jemand, der Anweisungen befolgt. Deshalb tauchte ich, gemäß Weisung, vorsichtig meine Hände in Eiswasser, danach in den Sirup, aus dem ich einen Klumpen Zucker herausfischte, bevor ich sie geradewegs zurück ins Eis steckte. *Ich lebe noch!,* dachte ich. Ich drückte die Zuckerkugel, um mich zu vergewissern, dass sie noch so weich war, wie sie sein sollte, und der geschmolzene Zucker platzte heraus und direkt auf meine vermeintlich tauben Finger. »Sehen Sie?«, sagte Chef Olivier, der seine Runden im Raum drehte. »Nicht so schlimm, wie Sie gedacht haben, was?« Ich zuckte zusammen, weil meine Fingerkuppen pulsierten, und nickte ihm schweigend zu.

Als Nächstes: Baiser. Ich schaute in meine ausufernden Notizen und hoffte, dass mir zumindest das keine körperlichen Schäden zufügen würde. Ich hatte Baiser schon Dutzende von Malen gemacht: Ich hatte Biskuitrollen, Pavlovas und kleine, noppige italienische Baiserkekse gebacken. Aber andererseits hatte ich auch vorher schon mal eine Orange geschnitten, und das war mir hier auch nicht zugutegekommen. Ich schlug Eier auf und ließ das Eiweiß in eine Metallschüssel tropfen – und prompt ließ ich auch Eigelb hineintropfen. Niemand schien es bemerkt zu haben, deshalb kippte ich die nicht mehr verwendbaren Eier heimlich in meine Abfallschüssel und begann von vorne. Dieses Mal benutzte ich beide Hände, um die Eier aufzuschlagen, anstatt mich unnötig in bizarrer einhändiger Lässigkeit zu versuchen. Ich rührte nach und nach den Zucker ein und spritzte das Ganze zu einfachen Rosetten, dankbar, dass hier wenigstens nicht von mir erwartet wurde, dass ich das Ergebnis in Krönchen oder Schwäne verwandelte.

Am Ende des praktischen Teils wurden unsere Bemühungen bewertet. Jede praktische Übung wurde vom unterrichtenden Patissier auf einer Skala von 1 bis 5 benotet: 1 war extrem schwach, 5 hieß, dass keine bedeutende Kritik geäußert wurde; man sagte uns, dass wir Fünfen erst gar nicht zu erwarten brauchten. Unsere Zensuren würden in unsere Abschlussnoten mit einfließen; jede praktische Übung zählte.

Der Koch ging durch den Raum und bewertete unsere Resultate: Ich versuchte, mir nicht anmerken zu lassen, dass ich lauschte, aber ich tat es definitiv. Die meisten bekamen ein mittelmäßiges Feedback: schön schön schön. Das Mädchen, das die Pflaume zu einem Schwan geschnitzt hatte, wurde gelobt, und Verärgerung – nein, purer Neid – flackerte in mir auf. Das Werk der Schülerin neben mir wurde mit »enttäuschend« abgefertigt, und ich unterdrückte ein melodramatisches Keuchen. Das war die erste praktische Übung; Chef Olivier nahm offenbar kein Blatt vor den Mund. Ich blickte wieder hinunter auf meinen Teller: Mein Obstsalat sah ziemlich lädiert aus. Es war zwar alles da und korrekt, aber ziemlich glanzlos. Dennoch fühlte ich mich okay: Das Baiser glänzte, und ich hatte meine kunterbunte Sammlung an Fruchtstücken ordentlich auf dem Teller angeordnet. Ich hatte ein Traubenkrönchen geschnitzt, Himmel Herrgott! Ich hielt den Atem an, als der Koch meine Kreationen taxierte. »Das ist in Ordnung«, sagte er in einem Tonfall, dem zu entnehmen war, dass es alles andere als in Ordnung war. »Aber Ihre Messerschnitte sind unspektakulär.« *Unspektakulär.* Wer wollte schon, dass seine Messerschnitte spektakulär waren? Wie sah ein spektakulärer Schnitt überhaupt aus? Und endete so etwas dann nicht eher damit, dass man sich selbst schnitt? Ich wollte ihn gerade fragen, was er damit meinte, aber da war er schon zur nächsten Schülerin weitergezogen. Das war's. Das war mein Feedback. Meine Note brauchte ich gar nicht erst zu sehen, um zu wissen, dass sie nicht beeindruckend sein würde.

Ich warf die Früchte in meine kleine Plastikbox. Sie schwappten in ihrem Sirup herum. Ich verwarf meinen Plan, meine erste Kreation stolz zu fotografieren, denn wer wollte schon ein Foto von einem unspektakulären Obstsalat? Ich war nicht sauer oder traurig, sondern einfach nur alles andere als begeistert. Wie sollte ich mich je beweisen, wenn dies die Maßstäbe waren? Und wie sollte ich je irgendetwas lernen, was der Mühe wert war, wenn wir zweieinhalb Stunden damit verbrachten, einen verdammten Obstsalat zuzubereiten? »Nun«, sagte Chef Olivier, als er mit seinen Bewertungen fertig war. »Wie ist das Ihrer Meinung nach gelaufen?« Einige der selbstbewussteren Schüler bekundeten Begeisterung, die aber gedämpft wurde durch das Zu-Boden-Starren und Vor-sich-hin-Murmeln von uns Übrigen. »Sie sollten stolz auf sich sein«, erklärte er, woraufhin sich Moral und Kinn eines jeden in der Gruppe zu heben schienen. »Sie haben sich öfter geschnitten als alle anderen Gruppen. Das heißt, ich gewinne die Wette der Lehrmeister. Sie können jetzt nach Hause gehen.«

*

Meringuen waren die einzigen Elemente des praktischen Teils, die mich nicht im Stich ließen. Ich bewahrte sie über einen Monat lang in einer ausgewaschenen Butterdose auf meiner Arbeitsfläche in der Küche auf, bis ich schließlich einsah, wie albern ich war, und sie wegwarf. Meringuen allein mochten zwar schön sein, aber sie schmecken nicht besonders. Sie sind einfach nur süß. Aber mit weicher Schlagsahne und frischem, knackigem Obst verwandeln sie sich.

Als wir klein waren, gab es ein Gebäck, das meine Mutter, die, abgesehen von ihrem Ananasbrot und ihrem Bread-and-

Butter-Pudding, normalerweise keine Süßspeisen machte, doch gelegentlich backte: Pavlova, eine mit Sahne und Früchten gefüllte Torte aus Baiser. Wir durften kaum zusehen, wenn sie im Backofen war, so groß war die Angst, sie könnte brechen. Wenn sie aus dem Ofen kam, durften wir sie mit unseren kleinen Fingern nicht anrühren oder piksen. Dann wurde sie mit Sahne und Früchten gefüllt und hinten auf die Veranda gestellt – eine wahnsinnige Verlockung und absolut tabu. Ich hielt sie damals für einen unwahrscheinlich prachtvollen Nachtisch.

Wir waren nie zugegen, wenn sie präsentiert wurde. Pavlova war ausschließlich ein Genuss für die Gäste der Dinnerpartys unserer Eltern; wir waren längst in Schlafanzüge und dann ins Bett gesteckt worden, bevor sie ihren Auftritt hatte. Aber uns wurden immer Reste versprochen, und dieses Versprechen wurde für gewöhnlich auch erfüllt (das eine Mal, als es nicht erfüllt wurde, sprach ich drei Tage lang kein Wort mit meiner Mutter).

Die Pavlovas meiner Mum waren entweder mit Früchten garniert (wirklich erwachsen), oder sie waren mit Schokolade und Marshmallows gefüllt (ein Kindertraum; niemand sollte es wagen, ihn an Erwachsene zu verschwenden!). Diese hier ist eine Kombination aus beidem. Maracuja und Milchschokolade ist eine überraschende, aber himmlische Kombination: Der säuerliche, intensive Geschmack der Früchte kombiniert mit der cremigen Schwere der Milchschokolade. Die Füllung ist ein Traum, und wenn etwas davon übrig ist, muss man den Kühlschrank abschließen, um andere davon abzuhalten, sie heimlich aufzuessen.

Schoko-Maracuja-Pavlova

Menge: Eine tellergroße Pavlova, reicht aus für 6 Personen
Zubereitungsdauer: 2 Stunden
Backzeit: 1 Stunde 15 Minuten

Zutaten:

Für die Pavlova
1 TL Zitronensaft
3 Eiweiß
250 g Zucker
1 TL Speisestärke
1 EL Essig

Für die Maracujacreme
5 Maracujas
2 große Eigelb
75 g Zucker
50 g weiche Butter

Für die Schokoschlagsahne
350 g Schlagsahne
85 g Milchschokolade, in kleine Stücke gehackt

Für die Dekoration
1 Maracuja
50 g Milchschokolade, zu Röllchen geschabt

1. Zuerst die Pavlova zubereiten. Den Ofen auf 180° C Umluft/200° C Ober- und Unterhitze/Gasstufe 6 vorheizen. Die Innenseite der Schüssel mit einem Küchentuch mit dem Zitronensaft einreiben. Mit der Küchenmaschine oder dem Handrührgerät das Eiweiß langsam schlagen, bis kleine Blasen entstehen, dann bei hohem Tempo rühren, bis Eischnee entstanden ist. Man kann den Schnee auch mit dem Schneebesen schlagen, aber das erfordert Armmuskeln und Tatkraft.

2. Nach und nach den Zucker zugeben und jedes Mal die Mischung wieder glänzend steif schlagen, bevor man mehr hinzufügt. Speisestärke und Essig hinzugeben und noch mal kurz aufschlagen. In einen Spritzbeutel füllen, wenn Sie einen benutzen wollen.

3. Einen großen Kreis auf ein Stück Backpapier zeichnen (ich benutze hierfür einen Teller als Schablone). Diesen mit ein paar kleinen Tropfen Baiser auf dem Backblech fixieren, damit er nicht verrutschen kann. Die Baisermischung innerhalb des Kreisumrisses auf das Papier spritzen oder löffeln, dann den Rest des Kreises damit auffüllen. Eine zweite Schicht auf den Außenrand des Baiserkreises geben, damit ein erhöhter Rand entsteht.

4. Die Pavlova in den Backofen schieben und die Temperatur sofort auf 150° C Umluft/170° C Ober- und Unterhitze/Gasstufe 3 herunterschalten. Für 1 Stunde und 15 Minuten backen. Während dieser Zeit die Backofentür nicht öffnen. Wenn die Pavlova fertig ist, den Backofen ausschalten, die Tür des Ofens einen Spalt öffnen, aber die Pavlova im Ofen komplett abkühlen lassen.

5. Für die Maracujacreme die Maracuja entsaften, abseihen, die Kerne zurückhalten und Saft, Eier und Zucker in eine kleine Schüssel in einem Wasserbad geben. Die Eier mit dem Schneebesen schlagen und unter ständigem Rühren erhitzen, bis die Masse dicker wird. Wenn man sie an die Seiten der Schüssel schiebt, sollte sie zusammenhalten, ohne zusammenzufallen. Falls Klümpchen entstehen, die Masse durch ein Sieb streichen. Die weiche Butter einrühren und die Maracujakerne in die Creme geben. Zum Abkühlen beiseitestellen.

6. Für die Schokoschlagsahne die Sahne in einem kleinen Topf erwärmen, bis sie dampft, aber nicht ganz kocht. Die Schokolade in eine hitzebeständige Schüssel geben. Die heiße Sahne darübergießen und 2 Minuten stehen lassen. Dann rühren, bis sich beides vermischt. Komplett abkühlen lassen und danach die Sahne schlagen, bis sie steif ist.

7. Die Schokosahne auf den Pavlovaboden geben. Mit dem Löffel Maracujacremekleckse daraufsetzen. Vor dem Servieren die letzte Maracuja in eine kleine Tasse pressen und samt den Kernen auf dem Boden verteilen. Am Ende dicke Röllchen Milchschokolade schaben und das Ganze damit dekorieren.

9

Ich war inzwischen drei Wochen dabei und fasste allmählich Fuß im Le Cordon Bleu. Ich hatte mir gerade angewöhnt »Achtung, hinter euch!« und »Vorsicht, scharf!« zu brüllen, wenn ich heiße Tabletts oder Messer in die Küche trug, auch wenn ich mir dabei wie eine totale Idiotin vorkam. Ich fand meinen Vorlesungsraum beim zweiten oder sogar beim ersten Versuch und hatte gelernt, den Kaffee im Café um jeden Preis zu meiden. Ich wusste, wie ich mein Halstuch binden musste, und hatte entdeckt, dass ich dem Zorn des Kochs entgehen konnte, indem ich, bevor ich nachmittags wieder zurückkehrte, die Druckknöpfe an meiner Kochjacke anders knöpfte, um die Schweinerei zu verbergen, die ich morgens beim praktischen Teil verursacht hatte. Aber ein Teil der Schule war immer noch ein totales Mysterium für mich: die Kochkunst.

Die Küchen für Cuisine und Patisserie lagen nebeneinander; sie teilen sich die Spülküche, und ab und zu musste man einen Abstecher dorthin machen, um Gerätschaften zu suchen. Doch wenn die Notwendigkeit aufkam, sich in die Küche für Kochkunst zu wagen – wegen eines Gemüsehobels, eines Passiersiebs oder absurderweise eines Nudelholzes –, war es, als würde man eine andere Welt betreten. Für den Patisserieschüler ist diese Küche die Karikatur einer echten Arbeitsküche: Man wird von Dampfschwaden begrüßt, die nach Zitronengras und Indischem Basilikum riechen oder nach scharf angebratenem Fleisch und brutzelnden Zwiebeln. Anders als in der Patisserie, wo es sich so anfühlt, als würde man dauernd vom Mehlbehälter zur Herdplatte flitzen und unterwegs eilig und besorgt in den Backofen schauen, entfernen sich die Kochschüler kaum von ihren Stationen. Ihre Füße stehen still, während sie ihre Oberkörper hierhin und dorthin schwenken, um nach dem zu greifen, was sie brauchen, und dabei langsam ein ordentliches *Mise en Place* der verschiedenen Zutaten zusammenstellen, jede davon in ihrem eigenen Metallbehälter. Sie stellen ein Vorbild an Effizienz dar und vermitteln einem schon beim bloßen Zusehen das Gefühl, ungeschickt und langsam zu sein.

Es hat seine Gründe, weshalb Patissiers die Küchenchefs herablassend als Schlachter bezeichnen: Überall blitzen scharfe Messer auf, die in Fleisch schneiden. Aber die Bezeichnung ist scherzhaft gemeint und tut den Köchen unrecht. Ihre Arbeit ist schneller, heißer, brutaler als die der Patissiers. Auch wenn ich es vor meinen Mitschülern nie zugeben würde, gehen die Messerfertigkeiten der Kochschüler weit über die ihrer Kollegen aus der Patisserie hinaus. Ich kann mir kaum vorstellen, was für ein Horror es für die Kochschüler – ganz zu schweigen von den unterrichtenden Köchen – wäre, wenn sie Patisserieschüler beobachteten, die die Klingen dieser extrem scharfen Messer dazu verwenden, damit alle möglichen albernen, stumpf machenden Tätigkeiten auszuführen. Verbrechen an den Klingen: über die Arbeitsplatte schaben, um Schokolocken herzustellen; an Kuchenformen aus Metall entlangstreichen, um Biskuit daraus zu befreien; sie über dem Gasbrenner erhitzen, um Schokolade zu formen; sie in geschmolzenen Zucker tauchen, um Skulpturen herzustellen; bis hinunter auf die marmorne Arbeitsplatte durch Teig schneiden. Obwohl mein Messerset einen Wetzstahl enthält, muss ich gestehen: In meinen ganzen neun Monaten im Le Cordon Bleu habe ich kein einziges Mal danach gegriffen, um meine Messer zu schärfen.

Heute war es eher unwahrscheinlich, dass ich meine Messer brauchen würde, ob sie scharf waren oder nicht, denn wir fingen mit Brotbacken an. Das Fach wurde von Chef Dominique unterrichtet, einem Mann, für den das Wort sarkastisch (oder vielleicht *sarcastique*) erfunden wurde. Chef Dominique war ein sehr großer, sehr dünner Mann mit einem starken Akzent, und das Brotbacken war seine Domäne. Manchmal begleitete er zwar andere Teile des Patisseriekurses und war zweifellos ein fähiger und kompetenter Patissier, doch sein Interesse galt dem Brot, und damit hielt er auch nicht hinter dem Berg. Womöglich saß dort, wo sein Herz schlagen sollte, in Wirklichkeit ein Croissant.

Trotz seiner nicht gerade zimperlichen Verachtung für tollpatschige Schüler im ersten Trimester ging ich voller Begeisterung in den Brotbackteil der Grundstufe bei Chef Dominique: Brot konnte ich. Ich hatte jede Menge davon gebacken, von Sodabroten bis hin zu Sauerteig, und wie es schien, hatten sich viele in meiner Klasse noch überhaupt nicht daran gewagt. Nach dem Obstsalat war klar, dass ich niemals an ihre Fähigkeiten, Obst zu schnitzen, heranreichen würde. Deshalb war es schön, gleich etwas zu tun, worin ich ihnen voraus war. Seit Sam mit einem Laib Sauerteigbrot unter dem Arm in mein Leben getreten und ich in den Genuss seiner Käsetoasts gekommen war, hatte ich beschlossen, dass ich in Bezug auf Brot den Bogen rausbekommen wollte. Weniger aus romantischen Gründen, sondern wohl eher aus Alles-was-du-kannst-kann-ich-besser-Gründen. Aber was immer meine Motivation war, die Wirkung war dieselbe: Ich backte jede Menge Brot. An den meisten Wochenenden probierte ich ein neues Brot oder einen neuen Hefeteig aus, von Vollkornbroten über Milchbrötchen bis hin zu English Muffins und indischem Naan.

Wir begannen mit etwas Einfachem – einem Laib Sodabrot. Die Vorführung stimmte mich zuversichtlich; das hatte ich alles schon mal gemacht. Es handelte sich um ein Standardrezept, ich nickte hin und wieder zustimmend und machte mir weniger Notizen als normal. Vielleicht war es das, dachte ich plötzlich. Vielleicht war Brot meine Berufung. Ich stellte mir mich selbst adrett und mit Mehl bestäubter Nase vor, wie ich lachend inmitten einer großen Menge Backkörbe voller Teig stand. Ich bin mir nicht sicher, wie es kam, aber in diesem Tagtraum hatte mich mein Brot berühmt und allseits beliebt gemacht und mir womöglich sogar einen Platz zur Hauptsendezeit im Fernsehen gesichert.

Als wir ins Praktikum gingen, zog ich meine Station aus einem Hut (leider nicht aus der Mütze des Kochs, sondern – weniger buchstäblich – aus einem Korb, der die sechzehn Stationsnummern enthielt und vorgab, wo man den praktischen Teil verbrachte); ich zog eine Nummer, die besagte, dass ich mit dem Chefkoch auf Tuchfühlung sein würde. Normalerweise hätte mich das nervös gemacht, aber ich war mir sicher, dass Chef Dominique und ich dicke Freunde werden und uns unsere Liebe zum Gluten, unser Können in Bezug auf Brot zusammenschweißen würden. Wenn irgendjemand seine gallische Nonchalance durchbrechen und lebenslangen gegenseitigen Respekt, durchsetzt von Humor, erreichen konnte, dann ich.

Um Brot zu backen, braucht man Luft. Normalerweise erhält man sie durch die biologische Reaktion zwischen Hefe und den im Mehl natürlich vorkommenden Zuckern, aber im Fall von Sodabrot entwickelt sie sich aus der chemischen Reaktion zwischen Säure und Lauge, woraus Kohlendioxid entsteht, das wiederum das Brot aufgehen lässt. Für das Sodabrotrezept der Schule wird eine Kombination aus Backsoda und Weinstein verwendet, um diese Reaktion auszulösen, anstatt dass eine der Brotzutaten die Säure liefert (so wie die Buttermilch, die im Sodabrot in Kapitel 5 verwendet wird).

Ich wog meine Zutaten ab und behielt dabei Chef Dominique im Auge, in der Hoffnung, dass uns das Gluten bei Gelegenheit zusammenschweißte. Als ich alles hübsch vermischt hatte, schob ich mein Sodabrot in den Backofen und stellte den Küchenwecker. Das war's. Endlich konnte ich meinen unspektakulären Obstsalat wieder wettmachen. Zwar würde mich dieses Mal nicht Chef Olivier bewerten, aber vielleicht wäre mein Sodabrot so perfekt, dass sich Chef Dominique bemüßigt fühlen würde, es beim Mittagessen zu erwähnen. »Ich habe da diese Schülerin im Grundkurs. Sie hat *durchaus* das Zeug zum Star. Olivia Irgendwas, glaube ich.«

»C'est bon?«, fragte mich Chef Dominique, als ich neben meiner Arbeitsstation stand und darauf wartete, dass das Brot fertig war.

»C'est bon«, sagte ich zu ihm. Und das meinte ich auch so.

Ich ging in die Hocke, um durch das Glas zu spähen. Es ging nicht auf. Aber das war okay. Das Brot war noch nicht lang drin.

Zwanzig Minuten später stand ich da und sollte, wie so oft in den letzten drei Wochen, benotet werden. In meinem Magen lag eine Kugel aus Blei, ähnlich der, die ich fünf Minuten zuvor aus dem Backofen gezogen hatte.

Ich weiß bis heute nicht, was schiefgegangen ist. Ich habe so meinen Verdacht, aber das würde bedeuten, anderen die Schuld zuzuschieben und nicht meiner eigenen Nachlässigkeit. Ich weiß noch, wie ich meine Kollegen darum gebeten hatte, mir Backsoda und Weinstein zu reichen. Ich erinnere mich, beides hinzugefügt zu haben. Und dann erinnere ich mich an meinen Brotteig, der einzige unter den insgesamt sechzehn der Klasse, der nicht aufgegangen war, der sich im Backofen zu einem kompakten Klumpen verfestigt hatte. Als ich ihn herausholte, hatte er eine seltsame graue Farbe. Weder das Brot noch ich konnten uns irgendwo verstecken, deshalb thronte es traurig auf meiner Arbeitsfläche, eine kleine schiefergraue Gewitterwolke neben fünfzehn feisten, goldbraunen Laiben. Einer nach dem anderen wurde an den Arbeitsplatz des Chefs gerufen, um sich seine Note abzuholen. »Was ist denn da passiert?«, fragte Chef Dominique. Um seinen Mund zuckte es belustigt. »Ich weiß nicht, Chef Dominique. Ich glaube, ich habe entweder Backsoda oder Weinstein doppelt verwendet.« Ich seufzte. »Das ist wohl danebengegangen«, räumte ich ein. »Das können Sie laut sagen!«, dröhnte er. Ich hatte ihn zum Lachen gebracht, aber nicht gerade auf die Art, wie ich es mir erhofft hatte. Als ich von der Notengebung zurückkehrte, ließ ich den Laib mit einem lauten Rums in den Mülleimer fallen.

*

Im Le Cordon Bleu hatte ich auf einmal jede Menge Zeit zum Nachdenken. Das Leben am Gericht hatte mir wenig Freizeit gelassen, und ich hatte mich nach Mums Tod voll reingehängt. Das war absolut in meinem Sinne gewesen. Ich konnte mich mit all den Gedanken nicht aufhalten, weil schlicht und ergreifend keine Zeit dafür blieb. Nun waren zum ersten Mal seit ihrem Tod meine Tage nicht mehr von Anfang bis Ende ausgefüllt, und es war, als würde in meinem Kopf eine Hupe dröhnen, sobald ich nicht mehr aktiv beschäftigt war. Wenn irgendwo ein Alarm schrillt, verlassen wir normalerweise den Raum. Wir räumen das Zimmer, wenn das von uns verlangt wird, oder entfernen uns einfach. Aber sind Sie je in einem Raum geblieben, wenn ein wirklich lauter, misstönender Alarm losgeht? Das ist surreal: Man wird dadurch hysterisch, und der Lärm sickert einem in die Glieder, ins Gehirn, und man kann nicht mehr klar denken.

Auch wenn in meinem Kopf ein Tohuwabohu herrschte, war ich nach außen hin inzwischen sehr, sehr gut darin, über Trauer zu sprechen, ohne dabei wirklich *meine* Trauer zu thematisieren. *Nein, meine Mutter ist gestorben. Nein, alles gut! Na ja, nicht gut, natürlich ist das nicht gut, aber du weißt ja, wie ich das meine.* All das beherrschte ich perfekt. Es würde den Leuten die Befangenheit nehmen, sagte ich mir.

Ich konstruierte einen Klappentext für meine Lebensgeschichte, für das, was passiert war. Er enthielt die wichtigsten Punkte, die auffallenden Tatsachen, ließ aber die chaotischen, verwirrenden Aspekte aus. Wenn ich nicht innehielt, um Luft zu holen, konnte ich in dreißig Sekunden damit durch sein – manchmal schneller als mein Gesprächspartner, der in aller Unschuld auf einer Weihnachtsfeier eine Fremde gefragt hatte, wie sie Patissière geworden war, sein Canapé hinunterschlucken konnte. Ich erzählte die Geschichte immer wieder, verfeinerte sie, schliff die Kanten ab, bis sie glatt war wie ein Kieselstein am Strand, bis ich sie im Mund halten konnte wie Pfefferminzbonbons. Es war einfach. Einfach und falsch.

Auf jeden Fall nahm diese Geschichte den Menschen nicht die Befangenheit. Nicht einmal annähernd. Was diese Geschichte tatsächlich bewirkte: Sie ermöglichte mir, immer weniger über dieses Thema nachzudenken. Ich brauchte mein Gehirn nicht anzustrengen. Sie hielt meine Gedanken an Mum fest im Griff, steckte sie in eine Schublade, damit sie nicht wandern konnten.

Ich hatte so hart dafür gekämpft, mir keinen Raum zu lassen, um über Mums Tod nachzudenken. Ich war so überzeugt davon gewesen, hatte so große Angst davor gehabt, in dem Moment, in dem ich mich mit meinem Schmerz und meiner Trauer beschäftigte, in meinem eigenen albernen Selbstmitleid zu ertrinken. Doch indem ich es nicht tat, dümpelte ich nur noch mehr in meinem Schmerz dahin. Und jetzt hatte ich natürlich weit mehr Zeit dafür. Ich las eine persönliche Lebensgeschichte nach der anderen, versenkte mich in Berichten über die Trauer anderer: Joan Didion, C. S. Lewis, *Fun Home, Trauer ist das Ding mit Federn, H wie Habicht.* Ich habe sie alle gelesen. Ich habe alles über Theorie und Praxis von Trauerbewältigung verschlungen. Ich habe wissenschaftliche Artikel darüber gelesen und mir Podcasts angehört. Meine Kiefer waren permanent zusammengepresst, meine Schultern wie Beton. Eines Tages saß ich in der U-Bahn und las gerade meine ungefähr vierzigste persönliche Lebensgeschichte über das Thema Trauer, als ich merkte, dass ich mir in die Wange gebissen hatte. Blutgeschmack erfüllte meinen Mund.

Reden ermöglicht dem Gehirn zu verarbeiten, was einem passiert ist. Jeder weiß, dass die Leugnung des Traumas, die Weigerung, darüber zu sprechen, nicht viel dazu beiträgt, es zu lindern, sondern es höchstwahrscheinlich noch verfestigt. Aber es zu unterdrücken, war genau das, worauf ich so schwer hingearbeitet hatte, genau dieses Ziel hatte ich jahrelang mit all meiner Energie verfolgt. Ich schätzte meine schauspielerischen Fähigkeiten so hoch ein, dass ich davon überzeugt war, vor Maddy und Dad verborgen zu haben, wie schlecht ich eigentlich zurechtkam, doch heute bin ich sicher, dass mir das nicht besonders gut gelungen ist. Sam hatte immer wieder damit angefangen, ob ich meine Therapie nicht lieber fortsetzen wollte, doch ich zeigte mich eisern. Und jetzt stand ich vor dem doppelten Problem, meine Energien in etwas Neues gesteckt und gleichzeitig Raum zum Nachdenken bekommen zu haben – so viel Raum zum Nachdenken, ob ich nun wollte oder nicht.

Der Tod hat etwas Berauschendes an sich, als würde man die Zunge an eine Blockbatterie halten. Es durchzuckte mich. Ein Nervenkitzel. Ich wollte ihn in mich aufnehmen. Ich war so gut darin geworden, meinen eigenen Schmerz zu verleugnen, dass ich zu einer Voyeurin der Trauer anderer geworden war, dass ich förmlich danach hungerte. Öffentliche Ausbrüche der Trauer zogen mich an, faszinierten mich, und ich ertappte mich dabei, wie ich mir stundenlang Videoaufzeichnungen der Nachwirkungen von Dianas Tod ansah und jede Dokumentation und jedes Buch verschlang, die ich über die Katastrophe von Hillsborough finden konnte. Diese Todesfälle waren so außergewöhnlich, so rundheraus tragisch, dass ich meine Trauer-Quartett-Karten ablegen konnte. Ich pausierte mit meinen Berechnungen.

Todesfälle von Frauen im Alter meiner Mutter wurden zu einer besonderen Obsession von mir. Um sie zu trauern, fühlte sich sicher an. Als ich noch sehr klein war – vielleicht drei oder vier –, lebte die Schwester meiner Mutter, meine Tante Jan, in Muswell Hill im Norden Londons. Ich habe nur wenige Erinnerungen an diese Zeit, aber ich erinnere mich noch genau, dass ich damals meine erste Samosa kostete; ich saß beim Frühstück auf der Bank und hielt sie zwischen meinen beiden kleinen Händen. Jan wohnte in der Nähe der Schauspielerin Linda Bellingham, die in den Brühwürfelwerbungen immer die Mum gespielt hatte. Sie war uns von unseren Fernsehbildschirmen so vertraut, dass Mum sie jedes Mal, wenn sie ihr auf der Straße oder in einem Laden begegnete, wie eine alte Freundin begrüßte, bevor ihr dann, als sie aneinander vorbeigegangen waren, mit Schrecken bewusst wurde, dass sie es – oh Gott! – schon wieder getan hatte. Mum erzählte diese Geschichte immer wieder und lachte dabei über sich selbst. Zwei Jahre nach Mum starb Linda Bellingham, und ich konnte gar nicht mehr aufhören zu weinen.

Sehr viel später, 2016, traf mich Victoria Woods Tod genauso hart. Sie war ein wichtiger Teil meiner Kindheit gewesen, die einmütige Lieblingskomikerin unserer Familie, dass es sich anfühlte, als wäre sie jemand, nach dem man die Hand ausstrecken und den man berühren könnte. Ihre Drehbücher standen bei uns im Bücherregal, ihre Sendungen lagen in unserer Videoschublade. Ihr Tod fühlte sich wie ein physischer Schlag an. Die Hinterbliebenen von Victoria Wood und Linda Bellingham spielten für mich keine Rolle; wenn ich an sie dachte, tat ich mir einfach nur selbst leid.

»In meinem Leben dreht sich fast alles um Käse«, begann die Vorlesung. Der Redner war ein Mann, der sich selbst – ganz wundervoll – als Tom, the Cheeseman vorstellte. Man merkte, dass er diesen Vortrag schon viele, viele Male gehalten hatte, vermutlich Wort für Wort. Aber er hatte etwas Mitreißendes an sich, und die Wahrheit, die hinter seiner Aussage steckte, strahlte er auch aus. Er drückte sich sehr gewählt aus, war sehr schlank, trug ein gestreiftes Hemd, Anzugjacke und Fliege, dazu eine lange Le-Cordon-Bleu-Schürze um die Taille; außerdem war er so englisch und begeistert, wie Chef Dominique französisch und bissig war. Er brannte mehr für Käse als ich jemals für – nun ja, was auch immer gebrannt hatte. Er war zwar Gastdozent, wie er uns mitteilte, aber gleichzeitig auch der dienstälteste Dozent im Le Cordon Bleu.

Zum Patisseriestudium gehören auch Wein und Käse. Jedes Trimester sind drei Stunden für das Studium von Käse und drei Stunden für Wein vorgesehen. Ich werde mich hier keinesfalls darüber beschweren. Es fühlte sich an, als hätte ich mein ganzes Leben lang für diese Unterrichtseinheiten geübt. Und es macht tatsächlich Sinn: In Küchen mit Michelin-Sternen ist der *chef de pâtisserie* häufig auch für den Käse zuständig. Und mit Wein machen die meisten Restaurants ihr Geld – er erzielt weit höhere Handelsspannen als Essen, manchmal 500 Prozent oder mehr. Jeder Schüler, der seine eigene Küche leiten will, muss seinen Wein kennen.

So erfreut ich auch war, meine Mitschüler schienen überraschend wenig begeistert davon, dass sie sich drei Stunden mit Käse beschäftigen sollten. Um fair zu sein, die Vorlesung dauerte von 18 bis 21 Uhr an einem tristen, kalten Novemberabend. Aber trotzdem. Wein! Käse! Mein Mitschüler James, ein Käseverweigerer, wurde geradezu schwermütig bei dieser Aussicht. Ich setzte mich strategisch günstig auf den Platz neben ihm, in der Hoffnung, eine gute Adresse für die Proben zu sein, die ihn nicht interessierten.

»Am Ende dieser Vorlesung«, fuhr Tom, the Cheeseman, fort, »werden Sie denken: ›Ich kaufe mir eine Kuh‹«, woraufhin mir James ein mürrisches »Nein, das werde ich verdammt noch mal nicht tun« zuflüsterte. Tom hatte sternedekorierte Restaurants und vom Michelin ausgezeichnete Hotels mit einigen der erlesensten Käsesorten der Welt beliefert. Mit seiner ersten Probe, einem vertrockneten Kamelkäse, hatte er wohl keine Kritiker für sich eingenommen. Zum Glück waren wir nicht verpflichtet, ihn zu essen – nur daran zu riechen. Er war steinhart – ich nahm an, dass Tom ihn schon bei etlichen seiner vielen Vorlesungen serviert hatte –, roch aber so streng wie eine feuchte Socke, die in der Waschmaschine vor sich hingammelte. Die eigentliche Verkostung begann zum Glück mit etwas Vertrauterem – einem Stück Ricotta. Ricotta ist der einfachste Käse, er wird aus der Molke gemacht, die bei der Produktion anderer Käsesorten anfällt. Er ist mild und cremig. Während wir uns durch die Käsesorten probierten, verging der Rest der Vorlesung wie in einem Milchrausch: Cashel Blue, Caerphilly, Brie de Meaux, Little Wallop, Emmentaler, Parmesan und noch ein halbes Dutzend weitere. Und das war erst das erste Trimester! Am Ende war ich zufrieden-verträumt und googelte den Preis einer guten Milchkuh.

Was den Wein anging – nun ja, ich bin niemand, der die Nase rümpfen würde über etwas, was im Grunde eine Party mit kostenlosen Getränken war. Die Realität war jedoch eher ernüchternd. Wir saßen zwei Stunden und fünfundvierzig Minuten im Weinverkostungsraum, ohne einen einzigen Tropfen abzubekommen, während man uns über Terroir, Regionen, Tannine und Süße belehrte. Am Ende bekamen wir jeweils ein winziges Probiergläschen Rotwein und Weißwein. Noch nie hatte ich einen solchen Reinfall erlebt.

Wenn man zur Armee geht, wird man dort gebrochen, um hinterher wieder aufgebaut zu werden. Manchmal fühlte sich so eine Patisserieschule ähnlich an. Die Lehrenden saßen einem von Anfang an im Nacken: Wenn man zur Vorlesung sein Halstuch nicht trug, fragten sie, warum nicht. Wenn man nicht die richtigen Küchenschuhe anhatte, ließen sie einen nicht herein, ganz egal, wie sehr man bettelte. In Sachen Anwesenheit waren sie streng. Zuspätkommen wurde nicht toleriert, Schüler wurden weggeschickt, wenn sie nicht pünktlich zum praktischen Teil kamen, und als abwesend notiert, wenn sie nicht rechtzeitig zu den Vorlesungen auftauchten. Die Kochlehrer nahmen kein Blatt vor den Mund; Teller waren unordentlich, Kochstationen chaotisch, Schüler langsam. Bisher hatte ich es geschafft, keinen zu verärgern, aber ich strauchelte zum ersten Mal, als ich an der Reihe war, die sogenannte Klassenzimmerassistentin zu sein.

In jeder Gruppe übernahm jede Woche ein anderer die Aufgabe des Klassenzimmerassistenten. Die Anforderungen waren zahlreich und überwiegend einfach. Die Assistenten gingen dem Patissier zur Hand, wenn es darum ging, Zutaten vorzubereiten und zu verteilen; sie notierten sich Kühlschranktemperaturen und schalteten Backöfen ein. Am Ende der Stunde überwachten sie das Putzen der Arbeitsstationen, leerten die Kühlschränke und räumten die Lebensmittel weg. Meine Position am Ende der Liste bedeutete, dass ich bisher von dieser Pflicht verschont geblieben war, aber jetzt war meine Zeit gekommen.

Ich tauchte angemessen früh vor der Küche auf, in der Hand mein Messerset und meine Notizen. Ich eierte vor der Tür herum, spähte durch die Fenster, wo der Patissier schon emsig beschäftigt war. Ich konnte mich nicht überwinden, den Kopf hineinzustecken. Ich hatte fünf Jahre damit verbracht, Richter anzusprechen, zornigen Zeugen vorzuwerfen, dass sie das Gericht anlogen, und frustrierte Angeklagte beruhigt, nachdem sie zu einem Jahrzehnt Gefängnis verurteilt worden waren. Aber das, das war zu viel für mich. Wenn mich der Koch brauchte, würde er herauskommen und mich hereinbitten müssen. Eine Minute, bevor der praktische Teil anfangen sollte, kam Chef Nick aus dem Klassenzimmer. »Wo sind die heutigen Assistenten?«, fragte er. »Ich bin eine davon!«, sagte ich kleinlaut und hoffte, dass die Abwesenheit meines Partners bedeutete, dass man mir mit Wohlwollen begegnete. Leider bedeutete es nur, dass das Rampenlicht auf mich allein fiel. »Na, warum sind Sie dann nicht hereingekommen? Sie sehen doch, dass ich hier herumrenne, als hätte ich Feuer unter dem Hintern«, schäumte er. Ich fing an, meine Ausflüchte anzubringen, aber er hatte sich bereits umgedreht und stürmte zurück in die Küche.

Le Cordon Bleu rühmte sich damit, international zu sein, was allein schon durch die Zusammensetzung meiner Klasse untermauert wurde, in der Schüler aus Peru, den USA, Frankreich, Schottland, Schweden und Singapur waren. Dennoch ist die Institution an sich stolz und durch und durch französischen Ursprungs. Ich würde sogar behaupten, dass der Lehrstoff *ausgesprochen* französisch war: *jalousie, pithivier, entremet* … Mein Schulfranzösisch hatte mich darauf nicht vorbereitet. Am ersten Tag hatten wir alle eine lange Liste mit französischen Vokabeln zum Auswendiglernen bekommen, aber sie war oft nicht eindeutig beziehungsweise wenig hilfreich. Ich brauchte Wochen, um herauszufinden, was zum Beispiel »*fraiser*« in Bezug auf Teig heißen sollte (wie sich herausstellte, bedeutet es, dass man Teig von sich wegschob, indem man ihn mit dem Handballen über die Arbeitsplatte drückte; auf Englisch gibt es dafür kein Wort). Ironischerweise – in Anbetracht des Namens – ist Crème anglaise das Aushängeschild des Cordon Bleu, und während man im Kurs viele weitere komplizierte Gerichte zubereiten musste, war eine Aufgabe unserer letzten, höchsten Prüfung, eine perfekte Crème anglaise zuzubereiten.

Im Le Cordon Bleu nahmen sie alle Arten von Vanillecreme ernst. Von unserem acht Wochen langen Grundkurs waren zwei ganze Wochen ausschließlich ihr gewidmet. Als ich im Unterricht saß und darauf wartete, dass unsere erste Vanillecreme-Demonstration losging, blätterte ich in meinem Ordner durch die Seiten für die kommenden Tage. Die Anzahl der verschiedenen Arten überstieg mein Vorstellungsvermögen: Crème anglaise, Crème pâtissière, Crème diplomat, Crème chibouste, Flan, Crème brûlée, Crème renversée. Ich hatte vielleicht von der Hälfte schon mal gehört, und eigentlich hatte ich gedacht, dass ich in Bezug auf Vanillecremes ziemlich bewandert wäre. Fairerweise muss ich sagen, dass meine Kenntnisse eher vom Essen als vom Zubereiten herrührten. Die erste Vanillecreme, die ich zubereitet hatte, stammte aus der Packung, und ich betrachte sie immer noch als wichtige Errungenschaft. Diese dicke, kanariengelbe – vanillecremegelbe! – Vanillecreme, die aus der Fertigpackung kommt, ist für mich bis heute eine ganz besondere Freude. Und es gibt eine ganz bezaubernde Hintergrundgeschichte dazu. Die Creme wurde von dem Chemiker Alfred Bird erfunden, und zwar als Ersatz für seine Vanillecreme liebende, aber gegen Eier allergische Frau Elizabeth. Er erfand auch das Backpulver, weil Elizabeth auch gegen Hefe allergisch war, aber gern Brot essen wollte. Wir verdanken Elizabeths Allergien und Alfreds romantischer Chemie also eine ganze Menge.

Was »echte« Vanillecreme für den Zubereitenden irgendwie knifflig macht, sind die Eier. Eier sind fragile Biester, die dazu neigen, Mischungen zu trennen, sie gerinnen zu lassen und Klumpen zu bilden, wodurch sie eine ansonsten vollkommen glatte Soße ruinieren können. Aber sie sind es auch, die die echte Vanillecreme so magisch machen – man führt milde Hitze zu, rührt, und plötzlich verbindet sich eine dünne Flüssigkeit zu einer herrlich dickflüssigen wundervollen Soße. Wenn es nicht klappt, ist das Ergebnis so verstörend wie das gewünschte Ergebnis fantastisch ist: In einem Wimpernschlag kann sich die sinnliche primelfarbene Flüssigkeit in zuckriges Rührei verwandeln.

Unser praktischer Teil deckte nicht nur ab, wie man Vanillecreme zubereitete, sondern auch, was man damit alles machen kann. Dies war unsere Einführung in die Thematik der

»Auf dem Teller servierte Desserts«, die genau das sind, was sie versprechen: etwas, was hübsch auf einem Teller angerichtet wurde, im Gegensatz zu etwas, was man in einer Bäckerei zum Mitnehmen kaufte. In vielerlei Hinsicht sind auf dem Teller servierte Desserts die Wiege der modernen französischen Kochkunst.

Die Idee von einzelnen Gerichten auf Tellern ist relativ jung und veränderte die Art und Weise, wie Restaurants und Küchen funktionierten, vollkommen. Restaurants, wie wir sie heute kennen, existierten vor Mitte des neunzehnten Jahrhunderts überhaupt nicht, und wir verdanken diese Entwicklung Auguste Escoffier. Vor der Französischen Revolution aß man in Privathäusern und Schenken, und die Spitzenköche arbeiteten bei Leuten zu Hause, wo sie exklusiv für diese und ihre Gäste kochten. Doch nach der Revolution und dem Niedergang der Aristokratie waren die Köche arbeitslos. Sie eröffneten Etablissements für die Öffentlichkeit. Der 1846 geborene Auguste Escoffier veränderte den Stil des Restaurantangebots von *à la française*, bei dem alle Gerichte zusammen an den Tisch gebracht wurden, zu einem Ablauf *à la russe* (russischen Stils), bei dem die Gerichte nacheinander und in einzelnen Gängen serviert wurden. Außerdem führte er *À-la-carte*-Speisekarten ein, auf denen der Gast aus einer Anzahl verschiedener Gerichte wählen konnte, im Gegensatz zu festen Menüs. Dieser Stil erforderte ein völliges Umkrempeln der Küchenarbeit. Escoffier brachte das Prinzip der Küchenbrigade in professionelle Küchen – ein Organisationssystem, das man heute in praktisch allen Restaurant- und Hotelküchen vorfindet. Es revolutionierte die Arbeitsküche. Früher erstreckten sich Dinners für adlige Herren und Damen über mehrere

Stunden. Gerichte wurden herausgebracht, wenn sie fertig waren, und unter den Speisenden geteilt. Mit der Herausbildung der Mittelschicht mussten die Restaurants Menschen verköstigen, die Geld wie Heu hatten und Jobs, zu denen sie zurückmussten. Und das bedeutete, dass der Service schneller und effizienter sein musste; unterschiedliche Gerichte für denselben Tisch mussten gleichzeitig fertig werden. Das Prinzip der Küchenbrigade basiert auf militärischen Strukturen, jeder Küchenmitarbeiter hat klar definierte Rollen und Pflichten.

In Escoffiers Küchensystem gab es weit mehr Rollen als in heutigen Küchen (heute findet man eher keinen Küchenangestellten, der ausschließlich Eis herstellt – einen *Glacier* – oder ausschließlich nicht essbare Vorzeigeobjekte – einen *Décorateur*; auch in der größten modernen Küche übernimmt diese Aufgaben ein allgemeiner Patissier); aber das breit angelegte Prinzip der Küchenbrigade hat sich bis heute behauptet. Und man sagt Escoffier auch nach, die Crème brûlée erfunden zu haben (und, was noch berühmter ist, den Pêche melba), daher scheint es angemessen, dass wir als erstes auf dem Teller serviertes Dessert die Crème brûlée in Angriff nahmen. Alles in allem muss man sagen, dass sich das ein wenig professioneller anfühlte als Obstsalat mit kleinen gespritzten Baisers. Ich war abartig aufgeregt und ein kleines bisschen nervös bei der Aussicht, ein Dessert auf einem Teller anzurichten. Was wir bisher im Unterricht gemacht hatten, war zwar bereits etwas raffinierter und technisch ausgefeilter als die Gerichte, die ich zu Hause fabriziert hatte, aber im Grunde waren es immer noch Gerichte, die ich bereits ausprobiert hatte. Tellerdesserts waren restaurantmäßig. Es fühlte sich ernst an, wie etwas, das uns auf echte Küchenarbeit vorbereitete. Das war *echte* Patisserie.

Unsere praktische Übung wurde von Chef Nick geleitet – zu unterscheiden von Chef Nicolas und – total fantasievoll – als »Englischer Nick« bekannt. Auch wenn er uns eine Vielfalt an verschiedenen Anrichtemethoden vorgeführt hatte, durften wir unser Dessert anrichten, wie wir wollten. Das bedeutete, dass wir zum ersten Mal für unsere Kreativität und unser ästhetisches Empfinden benotet wurden und nicht einfach für unsere Fähigkeit, Anweisungen zu befolgen. Gleichwohl mussten auf jeden Teller zwei Sorten Coulis, gespritzte Schokolade, ein Karamellgitter und ein Tuile. Wir stellten heute also keine Kreationen nach Art des spanischen Starkochs Ferran Adrià her.

Während wir uns mit unseren Coulis und Tuiles beschäftigten, Flan herstellten und Crèmes-brûlée-ten, auf dass sie einen Ehrenplatz auf unseren polierten Tellern einnähmen, wurden wir nacheinander zu Chef Nicks Kochfeld gerufen, wo er in einem großen Topf Karamell rührte und die Schöpfkelle schwang. Auf der Tagesordnung stand gesponnener Zucker, und wir stellten Karamellkörbe her, die wir keck über unseren Flan stülpen wollten.

Chef Nick führte es jedem Einzelnen von uns vor, indem er das Karamell geschickt über einen Wetzstahl schnellen ließ und zarte, gleichmäßige Zuckerfäden von der Kante zog, die er dann ordentlich mit der Schere abschnitt. Dann zeigte er uns, wie wir die Fäden über die Unterseite eines eingefetteten Schöpflöffels ziehen sollten, im Zickzack und im Kreis herum, um dem Ganzen Struktur zu verleihen. Er löste es vorsichtig vom Wetzstahl, und schon hatte er einen perfekten Karamellkorb. »Jetzt sind Sie an der Reihe«, sagte er. Chef Nick hielt die Kelle und reichte mir den Löffel, den ich schwingen sollte. Mein erster Versuch war klebrig und klumpig, mit großen Klecksen aus hart werdendem Zucker, und nicht wie die feinen Linien des Korbes, den er mir gezeigt hatte. »Das ist in Ordnung. Versuchen Sie es noch einmal«, sagte er mit mehr Geduld, als ich unter umgekehrten Umständen an den Tag gelegt hätte. Beim zweiten Mal führte er meine unsichere Hand und hielt dabei weiterhin die Kelle. Als er meine Hand hin und her führte, war dies wie in dieser Szene in *Ghost*, nur nicht so sexy, dafür aber mit dem Risiko, sich zu verbrennen. Dieser Versuch gelang weit besser; die Linien waren nicht supergleichmäßig, aber wenigstens waren es eher Linien als ein karamellisierter Rorschach-Test.

Ich stellte zwei Teller zusammen: einen mit meiner Crème brûlée, auf der ein Karamellkorb prangte; den anderen mit der Flan in der Mitte und einer aufgespritzten doppelten Helix aus Schokolade. In die Zwischenräume tropfte ich abwechselnd Himbeer- und Mangocoulis. Ganz oben balancierte mein langsam welkendes Tuile. Tuiles sind kleine Kekse, mit denen man Teller dekorieren kann. Sie können vor dem Backen auf Schablonen gespritzt oder verteilt werden, daher können sie interessante Formen haben; vom Geschmack und von der Konsistenz her ähneln sie Glückskeksen. Wenn sie aus dem Backofen kommen, sind sie zunächst weich und können um unterschiedlich geformte Gegenstände herumgelegt werden, bevor sie hart werden. Mein Tuile hatte sein Leben als Winddrache begonnen (warum hatte ich bloß versucht, ihn wie einen Drachen aussehen zu lassen?), war dann aber langsam zu etwas zusammengefallen, was eher wie ein betrunkener Schwan aussah. Chef Nick ging durch den Raum, bewertete unsere Arbeiten, gab Feedback. Schließlich gelangte er zu mir. »Es sollte eigentlich ein Drache sein!«, verteidigte ich mich, meine Stimme war eine Oktave höher als normal, weil ich Kritik erwartete. Aber es kam keine. »Tuile, schön. Spritzwerk, schön. Karamellkorb, schön. Karamellisierung auf der Crème brûlée etwas ungleichmäßig. Farbe auf dem Flan, schön. Die Vanillecreme ist oben schön fest geworden.« Ihm gefiel mein Werk. Ich verglich seine Aussagen mit den Noten, die ich mir selbst gegeben hatte: Tuile, schwach. Spritzwerk, dürftig. Mehr Einsatz ist notwendig. Ich sah wieder auf meinen Teller und versuchte, ihn mit seinen Augen zu betrachten. Mein Flan war sauber aus der Form geglitten und saß keck auf dem Teller, der Kontrast zwischen der buttermilchfarbenen Vanillecreme und dem mahagonifarbenen Karamell war genau richtig. Sicher, das Arrangement war ziemlich *old school*, aber Flan ist das schließlich auch. Und Karamellkörbe und auf den Teller aufgespritzte Schokolade ebenfalls. Ich konnte nur mit dem arbeiten, was mir gegeben wurde. Das Dessert sah tatsächlich wie etwas aus, was man im Restaurant bekam, wenn auch in einem provinziellen französischen Restaurant aus den 1970ern, in dem jemand ambitionierte Ideen gehabt hatte. Ich verspürte ein klein wenig Stolz.

Nach jeder praktischen Übung konnten wir – wenn wir wollten – mit nach Hause nehmen, was wir zubereitet hatten. Mit einer Box voll schwappendem Obstsalat oder einem rasch schmelzenden, mit Buttercreme überzogenen Kuchen zur Rushhour in der vollgestopften Central Line zu fahren, ist ungefähr so lustig, wie es sich anhört, und meine Ausbeute kam selten in der Verfassung zu Hause an, in der sie die Schulküche verlassen hatte. Pendler blickten vorwurfsvoll auf die große Kuchenschachtel, die ich bei mir hatte, so wie ich die Augen verdrehte, wenn Leute sich weigerten, ihren Rucksack abzusetzen oder in der überfüllten U-Bahn einen Platz mit ihren Einkäufen belegten. Ich hegte keine großen Hoffnungen, dass die Vanillecremes überleben würden, aber wer nicht wagt, der nicht gewinnt. Und außerdem hatte ich gar kein so schrecklich großes Interesse an dem Flan, ich hatte ihn nur für Sam mitgenommen. Ich liebe Crème brûlée, über Flan habe ich schon immer die Nase gerümpft. Als wir als Kinder in Frankreich im Urlaub waren, kauften Mum und Dad die Version davon, die es in den Supermärkten in Joghurtbechern gibt – sie waren durchweg süß, schleimig, gummiartig und schmeckten nach dem Plastikbecher. Doch als ich meinen eigens hergestellten Flan in den Kühlschrank stellte, überkam mich eine Kombination aus Gier und Neugier. Ich grub meinen Löffel hinein. Das war anders als alles, was ich zuvor gegessen hatte: wabbelig und so sanft fest geworden, komplex und rauchig wegen des Karamells, innen mürbe und duftend. Wenn dies die Art von Dingen war, die wir herstellen würden, würde ich mich daran gewöhnen können.

*

Anders als Crème brulée scheint Flan in England ziemlich aus der Mode gekommen zu sein. Der Koch Raymond Blanc beschreibt ihn als »das französische Nationaldessert«. Es genießt in seinem Heimatland weiterhin seine wohlverdiente Beliebtheit als fester Bestandteil von Festpreismenüs. Neben der traditionellen Vanille, die die Mischung sprenkelt, habe ich die Creme noch mit Safranfäden angereichert, die dem Flan eine strahlend goldene Farbe verleihen und einen Kontrast zur Rauchigkeit des Karamells herstellen. Der Safran ist warm und erdig, beinahe metallisch, und macht die Creme zu etwas wahrhaft Besonderem.

Der Flan besteht je zur Hälfte aus Milch und Crème double und enthält ein zusätzliches Eigelb, wodurch er unwiderstehlich üppig wird; er wird bei niedriger Temperatur gekocht, wodurch er so schwabbelig wie möglich wird und dennoch zusammenhält. Den Flan unbedingt über Nacht in den Kühlschrank stellen, denn dadurch hat das Karamell genug Zeit, sich aufzulösen und mit der Creme zu verschmelzen.

Flan mit Safran

Menge: Für 4 Personen
Zubereitungsdauer: 20 Minuten und über Nacht kühlen
Backzeit: 45 Minuten

Zutaten:

Für die Vanillecreme
½ Vanilleschote
200 ml Vollmilch
200 ml Crème double
1 kleine Prise Safranfäden
2 Eier
2 zusätzliche Eigelb
65 g Zucker

Für das Karamell
175 g Zucker
2 EL warmes Wasser

1. Den Backofen auf 120° C Umluft / 140° C Ober- und Unterhitze / Gasstufe 1 vorheizen. Die Vanilleschote aufschneiden und die Samen herausschaben. Milch, Crème double, Vanillesamen und -schote sowie die Safranfäden in einen mittelgroßen Topf geben und erhitzen, bis es dampft, dann zum Durchziehen beiseitestellen.
2. Während die Creme zieht, das Karamell herstellen. Den Zucker in einen Topf geben, bei mittlerer Hitze erwärmen

und zum Kochen bringen: nicht umrühren, aber sobald der Zucker geschmolzen ist, kann man den Topf kreisen lassen, damit die Mischung gleichmäßig wird. Kochen, bis der Sirup tiefgolden, beinahe mahagonifarben ist. Vorsichtig das Wasser zum Karamell hinzufügen – es wird sich trennen! Herumschwenken und wenn notwendig kurz zurück auf den Herd stellen, damit mögliche Klümpchen sich auflösen. Sobald das Karamell glatt ist, sofort (aber vorsichtig!) in 150 ml große Auflaufförmchen gießen. Das Karamell hart werden lassen (das dauert nicht lang).

3. Die Auflaufförmchen in einen Bräter stellen und Wasser kochen. In einer Schüssel die Eier und die Eigelbe mit dem Zucker verrühren. Die warme Milch direkt in Eier und Zucker abseihen und sanft rühren, bis alles vermischt ist. Die Creme auf die Auflaufförmchen verteilen.

4. Den Bräter in den Backofen stellen und das Wasser aus dem Wasserkocher vorsichtig in das Blech gießen, bis die Auflaufförmchen zur Hälfte im Wasser stehen. 45 Minuten backen, bis die Creme gerade so fest geworden ist. Die Auflaufförmchen sofort aus dem Bräter nehmen und, sobald sie nur noch handwarm sind, über Nacht in den Kühlschrank stellen.

5. Vor dem Servieren mit einem Messer innen an den Auflaufförmchen entlangfahren, einen Teller darauflegen und das Ganze mit Schwung stürzen. Sofort servieren.

10

Im Lehrplan des Cordon Bleu sind einige Hürden vorgesehen, die man nehmen muss – und eine davon besteht darin, Dinge von Hand zu machen. Es ist so ähnlich wie mit der Zuckerthermometertheorie. Indem man jeden einzelnen Prozess von Hand ausführt – so glauben die Verantwortlichen –, erkennen die Schüler die Feinheiten: den Punkt, ab dem Sahne zu stark geschlagen ist; die ganz genaue Farbe von richtig schaumig geschlagener Butter. Diese Theorie verliert sehr schnell an Aktualität. An jeder Station in jeder Küche – nicht nur in den speziellen Patisserieküchen – stand eine Küchenmaschine, die dem Industriestandard entsprach; wir durften sie im gesamten Grundkurs nicht benutzen, höchstens unter ganz bestimmten Umständen und nur mit ausdrücklicher Erlaubnis. Sahne wurde von Hand geschlagen, Butter von Hand schaumig gerührt, Eischnee von Hand geschlagen. Und, wie wir an einem Tag herausfinden durften: Kuchen wurden von Hand gemacht.

In *Miss Leslie's New Cookery Book* (1857) merkte Miss Leslie, ein amerikanischer Kochbuchstar der viktorianischen Ära (lange bevor eine Hausfrau oder sonst jemand Zugriff auf eine Küchenmaschine hatte), an, dass »Butter und Zucker zu rühren einer der schwersten Teile beim Kuchenbacken ist. Lassen Sie dies von einem Diener erledigen.«

Wie sehr ich mich nach einem Diener sehnte. Bisher hatten wir einen Rührkuchen und eine Handvoll Madeleines zubereitet. So weit, so gut, aber niemand geht auf die Patisserieschule, um einen Zitronenbiskuitkuchen zu backen. Heute bereiteten wir *Genoise à la confiture de framboise* zu, was bedeutend origineller klang. Zumindest, bis ich meine grauen Zellen in Schwung gebracht und herausbekommen hatte, dass wir Himbeermarmeladenkuchen backen würden.

Es war an einem Freitagnachmittag Ende November, und sobald ich die Vorführung und den praktischen Teil überlebt hätte, würde ich mit Sam in einen Zug steigen, um meine Schwester in Lincolnshire zu besuchen, wo sie inzwischen lebte. Wir würden ihren neuen Welpen – Freya – kennenlernen und mit ihm am Strand spazieren gehen. Wir würden morgens ausschlafen, auf dem Sofa zusammen ein Nickerchen machen und abends zum Essen ausgehen. Nach sieben Wochen Le Cordon Bleu war ich reif für ein entspanntes Wochenende, und ich freute mich darauf, dass Maddy, abgesehen von Sam, der erste Mensch wäre, der sehen würde, was ich an der Patisserieschule gelernt hatte. Ich hatte mir vorgestellt, wie ich mit einem exquisiten elfenbeinfarbenen Kuchen mit komplizierten aufgespritzten Dekorationen vor ihrer Tür stehen und ganz lässig tun würde. *Ja*, dachte ich, *das ist erfreulich.*

Der folgende Kuchen ist in vielerlei Hinsicht einfach herzustellen: ein Vanillebiskuit, getränkt in *Eau de vie*, einem exquisiten Himbeerschnaps, gefüllt mit Himbeermarmelade und mit einer glatten, weißen Buttercreme bedeckt. Auf die Buttercreme wird dann mit dem Spritzbeutel Schokolade appliziert, sodass sie sich vor dem hellen Untergrund abhebt. Ein sehr *extravaganter* Himbeermarmeladenkuchen also.

Chef Nick übernahm die Vorführung, und ich schaute ihm ganz genau zu, entschlossen, dieses Mal keine Fehler zu machen. Wir fingen mit der Himbeermarmelade an, die in der Zubereitung einfach zu sein schien, und wir durften sogar unsere Thermometer benutzen, anstatt uns darauf zu verlassen, wie viele menschliche Hautschichten die Marmelade versengte, wenn man sie im heißen Zustand berührte, oder andere ähnlich sadistische, vom Cordon Bleu gebilligte Techniken. Ich war ein wenig nervös wegen des Biskuits, muss ich zugeben. Anders als beim Zitronenkuchen verwendete man hierfür einen Genueser Biskuit, der gequirlt und dem anstatt chemisch ausschließlich mechanisch Luft zugeführt wird, das heißt Muskelschmalz als Backtriebmittel anstatt Backpulver oder Ähnliches. Damit der Biskuit bestmöglich aufgeht, erwärmt man die Eier und den Zucker vor dem Rühren in einem Wasserbad, aber man darf sie nicht zu stark erhitzen, sonst geht der Teig später nicht auf. Der Prozess ist zermürbend, man führt immer wieder dieselben Bewegungen mit dem riesigen Schneebesen aus, und mir wurde extrem bewusst, dass ich absolut keine Kraft im Oberkörper hatte. Natürlich, sagte Chef Nick, nachdem er uns zwanzig Minuten lang gezeigt hatte, wie man richtig Eier schlug – natürlich würde man die Eier normalerweise nicht erwärmen müssen, da die Pferdestärke einer Küchenmaschine die ganze harte Arbeit für einen erledigte. Ich verdrehte die Augen.

Der Kuchen wird dann mit einer französischen Buttercreme bedeckt, die aus einer *Pâte à bombe* gemacht wird, wofür es ironischerweise notwendig war, die Küchenmaschine zu benutzen. Im Grunde fügt man kochenden Zuckersirup zu Eigelb hinzu und schlägt das Ganze auf Teufel komm raus, bevor man dann Butter hinzufügt, bis die Mischung leicht und fluffig wird. Es ist eine absolut wahnsinnige Buttercreme, reicher als Rockefeller und süßlicher als die Kitschlieder von Liberace, aber rein technisch absolut klassisch. Für die aufgespritzte Dekoration hatte uns Chef Nick stolz mehrere unterschiedliche Optionen vorgeführt, indem er mit Leichtigkeit herrliche Bögen aufspritzte; das traditionelle Motiv, das in der Schule gelehrt wird, besteht aus zwei Schwänen, die einander den Rücken zugewandt haben. Ich entschied mich für das relativ einfache Motiv der heraldischen Lilie, denn wenn ich eines im Cordon Bleu gelernt hatte, dann, dass man mit dem Klassischen nie falsch lag. Die halbe Stunde zwischen der Vorführung und dem praktischen Teil verbrachte ich damit, im Café an einem Kaffee zu nippen und träge mein Motiv auf die Ränder meines Rezepthefts zu kritzeln.

Wenn man einen Kuchen mit Guss bedecken will, gibt es eine einfache Methode: Man nimmt einen langen Teigschaber mit gerader Kante (ein D-förmiges Stück Plastik), den man an der abgerundeten Kante greift und in sehr spitzem Winkel zum Biskuit hält; dann dreht man den Kuchen – ziemlich schnell – auf einem Drehteller. Dadurch erhält man einen herrlichen, marmorglatten, gleichmäßig bedeckten Kuchen. Natürlich wäre dieses Vorgehen für das Cordon Bleu viel zu simpel. Teigschaber (und ich möchte darauf hinweisen, dass wir welche in unserem Messerset hatten) waren out, schmale Palettenmesser waren in. Jeder Strich mit dem Palettenmesser hinterließ eine Welle nicht ganz weißer Buttercreme, die ich glätten musste, wobei jeder Versuch eine neue Welle auslöste. Es fühlte sich an wie eine fettige Sisyphusarbeit. Außerdem waren im Cordon Bleu Drehteller verboten, und allmählich kam es mir durch diesen Widerstand gegen alle Formen der Technik vor, als wäre ich bei den Amish gelandet. Als ich fertig war, sah es aus, als wäre ein Haus von einer – nun ja – Anwältin verputzt worden. Egal, ich konnte das durch meine Dekoration wieder wettmachen.

Ich schaute in mein Notizheft, holte tief Luft und versuchte, mein Muster nachzuzeichnen. Ich spritzte die geschmolzene Schokolade auf den Kuchen, damit sich das Muster abhob. Ich fügte die Himbeeren hinzu, wie das Rezept es erforderte. Ich setzte den Spritzbeutel ab, um den Kuchen zu taxieren. Oh, nein. Meine Kuchendekoration sah nicht aus wie eine heraldische Lilie. Ich weiß nicht, wie ich das geschafft hatte, aber ich hatte einen anatomisch ziemlich genauen, wenn auch leicht schiefen Uterus aufgespritzt, inklusive Eierstöcken aus Himbeeren.

Ich packte den Kuchen ein und trat meine Reise nach Lincolnshire an. Ich stellte ihn im Zug auf die Gepäckablage über den Sitzen und sah jedes Mal, wenn der Zug hielt, auf Zehenspitzen stehend, nach, ob er noch genauso lächerlich aussah, wie ich ihn in Erinnerung hatte. »Hör auf, ihn dauernd anzuschauen, Himmel noch mal!«, rügte mich Sam. Maddy holte uns auf dem Parkplatz am Bahnhof ab, und ich reichte ihr die Kuchenschachtel. Ich konnte nicht anders: »Er sieht aus wie eine Gebärmutter! Es tut mir leid: Ich habe dir einen Gebärmutterkuchen mitgebracht«, stotterte ich. »Oh. Macht nichts. Bestimmt schmeckt er lecker«, erwiderte Maddy; sie fragte sich eindeutig, ob sieben Wochen Patisserieschule mich um den Verstand gebracht hatten.

Zwei Wochen nach dem Gebärmutterdebakel war alles anders. Der Tonfall bei den Vorführungen und praktischen Übungen hatte sich plötzlich verändert: Wir waren bei unserem ersten Prüfungsgericht angelangt. In der praktischen Prüfung wurde von uns verlangt, innerhalb von drei Stunden eines von drei Dingen nachzubacken: Im Grundkurs waren dies Kaffee-Eclairs, eine Cassis-Charlotte (ein Biskuitkuchen mit Schwarzen Johannisbeeren) und die Zitronenbaisertorte von heute. In drei Vorführungen und praktischen Übungen würden wir uns auf diese Speisen konzentrieren und die Chance erhalten, sie in den Griff zu bekommen und hoffentlich vor der Prüfung unsere Fehler auszubügeln. Während wir nervös dasaßen und unsere Handouts zur Zitronenbaisertorte umklammerten, besprach Chef Graeme die Vorgehensweise mit uns. Unerklärlicherweise beruhigte mich Chef Graemes Anwesenheit in der Küche oder dem Vorlesungsraum: Er war der geborene Lehrer und strahlte eine Ruhe aus, die im Widerspruch stand zum klischeehaften Wahnsinn einer Profiküche. Ich war froh, dass er uns beibrachte, wie man diese Torte zubereitete.

Das Prüfungssystem des Cordon Bleu war ziemlich verrückt. Es bestand aus einer Vielzahl an Prüfungen und Beurteilungen: 45 Prozent der Note setzten sich aus den bisher vorgenommenen Bewertungen zusammen (meine unspektakulären Obstschnitzereien hatten mir die Tour bereits vermasselt, hier eine gute Note zu erhalten), 45 Prozent machte die praktische Abschlussprüfung aus, wodurch noch kümmerliche 10 Prozent für die Theorieprüfung blieben. Plötzlich dämmerte mir, dass ich mich Hals über Kopf in einen Kurs gestürzt hatte, bei dem Fingerfertigkeit, Technik, sorgfältige Organisation und Ausführung höher geschätzt wurden als das von mir bevorzugte Vertrauen auf Bluffen, Glück und gutes Gedächtnis (ich war *Anwältin,* verdammt). Wir würden erst in der tatsächlichen Prüfung erfahren, was wir zubereiten mussten, es war wie Lottospielen. Wir mussten es auswendig nachbacken, ohne Notizen. Bevor wir mit der praktischen Prüfung begannen, würden wir den *bon d'économat* ausfüllen müssen. Der *bon d'économat* war eine Kopie des Rezepts mit Lücken, die man ausfüllen musste. Zutaten, genaue Mengenangaben, Methoden, Techniken – und man musste Schaubilder von Querschnitt und Draufsicht des Prüfungsgebäcks zeichnen.

Jedes Rezept umfasste mindestens drei einzelne Komponenten. Für die Zitronenbaisertorte demonstrierte Chef Graeme jeden Schritt. Zuerst sollten wir einen Mürbeteigboden herstellen (pâte brisée, nicht zu süß, um den ganzen Zucker auszugleichen, der bei diesem Kuchen an anderer Stelle verwendet wird), der blindgebacken wird, bis er goldbraun ist. Als Nächstes kam die Lemon-Curd-Füllung und schließlich obendrauf das Italienische Baiser. Dieses wurde mit einer V-förmigen Tülle aufgespritzt, um ein nahtloses Fischgrätmuster herzustellen. Das Baiser wurde mit dem Gasbrenner gebräunt, danach mit einigen gestiftelten kandierten Zitronenschalen verziert. Heraus kam dabei etwas wirklich Schönes.

Ich war nicht sonderlich besorgt wegen des Teiges oder der Zitronencreme (ich war bereits dahintergekommen, dass ich die Creme mehrmals durch ein Sieb drücken konnte, wenn sie klumpig wurde, und alles war gut). Aber das Italienische Baiser war etwas anderes. Mir graute nicht wenig davor. Es war, zusammen mit dem sehr ähnlichen *pâte à bombe,* bisher die einzige Ausnahme der Keine-Küchenmaschinen-Regel der Schule gewesen, und es ist extrem kompliziert, es ohne herzustellen. Es geht wie folgt: Man stellt einen Zuckersirup her, den man auf 118° C (Kettenflug) aufkochen muss. Kurz bevor er diese Temperatur erreicht (man muss wissen, dass er Ewigkeiten bei 114° C verweilt und dann diese letzten vier Grad *im Nu hinaufschnellt*), schlägt man in der Küchenmaschine Eischnee zu steifen Gipfeln. Dann gießt man, während der Mixer noch läuft, den kochenden Zuckersirup in den Eischnee. Bleibt zu hoffen, dass der Gießwinkel korrekt ist, sodass der kochende Sirup dabei nicht auf den Schneebesen trifft. Wenn doch, schießt der flüssige Sirup nach außen wie das Netz von Spiderman. Wenn man es schafft, diese Stolperfalle zu vermeiden, arbeitet der Schneebesen den Sirup ohne Zwischenfälle in den Eischnee ein. Schon bald bläst sich die Mischung auf wie ein Marshmallow und wird fluffig und glänzend. Italienisches Baiser muss man immer und immer wieder üben, am besten mit hitzebeständiger Kleidung. Leider hatte ich mich stattdessen jedes Mal, wenn es darum gegangen war, gedrückt und dieses Element stattdessen an denjenigen delegiert, den ich als Partner hatte, während ich mich zum Beispiel darauf konzentrierte, unspektakulär Obst zu schneiden. Aber bei Prüfungsgerichten funktionierte das nicht: Wir mussten jedes Element selbst herstellen, genau wie in der Prüfung. Dieses Mal gab es kein Entkommen.

Also begann ich mit meinem Versuch, die Torte nachzubacken. Ich bereitete meinen Teig zu, rollte ihn aus und backte ihn, dann wandte ich meine Aufmerksamkeit der Zitronencreme zu; ich kochte sie langsam und vorsichtig, wobei ich betete, dass sie keine Klümpchen bilden würde. Ich brauchte sie nicht einmal zu sieben – ich war Feuer und Flamme! Akribisch hobelte ich meine Zitrone ab und schnitt sie in schmale Streifen. Ich kochte sie einmal, zweimal, dreimal in heißem Wasser und dann noch einmal in einer Siruplösung. Und dann konnte ich es nicht mehr länger aufschieben: Ich musste mein Italienisches Baiser zubereiten. Ich wog meine Eiweiße ab, ich kochte den Zuckersirup und war dankbar für mein Thermometer. Der Sirup erreichte 115° C, und ich fing an, meine Eiweiße bei höchster Geschwindigkeit zu schlagen. Sie schäumten und wurden dicker. Eine Hand am Siruptopf, die andere am Schalter der Küchenmaschine, richtete ich mein Thermometer aus und sah, dass wir in höchster Gefechtsbereitschaft waren. Ich verlangsamte die Maschine, hob den kleinen Topf mit dem kochenden Zucker, neigte ihn, schloss die Augen und wartete auf den Fallout. Ich hörte keine Zeichentrick-*Pings*, wie wenn Zucker durch den Raum spritzt, oder – etwas realistischer – die Aufschreie meiner Mitschüler. Und ich nahm auch nicht das Brennen oder den verräterischen Geruch von verbranntem Fleisch wahr. Ich öffnete ein Auge. Oh! Die Mischung war in der Schüssel geblieben. Nun, das war ein guter Anfang. Vielleicht war ich gar nicht so schlecht darin, wie ich gedacht hatte. Ich schabte das Ganze in einen Spritzbeutel und fragte mich, wie die Schulköche das schafften, ohne alles über ihre Hände, die Außenseite des Spritzbeutels und die Arbeitsfläche zu verteilen – und irgendwie auch auf mein Messerset, das zwei Regale weiter unten lag. Ich fing an, das Baiser aufzuspritzen.

Lustig. Die Konsistenz erschien mir nicht ganz richtig, eher wie Rasierschaum als Baiser, aber wie bereits festgestellt, war ich mit Italienischem Baiser nicht so vertraut, deshalb sollte es vielleicht so sein: Irgendwie … mousseartig und schaumig. Ich machte weiter – was hätte ich sonst tun sollen? Ich blickte mich im Raum um: Links von mir war Georgie, rechts James. Ihr aufgespritztes Baiser sah knackig und genau definiert aus, es verlief in ordentlichem Zickzack über die Torte. Daisy an der Arbeitsfläche gegenüber von mir hatte ihre Torte bereits fertig und legte schmale Streifen Zitronenschale auf ein Baiser, das ein so perfektes Muster hatte, dass es wie gewoben wirkte. Meines hingegen kam irgendwie verschwommen heraus, als wäre es unscharf.

Plötzlich fühlte ich mich sehr, sehr einsam. Okay, kein Grund zur Panik, dachte ich. Nichts, was nicht durch ein wenig Hitze aus dem Gasbrenner ausgebügelt werden könnte. Ich schwenkte den Gasbrenner über das Baiser. Uups, ein bisschen stark. Die Spitzen des aufgespritzten Baisers wurden schwarz. Ich versuchte es mit etwas weniger Hitze. Das Baiser wurde immer dunkler und brutzelte irgendwie. Es war fleckig. Es sah nicht aus wie irgendein anderes Baiser, das ich im Raum sehen konnte. Hinter mir räusperte sich Chef Graeme; ich fuhr zusammen und hätte beinahe aus Versehen den Gasbrenner auf ihn gerichtet. »Chef!«, krächzte ich. »Bonsoir!« Es war elf Uhr morgens. Und Chef Graeme war Engländer. Und ich sprach kein Französisch.

»Ich glaube, Ihr Zuckersirup war nicht heiß genug«, sagte er sanft. »Hat Ihr Thermometer vielleicht den Topfboden berührt anstatt den Sirup? Es wurde wahrscheinlich nicht heiß genug gekocht.« Mist. Ich dachte daran zurück, was sie bei unserer allerersten Vorführung gesagt hatten: Gerätschaften sind fehlbar. Beziehungsweise anfällig für die Fehler unfähiger Benutzer. Und ich war eine unfähige Benutzerin. Das wäre niemals passiert, wenn ich heißen Zucker zwischen Fingerspitzen mit Brandblasen zerdrückt hätte. Ich sah wohl so bestürzt aus, dass er das Gefühl hatte, mich trösten zu müssen. »Machen Sie sich keine Sorgen! Es ist nur ein Element. Und es ist nur ein Kuchen!« Er hatte recht, es war nur ein Kuchen. Ich fühlte mich ein wenig gestärkt. Und dann beugte er sich vor und sah es sich genauer an. »Ihre kandierten Zitronenstreifen sind uneinheitlich.« Kleinlaut beschloss ich, ein Lineal für mein Messerset zu kaufen.

Zum Glück bekam ich eine Woche später die Gelegenheit, meinen Missgriff wieder wettzumachen. Wir bereiteten eine St.-Honoré-Torte zu: eine Art Kuchen oder Tarte, die aus einem Mürbeteigboden besteht, der von kleinen Brandteigkugeln bedeckt wird, die in festes Karamell getaucht wurden. Danach wird die Torte mit Vanillecreme (*Crème pâtissière)* gefüllt, die mit Schlagsahne aufgelockert wird (dies nennt man dann *Crème légère*) und im selben Fischgrätmuster aufgespritzt wird, an dem ich bei meiner Zitronenbaisertorte so spektakulär gescheitert war. Natürlich ging alles gut, bis es ans Aufspritzen ging. Jedes Mal, wenn ich auf den Spritzbeutel drückte, kam etwas heraus, das wie eine kleine Nacktschnecke aus Vanillecreme aussah, weich und ohne klare Kanten: Wie konnte das *wieder* schiefgehen? Ich überlegte, ob es an meiner Technik lag, deshalb machte ich weiter, dieses Mal behutsamer, und versuchte, präziser zu sein. Georgie sah mir über die Schulter. »Warum verhält sich deine Spritzmasse so?«, fragte sie. »Ich weiß nicht«, erwiderte ich. »Ich verstehe das nicht. Ich mache es so, wie es uns gezeigt wurde!«

»Komisch.«

Ich warf einen Blick auf Georgies Tarte und unterdrückte einen Seufzer: perfekte, kecke Zickzackgipfel aus Creme.

Chef Jérôme leitete diese praktische Übung, er ging langsam im Raum umher und untersuchte nacheinander jede Tarte. Ich bin mir ziemlich sicher, dass mich Chef Jérôme schon jetzt für eine Idiotin hielt, dank einer Kombination aus genereller kulinarischer Ungeschicklichkeit meinerseits und jeder Menge hochgezogener Augenbrauen seinerseits, daher war ich nicht besonders begeistert von der Aussicht, dass er meine Vanillecreme-Nacktschnecken zu Gesicht bekommen würde. Schließlich kam er zu mir. »Was ist mit Ihrer Spritzmasse passiert?«, fragte er verblüfft. »Ich, ähm, glaube, meine Spritzdüse funktioniert nicht«, erwiderte ich. »Ihre Spritzdüse funktioniert nicht?«, erwiderte er und legte dabei ehrlich gesagt viel zu viel Gewicht in jedes Wort. »Ich weiß!«, erwiderte ich. »Chef, ich bin genauso überrascht wie Sie.« »Geben Sie mir Ihren Spritzbeutel«, sagte er. Chef Jérôme nahm mir den Spritzbeutel aus der Hand, blickte mir in die Augen und drehte ihn dann um 180 Grad, sodass das tiefe V der Düse nach oben zeigte anstatt nach unten auf meine Tarte. Er legte eine dramatische Pause ein und spritzte dann ein perfektes Fischgrätmuster. Ich hatte den Spritzbeutel die ganze Zeit verkehrt herum gehalten. Er reichte ihn mir zurück und unterdrückte ein Grinsen.

Ich hätte mir Notizen machen sollen, damit die folgende praktische Übung leichter für mich würde, stattdessen trank ich schlechten Kaffee und starrte ins Leere. Meine Mitschüler saßen in verschiedenen Stadien des In-sich-Zusammensackens im Cordon-Bleu-Café und schlugen die Zeit zwischen Vorführung und praktischem Teil tot. Ich dachte darüber nach, weshalb ich hier war, warum ich das Ganze machte. Bisher war ich nicht unbedingt erfolgreich gewesen, und allmählich schlichen sich Zweifel ein. Meine Mitschüler waren ein bunt zusammengewürfelter Haufen, die aus allen möglichen Gründen ans Cordon Bleu gekommen waren.

Ein paar der sehr jungen Kollegen waren hierhergekommen, anstatt an die Uni zu gehen. Sie lebten in Studentenwohnheimen, feierten Partys und genossen ein temporeiches Sozialleben, das mich einerseits nostalgisch in meine frühen Zwanziger mit ihrem Geruch von abgestandenem Bier und Zigaretten zurückblicken ließ und andererseits froh stimmte, dass das alles vorbei war. Alex hatte noch nie zuvor gebacken, glaubte aber, dass es ihr Spaß machen könnte. Am anderen Ende des Spektrums befand sich Margaret, die nur den Grundkurs belegte, damit sie für ihren Mann und ihre kleinen Kinder aufwändiger backen konnte.

James hatte, bevor er ans Le Cordon Bleu kam, beruflich Hochzeitstorten gebacken, wollte aber sein Repertoire auf die Patisserie im Allgemeinen ausweiten. Daisy hatte in Profiküchen gearbeitet und war hier, um ihre Talente zu vervollkommnen und sich vielleicht mit einem eigenen Laden selbstständig zu machen. Georgie war zwanzig und ganz erpicht darauf, sich in die praktische Gastronomiearbeit zu stürzen; sie schreckte nicht vor Arbeitszeiten zurück, die ihr Sozialleben bröckeln ließen, und auch nicht vor machtgierigen Köchen. Sie jagte mir ein extrem schlechtes Gewissen ein wegen meines verschwendeten Studienabschlusses und meiner verschwendeten Postgraduate-Qualifikationen, weil sie nach dem Unterricht immer davonstürmte, um in einem Restaurant Zwölf-Stunden-Schichten zu schieben – und ich verschwand einfach nach Hause, um ein Sandwich zu essen und zu lesen.

Aber die Person, deren Motive mir am wenigsten klar waren, war – Überraschung! – ich selbst. Warum machte ich das alles hier? Warum sollte jemand neun Monate seines Lebens mit einem Vollzeitpatisseriekurs verbringen und dafür einen nicht unbeträchtlichen Geldbetrag ausgeben wollen? Wenn ich berufliche Ziele gehabt hätte, hätte ich diese auch in einem Küchenbetrieb erreichen können, wo man mich für dieses Privileg auch noch bezahlt und mir nicht Tausende von Pfund abgeknöpft hätte. Aber ich hatte von Anfang an gewusst, dass ich nicht in einer professionellen Küche arbeiten wollte: Meine schlechten Gelenke würden das niemals durchstehen, und der Gedanke, von einem machtgeilen Neunzehnjährigen mit fleckigem Gesicht angebrüllt zu werden, war seltsamerweise wenig verlockend.

Warum ich eine wirklich erfolgversprechende Karriere aufgegeben hatte, eine Karriere, nach der sich andere sehnten und auf die ich mich mein ganzes Leben vorbereitet hatte? Okay, vielleicht hätte ich es nie zur Richterin an einem Strafgericht gebracht, aber ich war kompetent. Ich war wunderbar zurechtgekommen – vielen Dank auch –, bis ich alles in einem Anfall von Groll vom Tisch gefegt hatte.

Ich dachte, wenn ich dahinterkäme, warum ich diesen Drang verspürte, das ruhmreiche und exklusive Kuchenbacken zu erlernen, würde ich womöglich tiefe Einblicke in mich selbst erhalten. Oder zumindest eine Rechtfertigung für diese abrupte Lebensplanänderung finden.

Vielleicht war ich einfach nur ein wenig desillusioniert von Kuchen. Die *Genoise à la confiture de framboise* und ein Zitronenkuchen, der so langweilig war, dass ich nicht mal davon erzählt habe, hatten mich frustriert. So positiv sich Maddy auch über den Himbeermarmeladen-/Gebärmutterkuchen geäußert hatte, er sah aus, als hätte ein Kind ihn gebacken. Der Zitronenkuchen sah aus wie … ein Zitronenkuchen. Ich hatte versucht, nicht darüber nachzudenken, aber tief in meinem

Inneren machte ich mir Sorgen, dass ich meine Zeit an eine Viertellebenskrise verschwendete.

Schwarzwälder Kirschtorte war der Kuchen, den wir in der dritten praktischen Übung zubereiten sollten, und ich freute mich überhaupt nicht darauf. Ich ließ mich schwer auf meinen Platz im Demoraum fallen und wandte mich der heutigen Zutatenliste zu. Schwarzwälder Kirschtorte war genau die Art von Problem, über die ich mich ärgerte: dumme altmodische Kuchen aus den 1970ern, die keiner mehr essen will. Ich hatte mich zu einem Kurs angemeldet, in dem ich Monate damit verbrachte, komplizierte, wenig berauschende Kuchen zu backen, die eigentlich ins Museum gehörten.

Das Erste, was mir den Kopf verdrehte, waren die Kirschen. Chef Nick brachte sie in einem hohen, schmalen Schraubglas. Ich hatte solche Kirschen noch nie zuvor gesehen: Sauerkirschen, dunkelrote Morellokirschen, getränkt in ebenso granatrotem Likör. Der Duft, als das Glas geöffnet wurde, war berauschend. Das Zweite war die Schokolade. Wir würden zum ersten Mal Schokolade verwenden – auch wenn wir sie nicht selbst temperieren würden (solche technischen Finessen waren uns noch nicht zuzutrauen) –, und obwohl ich Bammel hatte, konnte ich eine kleine Vorfreude auf diese Aussicht nicht unterdrücken. Jeder von uns bekam ein Blatt Azetat, eine Art Tortenrandfolie, auf das der Koch geschmolzene Schokolade schöpfte; wir verteilten sie genau bis zu den Rändern und schnitten sie dann in kleine Quadrate. Die Blätter waren mit gefärbter Kakaobutter bedruckt, die sich beim Trocknen auf die Schokolade übertrug; meine war mit schimmernden goldenen Wirbeln bedeckt. Während die Schokolade fest wurde, stellten wir die einzelnen Komponenten für die Torte her:

Bleche mit Schokobiskuit, aus denen wir Kreise ausstachen, die wir mit dem alkoholschwangeren Saft der Kirschen bestrichen. Als Nächstes belegten wir den getränkten Biskuit mit den Kirschen und großen Klecksen Schlagsahne. Die Oberseite der Torte war ein Fest aus noch mehr Schlagsahne. Wir zogen Plastikkämme darüber, um Wellen einzuzeichnen, dann spritzten wir Rosetten aus weicher Schlagsahne auf die Torte und krönten diese mit einer einzelnen Sauerkirsche. Ich schälte meine Schokolade vom Azetat und legte meine Schokoplättchen um die Kante – sie glänzten überirdisch und glitzerten golden. Sie waren schön, irgendwie glamourös. Als ich mir die fertig zusammengesetzte Torte ansah, wirkten meine Plättchen schief und die Rosetten nicht perfekt. Und das ganze Ding sah höllisch kitschig aus. Doch zu meiner Überraschung gefiel mir die Torte. Ich konnte gar nicht mehr aufhören, sie anzuschauen. Sie war cool und retro und schick, auf ihre ganz eigene alberne Art. Am liebsten hätte ich damit angegeben und gesagt: ›Hey! Die hab ich gemacht! Ich!‹ Vielleicht war dieser altmodische Kurs doch nicht so übel.

Neben dem Faible, alles von Hand zu machen, bestand eine weitere Besonderheit des Patisseriekurses darin, die Speisen nicht zu kosten. Die Patissiers taten das auch nicht. Die Rezepte waren so präzise, dass selbst das Salz bis aufs Gramm abgewogen wurde. Anders als im Kochkurs, wo der genaue Grad des Würzens oder die Komposition einer Soße abhängt von der Beschaffenheit des Fleisches, der Temperatur, bei der man es gegart hat, oder der Qualität oder Konzentration der Brühe. Hier war es einfach nicht notwendig, die Geschmacksknospen einzusetzen. Die Rezepte erledigten die Arbeit für einen. Und die Patissiers konnten auf einen Blick feststellen – aufgrund der Farbe und der Konsistenz des Biskuits, der Art und Weise, wie sich die Vanillecreme verhielt –, ob man die richtige Menge Salz hinzugefügt oder die Sahne richtig mit Luft durchsetzt hatte.

Ich will ehrlich sein: Hier wurde nicht nur mein Gaumen beleidigt. In Wahrheit war es die pure Gier. Wenn es am Ende jeder Vorführung, bevor wir zum praktischen Teil übergingen, zu einem Ansturm auf die Kreationen des Meisters kam, dann weniger aus Wissenshunger, sondern eher, weil wir eine Gruppe übergroßer Kinder waren, die a) dank der seltsam gelegten, nahtlos ineinander übergehenden Unterrichtseinheiten sehr hungrig waren und die sich b) zu einem Patisseriekurs angemeldet hatten. Unsere Prioritäten waren Vanillecreme, Schokolade und knuspriges, butterlastiges Gebäck. Zuerst kam die Liebe zur Vanillecreme, dann erst die zu Technik und Lernen. Okay, vielleicht spreche ich hier eher für mich selbst als für meine Kurskollegen.

Vom Aspekt der Völlerei her betrachtet, war dieses Problem überwindbar: Die Mehrheit der Speisen, die wir zubereiteten, nahmen wir verpackt in Kuchenschachteln aus dünner Pappe mit nach Hause. Das war, für meine Begriffe, einer der Hauptvorteile der Patisserie gegenüber der Kochkunst. Anstatt lauwarmes Huhn nach Jägerart oder einige perfekt tournierte Rüben in eine Tupperdose zu löffeln, nahmen wir einen stolzen, schönen (theoretisch zumindest) Kuchen mit nach Hause zu unseren Lieben. Mein Kühlschrank war voller Brioche; auf meiner Arbeitsfläche war immer irgendein Teig. Aber Tellerdesserts waren ein anderes Paar Schuhe. Sozusagen. Es ist nicht leicht, eine heiße Süßspeise mit nach Hause zu nehmen – zumindest kommt sie wahrscheinlich reichlich unappetitlich am anderen Ende des Nachhausewegs an. Wir probierten im Unterricht aber trotzdem dauernd Sachen, und die meisten unserer Patisserielehrer sahen geflissentlich weg. Aber einem von ihnen war dies ein Dorn im Auge. »Warum probieren Sie? Wir sind hier nicht in der Cuisine!«, brüllte Chef Dominique, als er Alex dabei erwischte, wie sie verstohlen einen Löffel in ihr perfektes Soufflé tauchte, nachdem es benotet worden war. Stellvertretend für sie zuckte ich schuldbewusst zusammen.

In dem Film *Sabrina* von 1954, in dem Audrey Hepburn die Hauptrolle spielt, verliebt sich Sabrina in einen Mann, der gesellschaftlich über ihr angesiedelt ist. Um sich aus dieser Situation zu lösen, beschließt sie, eine Pariser Kochschule ohne Namen zu besuchen, die eindeutig Le Cordon Bleu sein soll. Dort lernt sie die »korrekte Art und Weise«, Wasser zu kochen (nein, keine Ahnung) und wie man ein Ei aufschlägt, ohne es zu »quälen« (auch das gelingt ihr nicht). Doch Sabrina kann keinen klaren Kopf bewahren: Sie vergisst, den Backofen einzuschalten, als sie aufgefordert wird, ein Soufflé zu backen, deshalb geht es nicht auf. Ihr Lehrmeister ist ein wenig nachsichtiger als meiner und gibt dafür ihrem Liebesleben die Schuld: *»Eine Frau, die glücklich verliebt ist, lässt ihr Soufflé anbrennen. Eine Frau, die unglücklich verliebt ist, vergisst, den Backofen einzuschalten.«*

Unklar bleibt, was für ein Liebesleben eine Frau haben muss, um ein perfektes, aufgegangenes, bebendes Soufflé herzustellen, aber was immer es auch ist, ich hatte es in der heutigen praktischen Übung. »Seht euch nur mein Soufflé an!«, hätte ich allen anderen am liebsten zugerufen, aber sie waren so beschäftigt mit ihrem eigenen Nachtisch, dass ich das Gefühl hatte, es wäre nicht der richtige Zeitpunkt. In diesem Moment konnte ich einen winzigen Schimmer dessen wahrnehmen, was ich als Pâtissière sein könnte. Und plötzlich erinnerte ich mich wieder daran, wie ich mich immer fühlte, wenn ich etwas gut gemacht hatte: beschwingt, stolz … glücklich. So fühlte ich mich jetzt. Ich war glücklich.

Nur ein Monster hätte den bebenden Pistaziensoufflés widerstehen können, die ich hergestellt hatte, mit einem perfekten Quadrat dunkler Schokolade, die obendrauf schmolz, und einem ordentlichen Haufen alkoholgetränkter Morellokirschen.

Ich nahm meine Soufflés mit zum Spülbecken in der Ecke der Küche, um abzuwaschen, wobei ich mir selbst und Chef Dominique gegenüber so tat, als würde ich *kein* stilles Plätzchen suchen, um sie zu essen. Ich stellte sie auf der Arbeitsfläche ab, und während meine linke Hand nach dem Wasserhahn griff, um ihn aufzudrehen, griff meine rechte nach dem Löffel. Ohne Luft zu holen hatte ich das erste Soufflé aufgegessen. Das Ganze. Es war heiß – so heiß! – und duftend und leicht wie Luft. Ich dachte eigentlich, ich hätte vorher bereits anständige Soufflés gegessen; ich dachte, ich hätte welche hergestellt – ich dachte eigentlich, ich hätte sogar schon ganz vernünftige Pistaziensoufflés gemacht. Aber das hier war anders: Das hier war stark und komplex, süß und beinahe blumig, und es schmeckte so grün, wie es aussah. Ohne auch nur einen Blick über die Schulter zu werfen, um zu sehen, ob ein zorniger Chef dort aufragte, inhalierte ich das zweite.

*

Lange Zeit begriff ich überhaupt nicht, was für einen Reiz Soufflés eigentlich haben. Jetzt weiß ich, dass dies daran lag, dass ich noch nie ein wirklich gutes gegessen hatte. Nach diesem ersten Fehlverhalten an der Spüle im Cordon Bleu fing ich an, sie aufzuspüren, mehr aus Neugier als aus irgendeinem anderen Grund: ein perfektes fuchsiafarbenes Himbeersoufflé an einem kalten Abend in Rye, hoch und stolz; ein sehr blassgrünes Bramley-Apfel-Soufflé in Kent an meinem dreißigsten Geburtstag. Und ich habe Folgendes entdeckt: Soufflés sind magisch. Als Patissier ist es oft frustrierend, wie kurz die Haltbarkeit der Produkte ist; wie schnell sie sich von perfekt zu jämmerlich, pampig, fad oder eingefallen verwandeln. Soufflés machen aus der Not eine Tugend und nutzen ihre Vergänglichkeit zu ihrem Vorteil. Für sie ist die kurze Haltbarkeit eher eine Besonderheit als ein Fehler. Das Leben eines Soufflés ist vergänglich und daher umso ruhmreicher. Vielleicht ließ sich daraus eine leicht süßliche Lebensweisheit lernen: Man sollte die Freuden des Augenblicks ohne Vorbehalt genießen; und wissen, dass das Leben an sich flüchtig ist. Ich weiß auch nicht, vielleicht ging es mir jetzt nur darum, mir einen Moment Zeit für die Freude über einen perfekten Nachtisch zu nehmen.

Dieses folgende Soufflé greift das Motiv des klassischen amerikanischen Erdnussbutter-und-Marmelade-Sandwiches auf, das hier ein wenig gepimpt wird. Nicht ohne Grund ist das Erdnussbutter-und-Marmelade-Sandwich eine klassische Kombi: Die starke Süße der Beeren passt perfekt zu der üppigen, leicht salzigen Erdnussbutter. Und so ist das auch bei diesem Soufflé: Das Himbeerpüree haucht ihm Leben ein; »crunchy« Erdnussbutter verleiht dem weichen Soufflé und der noch weicheren Vanillecreme Biss. Und es sieht schön aus: von außen blasses Kaugummirosa, von innen lebhaftes Flamingo.

Wie bei vielen Dingen ist es auch bei Soufflés so, dass es leichter ist, sie in Angriff zu nehmen, wenn sie entmystifiziert werden. Zum Glück hat der Kochbuchautor Harold McGee genau das getan. In seinem Buch *On Food and Cooking: Das Standardwerk der Küchenwissenschaft* erklärt McGee, dass ein Soufflé eigentlich fast immer aufgeht. Man muss der Mischung nur genügend Luft zuführen, die sich dann ausdehnt, wenn sie erhitzt wird. Aber eigentlich geht ein Soufflé gar nicht hauptsächlich wegen der Luft auf, die man hineingerührt hat, sondern schlicht und ergreifend wegen des Wassers in der Mischung, das verdunstet und sich seinen Weg in Luftblasen bahnt und so das Soufflé nach oben drückt. Mit anderen Worten: Der Backofen erledigt in Sachen Aufgehen die meiste Arbeit für Sie; jegliche zusätzliche Luft, die Sie hineinrühren können, ist ein Bonus. Lassen Sie sich also nicht einschüchtern.

Himbeersoufflé mit Erdnussbutter-Crème-anglaise-Füllung

Menge: 4 Soufflés
Zubereitungsdauer: 20 Minuten
Backzeit: 12 Minuten

Zutaten:

Für die Soufflés
4 150-ml-Auflaufförmchen
Butter zum Einfetten
4 große Eiweiß
100 g Zucker
Puderzucker zum Bestäuben

Für die Vanillecreme
1 Vanilleschote
250 ml Crème double
250 ml Milch
4 Eigelb
100 g Zucker
4 EL »crunchy« Erdnussbutter

Für das Himbeerpüree
300 g Himbeeren
2 EL Zucker
1 EL Zitronensaft
20 g Speisestärke

1. Die Butter schmelzen und mit der Hälfte davon die Auflaufförmchen einfetten, dabei mit dem Backpinsel von unten nach oben streichen. Die Auflaufförmchen 10 Minuten in den Kühlschrank stellen, bis die Butter fest geworden ist, dann mit dem Pinsel eine zweite Schicht geschmolzene Butter auftragen. In jede Form 1 EL Zucker streuen und sie dann drehen und schütteln, bis die Innenseite mit Zucker bedeckt ist; überschüssigen Zucker wegschütten. Die Förmchen wieder in den Kühlschrank stellen.

2. Währenddessen die Erdnussbutter-Vanillecreme zubereiten. Die Vanilleschote aufschneiden und mit der Rückseite eines Messers die Samen herausschaben. Crème double und Milch in einen Topf geben und zusammen mit der Vanille und der Vanilleschote bei mittlerer Hitze erwärmen. Das Eigelb mit dem Zucker in einer Schüssel schaumig rühren. Wenn Milch und Crème double anfangen zu dampfen, die Vanilleschote entfernen und wegwerfen, dann ein Drittel der heißen Milch vorsichtig in die Eier-Zucker-Mischung in der Schüssel einrühren. Das Ganze in den Topf geben und vorsichtig kochen, dabei umrühren, bis die Mischung andickt. Einen Löffel in die Vanillecreme tauchen und mit dem Finger über die Rückseite streichen: Wenn ein sauberer Streifen zurückbleibt und die Mischung diese Lücke nicht mehr rasch wieder schließt, ist sie fertig. Die Erdnussbutter einrühren; die Creme mit Frischhaltefolie so abdecken, dass sie direkt auf der Creme liegt, damit sich keine Haut bildet. Kaltstellen.

3. In einer Küchenmaschine die Himbeeren mit dem Zucker mixen, bis sie püriert sind, dann durch ein Sieb drücken,

um die Samen zu entfernen. Den Zitronensaft zugeben. Das Püree in einem kleinen Topf rasch zum Kochen bringen, bis es um ein Drittel reduziert ist. Die Speisestärke mit wenig kaltem Wasser verrühren, um eine Paste herzustellen, diese zum Püree hinzufügen; dann unter Rühren zum Kochen bringen, bis das Püree heftig brodelt. Den Topf vom Herd nehmen und beiseitestellen.

4. Den Backofen auf 180° C Umluft / 200° C Ober- und Unterhitze / Gasstufe 6 vorheizen und ein Backblech zum Vorwärmen hineinschieben.

5. In einer sauberen Schüssel das Eiweiß zu Schnee schlagen: Wenn man den Schneebesen herausnimmt, sollte der Schnee daran festhalten, ohne herunterzufallen. Die übrigen 50 g Zucker Löffel für Löffel hinzufügen, dabei immer rühren, bis die Mischung steif und glänzend ist, bevor man den nächsten Löffel Zucker hinzufügt.

6. 1 EL des Eiweißes in die Himbeermischung einrühren. Mit einem großen Metalllöffel vorsichtig den restlichen Eischnee unterheben. Dafür den Löffel auf die Seite drehen und mitten durch die Mischung schneiden, dann den unteren Teil der Mischung über den oberen heben. Die Schüssel um ein Viertel drehen und wiederholen, bis die Mischung eine gleichmäßige Farbe hat – auf keinen Fall zu viel mischen!

7. Die Creme auf die vier gekühlten Förmchen verteilen. Jedes Soufflé mit einem Palettenmesser oben glätten. Dann mit dem Finger innen am Rand jeder Form entlangstreichen, um einen kleinen Graben zu bilden.

8. Die Soufflés 10–12 Minuten backen, bis sie aufgegangen und braun sind; mit Puderzucker bestäuben. Vor dem Servieren die Erdnussbutter-Vanillecreme gründlich verrühren, um die Knusperstücke zu verteilen. In kleine Schälchen füllen und zusammen mit den Soufflés servieren; die Gäste ruhig dazu ermutigen, ein Loch in die Mitte des Soufflés zu machen und die Vanillecreme hineinzugeben.

II

Seit dem Moment, in dem wir beschlossen hatten, eine Verlobungsparty zu geben, hatte ich nur noch ein Ziel vor Augen. Partys bedeuteten Party-Essen, und Party-Essen bedeutete, dass ich die Gelegenheit bekäme, meine Gäste zu beeindrucken. Ich fing klein an mit Chipollatas, kleinen Bratwürstchen, und Cookies, aber mit der Gästeliste wuchsen auch meine kulinarischen Pläne. Ich könnte Macarons backen, Dutzende davon, in einer ganzen Palette aus Pastellfarben; ich könnte Trüffel machen, gefüllt mit alkoholgetränkter Ganache, einer Schokoladencreme; Shortbread mit Parmesan und schwarzem Pfeffer; Schweinebauch mit Hoisin-Soße; kleine Pasteten gefüllt mit Ochsenschwanz; kleine Pasteten gefüllt mit Pilzen … Und so ging es weiter.

Am Morgen der Party, als unsere Familien aus verschiedenen Landesteilen im Norden bei uns einfielen und Sam ihnen Tee servierte und unsere neugeborene Nichte knuddelte, war ich damit beschäftigt, einen *kransekake,* einen norwegischen Hochzeitskuchen, aufzubauen, der aus einem Turm aus Mandelteigringen besteht, die mit Zuckerguss verziert sind.

Aus bestimmten Kreisen der Familie wurde laut, dass ich mir das Leben schwer machte und dass die Leute *womöglich* kamen, um mich zu sehen, und gerne mit einem Glas Sekt und gekauften Sausage rolls vorliebnehmen würden. Aber davon wollte ich nichts hören. Ich beschloss, dass dies, wenn ich auf meiner Hochzeit schon die Gäste nicht selbst verköstigen würde, das Zweitbeste wäre.

Es war ein Chaos. Wir wohnten in einem kleinen Haus im Osten Londons, zwei Zimmer oben, zwei Zimmer unten, und hatten eine verrückte Anzahl von Leuten eingeladen, weil wir dachten, dass in der Vorweihnachtszeit mit all ihren Feierlichkeiten ohnehin nicht viele kämen. Wir hatten uns getäuscht. Immer mehr Leute kamen – zwanzig, vierzig, achtzig – und drängten sich wie Sardinen auf einem Raum zusammen, der ungefähr fünfzehn Menschen bequem Platz bieten konnte. Niemand konnte sich rühren außer Maggys Hund und Sams fünfjährigem Neffen Sebastian, die zwischen den Beinen der Leute umherrannten, als würden sie durch einen Wald jagen.

Ich steckte in der Küche fest; seit Partybeginn hatte ich Sam nicht mehr gesehen, was eine ziemliche Leistung war, wenn man bedachte, dass wir nur zweieinhalb Zimmer Spielraum hatten.

Tabletts mit Essen wurden wie Pakete von einem zum anderen weitergereicht. Alles, was ich tun konnte, war, sie mit Würstchen in Blätterteig, Keksen und Pasteten zu füllen, wie sie gerade kamen, und sie dann wieder auf den Weg zu schicken. Allmählich glaubte ich, mich ein wenig übernommen zu haben. Es existiert das Klischee von der eigenen Hochzeit, auf der man selbst eigentlich gar keine Zeit hat, sich zu entspannen und das Fest zu genießen. Na ja, wenigstens war dies eine gute Probe.

Niemand konnte die Klingel hören. Wir merkten erst, dass noch jemand gekommen war, wenn der Hund anfing, wie wild zu bellen – und das tat er andauernd.

»Alle zurücktreten bitte!«, brüllte ich gefühlt zum hundertsten Mal, als wäre ich ein Polizeibeamter, der eine Menge in Schach halten muss. Um mich herum bildete sich ein kleiner Halbkreis freier Fläche. Ich öffnete den Backofen und zog das sechste Blech Würstchen heraus, wobei ich knapp die Rückseiten der Beine von drei Leuten verfehlte und leicht passivaggressive Entschuldigungen murmelte.

Wieder bellte der Hund. Ich warf einen Blick auf die Uhr am Backofen: 22 Uhr. Jetzt konnten doch unmöglich noch mehr Gäste kommen. Doch er bellte weiter. Ich war genervt und fragte mich, warum Sam nicht aufmachte; warum ich auf dieser Party alles selbst machen musste. Ich schob mich durch die Menschenmassen zur Haustür.

»Hi«, sagte Sam, als ich sie öffnete. »Ich habe ein paar Flaschen rausgebracht und …«

»Das ist das erste Mal, dass ich dich heute Abend sehe«, sagte ich. »Es tut mir wirklich leid, dass ich mich mit dem Essen so hineingesteigert habe.« Sam legte seine Arme um mich, und ich dachte schon, er würde mich gleich sanft dafür tadeln, dass ich mir mehr zugemutet hatte, als ich bewältigen konnte. Wir standen bei den Mülltonnen, die Arme in der eisigen Kälte umeinandergeschlungen, während Partylärm aus der offenen Tür drang. »Du machst das großartig, Liv«, sagte er. »Wir machen das großartig.«

»Sie werden Ihren Kuchen nicht zurückbekommen, wenn wir damit fertig sind, denn er wird ermordet werden wie ein Frosch auf dem Seziertisch«, erklärte uns Chef Nicolas unheilverheißend. In einer anderen Stunde, in der es um unsere Prüfungen ging, erzählte uns Chef Nicolas auf seine ihm eigene, einzigartige Weise, dass wir in der praktischen Prüfung unser Gebäck nicht mehr sehen würden, nachdem wir es dem leitenden Patissier übergeben hätten. Aber was mich wirklich in Angst und Schrecken versetzte, war Folgendes: Keine Möglichkeit, es noch einmal zu machen. Wenn uns bei einem der Elemente ein Fehler unterlaufen war, konnten wir es nicht wegwerfen und noch mal von vorne anfangen. Wenn man Salz anstatt Zucker in den Teig schüttete, musste man ein salziges Gebäck servieren. Wenn die Zitronencreme zu dünn wurde, konnte man nicht tief Luft holen und einen neuen Versuch starten. Wenn die Vanillecreme klumpig wurde, arbeitete man mit klumpiger Vanillecreme weiter; wenn der Blechkuchen so knusprig war, dass er zerbröselte, musste man damit klarkommen; wenn man das Gebäck beim Rausholen aus dem Backofen fallen ließ, war das eben Pech. Wegwerfen war verboten, noch einmal neu anfangen ging nicht, keine zweiten Chancen. Als abschreckendes Beispiel wurde uns von Schülern erzählt, die in der Hitze des Gefechts diese Regel vergessen, ihre Produkte weggeworfen und dann null Punkte bekommen hatten, weil sie nichts mehr zum Vorzeigen hatten.

Alles, worüber wir reden konnten, war, welches Gebäck wir wohl in der tatsächlichen Prüfung zubereiten mussten. Inzwischen hatten wir uns an den anderen beiden Prüfungsgebäcken versucht: Kaffee-Eclairs und Johannisbeer-Charlotte. Die Kaffee-Eclairs bestanden aus Brandteig, gefüllt mit einer *Crème pâtissière* mit Kaffeegeschmack, überzogen mit einer Kaffeeglasur und einem aufgespritzten Schokomuster; im Grunde waren es aufgemotzte Versionen von denen, die man im Supermarkt bekam. Die Johannisbeer-Charlotte bestand aus einem Genueser Biskuit mit Vanille, der in lange

Streifen geschnitten, mit Schwarzer-Johannisbeer-Mousse bestrichen und dann so geschichtet wurde, dass es von außen wie Nadelstreifen aus Biskuit und Marmelade wirkte. Bedeckt wurde das Ganze mit noch mehr Johannisbeermousse und darüber Johannisbeerglasur. Es schmeckte überwältigend nach Cassis.

Im Praktikum war mir die Charlotte ziemlich gut gelungen: Chef Julie konnte ich damit überzeugen – sie war die Leiterin der Patisserie und einzige Frau im Lehrkörper, mein ultimatives kulinarisches Vorbild; sie war durch nichts aus der Fassung zu bringen und bildete sich nichts auf ihre unglaublichen Fähigkeiten ein. Mit ein wenig Übung, dachte ich, würde ich das auch schaffen.

Daisy, Alex und ich saßen zwischen zwei praktischen Übungen im Café. »Solange wir keine Eclairs machen müssen, ist mir alles egal«, erklärte Daisy standhaft. Das Problem mit Eclairs war, dass der riskanteste Teil der Brandteig an sich war. Anders als bei den meisten unserer Rezepte war keine festgelegte Menge Ei hinzuzufügen, sondern es bestand Spielraum, je nach Feuchtigkeit, je nach Mehl, je nachdem, wie die Eier selbst waren und wie schnell man das Wasser ausgekocht hatte. Zu wenig Ei, und der Brandteig wird steif und geht im Backofen nicht richtig auf. Zu viel, und die Mischung wird so locker, dass man sie nicht einmal aufspritzen kann. Es handelt sich dabei um eine präzise und gleichzeitig unpräzise Kunst innerhalb dieses strukturiertesten und strengsten kulinarischen Metiers. Die einzige »Regel« besteht darin, dass die Mischung ein tiefes V bilden sollte, wenn man sie vom Teigschaber schüttelt. Das ist für meinen Geschmack nicht genug Regel. Wenn man den Mürbeteig einer Zitronenbaisertorte zu lang oder den Biskuit für die Johannisbeer-Charlotte zu kurz backt, fließt das natürlich in die Note mit ein, aber es hindert einen nicht daran, alles andere in Angriff zu nehmen und dafür zu sorgen, dass man am Ende etwas präsentieren kann. Wenn der Brandteig misslingt – was vielen von uns bei unserer ersten praktischen Übung mit Eclairs passierte –, kann man die *Crème pâtissière* mit Kaffeegeschmack nirgendwo hineinspritzen, nichts mit Fondant glasieren, keine Schokolade als Verzierung darauf verteilen. Man versucht, ein Haus auf sich absenkende Fundamente zu bauen, und ist in jeder Hinsicht am Arsch. »Alles, nur keine Eclairs«, murmelten wir alle in finsterem Einvernehmen.

Zu Hause übte ich nur noch. Schon vor dem Frühstück backte ich Tortenböden; Sam hatte die Nase gestrichen voll davon, sich jeden Morgen Lemon Curd auf seinen Toast zu streichen; ich schnitt Zitrone um Zitrone zu Juliennestreifen, kandierte die Streifen, bis das ganze Haus nach Weihnachten duftete. Ich fand mich damit ab, auf das Italienische Baiser zu verzichten – ohne Küchenmaschine rechnete ich mir keine Chancen aus. Das Cordon Bleu hatte alle möglichen billigen und lustigen Tipps auf Lager, wie man Techniken günstig zu Hause üben konnte: Instantkartoffelpüree verhält sich beim Aufspritzen genau wie Buttercreme, Rasierschaum kann als Schlagsahne fungieren und Zahncreme kann als Ersatz für Zuckerguss herhalten.

An einem Dienstagmorgen machte ich mich an die Johannisbeer-Charlotte und versuchte, auf meinen welligen, rostenden, wulstigen Backblechen genug Genueser Biskuitteig zu backen und ihn mit leicht grobkörniger Erdbeermousse aus Früchten, die ich im Kühlregal des Supermarkts gefunden hatte, einzurollen. Aber natürlich waren es die Eclairs, die mir am meisten Kopfzerbrechen bereiteten.

Ich backte ein Blech Brandteigwürste und versuchte, diesen lässigen Schnipser zu perfektionieren, den uns die unterrichtenden Patissiers gezeigt hatten. Ich bestellte im Internet Fondant und übte, ihn zu erhitzen, bis er die richtige Konsistenz erreicht hatte. Ich übte stundenlang meine Schokoladendekoration mit winzigen Dressiertüten aus Backpapier und warf Hunderte nicht perfekter Brandteigwürste weg. Jede Ladung, die aus dem Backofen kam, hatte sich auf wieder neue Weise aufgebläht wie die Glieder eines Wasserspeiers. Bei den Chefs sah es so mühelos aus – tatsächlich war das, was ich von der letzten Vorführung hauptsächlich mitgenommen hatte, der Spaß, als Chef Nicolas außerhalb des Lehrplans Brandteigschwäne hergestellt hatte, die er dann so anrichtete, dass sie sich küssten – aber ich konnte nicht einmal zwölf davon verzieren, ohne mich mit rohem Brandteig einzusauen. Warum war das so schwer?

Aber ich gehörte noch zu den Glücklichen. Ich wohnte in einem kleinen Reihenhaus im Osten Londons, das über eine funktionierende und sogar geräumige Küche verfügte. Mein Backofen lief heiß, mein Kühlschrank lief warm, aber wenigstens hatte ich Platz und Zeit zum Üben. James, der eindeutig der Talentierteste in meiner kleinen Freundesgruppe war, lebte in einer gemieteten Studentenunterkunft und verfügte lediglich über eine Herdplatte und einen Minikühlschrank. Am Cordon Bleu durften Schüler die Küchen außerhalb der praktischen Übungen nicht benutzen; es liefen einfach zu viele andere Unterrichtsstunden. Daher musste er im Grunde improvisieren.

Auch in der Theorie machte ich mich schlau. Ich füllte ganze Notizbücher, schrieb Rezepte und Mischungsverhältnisse immer und immer wieder auf und betete, dass sie in meinem Gedächtnis hängen blieben. Ich wanderte durch das Haus und wiederholte laut die Zutatenmengen für Crème pâtissière oder Methoden, wie man Teig aufgehen lassen kann.

Jetzt, da alles nicht mehr so neu war, hatte ich einen besseren Blick für die Details des Betriebs einer Patisserieschule. Mich störte allmählich, wie viel während des Unterrichts weggeworfen wurde. Zugegebenermaßen lebte ich inzwischen mit einem Mann zusammen, der, was Lebensmittelverschwendung anging, so wachsam war, dass es schon an Besessenheit grenzte (Sam kratzte eine Packung Butter noch Wochen, nachdem ich sie weggeworfen hätte, aus, und einmal zwang er sich selbst und mich dazu, einen ganzen Topf total verbrannter Gemüsesuppe aufzuessen, anstatt einfach Pizza zu bestellen, weil er den Gedanken nicht ertragen konnte, sie wegzuwerfen). Trotzdem war die Lebensmittelverschwendung im Cordon Bleu einfach irrsinnig. Immer wenn wir Baiser zubereiteten, wanderten Hunderte Eigelbe in die Tonne; wenn wir Vanillecremes herstellten, passierte dasselbe mit den Eiweißen. Täglich wurde an den Kuchenrändern zentimeterweise Biskuit abgeschnitten. Pistazien wurden weggeworfen, als wäre das nichts. Wissen Sie, was Pistazien kosten? Und die hier waren die Porsches unter den Pistazien: smaragdgrün, geschält, glatt, geröstet – anders als alles, was ich je im Laden gefunden hatte. Und wir warfen sie hemmungslos auf unsere Kuchen, und was nicht hängen blieb, wischten wir einfach weg. Das verschwieg ich Sam.

Eines Tages standen wir vor dem Klassenzimmer, weil die Klasse vor uns überzogen hatte; es handelte sich dabei um eine Gruppe fortgeschrittenerer Schüler, die gerade alle ihren kompliziert aussehenden Kuchen einpackten. Einer nach dem anderen beendete seine Plauderei und ging. Wir beobachteten, wie der zweitletzte Schüler sein Messerset einräumte und seinen Kuchen nahm; kurz bevor er die Tür öffnete, hielt er inne und warf völlig gelassen das ganze Ding in den Mülleimer. Einen Kuchen, für den er bestimmt sechs Stunden gebraucht hatte. Futsch. Auf einen Schlag. Ich war so schockiert, dass ich kein Wort herausbrachte.

Ich versuchte das aber bei meiner eigenen Backtätigkeit wiedergutzumachen. Wenn ich eine Vanilleschote ausgeschabt hatte, wusch ich sie und ließ sie trocknen, dann nahm ich sie heimlich in meinem Messerset mit nach Hause, um daraus Vanillezucker zu machen (manchmal vergaß ich sie dort und mein duftendes Messerset spie die ledrigen schwarzen Hülsen aus, wenn ich nach einer Spritzdüse oder einem Teelöffel suchte). Ich nahm Reste von allen Teigen mit, die wir nicht benutzten, und backte daraus Zimtschweineohren oder Shortbread. Einmal hatte ich es wohl zu weit getrieben, als ich eine riesige Tupperdose Bananenmousse mit nach Hause brachte. Sam und ich aßen und aßen, ohne dass es sich merklich verringerte. Eine Woche später brachte ich es endlich über mich, sie wegzuwerfen.

Unser kleines Haus war ganzjährig mit Backwaren vollgestopft. Zu jedem beliebigen Zeitpunkt enthielt unsere Gefriertruhe mindestens fünf Arten Brot und zwei komplette Kuchen. Auf jeder verfügbaren Oberfläche standen Blechdosen und Tupperbehälter mit allmählich schal werdenden

Keksen. Und da viele meiner Mitschüler in winzigen Studentenbuden hausten und niemanden in London kannten, gaben sie mir auch ihre Kuchen, um sie zu verteilen.

Ich wurde zu einem kuchenverteilenden Robin Hood, der Millefeuilles und Pasteten an Freunde und Familienmitglieder, an unsere Nachbarn und Sams Kollegen verteilte. Einmal schenkte ich einem obdachlosen Mann auf der High Holborn eine Schachtel pastellrosa und -grüner Macarons und fühlte mich wie eine Idiotin, als ich in letzter Minute Panik bekam und fragte: »Sie sind doch wohl nicht allergisch gegen Nüsse, oder?« Nach dieser Erfahrung fühlte ich mich wie das letzte Arschloch. Ich hatte die vorangegangenen Stunden damit verbracht, die dekadentesten aller Kekse zu backen, während dieser Mann fröstelnd auf der Straße saß.

Einige Tage vor der Prüfung kam Dad für ein paar Tage zu uns. Er brachte mehrere große Pappkartons mit. Dad hatte jemanden kennengelernt – Gill – und sich verliebt. Sie tat ihm eindeutig gut: Sie dämpfte seine leichte Tendenz zum Manischen, hielt ihn davon ab, sich selbst zu ernst zu nehmen, und – was am wichtigsten war – sie fand seine Witze echt lustig. Jeder konnte sehen, wie viel Glück die beiden in das Leben des jeweils anderen brachten.

Er zog aus unserem Kindheitszuhause aus – dem einzigen Zuhause, das Maddy und ich je gekannt hatten, und dem Ort, an dem meine Mum gestorben war. Beim Packen hatte er Dinge zutage gefördert, die wir übersehen hatten, als wir Mums Sachen ausgeräumt hatten. Und da waren sie nun alle. An dem Morgen, nachdem er angekommen war, fing ich an, sie zu sortieren und den Inhalt der Kartons auf den Esszimmertisch zu stapeln. Das meiste davon war einfach. Meine Kinderbücher wanderten geradewegs auf den Dachboden; dreizehn Jahre Schulzeugnisse, Lehrbücher und Zertifikate direkt in die Tonne. Die Swarowski-Kristall-Tiere, die ich gesammelt hatte, als ich klein war, stellte ich auf eBay ein, wo sie nicht das Vermögen erzielten, das ich erwartet hatte.

Einige der Dinge erkannte ich nicht mal wieder. Bewahrte man Schmuck auf, den die tote Mutter nie getragen hatte? Warum sollte man das tun? Sagte er etwas über sie, über ihren Geschmack aus? Nun ja, vielleicht, nehme ich an. Aber warum hatte sie ihn denn dann nie getragen? Aber wie auch immer – ich würde sehen, ob ihn der Secondhandladen nehmen würde.

Ich fand Fotos, die ich noch nie gesehen hatte. Hunderte. Fotos von meiner Mum und mir, als ich noch sehr klein war, sie wurden weniger, als ich älter wurde und sie anfing, Kameras zu meiden. Ich hatte immer gewusst, wie kamerascheu sie war, wie sehr sie es hasste, wenn von ihr Fotos gemacht wurden, wie sie seufzte, wenn sie dazu gedrängt wurde, ihre Brille absetzte und widerstrebend posierte. Ich hatte angenommen, dass das schon immer so gewesen war. Aber hier war sie im Urlaub und jagte mir im Badeanzug nach; entspannt mit beiden Großelternpaaren im Garten; in Dublin mit all ihren Freundinnen und Freunden (eine Überraschungsparty zu ihrem vierzigsten Geburtstag); wie sie Kinderpartys gibt und Weihnachtsessen kocht. Sie war so glamourös und so schön und sah so glücklich aus. So hatte ich sie nicht in Erinnerung. Ich fühlte mich losgelöst.

Dann fand ich die verschreibungspflichtigen Sonnenbrillen. Sieben Stück. Mindestens anderthalb Jahrzehnte Sommerurlaub, Autoreisen, im selben Garten sitzen. Dad hatte sie alle mitgebracht. Ich starrte sie sprachlos an. Mum hatte seit sie klein war eine Brille getragen, aber ich brauchte kaum eine Lesebrille. Ich hatte keine Verwendung für sieben Sonnenbrillen, die nach Neunzigern aussahen, in einer Stärke, die nicht zu meinen Augen passte. Warum halste er sie mir auf? »Warum hast du die mitgebracht, Dad?«, fragte ich ihn, kaum in der Lage, meine Fassungslosigkeit zu unterdrücken. »Ich wollte sie nicht ohne deine Zustimmung wegwerfen«, sagte er nur. Die Sonnenbrillen lagen zwei Wochen lang auf unserem Esstisch, bis Sam der Geduldsfaden riss. »Liv. Wann willst du die Sachen wegräumen? Sie liegen schon ewig hier herum.«

Ich schrie Sam an. Ich glaube, ich brüllte. Ich stürmte die Treppe hinauf und warf mich aufs Bett wie ein Teenager mit Hausarrest – und so ungefähr fühlte ich mich auch. Mir war Unrecht getan worden. Die Ungerechtigkeit brachte mich zum Brodeln. Das alles war so verdammt unfair. Ich war wütend. Auf Dad, weil er die Brillen hergebracht hatte. Auf Mum, weil sie sie aufbewahrt hatte. Auf Sam, weil er existierte und die Unverfrorenheit hatte, mich zu fragen. Sam kam bestürzt nach oben und versuchte mich zu trösten, während ich schluchzend, mit dem Gesicht nach unten, auf dem Bett lag. Nachdem der unmittelbare Schock des Todes vorbei gewesen war, hatte ich so selten geweint. Diese den ganzen Körper schüttelnden Schluchzer, die guttural und animalisch waren, die einzigen echten Tränen, die den Schmerz nahezu ausdrückten und die Trauer nach außen trugen? Ihnen hatte ich nicht nachgegeben. Und doch war ich jetzt hier, geschüttelt von Schluchzern. Am Boden zerstört. »Es liegt daran, dass sie jetzt mir gehören«, sagte ich zwischen zwei Schluchzern. »Weil es jetzt an mir ist, sie wegzuwerfen. Weil sie tot ist.«

Endlich stand die Prüfungswoche vor der Tür. Zuerst kam die Theorie. Der Flur war brechend voll mit besorgt aussehenden Schülern. Ich versuchte mich zu beruhigen: Ich war überraschend aufgeregt dafür, dass die Prüfung einen so kleinen Teil unserer Gesamtbewertung ausmachte und – nicht zu vergessen – Multiple Choice war. Neben mir wiederholte jemand laut und frenetisch die verschiedenen Zuckerstadien. Ich presste den Kiefer zusammen. Das war, meiner Ansicht nach, sehr schlechte Prüfungsetikette. Doch bevor ich Gelegenheit bekam, mich daran abzuarbeiten, warum das so war, ging die Tür zum Prüfungssaal auf, und wir gingen hinein.

Ich beantwortete Fragen darüber, wie sich Klebereiweiß im Brot bildet, wie ein Ei biologisch aufgebaut ist und über die drei verschiedenen Arten von Backtriebmitteln. Ich schätzte den Mindestprozentsatz von Fett in »trockener« Butter (der traditionellen französischen Butter, die für Blätterteig verwendet wird – sie hat einen höheren Fettanteil als das Zeug, das wir im Laden kaufen) und riet, was ein »boucher« war. Ich identifizierte Fotos von Rambutans (eine litschiähnliche tropische Pflanzenart) und Kardamomkapseln. Eine Stunde später trottete ich hinaus in einen Chor von Leuten, die sich gegenseitig ausfragten und sich selbst im Nachhinein anzweifelten. »Wusstest du die Definition von gelato«? »Was zum Teufel ist eine Napoleonschnitte?« »Ich kann nicht glauben, dass ich vergessen habe, Milch zu lernen!«

Doch die eigentliche Herausforderung würde immer die praktische Prüfung darstellen, die ein paar Tage später folgte. Wir standen vor der Küche an, genau wie für unsere achtzehn Grundpraktika, die alle auf diesen Moment hingeführt hatten. Meine Nerven waren zum Zerreißen gespannt. *Es ist doch nur Kuchen,* redete ich mir ein. *Es ist nur Kuchen, es ist nur Kuchen. Oder Eclairs. Oh Gott, lass es bitte keine Eclairs sein.* Das Gespräch meiner Gruppe verlief in denselben Bahnen wie in den letzten zwei Wochen: Was war wohl das Prüfungsgebäck? Eine der Küchenhilfen lief mit einem Rollwagen, auf dem ein Stapel Tabletts lag, an uns vorbei, die Chef Graham dann im Raum verteilte, eins an jeder Station. Wir spähten durch das Fenster. Auf jedem unserer Vorbereitungstabletts lag eine Raspel! Das einzige Prüfungsrezept, das eine Raspel erforderte, war die Zitronenbaisertorte, das leichteste von allen. Alle entspannten sich sichtlich.

Die Tür ging auf, und wir wurden hineingebeten; dann nahmen wir unsere Arbeitsstationen in alphabetischer Reihenfolge ein. Vor uns lagen verdeckte Arbeitsblätter. Wir wendeten sie um, und alle Luft verließ den Raum, als wir alle unisono nach Luft schnappten. Man hatte uns reingelegt. Fondant. Kaffee. Schokolade. Wir backten verdammte Eclairs. Chef Graham lachte, als Alex, eine meiner Mitschülerinnen, auf die Raspel auf unseren Werkzeugtabletts deutete und kaum unterdrücken konnte, wie verraten sie sich fühlte. »Tut mir leid, Leute; jedes Tablett bekommt für jede Prüfung ein vollständiges Utensilienset. Keinerlei Hinweise!« Fieberhaft füllte ich den *bon d'économat* aus, nervöse Energie durchströmte mich, und ich brannte darauf anzufangen.

Die ersten fünfundvierzig Minuten des praktischen Teils war ich bemerkenswert konzentriert. Sorgfältig ordnete ich meine Arbeitsstation, bereitete meine Bleche vor. Ich schmolz Butter in Wasser, rührte das Mehl hinein, fügte dann langsam und schrittweise die Eier hinzu, wobei ich nach jedem Tropfen im Hinblick auf die ausschlaggebende V-Form überprüfte, die die Mischung um den Teigschaber bilden sollte. Währenddessen beobachteten um mich herum fünfzehn andere Schüler fünfzehn andere Teigschaber. Ich zog meinen durch die Mischung nach oben und ließ ihn dann hart zurück in die Schüssel schnellen: Ein V aus Teig blieb daran hängen. Bingo.

Ich fing an zu dressieren, also den Teig aufzuspritzen. Dressieren war nicht gerade meine Stärke, das wusste ich. Oft werden Eclairs in Patisserieküchen mit einer sternförmigen Spritzdüse dressiert, wobei die Streifung dazu beiträgt, dass die Eclairs beim Backen gleichmäßiger aufgehen. Natürlich durften wir heute keine sternförmigen Düsen benutzen. Ich untersuchte die zwölf dickbauchigen Nacktschnecken vor mir, jede davon hatte ein Ende, das aussah wie die Nase eines Betrunkenen. Was für eine blödsinnige Regel. Mein Blick driftete zu dem Mädchen an der Station gegenüber, Marie. Es war Marie gewesen, deren geschnittenes Obst in unserer allerersten praktischen Übung als »enttäuschend« abgetan worden war. Genau wie wir anderen war sie drauf und dran, ihre Eclairs zu dressieren. Doch ihre Mischung lief aus dem Spritzbeutel heraus. Ich beobachtete, wie sie immer wieder versuchte zu spritzen, wie der flüssige Teig auf ihr Blech tropfte und sich zu traurigen Pfützen sammelte. Ihre Langmut war außergewöhnlich. Inzwischen wäre ich selbst schon längst, weinend auf dem Boden kauernd, zu einer kläglichen kleinen Pfütze zerflossen. Doch sie machte beharrlich weiter und schob ihr Blech ohne auch nur zu seufzen in den Ofen.

Meine Crème pâtissière mit Kaffeegeschmack lief reibungslos. Für diese Aufgabe hatte ich mich der Wand zugewandt und war froh, dass ich nicht sehen musste, wie es bei allen anderen – vor allem bei Marie – lief. Es ging nur um mich und meine Vanillecreme. Die gute alte Vanillecreme.

Nach fünfundzwanzig Minuten holte ich mein Blech mit den Brandteigteilchen aus dem Backofen. Sie waren schief – ziemlich schief –, aber sie waren aufgegangen. Aber es war okay. Für Marie sahen die Dinge weniger rosig aus, sie blickte auf ein Dutzend Eclairs hinab, die so flach waren, dass sie quasi zweidimensional wirkten. Ich füllte meine Eclairs und wandte mich dann dem am wenigsten erfreulichen Teil des Prozesses zu. Etwas mit einer Fondantglasur zu überziehen, ist richtig nervig. Sie muss eingeweicht, abgetropft und geschmolzen werden, bevor man langsam Wasser hinzufügt, bis sie die richtige Konsistenz erreicht. Aber zu viel Hitze, und sie verliert ihren Glanz, zu viel Wasser, und man kann sie nicht mehr handhaben. Man musste den Dreh echt raushaben, wie bei vielen anderen Dingen in der Patisserie, und wie vieles andere musste ich es noch lernen. Ich wusste weder so genau, was ich bei der Konsistenz, noch was ich bei der Temperatur beachten musste. Deshalb verließ ich mich auf eine Kombination aus Glück und beharrlichem Anstarren und hoffte, dass das helfen würde, dem Fondant seine Geheimnisse zu entlocken, als handelte es sich dabei um Teeblätter am Grund einer Teetasse. Wieder fiel mein Blick auf Marie. Ihr Fondant war wie Wasser. Rasch verstand ich, was passiert war: Sie hatte ihren Fondantblock zusammen mit dem ganzen Wasser erhitzt, anstatt Schritt für Schritt ein wenig Sirup hinzuzufügen. Ihr Fondant war im Grunde süßes Wasser. Zu diesem Zeitpunkt hätte ich mich wohl umgedreht, wäre zur Tür und wahrscheinlich zur Schule hinausgegangen und hätte nie wieder einen Blick zurück geworfen. Doch Marie war aus härterem Holz geschnitzt. Sie fing an, ihr flaches Gebäck mit dem zuckrigen Wasser zu glasieren, bevor sie obendrauf Schokolade spritzte. Ihre missliche Lage bereitete mir körperliches Unbehagen.

Zwanzig Minuten später, nach hektischem Glasieren und Dressieren, trat ich einen Schritt zurück, um mein Werk zu bewundern. Mein Gebäck war schief. Mein Fondant war eher matt als glänzend. Meine Dekoration war allenfalls schnörkelig. Als ich ging, fühlte ich mich weder niedergeschlagen noch beschwingt und wusste unmissverständlich, dass es bedeutend schlimmer hätte kommen können.

Nach Abschluss jedes Trimesters, wenn die Prüfungen vorbei waren, mussten sich die Schüler noch eine zusätzliche Vorführung anschauen und eine praktische Übung absolvieren. Diese Vorführungen und Praktika sollten – vergleichsweise zumindest – Spaß machen. Das letzte Thema des Trimesters sollte unser erster Versuch sein, Schokolade zu temperieren.

Ich dachte, vielleicht wäre Schokolade mein Ding. Dies basierte weniger auf Erfahrung, sondern eher auf einem Ausschlussverfahren. Brandteig war es nicht gewesen, es sah nicht danach aus, als wäre es Brot, und da ich mich zuvor nie wirklich mit Schokolade beschäftigt hatte, konnte ich nur neugierig abwarten, ob ich eine natürliche Neigung dazu hatte.

Unser erster Versuch mit Schokolade sollte ziemlich unkompliziert sein: Wir sollten alkoholische Ganachefüllung herstellen und sie in temperierte Schokolade tunken. Wir bereiteten die Ganache zu und stellten sie in den Kühlschrank, damit sie kristallisierte; als sie fest geworden war, nahmen wir einen kleinen Löffel der Masse und rollten sie zwischen behandschuhten Handflächen zu kleinen Kugeln. Außer dass der letzte Teil bei mir nicht funktionierte. Sie kennen doch die Redewendung »kalte Hände, warmes Herz«, oder? Nun ja, ich habe sehr warme Hände. Daraus kann man nun die Schlüsse ziehen, die man für richtig hält. Nicht schwitzig, verstehen Sie? Nur warm. Und zwar gleichbleibend. Was extrem nützlich ist, wenn man eine frostig kalte Wanderung auf dem Land macht oder wenn ich – keine Ahnung – Eiswürfel mit der Hand schmelzen möchte oder so. Im Zusammenhang mit Schokolade ist es weniger nützlich. Anstatt zu perfekten Kugeln zu werden, verwandelte sich die Ganache in meinen Händen in traurige weiche Scheiben. Wieder und wieder quetschte und drückte ich sie, und meine Latexhandschuhe waren mit geschmolzener Schokolade beschmiert. Schließlich kapitulierte ich und reichte meine weich gewordene Ganache an James weiter, der übernahm. Ich beschloss, mich vorerst an Schokopuddings zu halten.

Die Schokoladenverarbeitung fühlte sich wie eine Art Überbrückung an, während wir auf unsere Prüfungsergebnisse warteten, und wir alle waren mit unseren Gedanken ganz woanders, als wir zum ersten Mal temperierten. Man teilte uns unsere Ergebnisse etwa eine Woche nach der Prüfung persönlich mit. Ich hatte in meinem Leben schon viele Prüfungsergebnisse erhalten, dabei aber immer das Privileg genossen, sie von einem Blatt Papier ablesen zu dürfen. Dieses Mal wurden sie mir ganz individuell und höchstpersönlich von einem der unterrichtenden Chefs übermittelt. Nichts rieb die Nerven so sehr auf wie menschlicher Kontakt. Wir stellten uns vor dem Unterrichtsraum an, in dem wir alles über

Milch und Eier, Nüsse und Saaten gelernt hatten, in dem wir Arbeitsblatt für Arbeitsblatt Bilder von Früchten identifiziert hatten. Schüler kamen und gingen, keiner von ihnen verriet etwas über seinen Erfolg oder Misserfolg. Keine Tränen, kein Jubel, nur jede Menge Pokerfaces. Endlich war ich an der Reihe. »Gratuliere!«, sagte Chef Nicolas, der glücklicherweise sofort zur Sache kam. »Sie haben bestanden!« Mein schiefer Brandteig hatte mich nicht im Stich gelassen; meine Kaffee-Crème-pâtissière war für glatt und wohlschmeckend befunden worden, und ich hatte genug über den Fettanteil in Butter gewusst, um mich für das nächste Stadium zu qualifizieren. Ich hatte das Grundstudium überlebt.

Letztes Jahr zu Weihnachten war ich in London fast verschmachtet, als ich darauf wartete, dass mein Prozess zu Ende ging, während Sam nach Norden aufgebrochen war. Dieses Jahr fuhr ich mit gen Norden, um Weihnachten bei seiner Familie in Cheshire zu verbringen. Es war das erste Mal, dass ich die Weihnachtszeit woanders verbrachte als zu Hause bei meiner Familie, und ich war nervös. Es ist überraschend verwirrend, sich auf den Rhythmus der Festtagstraditionen einer anderen Familie einzulassen. Brettspiele standen bei Sam zu Hause hoch im Kurs, was trotz meiner scroogemäßigen Proteste wenigstens bedeutete, dass mein Gehirn für einen Großteil der Zeit beschäftigt war. Wir machten belebende Spaziergänge durch Felder und Hügel, weit weg von dem Gedränge, das in London herrschte. Da wir noch immer relativ frisch verlobt waren, machte ich den Spießrutenlauf durch die Verwandtschaft, lernte an einem einzigen Tag Sams kompletten ausgedehnten Clan kennen, beantwortete Hochzeitsfragen über Örtlichkeiten und Kleider, Blumen und Kuchen. Nächstes Jahr um diese Zeit wären wir verheiratet.

Weihnachten ist eine so persönliche Angelegenheit. Ihre Vorstellungen dessen, was an Weihnachten nicht verhandelbar ist, haben mit meinen wahrscheinlich überhaupt nichts zu tun. Für mich gehört zu Weihnachten, die *Radio Times* mit einem Leuchtstift durchzugehen, mein bevorzugtes Quality-Street-Konfekt zu horten (die mit dem pinkfarbenen Einwickelpapier) und die Überbleibsel vom weihnachtlichen Lunch in einem Breville-Sandwichmaker zu Toastschnitten zu verwandeln.

Für Sams Familie bedeutete dies Fotokopien vom selben »Um-die-Ecke-gedacht«-Kreuzworträtsel für alle, damit wir es gemeinsam lösen konnten (auch wenn sein Dad fünfundneunzig Prozent davon löste). Es bedeutete Früchtebrot (natürlich), serviert mit Käse, wie es die nordenglische Tradition diktiert. Es bedeutete einen Baileys am Abend und jede Menge Brotsoße, eine Soße aus Milch, angedickt mit Semmelbröseln, die zu Geflügel gegessen wird. Sam liebte Brotsoße jenseits aller Vernunft. Seine Familie hatte einen speziellen Brotsoßentopf, der nur zu diesem Zweck benutzt wurde – eine kleine Terrine mit Deckel und Gesicht, die offenbar einem animierten Brotlaib ähneln sollte; ich hatte sie für einen Wasserspeier gehalten. Ich empfinde das anders (Jennie, Maurice, wenn ihr das hier lest: Jetzt bitte wegschauen). Brotsoße übersteigt meinen Verstand: Eine Soße, die mit mehreren starken Aromen gewürzt ist – Nelken, Zwiebel, Muskat – und dennoch absolut fade schmeckt. Ihre Konsistenz ist unerklärlich; dick, klumpig und wenig verlockend, als würde man Porridge als Würzsoße zu einer Mahlzeit essen. Sie können sich meinen

Horror vorstellen, als mir am Weihnachtsmorgen die Zubereitung der Brotsoße anvertraut wurde. Ich konnte mich nicht mehr daran erinnern, wann ich zum letzten Mal Brotsoße gegessen hatte, und ich hatte ganz bestimmt noch nie versucht, selbst eine zuzubereiten. Meine Ausbildung half dabei auch nicht – Brotsoße hatte nicht viel mit Biskuit oder Baiser gemeinsam. Zum ersten Mal wünschte ich, ich hätte auf Kochkunst gesetzt. Doch ich ließ bei dieser kleinen Pfanne mit durchweichtem Brot dieselbe Sorgfalt walten wie bei irgendeiner köchelnden Vanillecreme und investierte sogar noch mehr Nerven. Ich füllte alles in die seltsame kleine Wasserspeierschüssel um und wartete das Urteil ab. Würde sie den hohen Erwartungen gerecht werden? Würde sie unsere bevorstehende Hochzeit platzen lassen? Für wie dumm würden sie mich halten, wenn ich nach drei Monaten im Cordon Bleu noch nicht einmal eine Brotsoße zustande bekäme?

Als wir uns zum Lunch setzten, nahm ich mir etwas vom Essen auf den Teller, als Zeichen des Selbstbewusstseins, aber ich ignorierte die Brotsoße natürlich, weil Brotsoße scheußlich ist. »Gute Brotsoße!«, sagte Sam aufmunternd, was sich allerdings etwas aufgesetzt anhörte. Sams Mum und sein Bruder murmelten zustimmend vor sich hin. Das reichte mir nicht: Sams Dad ist der ultimative Brotsoßen-Schiedsmann. Eine Pause entstand. »Sie ist gut!« Ich atmete zum ersten Mal aus, seit ich in Cheshire angekommen war.

Am zweiten Weihnachtsfeiertag war ich in Tyneside zu einer feststehenden Verabredung mit einer kleinen Gruppe Freunde in unserem Dorf-Pub. Mehrere Stunden und zu viele Pints später plauderte ein Mann, der mir vage bekannt vorkam, mit einer meiner Freundinnen. Er wandte sich zu mir um. »Ich kenne dich! Wir sind zusammen auf die Sonntagsschule gegangen!«, sagte er. »Du bist Ruth Potts Tochter!« Ich sah ihn ruhig an, oder so ruhig, wie das nach der Menge Bier, die ich getrunken hatte, noch ging. »Das war ich«, sagte ich rundheraus. »Sie ist gestorben.« Er sah mich schockiert an. Er wich ein wenig zurück und entschuldigte sich. Gott weiß, warum, schließlich war ich diejenige gewesen, die gerade unverzeihlich unhöflich zu ihm gewesen war. Doch das war mir egal, ich war zu sehr damit beschäftigt, diese Boshaftigkeit zu genießen. Kurz nachdem sie gestorben war, war ich genauso schonungslos gewesen, unfähig, es auf andere Weise zu artikulieren. Aber das? Das war einfach ich, die die Zähne fletschte, knurrte, um sich schlug. Die Trauer hatte mich grausam gemacht. Am nächsten Morgen überwältigte mich Scham. Warum tat ich so etwas? Was glaubte ich, damit zu erreichen? Es fühlte sich an, als könnte es meinen eigenen Schmerz verwässern oder auslagern. Natürlich tat es das nicht. Es diente nur dazu, ihn noch unmittelbarer zu machen. Es jemandem, der es nach all dieser Zeit noch nicht mitbekommen hatte, so unumwunden zu sagen, war, als würde ich es wieder zum ersten Mal hören. Aber das kümmerte mich nicht. Ich wusste nicht, wie ich mich eigentlich kümmern sollte.

Wie sich herausstellte, war die Wut immer noch da, und zwar so heftig wie vorher. Ich hatte mich so daran gewöhnt, mit ihr zu leben, dass ich sie nicht als das sah, was sie war; sie gehörte inzwischen einfach zu mir. Als ich sagte, dass ich nicht wusste, wie ich mich eigentlich kümmern sollte, da meinte ich das auch so: Es gehörte einfach nicht zu meinen emotionalen Kompetenzen. Ich hatte hin und wieder vorsichtig versucht herauszufinden, was ich in Bezug auf Mums Tod empfand.

Aber diese Versuche waren nicht gut gelaufen. Wenn ich tiefer bohrte, fand ich jenseits meines oberflächlichen Zurechtkommens nur schiere Panik. Und vor dieser Horrorshow schlug ich so schnell ich konnte die Tür zu.

*

Ich habe vor langer Zeit meine Bestrebungen zu den Akten gelegt, Schokolade intuitiv verarbeiten zu können, und begnüge mich stattdessen damit, meine Schokoladenverarbeitung auf Nachtisch zu beschränken. Und Schokokuchen mit flüssigem Kern sind die Krönung der Schokodesserts. Ich bereite Schokokuchen mit flüssigem Kern nicht zu wie das Cordon Bleu. Ihre Schokokuchen sind schön und »korrekt« (will heißen klassisch) zubereitet. Die Mischung wird in Formen gegeben und dann eine ganz bestimmte Zeit lang gebacken, bis das Äußere durch ist und das Innere geschmolzen, sodass es herausläuft, wenn man hineinschneidet. Aber die wenig überraschende Neuigkeit ist, dass der Backofen zu Hause nicht so verlässlich ist wie große professionelle Backöfen. Wir alle haben schon die kläglichen platten Schokokuchen gesehen, die in der Amateurkochshow *Masterchef* serviert wurden, während die Kandidaten Stein und Bein schwören, dass dieses Gericht nie zuvor schiefgegangen war. Hier kommt jedoch eine idiotensichere Methode für diese süße Versuchung, bestehend aus einem perfekt geformten Schokokuchen mit triefendem, zähflüssigem Inhalt, ganz egal, wie gut ihr Backofen funktioniert. Ja, es ist gemogelt. Nein, ich werde es nie wieder anders machen. Und so gehe ich vor: Ich friere das, was die Füllung des Schokokuchens ergeben soll, teelöffelweise ein und lasse es in den übrigen Teig fallen, bevor ich es backe. Man kann dies mit

Teelöffeln der flüssigen Mischung aus dem Rezept machen, wenn man es sich leicht machen will, aber ich ziehe es vor, etwas anderes ins Spiel zu bringen, um ein wenig farblichen und geschmacklichen Kontrast zu erhalten: Es ist großartig mit Nutella oder Erdnussbutter oder gesalzenem Karamell, aber meine Lieblingsfüllung besteht aus karamellisiertem Keksbrotaufstrich. Ich mag besonders den Kontrast zwischen dem dunklen bittersüßen Keks und dem eklatant süßen karamelligen Kern. Diese kleinen Kuchen können gut vorbereitet und vor dem Backen bis zu zwei Tage im Gefrierfach aufbewahrt werden. Einfach die Füllung herausnehmen, kurz vor dem Backen in der Mischung versenken und das Ganze dann fünf Minuten länger backen.

Im Allgemeinen kann ich es nicht ausstehen, wenn jemand Essen als »sexy« bezeichnet. Das ist einfach schräg. Essen ist nicht sexy. Es kann köstlich oder tröstlich sein, beglückend, enttäuschend oder sogar nervig. Aber nicht sexy. Aber die Sache ist: Diese Kuchen sind es. Sie sind üppig und süß und sämig und absolut perfekt für ein romantisches Dinner. Sie können das Rezept auf so viele Portionen erweitern, wie Sie wollen, und es funktioniert immer noch gut, aber meiner Meinung nach ist es für zwei gedacht.

Schokokuchen mit flüssigem Kern

Menge: 2 kleine Kuchen
Zubereitungsdauer: 25 Minuten plus Einfrieren
Backzeit: 15 Minuten

Zutaten:

2 TL Lotus-Biscoff-Brotaufstrich »Crunchy«
60 g Butter plus etwas mehr zum Einfetten
Kakaopulver zum Bestäuben
60 g dunkle Schokolade, gehackt
60 g Zucker
1 Ei
1 Eigelb
2 EL mit Backpulver und Backsoda gemischtes Mehl

1. Den Lotus-Biscoff-Aufstrich auf ein kleines Backblech löffeln und für mindestens 1 Stunde einfrieren. Zwei Becherformen oder kleine Kuchenformen mit Butter einfetten und für 10 Minuten in den Kühlschrank stellen. Die Formen erneut einfetten und etwas Kakaopulver darin verteilen. Die Formen schütteln, bis das Innere vollkommen mit einem feinen Kakaofilm überzogen ist; überschüssiges Pulver wegschütten. Die Formen in den Kühlschrank stellen, bis sie gebraucht werden.

2. Den Backofen auf 180° C Umluft / 200° C Ober- und Unterhitze / Gasstufe 6 vorheizen. Ein Wasserbad vorbereiten, indem man einen kleinen Topf mit Wasser bei mittlerer Hitze

zum Sieden bringt und dann eine hitzebeständige Schüssel auf den Topf setzt; das kochende Wasser sollte den Boden der Schüssel nicht berühren. Die Schokolade in die hitzebeständige Schüssel geben und so lange erhitzen, bis sie geschmolzen ist. Kurz mit dem Teigschaber umrühren, dann beiseitestellen, bis sie ein wenig abgekühlt ist.

3. Butter und Zucker in einer Schüssel verrühren, bis die Masse hell und fluffig ist. Ei und Eigelb hinzufügen und gut verrühren. Schokolade und Mehl vorsichtig unterheben.

4. Die Mischung auf die beiden gekühlten Formen verteilen. In diesem Stadium sollte am oberen Rand jeder Form etwa 1 cm frei bleiben.

5. Den Lotus-Biscoff-Aufstrich aus dem Gefrierfach nehmen und in jede Form eine der Teelöffelportionen fallen lassen. Den Teig darüber verstreichen, sodass der Aufstrich bedeckt ist; idealerweise befindet er sich in der Mitte des Desserts.

6. Ich backe das Ganze genau 20 Minuten, aber es kommt ein wenig auf Ihren Backofen an. Der Kuchen sollte aufgegangen und leicht aufgebläht sein: Wenn man mit dem Finger leicht auf den Biskuit drückt, springt er zurück. Keine Sorge, wenn er oben ein wenig rissig ist.

7. Ein paar Minuten abkühlen lassen. Vorsichtig mit dem Messer aus der Form lösen. Einen Teller über das Dessert legen und schwungvoll umdrehen. Dafür werden Sie ein Geschirrtuch brauchen, da die Formen zu heiß zum Anfassen sind. Die Form ein klein wenig schütteln, bis sich der Kuchen daraus löst. Warm und mit wirklich reichhaltiger Crème double servieren.

12

Federnden Schrittes trat ich das Zwischentrimester an. Es gibt nichts Besseres, als zwei Wochen von Menschen umgeben zu sein, die dich sowohl lieben als auch niedrige Standards in Bezug auf Backwaren haben, sodass du stolz auf deine Backkünste sein kannst.

Chef Nick begrüßte uns mit einem schiefen Grinsen. »Gratuliere. Sie haben es in die nächste Runde geschafft.« Wir waren jetzt beträchtlich weniger – nicht weil so viele durchgefallen waren, sondern eher weil sie nicht vorgehabt hatten, weiterzumachen oder ihre Meinung geändert hatten. Susie war nach Amerika zurückgekehrt, um den Rest ihrer Ausbildung in Restaurants zu absolvieren; Margaret hatte von Anfang an nur die Basics lernen wollen. Jos Kinderbetreuung war geplatzt, deshalb musste sie die Ausbildung unterbrechen. Marie fehlte: Sie war aufgrund ihres Eclair-Desasters durch den Grundkurs gefallen und hatte beschlossen, nicht das ganze Trimester noch mal abzusitzen, was der einzige Weg gewesen wäre, um weiterzumachen.

Chef Nick verteilte die Heftmappen für das neue Trimester, die mindestens doppelt so dick waren wie die, die sie ersetzten. Ein Großteil des bevorstehenden Trimesters sollte der raffinierten Tätigkeit der Kuchendekoration gewidmet werden – vor allem Zuckerkunst und Schokolade. Die Zwischenprüfung würde einen Kuchen umfassen: entweder eine Opern-, eine Fraisier- oder eine Sabrina-Torte. Unterrichtsstunde für Unterrichtsstunde konzentrierte sich auf verschiedene Biskuits und Konstruktionen, jede davon kniffliger als die andere. Wir backten Opern-Torte: Schichten aus Mandelbiskuit, getränkt in Kaffeesirup, die sich mit Ganache und Kaffeebuttercreme abwechseln; das Ganze wird mit einer Schokoglasur überzogen. Die Alhambra-Torte – die ich andauernd falsch schrieb, als wäre es eine Zauberformel oder das Passwort, um den Kuchen eines Dschinns zu öffnen – war ein wenig wie der Opern-Kuchen, aber mit Haselnüssen anstatt Mandeln. Außerdem wurde ihr Name in Schokolade aufdressiert und eine dicke cremefarbene Rose aus Marzipan daraufgesetzt. In der folgenden Woche bereiteten wir *poires au caramel réligieuses* zu – einen weiteren schokoladegefüllten, schokoladebedeckten Kuchen, aber dieses Mal mit Birnen. Am Tag danach gingen wir zur Fraisier über: zwei Schichten Genueser Biskuit, geschichtet mit Vanillecrème mousseline und halben Erdbeeren, die wie Wachposten um den Rand stehen, mit den flachen Bäuchen nach außen. Ich war der Kuchen schon bald überdrüssig.

Die Sabrina-Torte war ein jüngeres Modell als die anderen. Angeblich war er von einem der Cordon-Bleu-Chefs gebacken worden, um Audrey Hepburns Rolle in *Sabrina* zu feiern, in dem Film, in dem die liebeskranke junge Frau ihr in sich zusammengefallenes Soufflé mit der schlechten Ausrede entschuldigt, dass sie unglücklich verliebt sei. Der Kuchen hatte einen Mürbeteigboden; darüber befanden sich lange Streifen Genueser Biskuit, die mit Erdbeermousse bestrichen waren und aufgewickelt wurden, bis eine Spirale aus Kuchen entstand. Diese wurde mit noch mehr Erdbeermousse bestrichen und mit schokoladeüberzogenem Marzipan und Pistazien dekoriert; dann folgte noch mehr Mousse, den krönenden Abschluss bildete temperierte Schokolade. Wenn man hineinschnitt, bildete der geschichtete, gerollte Kuchen ein stumpfsinniges vertikales Muster aus Gelb, Rosa, Gelb, Rosa. Es war kein raffinierter Kuchen.

Wenn es richtig gemacht wurde, konnten die aufgespritzten Namen auf diesen Kuchen irgendwie cool, weil retro, wirken. Aber obwohl wir dreimal pro Woche im Unterricht und dann noch zu Hause auf Tortenrandfolie übten, bekam ich den Dreh irgendwie nicht raus. Was ich aufspritzte, sah aus wie die ersten Versuche eines Kindes, in Schreibschrift zu schreiben. Ich verbrachte die Vorführungen damit, dieselben Worte immer und immer wieder, mit Schnörkeln und Verzierungen, in mein Notizbuch zu schreiben – *Oper, Oper, Oper, Fraisier, Fraisier, Fraisier* –, wie ein liebestoller Teenager, der den Namen seines Schwarms kritzelte. Doch sobald ich einen kleinen Spritzbeutel in Händen hielt, verlor ich komplett meine motorische Kontrolle, und Schokolade ergoss sich aus der oberen Öffnung des Beutels über meine Hände. Gleichwohl lag ich mit meiner Marzipanrose schon beim ersten Versuch für die Fraisier und die Alhambra genau richtig. Ich trug sie in den hohlen Händen nach Hause, um sie Sam zu zeigen, bevor mir bewusst wurde, dass ich ein Stück Marzipan hielt, das ich zwanzig Minuten lang mit meinen schwitzigen kleinen Pfoten bearbeitet hatte und das seitdem vor sich hin trocknete. Es hatte inzwischen ungefähr die Konsistenz von Gipskarton. Man kann sich wohl kaum etwas Unappetitlicheres vorstellen.

Das zweite Trimester hatte für mich nicht gerade mit Fanfaren und Glitter begonnen: Ich hatte einen dreieckigen

Kuchen aus Biskuitschichten hergestellt, die so brüchig waren, dass es sich anfühlte, als würde man eine riesige Toblerone-Schokolade aus Melba-Toast anfertigen. Meine Noten hatten meine schwachen Backkünste widergespiegelt, und das arme Mädchen, das meine Banknachbarin gewesen war und meine beschissenen Biskuits mit verwenden musste, mied ich noch immer.

Zum Glück gab es danach eine kurze Pause vom Kuchenbacken. Unsere Aufmerksamkeit galt nun anderem Gebäck – vor allem einer Art Blätterteigkuchen namens Pithivier. Ein Pithivier besteht aus zwei Scheiben Teig, die eine Füllung umschließen, sodass eine charakteristische gewölbte Form entsteht. Wenn ich das so beschreibe, klingt es plump und altbacken, aber genau das Gegenteil ist der Fall. Traditionell werden Pithiviers mit hübschen Mustern aus schwungvollen, spiraligen Messerschnitten und Einkerbungen verziert. Sie können mit allem Möglichen gefüllt werden, von Rindfleisch bis hin zu Äpfeln. In unserem Fall benutzten wir Teig aus einer früheren praktischen Übung, um die Pastete herzustellen, und füllten sie dann mit Frangipane-Creme.

Ich machte mich daran, die verschiedenen Arbeitsgänge mit den entsprechenden Zutaten vorzubereiten, die für die Herstellung notwendig waren: den Teig ausrollen, kühlen und schneiden; Butter, Zucker und Mandeln für die Frangipane-Creme schaumig rühren. All dies lief gut, aber das war ja nichts Ungewöhnliches. Es war das Zusammenstellen, das mir immer Schwierigkeiten bereitete. Ich habe schon immer dazu geneigt, die Dinge zu übereilen. In der Schule wurde ich im Französischunterricht immer wieder dafür getadelt, dass ich die falsche Antwort reingerufen hatte, erpicht darauf, vor allen anderen *irgendeine* Antwort zu geben (ich weiß, ich war unerträglich). Und beim Jurastudium änderte sich das auch nicht. Ich war aus tiefstem Herzen ungeduldig; Dinge, die Zeit brauchten, waren für mich Zeit*verschwendung*. Ich fiel Leuten ins Wort und versuchte, ihre Sätze für sie zu beenden. Ich will das eigentlich nicht; es ist eine schreckliche Angewohnheit, und ich versuche mich zu beherrschen, aber *ich kann einfach nicht warten*. Ich versuche mir einzureden, dass es nur Enthusiasmus ist, dass es ganz reizend ist, aber das ist nicht der Fall. Sam findet das extrem nervig. Ich schrieb Aufsätze auf den letzten Drücker und redete mir ein, dass ich nur unter Druck gut arbeiten konnte. Aber eigentlich passt es mir nur nicht, mehr als einen Tag auf irgendein Projekt zu verwenden. Außerdem verlor ich das Interesse, wenn ich bei etwas nicht sofort den Dreh heraushatte. Wenn ich mich nicht sofort als für etwas geeignet befand, gab ich es auf. Die drei Jahre, in denen ich an der Schule Klavierunterricht belegen musste, tat ich alles, um nicht spielen zu müssen, und plauderte lieber mit meinem Klavierlehrer über Seifenopern, die ich mir nie angeschaut hatte, anstatt meine miesen Arpeggios zu spielen. Ich habe die meisten Sportarten abgelehnt, weil ich meiner Meinung nach untauglich dafür war. Man müsste mich schon sehr gut bezahlen, um mich dazu zu bringen, Scrabble zu spielen, und vor Um-die-Ecke-gedacht-Rätseln schrecke ich zurück. Vom Verstand her weiß ich, dass all diese Dinge Übung brauchen, aber im Üben war ich nie besonders gut gewesen. Dafür habe ich einfach nicht das Temperament.

Backen bildete da von Anfang an eine Ausnahme. Ich glaube, wenn ich nicht so tief in meiner Trauer gesteckt hätte, wäre ich nicht so stark daran hängen geblieben. Weitere Versuche, mich in Kalligraphie, Sticken, Fremdsprachen und Töpfern zu beweisen, hatte ich allesamt wieder aufgegeben. Aber das Backen blieb. Während ich backte und Fehler um Fehler machte, lernte ich allmählich, dass Fehler nicht zwangsläufig fatal waren. Wenn ich etwas versiebte, war dies nicht das Ende der Welt: Oft konnte man etwas davon retten oder neu machen – und selbst wenn nicht, war es nur ein Kuchen. Dies war ein starker Gegensatz zur Arbeit in der höheren Anwaltschaft, wo nicht mehr auf dem Spiel stehen konnte: Ein Fehler von mir konnte einen anderen Menschen die Freiheit kosten.

Und so wurstelte ich mich durch meinen Kurs, und allmählich war das in Ordnung für mich. In der Patisserieküche lassen sich Zeit und Geduld durch nichts ersetzen. Man braucht Geduld für einzelne Aufgaben – man kann Gelatine beim Festwerden oder Ganache beim Abkühlen nicht beschleunigen. Man kann nicht halbherzig mit der Pinzette Blattgold auf geviertelte Heidelbeeren auftragen – aber man braucht auch langfristig Geduld. Ungefähr die ersten tausend Macarons, die man dressiert, vermasselt man auf jeden Fall. Aber das ist in Ordnung. Der fünfzigste wird besser sein als der erste; und der fünfhundertste wird noch besser. Richtig backen zu lernen, zwang mich dazu, geduldiger zu werden. Ich veränderte mich.

Ich nahm mir Zeit für meinen Pithivier: Vorsichtig senkte ich die oberste Lage Blätterteig auf den Hügel aus Frangipane, glättete sie, bis sie rundlich und faltenfrei war. Mit dem auseinandergeschnittenen Metalldeckel einer Cointreauflasche – das unglaubliche Hightechwerkzeug, das uns zur Verfügung stand – schnitt ich den überschüssigen Teig um die Kante herum in die Form von Blütenblättern. Ich bestrich den Teig mit Ei und ritzte dann mit dem Schälmesser geschwungene

Linien von der Mitte zum Rand, sodass eine ordentliche Spirale entstand. Dann zog ich zwischen diese Linien weitere abwärtsführende Kurven und zwischen diese noch weitere. Es sah wirklich großartig aus. Es sah professionell aus! Aber ich wusste, dass die eigentliche Kunst des Ganzen im Backen bestand. Um gleichmäßig zu backen, muss man gleichmäßige Schichten Butter in den Blätterteig gerollt und gefaltet haben. Wenn ich es falsch gemacht hatte, würde sich die Pastete beim Aufgehen verformen; die Füllung würde durch eine der eingeritzten Linien quellen wie etwas aus *Alien.*

Vierzig Minuten später holte ich den Pithivier aus dem Backofen und hielt den Atem an. Wenn wir etwas in den Backofen schoben, schrieben wir mit Edding unseren Namen auf ein Stück Backpapier und befestigten es mit einem kleinen Magneten am Backblech. Ich musste zwei- oder dreimal nachlesen, dass der Name, der auf dem Blech stand, auch tatsächlich meiner war. Der Pithivier war schön geworden. Er war perfekt. Oben glänzte er goldbraun, blähte sich um die eingeritzten Linien auf und setzte so das 2D-Muster, das ich hineingeritzt hatte, in eine glorreiche dritte Dimension um. Ich war extrem stolz. Aber auf meine Traubenkrönchen war ich auch stolz gewesen; es spielte keine Rolle, was ich dachte.

Chef Nick erschien an meiner Seite, das Papier, auf dem er die Noten festhielt, in der Hand. Schweigend begutachtete er meinen Pithivier. »Sehr gut«, sagte er und bemühte sich dabei, nicht überrascht zu klingen. »Wirklich?«, krächzte ich. Er nickte. »Ja. Schöne Arbeit mit dem Messer, der Blätterteig ist gut aufgegangen. Er ist gut. Er ist sehr gut!« Ich spähte verbotenerweise auf das Papier, auf dem er gerade herumkritzelte. Ich hatte eine Fünf. Eine FÜNF Für Gebäck! Für Blätterteig, den ich von Grund auf zubereitet hatte! Vor zwei Tagen hatte das Ganze noch als Mehl und Butter vor mir gelegen, und mit meinen nicht besonders schönen Händen hatte ich es in etwas verwandelt, das eine hervorragende Note wert war. Daisy fragte, ob sie ein Foto von mir mit meinem Gebäckbaby machen solle. Verlegen bejahte ich. Auf dem Foto sehe ich ein wenig rot und verschwitzt aus, Haarsträhnen haben sich aus meiner Mütze gelöst und kleben auf meinem Gesicht. Ich sehe so richtig strahlend und glücklich aus. Und das war ich auch.

Der Lehrplan des Cordon Bleu gewährte mir weiterhin Zeit zum Nachdenken. Zu viel Zeit. Wann immer ich nicht in der Küche tätig war, füllte sich mein Kopf mit Gedanken, die ich versuchte zu meiden. Vor allem dachte ich dauernd darüber nach, wie Mum und ich zum letzten Mal miteinander gesprochen hatten. Ich war besessen davon, ob meine Erinnerung an ihren Tod korrekt war, ob ich irgendetwas in unserem letzten Gespräch verpasst hatte, was ich hätte entdecken sollen. Ich hatte nicht wissen können, was das Gähnen zu bedeuten hatte; aber vielleicht war mir sonst noch etwas entgangen? Meine Erinnerung an die Momente um Mums Tod waren unzuverlässig: An manchen Tagen waren sie fragmentarisch, einzelne flüchtige Blicke, und ich wollte sie einsammeln und bewahren, versuchen, sie zu konservieren. An anderen Tagen war das Ganze wie ein nebliger Traum, wie die Erinnerung einer Betrunkenen; sie fühlte sich schwammig, nachgiebig an, als könnte ich meine Hände darum legen und zudrücken. Ich hatte die Befürchtung, allzu sehr in meinen Erinnerungen herumzufummeln, allzu sehr darüber nachzudenken, aus Angst, ich könnte sie beeinflussen, meinen Fingerabdruck auf ihnen hinterlassen, sie aus der Form bringen. Ich hatte zu viel Angst, meine mit Maddys und Dads Erinnerungen abzugleichen, weil ich fürchtete, dass ihre die meinen auf eine Art und Weise beleuchten würden, durch die meine Schuld Form annehmen würde. Wenn wir miteinander sprachen, mied ich Mum als Thema. Aber ich konnte es nicht ruhen lassen. Es plagte mich weiter, wie ein Kassenbon in einer Tasche, an dem man herumfingert, bis er baumwollartig wird und der Text darauf verschwunden ist. Ich durchkämmte meine Erinnerungen nach Bedeutung, als könnte es mir gelingen, einen Sinn daraus zu ziehen, wenn ich nur gründlich genug danach suchte.

Diese Art des Denkens schlich sich mehr und mehr in die Stunden meiner Tage – und meiner Nächte. Ich schluckte weiterhin jedes Bedürfnis zu weinen hinunter, auf eine Art und Weise, die offensichtlich Trauern war. Auf Hochzeiten weinte ich beinahe sofort und mit ganzer Seele, weil ich sie für einen gesellschaftlich akzeptablen Ort hielt, meine aufgestauten Emotionen herauszulassen. Ich weinte bei Filmen, sogar bei schrecklich schmalzigen. Ich weinte beim Fernsehen und beim Lesen. Doch ansonsten blieben meine Augen trocken, zumindest wenn ich wach war. In meinen Träumen hingegen weinte ich dauernd. Enorme, gewaltige Schluchzer schüttelten mich. Keuchend wachte ich dann auf, in der Überzeugung, dass meine Träume wahr wären.

Ich war immer – so hoffe ich – ein recht warmherziger Mensch, jemand, der Mitgefühl zeigen konnte, wenn es anderen schlecht ging, oder deren Triumphe mitfeiern konnte. Doch seit Mums Tod war ich hart und spröde geworden. Und wenn dieses Mitgefühl mir erwiesen wurde, wenn ich mich nicht an mein sorgfältig geprobtes Drehbuch halten konnte, kam ich nicht zurecht. Die Reaktion auf Freundlichkeit war so instinktiv wie jedes Gefühl, das ich seit Mums Tod erlebt hatte. Ich wehrte freundliche Worte ab, machte dicht, wurde bestenfalls sarkastisch und schlimmstenfalls kalt und kurz angebunden. Ich war unfähig, Trost in irgendeiner Form anzunehmen, aus Angst, er könnte mich runterziehen, in eine Gefühlswelt, in der ich zu ertrinken drohte. Wenn mich jemand berührte – eine freundliche Geste –, geriet ich in eine Spirale der Panik. Ich bekam Gänsehaut, und wie über Lochstreifen durchliefen mich die Worte: *Rühr mich nicht an, rühr mich nicht an, rühr mich nicht an.* Ich hatte Mühe, die Panik für mich zu behalten.

Ich hatte mich so angestrengt, dachte ich, der Trauer ihren Lauf zu lassen. Und doch war sie da, jeden Tag und jede Nacht. Sie durchdrang alles, was ich tat. Man kann die Trauer nicht überlisten, sodass sie nicht existiert. Fake it till you make it. Das funktioniert nicht. Niemand hat sich mehr angestrengt, die Trauer zu überlisten, als ich. Ich wollte nicht mehr das Trauergirl sein. Der Tod meiner Mutter war nicht nur etwas, das ich erlebt hatte, sondern etwas, das ich bis auf die Knochen absorbiert hatte. Die Trauer wurde zum Fundament meiner Identität. Sie hatte mich so fest im Griff wie eh und je, sogar noch fester, als hätte sie Teile von mir verhärtet. Der Tod meiner Mutter war eine Tatsache, die wie ein Schlüssel zu dem war, was mich ausmachte. Ich war ausgelaugt, kaputt. Ich wollte wieder der Mensch sein, der ich war, bevor sie gestorben war, aber ich wusste nicht, ob er überhaupt noch da war. Mums Tod war die einzige Geschichte, die ich zu erzählen hatte.

Ich hatte erwartet, dass ich die Trauer aus dem Kästchen nehmen könnte, in das ich sie eingeschlossen hatte, und dann feststellen würde, dass sie sich verringert hatte, verhungert, verkümmert war. Aber sie gedieh. Allmählich glaubte ich, dass es ein Fehler gewesen war, die Therapie nach einer einzigen Erfahrung, die nicht hilfreich gewesen war, aufzugeben. Wenn ich eins wusste, dann, dass ich etwas unternehmen musste.

Ich nahm das Telefon.

*

Im Cordon Bleu backten wir süße Pithiviers, aber meiner Meinung nach sind pikante das einzig Wahre. Ich habe sie mit Rote Beete, Schalotten und Ziegenkäse sowie mit langsam in Sahne und Thymian gegarten Waldpilzen gefüllt, aber Ochsenschwanzragout gehört zu meinen Lieblingsfüllungen. Ochsenschwanz funktioniert hier wirklich gut, weil die Gelatine in den Knochen dafür sorgt, dass das Ragout abkühlt und kuppelartig fest wird, was dem fertigen Pithivier eine schöne Form verleiht. Ich benutze Marmite, weil es dem Gericht die geschmackliche Tiefe verleiht, die ich so mag, und wenn man den Teig damit glasiert, bekommt er eine unglaublich glänzende, mahagonifarbene Oberfläche.

Marmite war für mich schon immer ein Trostessen. Als ich studierte, schmeckte es buchstäblich nach Zuhause, ein Nahrungsmittel, das die ganze Familie in ihrer Liebe zu ihm vereinte. Der Geruch von Marmite ist mir gefolgt: Als ich noch sehr klein war, waren wir für unsere Zugfahrten zu meiner Tante Jan in den Londoner Norden, dem Ursprung meiner ersten Samosaerfahrung, immer mit dick mit Marmite bestrichenen Weißbroten bewaffnet gewesen, die zu Sandwiches zusammengeklappt und in perfekte Dreiecke geschnitten waren. Und so fand ich auch meine ersten Freunde am College:

Wir aßen Marmitetoasts auf schäbigen alten Sofas oder im Schneidersitz auf dem Boden. Für mich riecht Marmite nach Liebe und Freundschaft, nach nervöser Anspannung und Vorfreude. Und offen gesagt: Wenn man einen Pithivier backen will, müssen mindestens zwei von diesen vier Elementen dabei sein, weil es so etwas wie eine Herzensangelegenheit ist. Aber es lohnt sich.

Ochsenschwanz-Marmite-Pithivier

Menge: Für 6 Personen
Zubereitungsdauer: 3 Stunden
Backzeit: 45 Minuten

Zutaten:

Für die Füllung
500 g Rinderbacke oder Gulasch, in Würfel geschnitten
1 Ochsenschwanz (beim Metzger in Stücke schneiden lassen)
2 EL Mehl
Salz und Pfeffer
2 EL Öl
1 Flasche dunkles Bier
1 Karotte, in Würfel geschnitten
2 Stangen Sellerie, in Würfel geschnitten
1 Zwiebel, in Würfel geschnitten
1 EL Marmite
500 ml Rinderbrühe

Für den Teig
1 Eigelb
1 TL Marmite
500 g Blätterteig

1. Zuerst den Ochsenschwanzeintopf kochen. Den Backofen auf 150° C Umluft / 170° C Ober- und Unterhitze / Gasstufe 3 vorheizen. Rindfleisch und Ochsenschwanz in ge-

würztem Mehl wenden. Das Öl in einer Kasserolle erhitzen und Rindfleisch und Ochsenschwanz schubweise darin anbräunen, dabei jede Ladung 5–10 Minuten garen, bis das Fleisch Farbe bekommt. Dann das ganze Fleisch wieder in die Kasserolle geben, mit dem Bier ablöschen und das, was am Boden anhaftet, lösen. Gemüse, Marmite und Brühe hinzufügen. Zum Kochen bringen, danach bei geschlossenem Deckel 3 Stunden im Backofen garen. Anschließend 15 Minuten abkühlen lassen und danach die Ochsenschwanzknochen entfernen. Mit Salz und Pfeffer abschmecken.

2. Währenddessen zwei Schüsseln (mit je ca. 12 cm Durchmesser) mit zwei Lagen Frischhaltefolie auslegen. Die abgekühlte Mischung mit einem Löffel in die Schüsseln geben und fest verpacken. In den Kühlschrank stellen, bis alles vollkommen erkaltet ist. Der Kasserolleninhalt hat nun die Form der Schüssel angenommen.

3. Den Backofen auf 180° C Umluft / 200° C Ober- und Unterhitze / Gasstufe 6 vorheizen. Den Blätterteig halbieren, dann jede Hälfte wiederum in zwei Teile teilen, wobei ein Teil doppelt so groß sein soll wie der andere. Auf einer bemehlten Oberfläche die beiden kleineren Teigstücke zu Kreisen mit 15 cm Durchmesser ausrollen. Diese Kreise auf ein mit Backpapier ausgelegtes Backblech legen. Die Füllung aus den Schüsseln und der Frischhaltefolie befreien und jeweils in der Mitte der Teigscheiben platzieren. Die größeren Teigportionen zu zwei Kreisen von jeweils 20 cm Durchmesser ausrollen.

4. Einen Teelöffel Marmite in eine Schüssel geben, einen winzigen Spritzer kochenden Wassers hinzufügen und umrühren, bis es sich auflöst. Das Eigelb einrühren. Den Rand der kleineren Teigkreise mit der Marmite-Mischung betupfen, dann den größeren Kreis darauflegen. An den Rändern mit den Zinken einer Gabel andrücken und danach mit der Rückseite eines kleinen Messers den Rand in regelmäßigen Abständen einkerben, sodass es wie Blütenblätter aussieht. Den Teig mit der Marmite-und-Eigelb-Mischung bestreichen. Den Messerrücken von der Mitte jeder gewölbten Teigscheibe in einer schwungvollen Kurve zum gerillten Rand führen. Wiederholen, bis die ganze Wölbung bedeckt ist.

5. Für 15 Minuten backen, dann die Backofentemperatur auf 170° C Umluft / 190° C Ober- und Unterhitze / Gasstufe 5 herunterschalten und weitere 30 Minuten backen, bis die Pithiviers aufgegangen und golden sind. Die Füllung ist extrem heiß, deshalb vor dem Servieren 10 Minuten abkühlen lassen.

13

»Bis zum Ende dieses Trimesters werden Sie gelernt haben, Schokolade nach Ihren Wünschen zu formen und zu biegen«, teilte uns Chef Nicolas mit. In nur wenigen Wochen wären wir – so versicherte er – in der Lage, Schokolade nach Augenmaß zu temperieren. Dies schien höchst unwahrscheinlich, denn als ich das letzte Mal versucht hatte, Schokolade zu temperieren, brauchte ich drei Anläufe, um das Thermometer richtig zu benutzen. Aber mir gefiel diese Vorstellung. Es passte so gut in das Bild, das ich (trotz aller Bemühungen) nicht hatte abschütteln können, nämlich dass ich ein Schokocrack werden würde, in der Lage, einfach zu spüren, wenn die Schokolade ihren Stockpunkt erreicht hatte.

Während die Zutatenlisten für unsere Rezepte immer länger und länger geworden waren, weil wir Biskuits und Füllungen, Sirups und Dekorationen hergestellt hatten, sahen wir uns jetzt mit nur einer Zutat konfrontiert: Schokolade. Die riesigen Säcke Schokopellets, die die Unterrichtsassistenten durch die Küche wuchteten und deren Inhalt sie an die Schüler verteilten, führten die lächerlichen Mengen, mit denen wir im vorangegangenen Trimester herumgespielt hatten, ad absurdum.

Wenn man Schokolade temperierte, kontrollierte man ihre Hitze, schmolz sie, kühlte sie ab und erhitzte sie wieder, indem man sie auf präzise Temperaturen brachte. Während dies passiert, richten sich die Fettmoleküle in der Schokolade neu aus. Das Temperieren von Schokolade ist eine präzise Kunst, und dunkle Schokolade, Milchschokolade und weiße Schokolade benötigen unterschiedliche Temperaturen für die drei Temperierstadien. Die grundlegende Theorie ist simpel. Nehmen wir zum Beispiel dunkle Schokolade: Die Schokolade schmelzen, unter ständigem Rühren auf 27° C abkühlen und dann die Temperatur auf 32° C erhöhen. Das war es schon. Die Schokolade ist jetzt temperiert. Durch Temperieren erhalten die festen Bestandteile des Kakaos, die Fette, ihre stabilste Struktur. Das bedeutet, dass die Schokolade bei Zimmertemperatur fest wird, aber bei Körpertemperatur schmilzt. Dass sie hübsch aussieht und glänzt und ein scharfes Knacken erzeugt, wenn man sie bricht. Schokolade ist sozusagen ein temperamentvolles Biest und verliert rasch ihren Charakter, wenn sie nicht ordentlich gekühlt oder danach zu stark erhitzt wird. Wenn das passiert, wird die Schokolade einfach nicht richtig fest. Sie wird matt und bröckelig und schmilzt zu leicht. Haben Sie je Schokolade geschmolzen und sie dann fest werden lassen, sodass sie geschmacklos wird und ihre Konturen verliert, wenn man sie wieder aus dem Kühlschrank holt? Oder eine Tafel Schokolade geöffnet und einen weißen Film auf der Oberfläche vorgefunden? Das liegt daran, dass Schokolade ihren Charakter verliert, wenn sie keine wohltemperierte Behandlung bekommt.

Es gibt mehrere Arten, Schokolade zu temperieren. Man kann sie in einem Wasserbad erhitzen und abkühlen. Das ist präzise, aber umständlich – und es besteht immer die Gefahr, dass Wasser hineingelangt und das Ganze gerinnt. Oder man kann die sogenannte Impfmethode anwenden, bei der man ungeschmolzene Schokolade hinzufügt, wenn die Schokolade geschmolzen ist, um die Temperatur zu senken. Oder man »tabliert« die Schokolade – das ist die coole, chefmäßige Vorgehensweise. Wer cool und chefmäßig ist, gießt die Schokolade auf eine Marmorplatte, schabt und verstreicht sie mit einem Palettenmesser, bis sie die richtige Temperatur hat. Das war, was ich tun wollte. Das war, wer ich sein wollte. Ich bin eine unerträgliche Angeberin, und Schokolade war meine Chance zu protzen. Ich wollte eine Marmorplatte in der Küche haben, ein paar Freunde zu Besuch wie Nigella Lawson in ihrer Kochshow, und wenn sie ankämen, würde ich lässig und vielleicht ein wenig aufreizend Schokolade auf meiner Marmorplatte verteilen. Natürlich lernten wir es im Cordon Bleu auf die umständliche Art.

Die Schüler aus den vorangegangenen zweiten Trimestern hatten stets ein 2D-Bild aus Schokolade angefertigt, indem sie Umrisse gespritzt und ausgefüllt hatten, damit ein Bild entstand. Doch jetzt hatten die da oben beschlossen, dass die Schüler dadurch nicht ausreichend geprüft wurden. Ich weiß auch nicht, irgendwie fand ich, dass es Herausforderung genug war, ein freistehendes Bild mit verschiedenen Schokoladen und Farben in raffinierter Spritztechnik herzustellen – aber anscheinend nicht. Stattdessen sollten wir ein Kästchen anfertigen, aus Schokolade. Es sollte niedliche kleine Füßchen und einen abnehmbaren Deckel haben, ein Gehäuse mit Muster und obendrauf Verzierungen, alles aus Schokolade. Jetzt fragen Sie sich vielleicht, warum? Und ich antworte: Das ist eine vernünftige Frage, auf die ich immer noch keine Antwort gefunden habe, selbst nachdem ich so ein Kästchen hergestellt habe.

Am nächsten Tag, als wir damit anfingen, stand ich vor einem Wasserbad, Schweiß lief mir unter meiner Kochjacke ins Dekolleté, und ich war bis zu den Ärmeln mit geschmolzener Schokolade beschmiert. Die Wasserbadmethode stellt ein gewisses Wagnis dar: Wenn auch nur die geringste Menge Wasser in die geschmolzene Schokolade gerät, gerinnt diese. Eine Ladung geschmolzene Schokolade unter bestimmten zeitlichen Vorgaben mehrmals abwechselnd in Schüsseln mit heißem Wasser beziehungsweise mit Eiswasser zu tauchen, sollte wegen »leichter Gefahr« als nicht jugendfrei eingestuft werden. Ich schwitzte beinahe so sehr wie meine Schokolade, die, genau wie ich, kaum an sich halten konnte. Ich starrte eindringlich auf das Thermometer und wartete darauf, dass es auf 27° C fiel. »Suchen Sie nach Luftblasen«, sagte eine Stimme hinter mir leise. Ich fuhr zusammen. Chef Julie war hinter mich getreten, und ich hatte sie nicht kommen hören. Sie nahm einen Teigschaber, hob etwas von der Schokolade heraus und ließ sie in einem dicken Band in die Schüssel zurückfließen. »Sehen Sie diese Luftblasen?«, sagte sie. »Wie sie platzen, wenn die Schokolade fällt?« Ich nickte. »Wenn die Schokolade kühl genug ist, hält sie das Gewicht der Luftblasen, und sie platzen nicht. Suchen Sie nach den Luftblasen«, wiederholte sie und verschwand dann so unerwartet, wie sie aufgetaucht war, wie eine Art Schokoladenfee. Ich rührte in der Schokolade, strich sie mit meinem übergroßen Spachtel an die Seiten der runden Metallschüssel. Ich hob etwas von der Schokolade heraus, ließ sie wieder zurückfließen und beobachtete, wie die Blasen platzten. Ich stellte die Schüssel in meinen Topf mit Eiswasser und wiederholte die Tätigkeit: rühren, streichen, herausheben. Die Blasen hielten, die Schokolade war jetzt merklich dicker, als sie wie ein Band in die Schüssel zurückfloss. Ich träufelte ein wenig auf mein Schälmesser, ließ es dort für einen Moment und musste mich zusammenreißen, nicht daran herumzufummeln. Geduld ist die Mutter aller Tugenden und so weiter. Ich wandte mich wieder dem Messer zu: Die Schokolade war fest geworden. Und schon hatte ich Schokolade nach Augenmaß temperiert.

Als ich in der ersten Backvorführung des zweiten Trimesters saß, setzte mir noch immer meine Brotbackpeinlichkeit des ersten Trimesters zu, und mein Selbstbewusstsein ging noch weiter auf Talfahrt, als mir bewusst wurde, dass der Einsatz noch erhöht worden war: Wir betraten nun offiziell das Gebiet des Feingebäcks. Die Tage des Sodabrots waren lang passé. Feingebäck bedeutet im Grunde Frühstücksgebäck: Hefeteige, in die Unmengen von Butter eingearbeitet oder die zwischen den Schichten mit Butter bestrichen werden, manchmal auch beides. Im Grunde geht es vor allem um jede Menge Butter. Man denke an Croissants und Pain au chocolat, Brioches und Plunderstückchen. Wenn man Eier, Butter und Zucker in einen Brotteig gibt, verlangsamt sich der Prozess des Aufgehens und führt letztendlich zu goldbraunem, süßem, üppigem Gebäck. Bei Croissants und Plunderstückchen sieht man die abblätternde knusprige Schichtstruktur, wo die Teigblätter mühevoll mit Butter gefaltet wurden; bei Brioche- und Brötchenteig erhält man eine fluffige, zarte Krume, die buttertoffeegelb ist.

Um nach der Cordon-Bleu-Methode Brioche zu backen, vermischt man die Zutaten von Hand und gibt sie dann in eine Küchenmaschine mit Knethaken, wo das Ganze zehn Minuten lang bei höchster Geschwindigkeit geknetet wird.

Die schuleigenen Küchenmaschinen haben professionellen Industriestandard, aber sobald sie auf höchster Geschwindigkeit laufen, ruckeln sie über die Arbeitsfläche wie ein Scherzartikelgebiss zum Aufziehen. Man kann dies nur in den Griff bekommen, wenn man die absolute Hightechmethode anwendet, sie mit aller Kraft festzuhalten, wenn sie versuchen, von der Arbeitsfläche zu hüpfen. Während man dies tut, fügt man nach und nach eine unwahrscheinliche Menge Butter hinzu und stellt damit diesen üppigen, goldenen Teig her, der so charakteristisch für Brioche ist.

Wie üblich bei mir hatte ich all die anderen Kleinigkeiten noch nicht fertig, bevor ich mit dem Teig anfing. Ich gab alles schon mal in das Rührgerät und ging zurück zur zentralen Arbeitsstation, um meine Butter abzuwiegen. Die exklusive französische Butter, die wir im Cordon Bleu benutzten, kam in riesigen flachen Klötzen zu je einem Kilo. Es hatte etwas zutiefst Angenehmes an sich, Butter auf diese Art und Weise angerichtet zu sehen. Ich schnappte mir mein Schälmesser und zog es durch den riesigen Block. Noch bevor ich den Schmerz gespürt oder das Blut gesehen hatte, registrierte ich, was ich getan hatte: Ich hatte sauber und rasch durch die Butter geschnitten und dabei meine Daumenkuppe erwischt. Ich presste meinen Daumen auf das nächstbeste Stück blaues Küchenpapier, weniger als rudimentäre Erste-Hilfe-Kompresse, sondern eher aus purem Schock.

Ich blickte mich um. Niemand schien gemerkt zu haben, dass ich womöglich gerade bei der Ausführung der banalsten aller Küchenaufgaben einen Finger verloren hatte. Vorsichtig entfernte ich das blaue Papier, das nun vollgesogen war mit einer Mischung aus Schweiß von meiner rechten Hand und

Blut von meiner linken. Die äußerste Spitze meines Daumens war noch mit dem Rest verbunden, aber nur noch sehr peripher. Mein Kreislauf sackte ab, und ich beschloss, dass meine ursprüngliche Idee, einfach den einen Teil des Daumens auf den anderen zu pressen, jeder weiteren Untersuchung vorzuziehen war. Zu diesem Zeitpunkt wurde mir bewusst, dass nicht nur eine, sondern zwei mit Briocheteig gefüllte Küchenmaschinen hinter mir kurz davor waren, von der Arbeitsfläche zu hüpfen. Chef Dominique war nirgends zu sehen. Alex, meine Partnerin, mit der ich die Arbeit teilen sollte, auch nicht. Ich hatte keine Ahnung, wohin sie gegangen war, aber sie war definitiv nicht da, als die Angelegenheit blutig wurde. Ich fragte mich allmählich, ob es möglich war, an einem – bleiben wir realistisch – kleinen Schnitt in den Daumen zu verbluten. Während das Risiko zu sterben, wie ich annahm, normalerweise sehr gering war, wurde es mittlerweile erhöht durch die Aufgabe, zwei Presslufthämmer in die Knie zu zwingen. Irgendwie schaffte ich es, die Küchenmaschinen in eine Art einarmigen Schwitzkasten zu nehmen, während ich meinen Daumen so weit wie möglich von meiner weißen Kochkleidung fernhielt. Sobald ich die Maschinen ausgeschaltet hatte, tauchte natürlich Alex ganz lässig wieder auf und schien meine Arbeitsunfähigkeit gar nicht zu bemerken. Ich schlich zu Chef Dominique (der ebenfalls wundersamerweise wieder aufgetaucht war) und zeigte ihm meinen Daumen; er gab mir ein kleines blaues Pflaster, das im Widerspruch stand zu meinem Schrei nach dringender medizinischer Betreuung und Lob für meine Tapferkeit – beides hatte ich erwartet.

Mit meinem Pflaster versehen, ging ich wieder zurück zu meiner anstehenden Aufgabe. Wir backten drei verschiedene

Arten von Brioche aus ein und demselben Teig: eine davon mit Schokolade gesprenkelt, die zweite geflochten, die dritte wurde Brioche à tête oder Parisienne genannt. Letztere bestand aus zwei Teigkugeln, wovon die größere in einer geriffelten Form gebacken wird, in die die zweite hineingedrückt wird, sodass sie, wenn sie beim Backen aufgehen, keck aufeinandersitzen, wie ein pummeliger Körper mit einem Kopf – Französisch »tête« –, ein bisschen wie ein Schneemann. Man nehme zwei Stücke Teig: eins, das aussieht wie ein ringförmiger Donut oder Bagel, und eins, das aussieht wie eine Art kegelförmige Wurst. Dann stecke man die Wurst in den Donut, und das war's. Wenn man allerdings das kleinere Teigstück nicht genau richtig in das größere Stück drückt, sitzt es beim Backen leider nicht ordentlich. Stattdessen quillt der Kopf heraus, wie wenn man einen Stressball drückt und sich das Gummi ausdehnt. Als ich meine Brioche aus dem Backofen nahm, war klar, dass mein Teig tatsächlich herausgequollen war, und zwar ganz spektakulär. Um ehrlich zu sein, sah meine Brioche à tête aus wie ein schlaffer Penis. Chef Dominique, der jetzt anwesend war und drohend ins Blickfeld rückte, warf einen Blick auf meine phallische Brioche, gab ein kehliges Geräusch von sich, das nur ein Franzose richtig gut hinbekam – so etwas wie ein verächtliches gebelltes Lachen –, und ging dann weiter zum nächsten Schüler.

*

Es versteht sich wohl von selbst, dass Backen eine praktische Tätigkeit ist. Das liebte ich so sehr daran, als ich damit anfing. Ich liebte es, meine Hände zu benutzen. Ich hatte zuvor nie wirklich Anlass gehabt, sie zu benutzen, es sei denn, um

Rollenkoffer hinter mit herzuziehen und riesige Lehrbücher mit mir herumzuschleppen. Es war kathartisch. Außerdem fühlte ich mich dadurch mächtig, einflussreich und kreativ. Ich liebte alles daran: Risottos zu rühren, bis die Stärke freigesetzt wird und die Körner weich werden. Sellerie, Karotten und Zwiebeln zu hacken und ordentlich aufzuhäufen. Brotteig zu kneten, das heißt, lediglich aus Mehl und Wasser Glutenstränge zu entwickeln und zu dehnen, aus etwas Klebrigem und schwer Handhabbarem etwas Biegsames und Weiches herzustellen. Ich brauchte mehrere Monate, um zu verstehen, was eigentlich gemeint war, wenn in Kochbüchern stand, dass Butter und Zucker »schaumig gerührt« werden sollen. Aber als ich dann irgendwann den Dreh raushatte und Konsistenz und Farbe der beiden Zutaten von etwas labbrigem Hellem in etwas fluffiges Blasses verwandeln konnte, und zwar nur mit einem Holzlöffel und ein wenig Muskelkraft, war ich vor Stolz völlig überwältigt. Es war gleichermaßen beruhigend und bereichernd.

Aber ich wusste, dass die Arbeit in einer professionellen Küche ein ganz anderes Paar Schuhe war. Es ist Schwerstarbeit. Es heißt, achtzehn Stunden am Tag auf den Beinen zu sein. Es bedeutet, Mehl- und Kartoffelsäcke herumzuwuchten. Endlos sich wiederholende Bewegungen. Es ist ein Gemetzel. Es ist heiß. Es ist *so* heiß. Verbrennungen sind an der Tagesordnung. Die Füße tun weh, die Hüften tun weh, der Rücken tut weh, die Knie tun weh. Wenn man nach Hause kommt, kann man nicht einschlafen, weil einem immer noch das Adrenalin von diesem körperlichen Einsatz durch die Adern schießt. Und schon wenige Stunden später ist man wieder zurück, und das Ganze geht von vorne los. Die ganze

Gastronomieindustrie wird von Stress angetrieben. Seien wir ehrlich – gesund ist das nicht. Und so überrascht es nicht, dass so viele Küchenchefs nur mit Aufputschmitteln durch den Arbeitstag kommen und dass sie, wenn sie nach dem Arbeitstag nicht runterkommen können, zum Alkohol greifen.

Viele Köche erleiden Verletzungen, durch die sie dauerhaft nicht mehr in der Küche arbeiten können. Den Wert eines gesunden Rückens kann man in einer Profiküche gar nicht hoch genug schätzen. Viele unserer Kochlehrer im Cordon Bleu gaben Anekdoten aus den Jahren zum Besten, in denen sie sich in Kellergeschossküchen über Herdplatten gebeugt hatten. Geschichten, die mit dauerhaftem schwerem Heben und mit Küchen, deren Arbeitsschutzmaßnahmen nicht ausreichten, begannen und mit Köchen endeten, die ohnmächtig wurden, weil ein Bandscheibenvorfall ihnen wahnsinnige Schmerzen bescherte. Sie alle schworen auf Pilates.

Noch bevor ich diese Geschichten gehört hatte, hatte ich mir Sorgen über meine körperliche Belastbarkeit gemacht. Wenn ein geliebter Mensch stirbt, kann es sich anfühlen, als würde jeder Nerv vibrieren. Buchstäblich schmerzt einem das Herz. Es gibt starke Beweise dafür, dass Trauer körperliche Reaktionen hervorruft: Bei den Hinterbliebenen steigt das Risiko, eine Herzerkrankung zu erleiden, um das Sechsfache. Das ist wenig überraschend: Das Nervensystem gerät unter großen Stress, wenn man einen schlimmen Verlust erleidet. Genau wie Angst ist Trauer eine Stressreaktion, daher erhöht sich der Cortisolspiegel, was zu Schlafstörungen und einem geschwächten Immunsystem führt. Und als es mir nicht gelang, meine Trauer zu bewältigen, ergab es vollkommen Sinn, dass sich diese körperliche Reaktion tief in mir verfestigte.

Vielleicht hatte ich mir das selbst zuzuschreiben, dachte ich; meine stabile Fassade hatte Risse bekommen, und mein Körper hatte gezeigt, wie instabil ich eigentlich war. Körper können sich aufgrund von Trauer für immer verändern. Und meiner hatte dies getan. Danke, Trauer!

Die Schlafkrankheit, die mich die ersten Tage nach Mums Tod begleitet hatte, war nie wirklich weggegangen. Ich war immer noch dauernd körperlich und geistig erschöpft. Körperlich zerbröckelte ich. Manchmal konnte ich mein linkes Bein nicht richtig heben. Morgens beim Aufstehen klang ich wie ein Stück zertrampelte Luftpolsterfolie. Nachts wachte ich mehrmals auf, weil meine Hände und Füße taub waren, ich stechende Schmerzen in Ellbogen und Hüften hatte und meine Gelenke bitzelten. Es war, als würde ich aus Elektrizität bestehen und gerade einen Kurzschluss erleiden. Es gab Tage, an denen es so wehtat, dass ich keinen BH anziehen, meinen Verlobungsring nicht tragen oder meine Achselhöhlen nicht rasieren konnte. Direkt über meinen Kniekehlen und unter dem Schlüsselbein war ich seltsam empfindlich; wenn ich nur leicht gegen diese Stellen stieß, tat es so weh, als würde man mit dem Zeh irgendwo gegenrennen oder sich den Musikantenknochen anstoßen. Meine Knie knackten und schmerzten: Ich konnte mich nicht richtig bücken, und ich konnte mich nicht hinknien oder in der Hocke sitzen. Meine Hüften sandten beängstigende Schmerzen meinen Rücken hinauf.

Als das zweite Trimester halb um war, teilte mir eine Ärztin im Guy's Hospital die Diagnose mit: Fibromyalgie. »Aber ein anderer Arzt, den ich zurate gezogen habe, hat Fibromyalgie ausgeschlossen! So steht es in diesem Brief!«, sagte ich, zuversichtlich, sie davon abbringen zu können. »Ich weiß«, erwiderte sie sanft und viel geduldiger, als eine Frau eigentlich sein dürfte, in deren Wartezimmer am Ende des Flurs zwei Dutzend Patienten saßen. »Aber die Diagnosekriterien beruhen auf der Druckempfindlichkeit bestimmter Körperstellen, und dies ändert sich von Tag zu Tag. Wenn Sie gerade keinen schlechten Tag haben, reagieren sie vielleicht nicht, und die Diagnose konnte nicht gestellt werden.«

Ich hatte gewusst, dass Fibromyalgie eine Möglichkeit war, aber ich hoffte immer noch, dass der erste, uninteressierte, oberflächliche Arzt recht gehabt hatte. Dass es etwas anderes wäre. *Irgendetwas* anderes. Alles, nur nicht Fibromyalgie: die eingebildete Krankheit der Simulanten und Hypochonder. Bitte, alles, nur das nicht.

Fibromyalgie ist ein chronischer Schmerzzustand, der sich in Muskel- und Gewebeempfindlichkeit äußert, die an achtzehn Körperstellen am schlimmsten auftritt, neun Schmerzpunktepaare, die sich bei allen von Fibromyalgie Betroffenen an denselben Stellen befinden. Eines der charakteristischen Symptome ist die quasi konstante körperliche und geistige Erschöpfung, die manchmal Verwirrung stiftet, die Unfähigkeit, klar zu denken. Das Gefühl, nicht erfrischt aufzuwachen, sondern müder zu sein als zehn Stunden vorher, als man sich hingelegt hatte, ist weit verbreitet. Und dies fühlt sich wie eine sehr zensierte Beschreibung dessen an, wie ich mich jeden Morgen fühlte: Ich kam mir vor wie ein ausgewrungener Spüllappen, und mein Körper knackte vor Schmerzen. Ich fühlte mich verschwollen und wund. Die Erschöpfung beim Aufwachen und die lebhaften Albträume in schillernden Farben rührten von den Schmerzen her, die meinen Körper daran hinderten, in die Tiefschlafphase zu fallen, in der der Körper tatsächlich ruhen und sich regenerieren kann. Es wird oft so beschrieben, als wäre es ein Körper mit einem übersensiblen Rauchmelder: Der Körper reagiert selbst auf gutartige Reize mit Schmerzen.

Es gibt keine Heilung. Es gibt keine richtige Palliativbehandlung. Es gibt Therapien und physiotherapeutische Ansätze, wenn man Glück hat, die beide darauf abzielen, den Patienten mobil zu halten. Es kann helfen, sich die Auslöser bewusst zu machen – Stress, Erschöpfung, Trauer, Krankheiten, Wetterextreme, Reisen, Operationen, Geburten, Veränderungen der Lebensumstände, alles, was einen aus dem Gleichgewicht bringen oder sogar umhauen kann. »Was Sie wirklich vermeiden müssen«, sagte die Ärztin zu mir, »ist ein Lebensstil mit viel Auf und Ab; behandeln Sie Ihren Körper gut, seien Sie nett zu sich selbst, keine harte körperliche Arbeit, vorhersehbare Routinen und Zeit zum Ausruhen, das ist der Schlüssel zu allem.« Ich schluckte. »Ich habe gerade meinen Job aufgegeben, um auf die Patisserieschule zu gehen.« Sie zog die Augenbrauen nach oben.

Selbst vor der Diagnose wusste ich, dass ich niemals ein Küchenchef in einem Michelin-Sterne-Restaurant werden würde. Das war nie der Plan gewesen, doch als ich mitbekam, wie sich meine Freunde um Praktika in Restaurants bewarben, im *Ledbury* und im *Dorchester*, betrauerte ich diesen Verlust trotzdem. Ich konnte nicht länger als drei Stunden stehen, ohne dass meine Hüften anfingen zu ächzen und mein Rücken drohte, sich zu verkrampfen. Die Aussicht auf Achtzehn-Stunden-Tage, schweres Heben und einseitige Bewegungen war einfach lächerlich.

Auf seltsame Art war dies aber auch eine Erleichterung. Es war, als wenn alles, was ich mich zu fühlen weigerte, all meine Trauer um Mum, sich zu etwas Körperlichem veräußerlicht hätte. Der dumpfe Schmerz in meinem Herzen und meinem Kopf hatte sich einfach nach außen hin verteilt, bis meine Finger knackten und meine Knie ächzten. Es ergab einen Sinn, dass alles wehtat, weil, nun ja, eben alles wehtat. Es war so melodramatisch, aber ich hielt das Melodram verborgen. Ich dachte, ich wollte wissen, was mit mir nicht stimmt, damit ich es beheben konnte, aber vielleicht wollte ich das gar nicht.

Es schien erst Tage her zu sein, seit ich darauf gewartet hatte, zur Grundkursprüfung anzutreten. Wie um alles in der Welt konnte die Zwischenprüfung so schnell heranrücken, bevor ich überhaupt Zeit gehabt hatte, Luft zu holen, ganz zu schweigen davon, gelernt zu haben, mit Schokolade zu schreiben? Doch hier war ich nun, vor der Tür derselben Lehrküche, und wartete darauf, was mir mein auf Genueser Biskuit beruhendes Schicksal bescherte. Jedes der Prüfungsgebäcke war auf seine Art ein kniffliges Ding, aber es war die Sabrina, die keiner haben wollte. Man benötigte dafür so viele verschiedene Elemente: Mürbeteig und Rührteig, eine Mousse, die dazu neigte, sich aufzuspalten. Man musste den Kuchen mit dieser Palettenmessermethode glasieren, bei der einem die Hand zitterte und die einen schier wahnsinnig machte, und – am schlimmsten von allem – man brauchte temperierte Schokolade. Ich wollte die Fraisier – das war bei Weitem der einfachste der drei Kuchen, mit weniger Komponenten, und ich würde mit meinen Fähigkeiten, Marzipanrosen herzustellen, prahlen können – aber ich würde mich auch mit der Opern-Torte begnügen.

Natürlich bekamen wir die Sabrina. Das konnte doch wohl kaum fair sein, nachdem ich mich im Grundkurs schon mit den verdammten Eclairs hatte herumschlagen müssen! Die beiden schlimmsten Gebäcke, und ich hatte sie beide bekommen. Ich fluchte auf die Ungerechtigkeit, bis mir wieder einfiel, dass ich nicht mehr am Old Bailey war – ich machte eine Kuchenprüfung. Eins lässt sich über Strafrecht sagen: Es rückte die Dinge nicht halb so gut in die richtige Perspektive. Und nach all meiner Empörung wurde die Prüfung überraschenderweise nur halb so schlimm – beziehungsweise zumindest weit weniger dramatisch für die Menschen in meiner Umgebung als die Grundkursprüfung. Es gab einen haarigen Moment, als ich die Erdbeermousse auf dem Kuchen glattstrich, während ich ihn in der rechten Hand balancierte: Ich verlor die Kontrolle und schwankte umher wie jemand aus einer Slapstickkomödie; erst Sekundenbruchteile, bevor der Kuchen zu Boden fiel, bekam ich ihn wieder in den Griff. Typisch für mich war mal wieder, dass Chef Nicolas zu diesem Zeitpunkt nur einen knappen halben Meter von mir entfernt stand, die Augen vor Schreck aufgerissen, doch dann bildeten sich sofort Lachfältchen in seinen Augenwinkeln.

Die letzte praktische Übung, die unseren Prüfungen folgte, hatte das Thema Kuchendekoration. Eine Pause von dem überwältigend französischen Lehrplan – richtige echte *englische* Old-School-Kuchenverzierungen: Zuckerblumen. Chef Jérôme, der die Vorführung machte, verhehlte seine Abneigung für dieses Thema nicht: »In Frankreich machen wir so etwas nicht«, sagte er mit einem gallischen Schulterzucken.

Es gab kaum Kommentare dazu, und der überwiegende Teil der Klasse unterhielt sich die ganze dreistündige Vorführung lang in voller Lautstärke. Nur ich saß wie gebannt in der ersten Reihe. Zuckerblumen waren früher die Verzierung für englische Festtagskuchen schlechthin gewesen. Sie waren praktisch: Sie bargen nicht das Risiko, vom Blattwerk verschmutzt zu werden, und hielten sich so lange wie die Kuchen – ausnahmslos Früchtekuchen – selbst, nämlich Monate oder sogar Jahre. Heute feiern wir eher mit Biskuitkuchen, die wir mit Buttercreme und frischen Blumen verzieren, und essen das Ganze in ein, zwei Tagen auf. Daher macht sich niemand mehr die Mühe, aufwändige Zuckerblumen herzustellen.

Aber ich fand sie schön. Ehrfürchtig beobachtete ich, wie Chef Jérôme Pfingstrosen, Lilien, Nelken und Kirschblüten zum Leben erweckte. Ich konnte nicht fassen, dass man diese Blumen aus bloßem Zucker und Lebensmittelfarben herstellen konnte. Sie waren etwas ganz anderes als die plumpen Marzipanrosen, die wir zuvor in diesem Trimester für unsere Fraisiers hergestellt hatten, oder die gezogenen Zuckerrosen, die ich bei den Schülern der höheren Kurse gesehen hatte (sie waren schön, aber glänzend und glasig, neonfarben und barock). Die hier waren unwahrscheinlich fein und vollkommen realistisch. Sogar von Nahem konnte man sie für echte Blumen halten.

Wir hatten den Früchtekuchen in einer früheren praktischen Übung gebacken, nun konnte er glasiert und verziert werden. Alle drei Stunden dieser praktischen Übung waren dem Thema der Verzierungen gewidmet. Wir erhielten eine kleine Menge Zuckerpaste, jede Menge Werkzeug, das eher aussah, als würde es in eine Zahnarztpraxis gehören, und konnten dann loslegen. Ich rollte winzige Stücke blassrosa Zuckerpaste mit einem gleichermaßen winzigen Nudelholz aus, das in einem Puppenhaus nicht fehl am Platz gewesen wäre. Ich formte aus Zuckerpaste eine Kugel und verjüngte sie an einem Ende, bis sie birnenförmig war. Ich stanzte Kreise, dann rieb ich mit einem Plastikskalpell, das eine kleine Kugel am Ende hatte, über die Ränder, bis sie so dünn wurden, dass sich das Ganze von Fondantscheiben in etwas Lebensechtes verwandelte. Ich ließ sie auf Eierschachteln trocknen, sodass sie sich leicht krümmten, jede davon anders. Mit einem Pinsel tupfte ich ein winziges bisschen Farbstaub in die Mitte jedes Blütenblatts und ganz außen an den Rand ein winziges bisschen Grün. Danach klebte ich die Blütenblätter nacheinander an die birnenförmige Rosenknospe, zuerst die kleinsten Blätter, die sich eng aneinanderschmiegten, dann weiter bis zu den größten, die locker aufklappten. Einen Moment später blickte ich auf, und die drei Stunden waren verstrichen; vor mir lag eine perfekte errötende Rose. Etwas so Zartes hatte ich noch nie zuvor hergestellt, und ich konnte gar nicht fassen, dass sie von mir war.

Ich bewahrte die Rose noch lange, nachdem wir den Kuchen gegessen hatten, auf. Sie lag auf meinem Schreibtisch. Manchmal zeigte ich sie Leuten: *Sieh mal, das habe ich gemacht!* Sie schnappten nach Luft, wenn sie diese lustige, leicht angeschlagene kleine Rose ohne Stiel und Kelchblätter sahen, die in einer Art popoförmigen Falte endete. Sie war ganz anders als jede Rose, die je in der Natur existiert hatte. Doch wenn man all das ignorierte und sie aus dem richtigen Blickwinkel, im richtigen Licht betrachtete, war sie perfekt. Eines Tages ließ ich ein dickes Kochbuch auf meinen Schreibtisch plumpsen und hörte ein scharfes Knirschen. Ich hob das Buch hoch. Es war von blassrosa und weißen Zuckerpastescherben bedeckt. Aber ich war nicht allzu traurig. Die Rose hatte ihren Zweck erfüllt.

»Aber warum?« klagte Sams Dad, ein Universitätsprofessor für Ernährungswissenschaft, beim Frühstück. »Was bringt das?« Ich hatte ihm den Lehrplan für mein letztes – das höchste – Trimester erklärt, und um ehrlich zu sein, verstand ich seinen Einwand. Im letzten Trimester im Le Cordon Bleu ging es darum, die in den vorangegangenen Trimestern erlernten Fähigkeiten zu verfeinern und einen in die Lage zu versetzen, in jede beliebige Spitzenpatisserie hineinplatzen zu können und sich dort zwar vielleicht nicht zu behaupten, aber sich zumindest nicht schon am Tag eins bis auf die Knochen zu blamieren. Aber es ging in diesem dritten Trimester auch um Dekoration. Und damit meine ich nicht das Finish aus Tuilewaffeln aus vergangenen Trimestern oder kleine Schokofedern, die oben auf der Torte sitzen. Das höchste Trimester lachte sich tot über Brandteigbrötchen, die zu kleinen Schwänen geformt wurden. Nun hatten wir mit großartigeren – und alberneren – Kreationen zu rechnen. Hoch aufragende Gebäude aus purer Schokolade. Skulpturen und Dioramas, die vollkommen aus Zucker bestanden. Gegossener Zucker. Gezogener Zucker. Geblasener Zucker. Zucker, der erhitzt wird, bis er schmilzt, und dann zu Blumen, Früchten, Vögeln und Bienen geformt wird. Kunstwerke eigentlich, wenn auch sehr alberne.

Ich war noch nie ein besonders künstlerischer oder kreativer Mensch gewesen. Sam regt sich immer auf, wenn ich das sage, nicht weil er mich verteidigen und meine naturgegebene künstlerische Begabung verkünden will, sondern weil er findet, dass der Begriff »kreative Menschen« Schwachsinn ist. »Leute, die im Geschäftsleben tätig sind, Account-Manager oder Finanzdirektoren müssen unglaublich kreativ denken!«, ereifert er sich immer. »Warum machen wir aus Kreativität einen Fetisch?« Sam hat einen Job, den wohl jeder als kreativ bezeichnen würde – er arbeitet als Texter und Romanautor –, daher hat er meiner Ansicht nach eher als andere die Lizenz, sich über das Thema auszulassen. Aber es gibt Kreativität und Kreativität, oder? Es besteht ein klitzekleiner Unterschied, ob man in einer Businessumgebung um die Ecke denken oder einen Zuckerapfel blasen kann. Wenn ich also sage, dass ich nie besonders künstlerisch begabt oder kreativ war, dann meine ich damit, dass meine Lernkurve der letzten beiden Trimester steil gewesen war, aber dass die, die vor mir lag, quasi senkrecht vor mir aufragte.

Das höchste Trimester begann auf ähnliche Weise wie die beiden vorangegangenen: Eine fette Mappe plumpste auf meinen Tisch. In diesem Semester würden wir es mit nicht weniger als sieben verschiedenen Modulen zu tun haben: moderne Klassiker, Tellerdesserts, Nachmittagstee, Zuckerkunst, moderne Torte, Schokolade und Entremets.

Rasch überblätterte ich alles andere, bis ich die Seiten des Entremetsmoduls erreichte, denn es würde Thema unserer Abschlussprüfung sein. Auch wenn jedes vorangegangene Trimester erforderlich war, um das nachfolgende zu belegen, konnte man die Noten nicht »mitnehmen« – es gab keine Lorbeeren, auf denen man sich ausruhen konnte. Das höchste Trimester zu bestehen – und damit das ganze Diplôme de Patisserie zu erlangen – hing davon ab, dass man das höchste Examen nicht vergeigte. Die Entremetsseiten sahen so detailliert und ernst aus, dass sie wie ein Briefing für ein Kriegskabinett wirkten.

An dieser Stelle sollte ich erklären, was ein Entremets überhaupt ist, denn ich hatte noch nie zuvor davon gehört, bis ich feststellen musste, dass meine ganze Patisserieausbildung davon abhing. Ein Entremets ist ein glasierter Schichtkuchen, der um eine Mousse herum aufgebaut ist und unterschiedliche Konsistenzen und Aromen enthält. Im Mittelalter bezog sich das Wort Entremets auf ein kleines Gericht zwischen den Gängen, aber in der modernen Patisserie hat es dazu keinen wirklichen Bezug mehr. Chef Julie erklärte uns das Bewertungsschema. Für unsere Abschlussprüfung würden wir ein Zwanzig-Zentimeter-Entremets sowie zwei identische Mini-Entremets herstellen müssen, die wie im Restaurant angerichtet werden mussten: mit extra Verzierungen und (natürlich) Crème anglaise. Um den Anforderungen des Cordon-Bleu-Examens zu genügen, musste jedes Entremets und jedes Mini-Entremets über Folgendes verfügen: eine Schicht Biskuit, eine Mousse, eine knusprige Schicht, eine festgelegte Vanillecremeeinlage, eine Glasur sowie freistehende Verzierungen aus temperierter Schokolade, von Hand dressierte Schokodekorationen und eine Verzierung mit Tuile. Wie wir jedes dieser Elemente angingen, lag an uns.

Wir würden diese Entscheidungen nicht im letzten Moment treffen. Vor unserem Examen mussten wir beschriftete Fotos und Schaubilder unserer geplanten Entremets einreichen. Unsere Bewertung würde dann nicht nur vom fertigen

Produkt abhängen, sondern auch davon, wie nah dieses Produkt dem kam, was wir tatsächlich vorgehabt hatten. Improvisieren war nicht erlaubt. Außerdem mussten wir für jede Komponente einen anderen Geschmack verwenden, und zwar ohne Wiederholungen – wenn wir uns also zum Beispiel für eine Erdbeermousse entschieden, durften wir nicht auch noch eine Erdbeerglasur verwenden. Diese Bedingung gefiel mir eigentlich. Bisher hatte der Cordon-Bleu-Lehrplan nur wenig Raum für persönlichen Ausdruck gelassen. Ich spielte gern mit Aromen; das war Teil der Freude am Kochen und Backen.

Wieder blätterte ich durch unsere Mappe, während Chef Julie redete. Ich wusste, dass dieses Trimester in allen Modulen wirklich moderne Aromen und interessante Kombinationen zum Einsatz kamen. Ich hatte schon Himbeer-Lavendel-Eclairs, Yuzu-Tarts, winzige Kuchen glasiert mit blonder Schokolade, Petit Fours, gefüllt mit Calamondinorangen-Gel und Szechuanpfeffer-Crémeux entdeckt. Ich wusste nicht mal, was Calamondinorangen waren! Ich hatte mich die letzten zwei Ferienwochen davon zu überzeugen versucht, dass Aroma wohl mein Ding war, nachdem ich herausgefunden hatte, dass Schokolade, Brotbacken, Glasuren oder Zuckerkunst es eindeutig nicht waren. Wahrscheinlich hatte ich einen echt kultivierten Gaumen. Vielleicht war ich der Superschmecker schlechthin. Immerhin hatte ich mich genau deshalb auf diese ganze Sache hier eingelassen, rief ich mir ins Gedächtnis: um Dinge herzustellen, die gut schmeckten.

Doch dann erhielten wir eine Liste von Zutaten und Mengenangaben. Wir konnten hierbei nicht einfach tun und lassen, was wir wollten: Wir durften nur die Zutaten verwenden, die auf dieser Liste standen, und nicht mehr davon als die angegebenen Mengen. Es fühlte sich an wie eine Kreuzung aus *Kochduell* und *The Crystal Maze*, diesem Film, in dem sich ein Team in einer Fantasiewelt abgedrehten Spielen und Herausforderungen stellen muss. Gelatine war limitiert; Eier waren nur begrenzt einsetzbar; Vanille war knapp. Viele der Aromen, die wir im Verlauf des Kurses wieder und wieder benutzt hatten, standen gar nicht auf der Liste. Kein Kaffee! Oh, und wir mussten ein Minimum von fünfzehn – fünfzehn! – unterschiedlichen Zutaten verwenden. Dies versprach ein raffiniertes Tetris-Spiel der Aromen zu werden.

Doch bevor wir die Gelegenheit bekamen, das Prüfungssystem zu begreifen, wurden wir auch schon in unsere erste Vorführung mit praktischer Übung geworfen. Schon bald wurde klar, dass das höchste Trimester eine ganz andere Liga war als das mittlere. Ich überflog unser erstes Rezept, das sechs Din-A4-Seiten umfasste. Unser erstes Modul hieß »Moderne Klassiker«, und für den Anfang kehrten wir zu einem Gebäck aus dem ersten Trimester zurück, das viele von uns immer noch in ihren Albträumen verfolgte: Eclairs. Natürlich war das Rezept in den drei vergangenen Monaten sehr viel komplizierter geworden. Wir sollten unsere Eclairs mit einer schwindelerregenden Palette von Dingen füllen: Crème pâtissière mit Earl-Grey-Aroma, Walderdbeeren-Basilikum-Gel, Schokolade-gebrannte-Mandeln-Sahne, Yuzu-Vanillecreme. Und um dem Ganzen buchstäblich das Sahnehäubchen aufzusetzen, sollten wir sie mit allem Möglichen verzieren – mit essbaren Veilchen, temperierter grüner Schokolade bis hin zu Blattgold und Zitronenbaiserscherben.

Jeder von uns musste eine andere Version backen. Meine sollte mit Maracujacreme und Milchschokoladen-Chantilly gefüllt sein; verziert werden sollte sie mit einem Marzipantäfelchen, überzogen mit Maracujaglasur, sowie mit Weiße-Schokolade-Himbeer-Knusper und frischen Himbeeren. Als sie fertig waren, lagen meine Eclairs golden schimmernd in einer Reihe und warteten darauf, von Chef Olivier bewertet zu werden. Indessen nahm ich meine eigene kleine Begutachtung vor: Das Gebäck, das vor mir lag, hatte keine Ähnlichkeit mit dem, das ich im Grundkurs gebacken hatte. Die Eclairs, die ich damals produziert hatte, waren köstlich und bei Weitem besser als alles, was ich zuvor allein zu Hause je erreicht hatte. Auch wenn ich über ihre Unförmigkeit gejammert hatte, war ich zu Recht stolz auf sie gewesen. Sie waren topsolide Gebäckstücke gewesen. Doch das hier war etwas anderes. Das hier war richtige Patisserie. Es waren Minikunstwerke. Sie waren schön, und zwar nicht auf eine skurrile, kitschige Art, nicht einfach nur, weil ich sie hergestellt hatte und sie mir gefielen. Sie waren objektiv schön. Ich und mein Brandteig hatten es zusammen weit gebracht.

Wenn ich auf messbare Verbesserungen aus war, würde mich das Modul »Tellerdesserts« nicht enttäuschen. Hier würden wir auf drei Gebäcke zurückkommen, denen wir schon vorher begegnet waren: Zitronenbaisertarte, Schwarzwälder Kirschtorte und Tarte Tatin. Man sollte annehmen, dass mich in diesem Stadium die Erfahrung gelehrt hätte, dass jeglicher Optimismus rasch im Keim erstickt würde, wahrscheinlich auf eine leicht demütigende Art in der folgenden praktischen Übung, aber nein! Ich war positiv gestimmt! Klar war das Baiser beim ersten Mal nichts geworden, aber inzwischen hatte ich anderthalb Trimester mehr Erfahrung – und ich hatte soeben gesehen, wie sehr sich mein Brandteig in dieser Zeit verbessert hatte. Und die Dekoration auf meiner Schwarzwälder Kirschtorte vom ersten Trimester mochte zwar ein wenig planlos gewesen sein, hatte aber ihren Zweck voll und ganz erfüllt. Und ja, okay, ich hatte zwar keine Tarte Tatin gebacken, aber ich hatte zugeschaut; wie kompliziert konnten karamellisierte Früchte in Gebäck schon sein?

Doch als ich mir die Zwischenüberschriften für die einzelnen Elemente ansah, die wir herstellen sollten, merkte ich, dass wir hier Neuland betraten. Dies waren nur dem Namen nach klassische Nachtische. Dies waren klassische Nachtische 2.0. Oder sogar – und hier senken wir ehrfürchtig die Stimme – *dekonstruiert*. Die Zitronenbaisertarte bestand aus einem Vollkornbiskuitboden, einem Kardamomtuile, gefüllt mit Zitronengrasmousse, bedeckt mit Italienischem Baiser und eingebettet zwischen Gelatineblättchen, filetierter Zitrone und Thymian. Für die Schwarzwälder Kirschtorte benötigte man Schokoerde (wussten Sie, dass, wenn man kochenden Zucker auf feste Schokolade gießt und umrührt, Erde entsteht? Es gibt nicht viele Situationen im Leben, in denen das nützlich sein kann, aber dasselbe könnte man auch über Algebra sagen), für die Tarte Tatin einen Schaum. Ach ja, und einen geblasenen Zuckerapfel.

»Das Modul ›Tellerdesserts‹ ist eine Kopieren-und-Einfügen-Übung. Ohne Freiheit oder Kreativität. Das kümmert uns nicht. Das können Sie dann in drei Monaten ausleben, wenn Sie uns verlassen. Beherrschen, analysieren, kopieren, kopieren, kopieren. Dann, in ein paar Jahren, können Sie Ihren eigenen Stil entwickeln«, dozierte Chef Javier. Chef Javier war der einzige amerikanische Patissier des Lehrkörpers; bei Vorführungen arbeitete er schnell und redete noch schneller. In praktischen Übungen nahm er alles Furcht einflößend genau und entdeckte einen falsch platzierten Gelatinetropfen schon aus zwölf Schritten Entfernung. Er konnte einen zusammenstauchen, wenn er das Gefühl hatte, man passte nicht auf oder es wäre einem egal, aber er war der Erste, der half, wenn er merkte, dass man sich wirklich anstrengte. Sein Lob war mir wichtiger als das jedes anderen.

Wir waren dazu angehalten worden, Fotos der fertigen Gerichte zu machen, um zu gewährleisten, dass unser Endprodukt eine naturgetreue Nachbildung darstellte. Und ich dachte, ich hätte es mit dieser Schwarzwälder Kirsch ganz gut hingekriegt: Wir hatten paarweise gearbeitet, und zusammen mit Michael, meinem Banknachbarn, hatte ich den Hauptteil des Nachtischs hergestellt, einen Browniebodenmit Schokomousse, Sauerkirschen und einer Scheibe aus temperierter Schokolade. Ich hatte Tuiles mit Kirschgeschmack und Kirschwassergelatine zubereitet, und meine Schokoerde war perfekt; ich hatte halbierte Himbeeren über meinen Teller verteilt, wobei ich sorgfältig das Foto konsultierte, das ich kopiert hatte, und ich hatte zusätzliche Browniequadrate mit Goldglanz bestäubt; außerdem hatte ich probiert, ein Rocher aus geschlagener Sahne mit Orangengeschmack herzustellen. Rochers sind einhändig angefertigte eiförmige Kugeln aus Sahne oder Eis (wenn man zwei Löffel verwendet, erhält man dreiseitige Kugeln in Form eines Footballs – diese nennt man dann »Quenelles«). Sie sind oft Teil exklusiver Desserts, teuflisch schwer herzustellen und werden auf eine Art und Weise geschöpft, die völlig kontraintuitiv ist. Trotzdem sah mein fertiger Nachtisch dem Foto auf meinem Handy meiner Meinung nach verdammt ähnlich.

Chef Olivier ging durch den Raum und bewertete unsere Versuche. Er war nicht in der Stimmung für Artigkeiten. »Das ist kein Rocher«, sagte er zu einem der Kochduos. »Das ist eine Quenelle.« Dann ging er weiter zu seinem nächsten Opfer. »Sie haben die falsche Anzahl an Gelatinetropfen«, sagte er zu Alex, in einem Tonfall, den ich verwenden würde, wenn mich jemand anruft, um mir Protonenpumpenhemmer zu verkaufen. Alex sah niedergeschlagen aus. Dann war ich an der Reihe. Er beugte sich mit kritischem, spöttischem Gesicht über meinen Nachtisch. »Ihre essbaren Blumen haben den falschen Winkel«, sagte er zu mir. »Und!« Er legte eine dramatische Pause ein, und ich hielt den Atem an. »Ihre *Himbeeren* sind *verkehrt herum!*«

Als er Bella und Becky erreichte, die beiden Schülerinnen mir gegenüber, blieb er abrupt stehen und sah sie mit sarkastisch aufgerissenen Augen an. »Sagen Sie mir, was Sie falsch gemacht haben«, sagte er in klagendem Tonfall. Dann wartete er. Es gab eine unausgesprochene Regel, die besagte, dass man Gleichgültigkeit und mangelnde Aufmerksamkeit vorschützte, wenn die Arbeit eines anderen bewertet wurde. In der Realität war das lächerlich: Oft stand man nur Zentimeter von dem Teller entfernt, der gerade beurteilt wurde. Nun hielt der Rest von uns kollektiv die Luft an, und auch wenn jeder plötzlich hochinteressiert auf seinen eigenen Teller hinabsah, sein Messerset akribisch ordnete oder hoch konzentriert die Schneebesen abtrocknete, saßen wir alle wie auf glühenden Kohlen. Bella und Becky sahen einander perplex an. Chef Olivier funkelte sie an und wiederholte die Frage. »Was stimmt nicht mit diesen Tellern?« Ich duckte mich. Ganz abgesehen von allem anderen hatte ich keine Ahnung, was mit ihren Tellern nicht stimmte – oder zumindest in dem Maße nicht stimmte, dass es einen so heftigen kulinarischen Zorn auslösen konnte. Endlich erlöste er sie von ihren Qualen (und mich auch), und ich checkte, dass er diese Frage wörtlich meinte. Jedes Wort war wie ein Schlag: »Sie. Haben. Die. Falschen. Teller. Verwendet. Das kann ich nicht bewerten!« Es gab da diesen kleinen Teil von mir, der im Geiste in der Küchentür stand und sich über die Farce, die sich mir hier bot, schlapplachte: zwei erwachsene Frauen, die dafür getadelt wurden, dass sie einen großen weißen Teller mit flachem Rand benutzt hatten anstatt einen großen weißen Teller ohne Rand. Doch der Rest von mir empfand tiefe körperliche Erleichterung darüber, dass ich mir – eher aus Versehen als geplant – den richtigen Teller aus dem Geschirrschrank geschnappt hatte. Das höchste Trimester kam mir auf einmal sehr, sehr stressig vor.

»Die da«, sagte Chef Javier und deutete auf eine Narbe an seinem Unterarm. »Die da stammt von Isomalt. Vor vier Jahren. Ich war auf einem Zuckerkunst-Wettbewerb und ließ das Isomalt auf meinen Arm fallen. Das Zeug brennt.« Er ging nicht nur die einzelnen Schritte des Gerichts, das wir zubereiten sollten, mit uns durch, sondern auch die verschiedenen Narben, die er sich im Laufe der Jahre in der Küche zugezogen hatte. Aber ich konzentrierte mich auf die Isomaltnarbe, in dem Bewusstsein, dass ich ein paar Stunden später das Zeug selbst benutzen würde.

Isomalt ist ein Zuckerersatz. Wenn man das Cordon Bleu betritt, sieht man Glasvitrinen, in denen die Zuckerkunstwerke der Patisseriechefs ausgestellt sind: Gebilde in grellem Pink oder Kobaltblau, mit glänzenden Schleifen und Kolibris, Bienen und Schmetterlingen. Wahrscheinlich befanden sie sich schon seit Monaten in genau diesen Schaukästen, ohne nennenswerte Verfallserscheinungen. Das alles dank Isomalt. Isomalt wird zum Ziehen von Zucker verwendet, weil es feuchtigkeitsresistenter ist und deshalb nicht so schnell klebrig wird und sich zersetzt wie Zucker. Außerdem wird es beim Kochen nicht braun wie Zucker. Es schmeckt nicht gerade toll; eigentlich schmeckt es nach nichts – aber wer will schon ein Stück Zucker essen, das schon seit vier Monaten in irgendeinem Schaukasten Staub ansetzt? Außerdem muss es bei einer höheren Temperatur gekocht werden, was bedeutet, dass Verbrennungen noch fieser sind. Wir nahmen uns das Thema Zuckerkunst – also Kunstwerke aus geschmolzenem Zucker herzustellen – in kleinen Schritten vor; wir lernten, wie man Zucker zog, blies und goss, bevor man uns auf das zuckerbezogene Modul losließ. Je nach Fähigkeiten kann man geschmolzenen Zucker in so ziemlich alles verwandeln: einfache kleine Spiralen, die man um Küchenwerkzeuge aus Edelstahl wickelt, bunt gestreifte Bänder, die man zu Schleifen biegt, naturgetreue Früchte und Blumen, Tiere. Es grenzt schlicht und ergreifend an Magie. Schön, zart, beinahe wie Glas.

Und so bereitet man Zucker für Zuckerkunst zu: Man erhitzt Zucker und Wasser auf 127° C und fügt dann ein paar Tropfen Weinsäure hinzu; dann kocht man die Mischung weiter, bis sie genau 162° C erreicht. Dies ist bedeutend heißer (genauer gesagt um 41° C heißer) als der Zucker, den wir im Grundkurs gekocht und befingert hatten. Bei dieser Temperatur verwandelt sich Zucker in eine dicke, zähe Flüssigkeit mit einem charakteristischen Geruch – immer noch »nur« süß, ohne die bittere, rauchige Note von Karamell, sondern fast wie frische Zuckerwatte. Direkt nach dem Kochen fügt man tropfenweise Lebensmittelfarbe hinzu und gießt das Ganze dann auf eine Silikonmatte, die unter einer Wärmelampe liegt, wobei man die Masse wendet und faltet, bis sie sich von flüssig und klebrig in eine Art langsamen Lavastrom verwandelt. Durch den Einsatz der Lampe hat man genug Zeit, den Zucker zu bearbeiten, ohne dass er abkühlt und fest wird; wenn man den Zucker allerdings vergisst und zu lange unter der Wärme belässt, schmilzt und zerfließt er. Man kann Baumwollhandschuhe tragen, um sich zu schützen – die, die man im Drogeriemarkt kauft und nachts überzieht, wenn man sich die Hände eingefettet hat, sodass man wie Micky Maus aussieht – und darüber Latexhandschuhe, damit die Baumwolle nicht am geschmolzenen Zucker kleben bleibt. Doch der Schutz hält sich in Grenzen. Die Fingerspitzen verbrennt man sich natürlich. Die Knöchel tun auch weh und die Handrücken ebenfalls, weil sie der Glühbirne ausgesetzt sind, die große Wärme ausstrahlt. Sie schmerzen sehr.

Ich beobachtete, wie Chef Javier einen Apfel aus geschmolzenem Zucker zauberte. Er steckte ein Klümpchen des hellgrünen geschmolzenen Zuckers auf die Düse einer kleinen Handpumpe. Er drückte die Pumpe, und das Klümpchen dehnte sich durch die Luft, die hineingepumpt wurde, aus. Zuerst sah es so aus, als würde weiter nichts passieren. Doch ganz, ganz langsam wurde daraus eine gleichmäßige grüne Kugel. Chef Javier kühlte mit einem kleinen Ventilator bestimmte Bereiche des Zuckers und kontrollierte, ob die Ausdehnung gleichmäßig erfolgt war. Man hätte eine Stecknadel in der Vorführküche fallen hören können, als er mit behandschuhten Fingern oben eine Vertiefung erzeugte und dafür sorgte, dass sich der umliegende Bereich nach außen wölbte, wie bei einem richtigen Apfel. Mit einem leisen Knacken brach er den Apfel von der Düse ab und füllte aus einer Siphonflasche Schaum mit Apfelaroma hinein. Vorsichtig formte er grüne Blättchen aus dem restlichen geschmolzenen Zucker und einen perfekten schwarzen Stiel, dann klebte er beides an den fertigen Apfel. Dieser wurde auf die gefalteten Späne eines echten Apfels gesetzt, die sich wiederum oben auf einer Scheibe karamellisiertem Blätterteig befanden. Das war sehr erlesen. Albern, vielleicht, aber erlesen.

Natürlich lief das alles nicht so, als ich es versuchte. Es ist überraschend schwer, ein wenig Zucker auf eine Pumpe zu kleben und dadurch eine luftdichte Versiegelung zu erzeugen, aber das war wirklich die geringste meiner Sorgen. Wenn man nämlich Luft in geschmolzenen Zucker pumpt, kann es knifflig sein, eine gleichmäßige Dicke zu erreichen, und ehrlich gesagt sind die Miniventilatoren, die die Hitze steuern sollten, ungefähr so nützlich wie ein Kamingitter aus geschmolzenem Zucker. Einmal falsch gepumpt, und die kleinen Zuckerkugeln explodierten. Alle paar Sekunden war irgendwo im Raum das Geräusch brechenden Glases zu hören, begleitet von Flüchen. Meine Arbeitsfläche war mit spitzen Scherben aus grünem Zucker bedeckt.

Gegenüber von mir arbeitete Sophie schweigend vor sich hin. Während wir anderen massenhaft schiefe Äpfel zerbrachen, produzierte sie fleißig Apfel um Apfel. »Haben Sie früher schon mit Zucker gearbeitet?«, fragte Chef Javier sie; er war eindeutig beeindruckt. »Nein!«, erwiderte sie. »Das ist mein erstes Mal.« Mein Gesicht verfinsterte sich. Ich kriegte meinen Apfel einfach nicht hin. Meine Hände pulsierten. Alle außer Sophie benutzten einen Ersatzapfel oder aber einen, den sie mit erheblicher Hilfe von Chef Javier angefertigt hatten. Widerwillig nahm ich einen von dem Ersatzhaufen, fügte mithilfe einer Lötlampe meinen Stiel und mein Blatt hinzu und fühlte mich so ausgelaugt wie meine in sich zusammengefallenen Versuche. Wenn ich an diesem Abend das Cordon Bleu verließ, würde der Sicherheitssensor sicher meine Fingerabdrücke nicht erkennen.

Doch geblasene Zuckeräpfel waren nur der Anfang: Der buchstäbliche Höhepunkt des Zuckerkunstmoduls war der Croquembouche. Wir fertigten ihn über zwei praktische Übungen verteilt an. Croquembouches werden in Frankreich als Hochzeitstorte serviert. Sie bestehen aus Dutzenden mit Schlagsahne oder Vanillecreme gefüllten Windbeuteln, die zu einem Kegel aufgeschichtet und mit Karamell zusammengeklebt werden. Das klingt lächerlich, das Resultat ist jedoch spektakulär, und jeder französische Patissier, der etwas auf sich hält, kann einen Croquembouche zaubern. Im Cordon Bleu diente der Croquembouche als Mittel zum Zweck für verschiedene Arten von Zuckerdekorationen: Wir mussten unseren auf einem Nougatboden errichten; wenn er zusammengesetzt war, sollten wir ihn mit einer aufwändigen Zuckerrose und einer Schleife dekorieren, wie einen Hund, der für eine Hundeschau zurechtgemacht wird. Die Schleife und die Rose wurden aus Zucker »gezogen«. Zucker zu ziehen ist ein wenig anders als Zucker zu blasen. Dem Zucker muss Luft zugefügt werden, wenn er also so weit abgekühlt ist, dass man ihn anfassen kann, knetete und zog, dehnte und faltete man den Zucker mit den (behandschuhten) Händen. Wenn man Zucker zieht, wird Luft eingearbeitet, und der durchsichtige Zucker wird milchig und sieht allmählich aus wie dicke Toffeestränge. Für die Rose wird jedes Blütenblatt einzeln unter der Hitzelampe gezogen; die Ränder werden dann mit den Fingern zusammengedrückt, um eine zarte, naturgetreue Kante zu erhalten; über einer Spiritusflamme erhitzt man dann das Blatt am unteren Rand und klebt es an der Rosenknospe fest. Langsam baute ich meine Rose auf, fügte ein naturgetreues Rosenblatt nach dem anderen hinzu und zupfte vorsichtig daran, sodass sich der obere Rand des jeweiligen Blütenblatts nach außen rollte. Es war, als würde man mit Marzipan oder Zuckerpaste arbeiten, nur dass meine Handrücken schmerzten, ich meine Fingerspitzen nicht mehr spürte und sich jeder Moment gefährlich anfühlte.

Um einen Croquembouche herzustellen, backt man zuerst Windbeutel, taucht dann einen nach dem anderen in Karamell und klebt ihn an den nächsten – wie ein Baumeister in einem Märchen. Dabei handelt es sich um einen heiklen Vorgang, denn das Karamell klebt nur bei Karamelltemperatur: 148° C. Sobald es abkühlt und geschmacklos wird, verliert es seine Klebefähigkeit, deshalb muss man dafür sorgen, dass es heiß, heiß, heiß ist. Als ich mein Karamell herstellte, mied ich es gewissenhaft, meine Hände hineinzutauchen, und hielt die Windbeutel stattdessen mit den Fingerspitzen. Leider schwächte dies meinen Griff, und schon bald ließ ich einen Windbeutel in den Topf fallen. Karamell spritzte mir auf den Handrücken und produzierte vier perfekte Punkte, die granatrot wurden. Zuerst merkte ich es nicht, wie das bei

Verbrennungen eben so ist, doch dann spürte ich es plötzlich so richtig.

Das Endprodukt sah überraschend klein und plump aus für etwas, dessen Herstellung sechs Stunden in Anspruch genommen hatte. Ich befestigte die Schleife in einem unbeabsichtigt übermütigen Winkel – sodass es aussah, als würde ein besonders heftiger Wind wehen – und steckte die Rose darauf. Es sah lächerlich altmodisch aus, vor allem im Vergleich zu den modernen Gerichten und Gebäcken, die wir sonst meist zubereiteten, aber auf seine Art war es auch irgendwie charmant.

Da der Zweck dieser Lehreinheit darin bestand, Zuckertechniken zu üben, hielten wir uns nicht damit auf, die Windbeutel mit Crème pâtissière oder Schlagsahne zu füllen, was den Croquembouche zu einem essbaren (wenn auch dekadenten) Kuchen gemacht hätte. Wir stellten nur das Gerüst auf, so wie es war – das Endprodukt bestand einfach nur aus einer Ladung trockenem, leicht weich gewordenem Brandteiggebäck und jeder Menge Karamell und Zucker. Abgesehen davon, dass das Ganze über dreißig Zentimeter hoch war, also kein Kuchen, den man in der Rushhour nach Hause transportieren wollte, war es auch nichts, was man unbedingt probieren musste. Daher zerstörten wir, einer nach dem anderen, unsere Kreationen, warfen sie melodramatisch in den Mülleimer, filmten uns gegenseitig dabei und lachten. Ich dachte daran, wie schockiert ich damals, im ersten Trimester, gewesen war, als ich gesehen hatte, wie Schüler aus den höheren Trimestern ihre Werke weggeworfen hatten. Dieses Mal war ich schockiert, wie gut sich das anfühlte. Als würde man sagen: Wir haben etwas um des Lernens willen angefertigt, und jetzt brauchen wir es nicht mehr. Es fühlte sich kathartisch an.

»Erzählen Sie mir von sich. Sagen Sie mir, weshalb Sie hier sind«, sagte John, mein Therapeut.

Wo sollte ich anfangen? Ich gab dem Mann, den ich erst vor wenigen Sekunden kennengelernt hatte, meine übliche Kurzbiografie, genau die, die ich auch angegeben hatte, als ich widerstrebend mit der Kognitiven Verhaltenstherapie begonnen hatte. Und hier hörte ich dann normalerweise auf. Aber etwas war anders. Etwas in mir war in den letzten acht Monaten verrutscht. Ich wollte mich ändern. Ich wollte mein Leben leben. Also machte ich zum ersten Mal weiter.

Ich beschrieb das Chaos, das in mir wütete, die Panik, die mich durchströmte, die meinen Magen aufwühlte und meine Lungen zusammenpresste. Ich erzählte ihm vom Trauer-Quartett. Außer Sam hatte ich noch nie jemandem davon erzählt. Davon, wie ich anderen ihre Trauer wegnehmen wollte, dass ich fand, dass sie es nicht verdienten zu trauern, dass ich die Trauer festhalten und ganz für mich haben wollte. Auch von den Albträumen, in denen Mum noch am Leben war und mich hasste. Ich erzählte ihm von allem. Ich hatte diese Dinge noch nie zuvor artikuliert, nicht so richtig jedenfalls. Sie fühlten sich schmutzig und schwer an, doch während ich damit anfing, diese Dinge, die mich so lange belastet hatten, auszudrücken, fühlte ich mich ein ganz klein wenig leichter.

»Die Sache ist die«, erklärte ich, »dass ich schon verstehe, dass ich im großen Ganzen mächtig Glück hatte; dass Mums Tod sehr viel traumatischer hätte sein können, dass ich kein unterstützendes Netzwerk hätte haben können. Aber ich kann meinen Körper einfach nicht dazu bringen, das ebenfalls zu verstehen.« Ich sagte ihm, dass ich das Gefühl hatte, mein Leben würde davon regiert, dass ich meine Mum vermisste.

»Es fühlt sich so unfair an«, sagte ich. »Auch wenn ich, rational betrachtet, weiß, dass das Quatsch ist. Die ganze Zeit sterben Menschen. Ich begreife nicht, wie all diese Menschen um mich herum *zurechtkommen.*«

Jedes Mal, wenn ich etwas erwähnte, womit ich zu kämpfen hatte, relativierte ich es. »Ja, aber natürlich hätte es auch schlimmer kommen können …« »Ja, aber das empfinden bestimmt alle so …« Ja, aber, ja, aber, ja, aber.

John sah mich ruhig an. »Sie wissen, dass Sie Schmerz empfinden dürfen, Livvy. Sie brauchen sich nicht zu rechtfertigen.« Ich erwiderte seinen Blick. Bis zu diesem Zeitpunkt hatte ich dies nicht wirklich als Möglichkeit in Betracht gezogen. Ich hatte ein Überleben mit der Unterdrückung des Schmerzes, den ich in mir hatte, gleichgesetzt, weil ich glaubte, dass ich umso stärker wäre, je mehr ich ihn ignorierte. Deshalb weinte ich auch nicht. Deshalb war ich auch so bewandert darin, eine gute Trauerstory zu erzählen, in der gar nicht vorkam, wie ich mich fühlte. Ich hatte so viel Energie aufgewandt, so viel Zeit, um den Schmerz, der in mir aufwallte, nicht zu spüren. Und vielleicht brauchte ich das gar nicht.

Chef Nicolas begrüßte unsere Gruppe herzlich: »Guten Morgen, Mädels!« Wir lachten, aber das war nicht ganz unzutreffend. In unserer Gruppe befanden sich nur sechs Männer. Die überwältigende Mehrheit in der Patisserie sind Frauen – vielleicht weil dies einer der wenigen Teile der kulinarischen Welt ist, in dem Frauen das Gefühl haben, gleichberechtigt zu sein. Backen – mit der möglichen Ausnahme des Brotbackens – wurde schon immer als anmutig und häuslich wahrgenommen. Frauenarbeit. Aber es hat nichts besonders Weibliches an sich, Fünfzig-Kilo-Säcke Mehl durch die Gegend zu wuchten, über kochendem Karamell zu schwitzen oder geschmolzenen Zucker aus einem Marmeladentopf zu gießen, der so viel wiegt wie ein kleiner Mensch.

In Profiküchen dominieren Männer noch immer mit weitem Vorsprung, aber Backen bildet oft eine Ausnahme. Die Verköstigung zu Hause hingegen wurde natürlich lange Zeit als Frauenarbeit betrachtet. Der Platz einer Frau ist in der Küche – es sei denn, es ist eine Küche, in der sie Grund zu der Annahme hat, bezahlt zu werden. Blindheit gegenüber dem Genderaspekt funktioniert hier nicht. Es ist unaufrichtig. Als ich dieses Buch schrieb, waren 82,27 Prozent der Köche im Vereinigten Königreich Männer. Das ist mehr als 2017, als es noch 76,1 Prozent waren.

Schauen wir uns die Gründe an, die für diese missliche Lage ins Feld geführt werden. Erstens: Frauen sind sehr viel schwächer und verletzlicher als Männer. Wie sollen sie achtzehn Stunden auf den Beinen sein und schwere Gegenstände herumschleppen, und das unter äußerst stressigen Bedingungen? Und doch haben wir kein Problem damit, wenn Krankenschwestern – ein traditionell weiblicher Beruf – unter diesen Bedingungen arbeiten.

Zweitens werden Frauen von ihrem Uterus regiert. Diese lästigen Körperteile, die Kartoffeln und Pizzateig in die Quere kommen. Frauen werden in jeder beruflichen Laufbahn schwanger, und auch wenn es noch ein weiter Weg ist, bis Mutterschutz und Wiedereinstieg in die Arbeit in allen Bereichen praktikabler sind, schaffen sie es. Jede Menge Köche haben Kinder, und das klappt trotz der wenig sozialverträglichen Arbeitsstunden und körperlichen Anforderungen.

Wenn die Antwort darauf lautet, dass wir erwarten, dass die Frauen die Hauptbetreuerinnen sind, dann ist das ein umfassenderes Problem. Kochen ist nichts Besonderes, Unantastbares, und etwas anderes sollten wir auch nicht vorschützen.

Der andere Grund, der angeführt wird, ist, dass Frauen in diesen Küchen nicht arbeiten *wollen*. Es ist ein selbst gewählter Grund. Dem würde ich zustimmen: Es *ist* selbst gewählt. Aber es ist nicht so, dass Frauen nicht in Profiküchen arbeiten wollen – oft wollen sie nicht in *diesen* Profiküchen arbeiten. Das Klischee des reizbaren, mit Essen um sich werfenden, emotional ausfälligen Küchenchefs ist nicht allzu weit von der Wirklichkeit entfernt. Georgie kam von einem Praktikum zurück und erzählte, dass der oberste Küchenchef eines mit Michelin-Sternen ausgezeichneten Restaurants etwas an den Vorbereitungen für die Abendschicht zu bemängeln hatte. In einem Wutanfall warf er das Werk des ganzen Tages weg. Georgie störte das nicht weiter; sie hatte das Gefühl, dass Profiküchen so geführt wurden und dass Frauen in der Lage sein mussten, dies zu tolerieren, wenn sie ein Teil davon sein wollten. Ich war entsetzt.

Die Profiküche ist bekanntermaßen ein aggressives Umfeld. Das soll angeblich Teil ihres Reizes sein. Historisch gesehen lebt sie von Hitze, Adrenalin und Testosteron. Nicht die Frauen müssen sich ändern, sondern die Küchenkultur. Das Kokainschnupfen und das Vögeln im Tiefkühlraum müssen der Vergangenheit angehören. Vor jeder anderen beruflichen Kulisse wäre es strafbar, sich wie ein Playboy aufzuführen. Ich glaube nicht, dass sich Frauen Männern »anpassen« sollten, indem sie diese Arbeitsbedingungen tolerieren. Ich denke, was man in einem Büro oder einer Schule, in Gegenwart seines Partners oder seiner Mutter nicht tun würde, sollte man schon gar nicht an seinem Arbeitsplatz tun. Sie können mich für eine Spielverderberin halten, aber ich will nicht angeschrien werden, ich will nicht an derben Späßen beteiligt sein, ich will nicht schikaniert werden – nur um zu beweisen, dass ich ein Stück Fisch ebenso gut zubereiten kann wie ein Mann.

Ich dachte an die Zeiten, in denen mir Kochen am meisten Spaß gemacht hatte. Kate und ich hatten angefangen, immer mehr Zeit in unseren Küchen zusammen zu verbringen: Wir backten zusammen, erfanden neue Rezepte, dachten uns Traum-Menüs aus. Ganz egal, wie unser Gespräch begann, am Ende landeten wir immer beim Kochen. Wenn wir gemeinsam kochten, machte das einfach Sinn. Instinktiv erkannten wir den Rhythmus der jeweils anderen, als würden wir einen eingeübten Tanz aufführen, dessen Schritte wir beide verinnerlicht hatten. Warum konnte ich keine Küche finden, in der es eher so war?

*

Karamell ist so einfach herzustellen und ein so häufiger Bestandteil der Patisserieküche, dass man leicht übersieht, wie hinreißend es ist. Für mich ist es das einfachste Beispiel dessen, worum es beim Kochen geht: die Veränderung einer Zutat durch Hitze. Geben Sie Zucker – und sonst nichts – in einen großen Topf über mittlerer Hitze und warten Sie ab. Kein Wasser hinzufügen, nicht rühren, einfach warten. Es können sich Klumpen bilden. Doch dann schmilzt er langsam und verwandelt sich von durchsichtig in blasses Bernsteingelb und dann zu mahagonifarben. Der Geschmack dieses Karamells hat fast keine Ähnlichkeit mehr mit dem rohen Zucker, der sich praktisch einen Moment vorher noch im Topf befunden hat: Er ist nicht mehr einfach nur süß und geschmacklos, sondern dunkel und rauchig, mit einem Hauch von Vanille und Zimt. Er ist natürlich immer noch süß, aber auch komplex: bitter und buttrig, vielleicht ein wenig sauer oder pikant. Plötzlich hat er einen Geruch, der einen ablenkt und den man sofort identifiziert – nicht verbrannt, aber kurz davor. Er ist glatt und flüssig, aber wenn man ihn abkühlen lässt, wird er hart wie Glas, und man kann ihn zertrümmern oder abschleifen oder einfach anstarren. Und alles, was man getan hat, war, ihn zu erhitzen. Hochgerechnet macht dies einen großen Teil der Freude am Kochen und Backen aus. Der sorgsame Einsatz von Hitze an etwas Rohem, damit es interessanter, appetitlicher, besser wird.

Das Karamell auf die richtige Temperatur zu erhitzen, ist Teil dieser Kunst, man muss es von der Herdplatte nehmen, kurz bevor es anfängt zu rauchen; wer es zu weit treibt, so wie ich, nähert sich gefährlich dem Moment, an dem das ganze Cordon Bleu beinahe evakuiert werden muss. Aber dadurch, dass es jemand zu weit getrieben hat, ist wahrscheinlich einer der berühmtesten Nachtische der Geschichte entstanden. Die Entstehungsgeschichte der Tarte Tatin ist ziemlich albern und gehört deshalb zu meinen Lieblingsgeschichten: Man sagt, sie wäre 1898 im Hôtel Tatin in Lamotte-Beuvron entstanden, das von zwei Schwestern, Stéphanie und Caroline Tatin, geleitet wurde. Eines Tages war Stéphanie in der Küche völlig überfordert und vergaß die Äpfel, die in Zucker und Butter leise vor sich hin kochten. Aufmerksam gemacht auf ihr Versäumnis wurde sie durch den unverkennbaren Geruch angebrannten Zuckers: Wenn man das so haben will, schlägt das Herz höher, wenn nicht, setzt das Herz aus. Sie versuchte, alles zu retten, indem sie einen Deckel aus Blätterteig auf die Äpfel legte, das Ganze in den Backofen schob und dem Schutzheiligen der Patissiers, dem Heiligen Honoré, ein Stoßgebet schickte. Diese Art von Kunststückchen wende ich an, wenn ich drei Viertel einer Dinnerparty hinter mich gebracht und anderthalb Flaschen Wein intus habe; heraus kommt dabei irgendeine pampige Schweinerei, für die ich mich halbherzig entschuldige. Nicht so bei Stéphanie: Sie stürzte ihren Apfelkuchen auf einen Teller, und die Hotelgäste waren völlig verzückt. Der Rest ist Geschichte, wie man so schön sagt.

Ich werde hier nicht vorschlagen, dass Sie Ihren Blätterteig selbst machen (oder eine Zuckerbirne blasen sollen, um ihn damit zu garnieren). Es gibt die richtige Zeit, Blätterteig selbst herzustellen, und zwar dann, wenn der Blätterteig der Star der Show ist. Wenn man Schweinsohren oder Millefeuilles backt, sollte man sich unbedingt zwei Tage Zeit nehmen, um den Blätterteig selbst herzustellen. Aber bei der Tarte Tatin stehen die zartschmelzenden, an den Zähnen klirrenden süßen Früchte im Zentrum. Und anders als der Mürbeteig aus dem Supermarkt ist der Blätterteig ziemlich gut. Nehmen Sie unbedingt die Butterversion (wenn Sie sich eines aus diesem Buch merken sollten, dann das: Nehmen Sie immer die Butterversion), und zwar im Block, nicht fertig ausgerollt.

Ich rolle meinen Blätterteig aus und friere ihn ein, solange ich die übrigen Schritte dieses Rezepts erledige. Mithilfe dieser Methode erhält man die beiden fundamentalen Eigenschaften einer Tarte Tatin: knusprigen Teig und weiche Früchte. Mit seinen mosaikartigen Birnen und dem kastanienbraunen Karamell sieht dieser Nachtisch wunderschön aus und gehört zu den leckersten Dingen, die man überhaupt machen kann. Birnen sind eine großartige Alternative zu den traditionellen Äpfeln in dieser Süßspeise und passen herrlich zu den Aromen von Chai; es werden die Gewürze verwendet, die traditionell in der Masala-Chai-Gewürzmischung enthalten sind.

Chai-Birne-Tarte-Tatin

Menge: eine Tarte mit 20 cm Durchmesser, für 6–8 Personen
Zubereitungszeit: 15 Minuten plus 1 Stunde abkühlen
Backzeit: 70 Minuten

Zutaten:

300 g Blätterteig
100 g Zucker
1 Vanilleschote
1 Sternanis
1 Zimtstange
6 grüne Kardamomkapseln
50 ml Wasser
6 große Birnen, geschält und halbiert, ohne Stängel und Kernhaus
5 Scheiben Ingwerwurzel
60 g Butter, in Würfel geschnitten
25 g Butter, geschmolzen

1. Auf einer leicht bemehlten Fläche den Blätterteig auf die Dicke einer Geldmünze ausrollen. Einen Kreis von der Größe eines großen flachen Tellers ausschneiden und auf Backpapier legen; überall mit der Gabel einstechen und einfrieren, während man mit dem übrigen Rezept fortfährt.

2. Gewürztes Karamell herstellen. Dafür den Zucker, alle Gewürze und das Wasser in einen Topf mit 20 cm Durchmesser geben, der sowohl auf dem Herd als auch im Backofen ver-

wendet werden kann (keine Plastikgriffe!). Den Zucker bei mittlerer Hitze kochen, bis er schmilzt und langsam dunkel wird: Widerstehen Sie dem Drang zu rühren. Warten Sie, bis das flüssige Karamell einen dunklen Bernsteinton angenommen hat. Das Karamell von der Herdplatte nehmen, wenn es anfängt zu rauchen, und die Butter einrühren. Die Gewürze entfernen.

3. Den Backofen auf 160° C Umluft / 180° C Ober- und Unterhitze / Gasstufe 4 vorheizen. Die Birnen mit der flachen Seite nach oben in das Karamell legen und abwechselnd anordnen, sodass so wenige Lücken wie möglich entstehen. Die Spitze von einer der Birnenhälften abschneiden und das dicke Unterteil in der Mitte platzieren. Die 25 g geschmolzene Butter mit einer Prise Zimt vermischen und mit dem Backpinsel über die Früchte verteilen. 30 Minuten backen und dann aus dem Backofen nehmen.

4. Die Blätterteigscheibe aus dem Gefrierfach nehmen und auf den Topf mit den Früchten legen. Sie wird rasch auftauen und schlaff werden, sodass man die Ränder in den Rand des Topfes schieben kann. Fünf Löcher in den Teig stechen und das Ganze dann 40 Minuten lang backen, bis der Teig goldbraun ist.

5. Eine Stunde lang abkühlen lassen, dann mit einem Messer an der Innenseite des Topfes entlangfahren, einen großen flachen Teller über den Topf legen und das Ganze mit Schwung umdrehen. Die Tarte sollte glänzend und prall auf den Teller fallen. In Stücke schneiden und mit wirklich gutem Vanille- oder Muskateis servieren.

14

Sam und ich saßen im Schneidersitz auf dem Wohnzimmerboden, umgeben von einem Regenbogen aus Papier. Wenn man seine berufliche Karriere für etwas aufgibt, für das man keine nachgewiesene Begabung hat, ist das Problem, dass man dadurch falsche Erwartungen an die eigene Kompetenz bekommt. Die Tatsache, dass ich in Bezug auf die Patisserie nicht voll auf die Nase gefallen war, gab mir das Gefühl, unbesiegbar zu sein. Ich glaubte wirklich, dass ich alles in Angriff nehmen konnte. Und das endete damit, dass ich für unsere Hochzeit über tausend Origamikraniche falten wollte.

Tausend Origamikraniche zur Hochzeit ist eine japanische Tradition, die *senbazaru* genannt wird. Kraniche bleiben angeblich ihr Leben lang zusammen, und in der japanischen Kultur stehen sie für ein langes Leben, Zufriedenheit und Glück. Die Kraniche können vom Vater der Braut oder den Eltern von Braut oder Bräutigam überreicht oder vom Paar selbst angefertigt werden, als Demonstration seiner Hingabe und als Aufgabe, die Geduld und Kommunikation lehrt.

Wir mussten eine riesige Jurte dekorieren, und ein flüchtiger Kommentar eines Fotografen hatte das Feuer entfacht. Sam, der immer zu allem bereit war, hatte zugestimmt. Wir hatten noch nie zuvor Origami gemacht, aber wie schwer konnte das schon sein? Ziemlich schwer, wie sich herausstellte. Ich bestellte Papierquadrate, rief ein YouTube-Video auf und machte mich ans Werk. Für den ersten brauchte ich zwanzig Minuten, er war wegen einiger falscher Ansätze und weil ich ein paarmal neu falten musste, ein wenig schäbig und sah trotzdem nicht genauso aus wie die kecken Papiervögel am Ende des Videos. Ich konnte es mir ausrechnen: Wenn es mir nicht gelang, die Geschwindigkeit zu erhöhen, dann würde ich vierzehn volle Vierundzwanzig-Stunden-Tage ohne Pausen brauchen, um genug Kraniche zu falten.

Wir hatten Angehörige rekrutiert, um uns zu helfen, aber Sam und ich hatten die überwiegende Mehrheit übernommen, und die meisten unserer Abende bestanden aus mehreren Stunden Papierfalten. An einem Abend war ich tief in Gedanken wegen der Hochzeit. Ich glaube, in Anbetracht der letzten Jahre der Trauer sollte es mich nicht überraschen, dass ich in Bezug auf die Hochzeit ein wenig unsicher war. Es bestand nämlich eine echte Diskrepanz: Ich hatte absolut keine Zweifel daran, dass Sam der Mann war, den ich heiraten wollte. Aber etwas machte mir zu schaffen. Nun ja, mehr als nur das: Ich hatte den absoluten Horror davor, mich so fest an ihn zu binden. Mich so fest an irgendjemanden oder irgendetwas zu binden. Das, was ich am meisten auf der ganzen Welt geliebt hatte, war mir ohne Ankündigung, Warnung oder Erlaubnis genommen worden. Warum sollte ich mich dem wieder aussetzen? Warum sollte ich mich dieser Gefahr ausliefern? Was, wenn etwas schiefging? Wie sollte ich das überleben? Ich war mit Liebeserklärungen, Zusammenleben, Hauskauf, Verlobung zurechtgekommen. Mehr als nur zurechtgekommen: Ich hatte es akzeptiert, gewollt. Aber etwas am Heiraten an sich brachte mich zum Ausflippen.

Ich hatte bisher noch nicht mit Sam darüber gesprochen,

weil es so albern war, und es wirkte sich in keinerlei Hinsicht darauf aus, wie sehr ich ihn liebte. Doch als wir so auf dem Fußboden saßen, musste ich ihn einfach fragen. »Du bist nicht … nervös, weil wir heiraten, oder?« Er antwortete, ohne von seiner Faltarbeit aufzublicken. »Nee.« Das war alles. Ich glaube, er hielt das für beruhigend. Kleinlaut wandte ich mich wieder meinen Kranichen zu. Wenn ich ehrlich bin, hatte ich das hauptsächlich aus ästhetischen Gründen auf mich genommen: Mir gefiel die Vorstellung, dass bunte Papiervögel unter dem Dach der Jurte flogen, an maibaumartigen Bändern flatterten und schwebten. Aber das System ließ sich nicht austricksen. Wenn man tausend Kraniche falten wollte, musste man dafür auch die Zeit aufwenden. Natürlich wird man schneller, aber wie sehr man auch an Tempo zulegt – es ist eine ganze Menge Falterei. Als ich meinen siebenundvierzigsten Kranich des Abends faltete – wahrscheinlich den dreihundertsten, den ich bisher hergestellt hatte –, begriff ich: Das war das, worauf es ankam, das war die eigentliche Bindung. Die Hochzeit war eigentlich nur eine Party. Die Bindung bestand aus dem alltäglichen Zeug: in der Beziehung präsent zu sein, auch wenn es hart wurde. Auch wenn dich der andere bis aufs Blut nervte. Es waren die langsamen, kniffligen Teile einer Beziehung, die von wahrer Bindung zeugten. Nicht vor den Altar zu treten oder eine Reihe sentimentaler Reden anzuhören; es waren die vielen Stunden, die man zu Hause saß und Kraniche faltete. Und ich merkte, dass es niemanden gab, mit dem ich lieber Hunderte dummer Kraniche gefaltet hätte; niemanden, den ich lieber gerüffelt hätte, weil er die einzelnen Schritte nicht richtig befolgte; niemanden, dem ich lieber gratuliert hätte, als er den Dreh heraushatte.

Das war der Mann, den ich liebte. Ich liebte die Lieder, die er erfand und sang, wenn er glaubte, niemand würde ihn hören. Ich liebte, dass er alle Tiere liebte, sogar Wespen (ich *hasse* Wespen). Dass er Schlafanzüge, Häkeln und Supermarktcafés liebte. Dass er sogar die Dinge liebte, die ich an mir hasste: die dämliche Falte, die ich an meiner Himmelfahrtsnase bekam, wenn ich sie rieb, den Oriongürtel aus winzigen Muttermalen an meinem Hals oder dass ich in dem Moment einschlief, in dem mein Kopf das Kissen berührte. Ich liebte seine Club-Sandwiches mehr als alle anderen Gerichte, die ich je gegessen hatte, ganz egal, wie schick oder gut zubereitet sie waren. Ich liebte, wie hart er arbeitete, wie sehr er ein besserer Mensch werden wollte. Wie er mich dazu brachte, auch besser zu werden. Ich liebte, dass er trotz all seiner Vorsichtigkeit volles Vertrauen in meine Fähigkeiten hatte. Ich liebte es, dass seine Sorgen und Ängste zu meinen passten, dass wir aber damit umgingen, als säßen wir auf einer Wippe – wenn einer zu kämpfen hatte, federte ihn der andere ab. Ich liebte es, dass wir ein Team waren. Ich liebte ihn, und das Leben ist zu kurz, um sein Herz in Reserve zu halten.

Die alles entscheidende Abschlussprüfung war nur noch wenige Wochen entfernt. Doch zuerst mussten wir noch in Angriff nehmen, was das Lehrpersonal als Krönung des Kurses anpries: Nachmittagstee. Bis zu diesem Punkt war jede praktische Übung eher ein Marathon als ein Sprint gewesen. Selbst die »einfacheren« praktischen Übungen für Fortgeschrittene hatten sechs Stunden gedauert, aber den Nachmittagstee würden wir insgesamt fünfzehn Stunden lang vorbereiten, bevor wir unsere Werke Freunden, Angehörigen und ausgewählten

Gästen der Schule kredenzten. Es war feierlich, eine Präsentation dessen, was wir die vorangegangenen neun Monate gelernt hatten. Aber natürlich würde es auch bewertet werden und in unsere Abschlussnote mit einfließen – und zwar wie vier gewöhnliche praktische Übungen.

Wir wurden in Teams aufgeteilt. Meinem Team wurde Karottenkuchen mit aufgespritzter Orangen-Frischkäse-Glasur und kandierten Orangenstreifen zugeteilt; des Weiteren Zitronenpossets mit winzigen Macarons, kandierten Zitronenstreifen und Zuckerverzierungen; Marcelins – einzelne Gebäckböden, gefüllt mit Marzipan, eingeweichter Schale, Himbeermarmelade und einer Mischung aus Kirschwasser, Mandeln und Eiweiß; Princes noirs und jede Menge Scones. Als Prince noir bezeichnet man eine Art raffinierte Schwarzwälder Kirschtorte, bestehend aus Schoko-Mandel-Biskuit, der in alkoholhaltigen Kirschsirup getränkt ist, knusprigem Pralin Feuilletine sowie Mousse aus Milchschokolade und weißer Schokolade, die in schmalen Streifen aufgespritzt wird, was den Effekt eines welligen, kurvigen oberen Abschlusses erzielt. Das Ganze wird mit Milchschokolade bespritzt, dann in kleine Rechtecke geschnitten und mit hellgrünen Pistazien, in Kirschwasser getränkten Kirschen und kleinen Locken temperierter dunkler Schokolade verziert.

Kein Team hatte dieselben Aufgaben wie das andere. Es gab alles – von Windbeuteln mit Schokolade und gesalzenem Karamell über Früchtetarte, Ingwer-Praline-Millefeuille bis hin zu Erdbeer-Champagner-Mousse. Es gab jede Menge Kuchen und Petit Fours, von denen ich noch nie gehört hatte: glasierte Orangenmousse zwischen getrockneten Orangenscheiben, genannt Clairfontaines. Etwas mit dem geheimnisvollen Namen

»Galaxie«, bestehend aus einem mehllosen Schokoboden, getränkt mit Framboise, darüber Himbeer-Schoko-Mousse, Himbeerglasur, drei verschiedene Verzierungen und optional Blattgold. Noch verblüffender war der »Zitrusgarten«, in dem ein Grapefruitgelee in einem Zitrusmousse versteckt war, darunter ein Boden aus Kokos-Limetten-Dacquoise (einem kokosnussigen Baiser, ein wenig wie ein Macaron), dressiert mit Italienischem Baiser und dekoriert mit gerösteter Kokosnuss und kandierten Limettenzesten.

Selbst die scheinbar einfachen Gebäckstücke waren alles andere als schlicht: Fast jedes davon benötigte einen individuellen Bestandteil aus Zucker- oder Schokoladenkunst, der mühevoll zubereitet werden musste. Für einige Eclairs benötigte man Bubblegumbaiser und Himbeergelatine und für den Kaffee-Walnuss-Kuchen eine Glasur aus blonder Schokolade (so etwas wie ein exklusiver Karamellriegel). Selbst der Schoko-Fudge-Kuchen bekam eine zweifarbige Schokozigarette aus dunkler und heller Schokolade.

Eines der Mantras der professionellen Küche – und wenn ich Mantra sage, dann meine ich etwas, das man in einer professionellen Küche Leute regelmäßig und ohne jegliche Ironie sagen hört – ist: *Teamwork makes the dream work.* Dieses Mantra war nicht nur abgedroschen und nicht besonders zutreffend, es war mir auch ein Gräuel. Es ging mir auf die Nerven. Ich hatte einen Abschluss gemacht, für den ich mich allein in meine Bücher hatte vergraben müssen. Fast mein ganzes Arbeitsleben über war ich selbstständig gewesen, und zwar in einem Beruf, in dem man seinen Zeitgenossen größtenteils Paroli bieten muss. In den früheren Trimestern hatten wir zwar paarweise gearbeitet, aber dennoch unser eigenes Gebäck hergestellt und präsentiert, waren wir selbst verantwortlich gewesen für das, wofür wir benotet wurden. Doch jetzt war alles anders. Alles wurde gemeinsam durchgeführt. Ich mochte weder von anderen abhängig sein noch mich jemandem fügen. Teamwork war ein Fremdwort für mich, und ich kam mir dumm vor. Wenn ich gezwungen werde, sieht meine allgemeine Einstellung dazu so aus, dass ich schon früh meine Rolle klar definiere, mich verbissen daran halte, andere Teammitglieder so gut wie möglich ausblende und dann darum bitte, dass ich nur für meinen Teil bewertet werde (es sei denn, meine Teamkollegen haben wirklich gut abgeschnitten – in diesem Fall akzeptiere ich gnädigerweise, dass ein Teil ihres Ruhmes auf mich abstrahlt).

Wir begannen mit den Vorbereitungen. Savannah, das langsamste Mitglied des Teams, wurde mit dem einfachsten Gebäck betraut: dem Karottenkuchen. Penny übernahm das Thema Marcelin und die Scones, ich die Princes noirs und das Posset. Um die Wahrheit zu sagen, war ich ziemlich angefressen, weil ich in einer Gruppe mit Savannah gelandet war: Sie schien sich keine Mühe zu geben und arbeitete so lustlos, dass ich sie am liebsten geschüttelt hätte. Wir hatten so viel zu tun. Das war der springende *Punkt* dieser Übung – zu sehen, wie wir mit einem großen Arbeitsaufkommen und mit einer riesigen Anzahl von Produkten zurechtkamen. Nachdem drei Stunden unseres sechsstündigen Tages verstrichen waren, raspelte sie noch immer Karotten. Ich hatte grundsätzlich schon wenig Geduld, und der Rest schwand rasch. Inzwischen hatte Penny Dutzende von Tartböden blindgebacken, Marzipan und Frangipani-Füllmasse hergestellt; ich hatte meine kleinen genoppten Macarons und meine Possets gebacken, meine

Orange zum Trocknen vorbereitet und den Feuilletineboden und die erste Schicht Milchschokoladenmousse für meine Princes noirs hergestellt. Ich ging nach Hause und beschwerte mich bei Sam über die Unfähigkeit gewisser Leute.

An Tag zwei kam Savannah fünfundzwanzig Minuten zu spät und schien trotz der dreistündigen Planungssitzung keine Ahnung zu haben, was sie zu tun hatte. Ich biss mir auf die Zunge und machte mit meinen Aufgaben weiter. Ich konnte nicht für die schlechte Arbeit eines anderen bestraft werden, überlegte ich. Außerdem brauchte sie nur noch etwas Orangenschale zu kandieren und Frischkäseglasur herzustellen, die sie auf den Karottenkuchen dressieren musste. *Das* würde sie ja wohl noch hinkriegen.

Inzwischen spritzte ich Schokolade auf meine Princes noirs, bedeckte die gewellten Moussestreifen mit essbarem Samt. Vorsichtig schnitt ich den Kuchen mithilfe meines Lineals auf den Millimeter genau in perfekte Rechtecke. Ich temperierte dunkle Schokolade, verteilte sie auf Azetatblättern, zog einen Plastikkamm durch die geschmolzene Schokolade und legte sie vorsichtig auf gebogene Backbleche, die normalerweise zum Formen von Baguettes benutzt wurden. Als die Schokolade getrocknet war, schälte sie sich in glänzenden Spiralen vom Azetat, die dann auf die einzelnen Kuchenstücke gelegt werden konnten. Währenddessen dressierte Penny weißes Schokomousse, setzte ihre Marcelins zusammen und stellte Dutzende Scones her. Ich sah nach, was Savannah gerade machte. Sie hatte zwei Stunden von Tag zwei gearbeitet, und alles, was sie bisher zustande gebracht hatte, waren ein paar Streifen kandierte Orange, eine Aufgabe, die eigentlich ein Fünftel der Zeit hätte in Anspruch nehmen sollen. Ich senkte den Kopf und machte mit meiner Arbeit weiter.

Die übrigen vier Stunden verbrachte ich in blinder Panik, weil ich versuchte, die Zeit aufzuholen, die wir durch Savannah verloren hatten; wie ein Käfer, der auf dem Rücken liegt, rührte, schnitt, dressierte und montierte ich. Wo war die Zeit bloß geblieben? Lief das beim Nachmittagstee immer so? Oder waren wir total schlecht?

Als der letzte Teil der praktischen Übung näher rückte, war ich mit den Nerven am Ende. Wir mussten so schnell arbeiten, um Savannahs Unfähigkeit und Schneckentempo wieder wettzumachen, dass ich das Gefühl hatte, wir wären keinem unserer Gebäcke gerecht geworden. Ich hatte ein wenig die Perspektive verloren: Auf meine Princes noirs konnte ich objektiv betrachtet stolz sein, sie gehörten zum Elegantesten, was ich je gemacht hatte, und meine Schokokunst war glänzend und stilvoll, aber ich war so enttäuscht, weil wir uns so beeilt hatten, dass ich Elemente hatte weglassen müssen. Ich hatte inzwischen aufgehört, mit Savannah zu sprechen. Es war zwar nicht eskaliert, aber ich hatte nun auch noch das letzte bisschen Geduld verloren. Wie sie es geschafft hatte, die ersten beiden Trimester zu überstehen, ging mir einfach nicht in den Kopf.

Jeder Schüler des Abschlusstrimesters durfte eine Person – nur eine einzige – zum Nachmittagstee einladen. Ich war in den Wochen zuvor traurig gewesen, dass ich nicht meine Mum als Gast einladen konnte, so wie die meisten meiner Mitschüler. Der Nachmittagstee ist die einzige Gelegenheit, bei der die Patisserieschüler präsentieren können, was sie in fast neun Monaten erreicht haben. Als ich mit Teekannen umherging und mich bemühte, die Gäste nicht zu bekleckern, mied ich Sams Blick. Unsere fertigen Kuchen sahen herrlich aus, wie sie da auf ihren Tortenständern thronten, aber ich kam mir so albern vor. Plötzlich war ich herzzerreißend, Gänsehaut einflößend froh, dass meine Mutter nicht da war und sah, wie ich nicht mal ein paar Kuchen austeilen konnte, ohne die Nerven zu verlieren und ohne dass meine Arbeit darunter litt.

Die Bewertung fand in unseren Teams statt, nachdem die Gäste gegangen waren. Nun, da alles vorbei und die Aussicht auf ein starkes Getränk nicht allzu weit entfernt war, fühlte ich mich besser, vor allem auch weil ein Exemplar jedes unserer Produkte vor uns stand, die letztendlich doch irgendwie ganz hübsch aussahen. Wir setzten uns zu dritt vor Chef Julie, und ich wartete darauf, dass mir gratuliert wurde, weil ich mehr als nur meinen Beitrag geleistet, weil ich die letzten paar Tage fieberhaft gearbeitet hatte. Ich war mir sicher, dass ihr nicht entgangen sein konnte, dass unser Team unausgewogen war, dass ich die mir zugewiesenen Aufgaben erledigt und vernünftiges Gebäck hergestellt hatte. Chef Julie gratulierte uns zu unseren Kuchen und wandte ihre Aufmerksamkeit dann unserer Zusammenarbeit zu. Sie erklärte, wie demoralisierend es sein kann, als einzige Person an einer langen Aufgabe zu sitzen, wie isoliert man sich fühlen kann. Sie sah eindringlich von mir und Penny zu Savannah. Der Subtext war klar: *Ihr habt sie hängen lassen.* Behutsam machte sie deutlich, dass es bei guter Zusammenarbeit eher um den Geist dieses Wortes geht als darum, einfach nur die Aufgaben aufzuteilen, und dass Delegieren nur funktioniert, wenn man ab und zu mal nach den anderen schaut, wenn man sich gegenseitig unterstützt. Ich fühlte mich wie eine Totalversagerin. Der Nachmittagstee hatte mir in vielerlei Hinsicht gezeigt, was ich ohnehin schon wusste: dass ich einfach nicht für Teamwork gemacht war.

Nach sehr vielen Überlegungen und ein wenig Ausprobieren hatte ich über Design und Geschmack meines Entremets entschieden. Der Boden sollte aus einer gesalzenen Milchschokolade-Praline-Feuilletine bestehen, knusprig und zwingend, wie ein wahrhaft ausgewachsener Schoko-Cornflake-Kuchen. Darüber sollte eine Mousse aus weißer Schokolade und Kardamom mit einer eingebetteten Schicht Mangovanillecreme folgen. Dann sollte ein Haselnuss-Joconde-Biskuit – ein leichter, flexibler Biskuit mit gemahlenen Haselnüssen anstatt der üblichen Mandeln – darumgeschlungen werden; den Abschluss bildete dann eine Erdbeerglasur. Das Ganze würde ich mit Tuilewaffeln mit Aprikosengeschmack dekorieren sowie mit dunkler Schokolade in Form von Federn und Schleifen, wie ich sie für meine Princes noirs zum Nachmittagstee hergestellt hatte. In der Hoffnung auf eine ruhige Hand plante ich, dieselbe doppelte Helix aus Schokolade zu dressieren, mit der es im ersten Trimester so gut geklappt hatte; diese würden Mango-Erdbeer-Püree enthalten sowie die seltsam obligatorische Crème anglaise.

Die Biskuitschicht musste, wie wir wussten, gemustert sein. Dies erreicht man ebenfalls durch ein wenig Küchenmagie: Man mischt Puderzucker, Mehl und Butter zusammen, um eine sogenannte Pâte à décor herzustellen; diese wird auf ein Backblech gestrichen oder gespritzt und eingefroren. Sobald sie gefroren ist, kann man mit dem Palettenmesser Kuchenteig darauf verteilen und das Ganze backen; die Pâte à décor wird ihre Form behalten, wenn sie in den Biskuit hineingebacken wird. Sie kann über eine Schablone gestrichen, gespritzt oder darauf verteilt werden: Die Möglichkeiten in Bezug auf das Muster hängen einzig und allein von der eigenen Fantasie ab und davon, wie ruhig die Hand ist, und es sieht ziemlich raffiniert aus, wenn es klappt. Ich hatte mir den unerklärlichen Plan in den Kopf gesetzt, ein Entremets mit Steampunk-Thema zu backen, obwohl ich eigentlich keinerlei Interesse an Steampunk habe. Ich hatte vor, meinen Biskuit mit unterschiedlich großen Zahnrädern zu mustern, doch als die Schablone ankam, war sie hoffnungslos zu klein. Daisy war mutiger als ich und stellte ihre eigene Schablone her, ein wunderschönes Motiv aus Karussellpferden, die am Rand des runden Entremets entlangtanzten. James verwandte ein exquisites Vogelmuster, dessen Form er in seinem Tuile nachbilden würde. Andere in meiner Klasse hielten das Ganze so einfach wie möglich: Sie zogen Plastikkämme durch die Pâte à décor, um Streifen oder Wellen herzustellen. Nachdem die Steampunk-Idee gestorben war, entschied ich mich für das Mittelfeld, indem ich eine heraldische Lilie als Schablone verwendete, die sich rund um meinen Kuchen wiederholte.

Ich übte die Entremets zu Hause, rannte aber in Bezug auf die Mangoeinlage gegen eine Betonwand. Zum ersten Mal wurde unsere Geschmackskombination benotet, deshalb konnte ich sie nicht einfach durch eine andere Frucht ersetzen, so wie ich es in vorangegangenen Trimestern gemacht hatte, als es nur um Technik und Konsistenz ging. Das Problem war, dass es ziemlich schwierig ist, Mangopüree im Laden zu finden. Ich schaute im Internet nach und scheute vor dem Preis des industriellen Krams zurück, den wir im Cordon Bleu verwendeten. Ich schlich durch die Gänge meines Supermarkts, in der Hoffnung, dort eine Lösung zu finden. Und dann kam mir der rettende Einfall: Babynahrung. Ich nahm das gute Zeug in den grellbunten Beuteln, die reines Fruchtpüree verhießen. Begeistert von meiner eigenen Brillanz schnappte ich mir händereibend einen Beutel und ging zur Kasse. Kurz bevor ich das Püree in die Basis aus weißem Schokomousse kippte und es durch die geschlagene Sahne faltete, schaute ich glücklicherweise auf die Packung. Wie sich herausstellte, haben Mango- und Hähnchenbrei-Babynahrungsbeutel beinahe identische Farben. Bestimmt wäre eine bebende, perfekt fest gewordene Gelatine-Hähnchen-Kasserole auf einer Dinnerparty in den 1970ern *der* Hit gewesen, aber ich war froh, dass ich das nicht auf die harte Tour herausfinden musste.

Aber nicht nur mein Entremets forderte anspruchsvolle kuchenbezogene Entscheidungen. Die Frage, die mir alle in Bezug auf die Hochzeit stellten, war: Backst du deine Torte selbst? Meine Antwort wurde stets von einem Augenverdrehen begleitet. »Natürlich nicht! Ich bin keine Masochistin!« Doch wenn es darum ging, wer sie anfertigen und wie sie aussehen sollte, war ich überfragt. Ich wusste, dass die Torte wichtig für mich war; weit wichtiger als für die meisten, und dass ich deshalb womöglich unverhältnismäßig viel darüber nachdachte. Doch wenn man eine absolut perfekte Karriere aufgab, um Kuchen zu backen, dann sorgte man wohl besser dafür, dass es an der eigenen Hochzeit eine gute Torte gab. Ich wusste, dass James unglaublich gute Hochzeitstorten herstellte. Jede von ihnen war eine raffinierte Skulptur aus barocker Zuckerkunst, als wäre sie aus Marmor gemeißelt. Doch es stellte sich heraus, dass James meine nicht backen konnte. Er wohnte in einem Studentenwohnheim, und was noch schlimmer war: Zum Zeitpunkt unserer Hochzeit würde er ein Praktikum in einem mit Michelin-Sternen ausgezeichneten Restaurant beginnen und würde deshalb jede einzelne Stunde, die Gott ihm schenkte, arbeiten. Halbherzig googelte ich andere Hochzeitstortendesigner, aber keiner erschien mir der Richtige zu sein. Dass ich immer noch nicht wusste, was ich eigentlich haben wollte, erleichterte die Sache auch nicht gerade. Sam, der im Grunde für jeglichen visuellen Reiz empfänglich und besonders impulsiv war, wenn es um die Hochzeitsplanung ging (er überraschte mich *ziemlich,* als wir uns mit der Floristin trafen, um den abgespeckten und ehrlich gesagt preisgünstigen Stil zu diskutieren, den wir anstrebten, und er plötzlich damit herausplatzte, dass er einen drei Meter hohen Blumenbogen wolle, der mit Rosen bedeckt sei), war auch keine Hilfe. Jedes Mal, wenn ich mit einem neuen Gebäck aus der Schule kam, nutzte er das als nicht besonders realistisches Sprungbrett für neue Tortenvorschläge. Irgendwann schlug er, ohne eine Miene zu verziehen, vier übereinandergestapelte Entremets vor. An dem Tag, an dem ich es nicht geschafft hatte, einen geblasenen Zuckerapfel zu fabrizieren, war ich besonders ärgerlich. »Sorry, nur dass ich dich richtig verstehe. Du willst, dass ich einen Tortendesigner finde, der vierundzwanzig geblasene Zuckerkugeln für eine Art Hochzeitstorte mit Weihnachtsthema herstellt?«, fragte ich ihn wütend. »Ja, genau!«, sagte Sam, der das Wesentliche nicht begriff und dem mein Gesicht und mein Tonfall entgangen waren.

Ich war stinksauer. Es war wichtig, dass wir genau die richtige Hochzeitstorte hatten, und ich glaubte nicht, dass sich Sam angemessen mit meinem Dilemma befasste. Ich wusste, dass ich mich in etwas hineinsteigerte, aber *ich hatte für Kuchen immerhin eine Karriere aufgegeben.* Die Blumen und die Musik waren auch wichtig, klar, aber Kuchen war mein Ding. Ich wollte einfach, dass er besonders war.

Eines Abends, als ich wieder Stunden damit verschwendet hatte, vergeblich nach meiner perfekten Torte im Internet zu suchen und mir weitere idiotische Vorschläge von Sam angehört hatte, gewann mein Leichtsinn die Oberhand. »Weißt du was?«, sagte ich zu Sam. »Ich backe die Torte verdammt noch mal selbst.« »Liv«, sagte Sam in diesem beherrschten Tonfall, der immer bedeutet, dass er nachsichtig mit mir ist, mich aber für eine Idiotin hält (ich kenne diesen Tonfall nur zu gut). »Du hast von Tag eins an gesagt, dass du nicht deine eigene Hochzeitstorte backen würdest. Du wolltest deine Zeit nicht damit verschwenden. Und du hast recht! Du wirst doch wohl nicht am Morgen deiner Hochzeit an einem Kuchen herumbasteln wollen.« »Ich weiß«, sagte ich. »Aber ich habe da eine Idee. Hör mich mal zu Ende an.«

*

Wenn man unser Nachmittagsteemodul auf seine wesentlichen Teile herunterbrechen würde, würde es so aussehen: etwas, das man ganz in den Mund schieben kann und knusprig ist, gefüllt mit etwas Cremigem, das einen ungewöhnlichen Geschmack hat. Ich werde ziemlich sicher nie wieder einen Zitronengarten backen oder einen Battenbergkuchen mit Schmetterlingen aus Zuckerspitze verzieren. Aber diese Windbeutel sind eine Köstlichkeit für den Nachmittagstee im echten Leben, und ich backe sie regelmäßig, wenn ich beeindrucken und erfreuen will.

Die Earl-Grey-Vanillecreme ist der Star dieses Gebäcks. Die Basis ist eine einfache Crème pâtissière mit Vanillegeschmack, doch bevor Sie anfangen, müssen Sie den Earl Grey in der Milch ziehen lassen, bis sie sepiafarben ist. Die Vanillecreme behält das bittere, komplexe Aroma unglaublich gut bei – ein perfekter Kontrapunkt zur Süße der Vanille und zur Üppigkeit der Creme.

Das zweite, was diese Windbeutel besonders macht, ist die Craquelin, eine Art Streuselmasse. Diese besteht aus kleinen Scheiben zuckrigen Teigs, die oben auf dem Brandteig sitzen und beim Backen bersten; auf diese Weise bekommen die Windbeutel ein schönes zerfurchtes Aussehen mit Kratern, wie die Oberfläche des Mondes. Dadurch geht der Brandteig gleichmäßig auf, und Unvollkommenheiten werden abgedeckt: Dies ist einer meiner Lieblingstricks aus der Welt der Patisserie. Außerdem sind die Windbeutel mit hellbraunem Zucker hergestellt, was ihnen zusätzlich eine komplexe Karamellnote verleiht.

Windbeutel mit Earl-Grey-Füllung

Menge: 18 Windbeutel
Zubereitungsdauer: 30 Minuten plus Abkühlen
Backzeit: 30 Minuten

Zutaten:

Für die Vanillecreme
250 ml Milch
3 Beutel Earl-Grey-Tee
1 TL Vanilleextrakt
2 Eigelb
60 g hellbrauner Zucker
30 g Speisestärke
200 g Crème double

Für die Craquelinmasse
70 g Mehl
35 g hellbrauner Zucker
65 g Butter

Für den Brandteig
120 ml Milch
50 g Butter
1 EL Zucker
½ TL Salz
75 g 1050er Mehl
3 geschlagene Eier

1. Die Milch zusammen mit den Teebeuteln in einen mittelgroßen Topf geben. Zum Köcheln bringen, dann vom Herd nehmen und eine halbe Stunde ziehen lassen. Dann die Teebeutel ausdrücken und wegwerfen, die Milch umrühren und wieder zurück auf den Herd stellen. Die Vanille hinzufügen und die Milch wieder erhitzen, bis sie dampft.

2. Die Eigelbe und den hellbraunen Zucker verrühren, bis die Mischung merklich blasser ist als am Anfang, dann die Speisestärke einrühren.

3. Ein Drittel der dampfenden Milch unter ständigem leichten Rühren in die Eigelbmischung gießen. Rühren, bis die Mischung glatt ist. Die Milch-Eier-Mischung zurück in den Topf geben und langsam zum Kochen bringen. Dabei ständig rühren und darauf achten, die Ränder des Topfes nicht zu vergessen. Sobald in verschiedenen Teilen des Topfes große klebrige Blasen erscheinen, ist die Vanillecreme fertig. Sofort auf ein Tablett oder einen Teller gießen und mit Frischhaltefolie bedecken; die Frischhaltefolie sollte die heiße Mischung berühren. Im Kühlschrank vollständig abkühlen lassen.

4. Die Zutaten für die Craquelinstreusel verreiben, bis sie Brotkrumen ähneln, dann zu einem Teig verkneten. Zwischen zwei Blättern Backpapier 1 mm dick ausrollen und einfrieren.

5. Für den Brandteig Milch, Butter, Zucker und Salz in einem Topf vermischen und über mittlerer Hitze rasch zum Kochen bringen.

6. Das Mehl mit einem Teigschaber in den Brandteig schlagen und währenddessen weiterkochen, bis man ein Brutzeln hören kann und sich die Mischung von den Seiten des Topfes löst. Den Teig auf einen großen Teller stürzen, mit Frischhaltefolie bedecken und für etwa 10 Minuten abkühlen lassen, bis der Teig eher warm als heiß ist.

7. Die Mischung in eine Schüssel geben und die geschlagenen Eier nach und nach hinzufügen, dabei jede Portion gründlich in die Mischung schlagen. Wahrscheinlich benötigen Sie nur 2 der Eier, deshalb besser langsam vorgehen. Wenn Sie glauben, dass der Brandteig fertig ist, einen Klecks davon mit dem Teigschaber herausheben und wieder abschütteln: Wenn das, was auf dem Teigschaber zurückbleibt, als tiefes »V« herunterfällt, wurde genug Ei hinzugefügt; wenn nicht, ein wenig mehr hinzufügen und noch mal testen.

8. Den Backofen auf 170°C Umluft/190°C Ober- und Unterhitze/Gasstufe 5 vorheizen. Den Brandteig in einen Spritzbeutel mit einer mittelgroßen Spritzdüse löffeln und kleine Kleckse – etwa in der Größe eines Tischtennisballs – auf ein mit Backpapier belegtes Backblech spritzen.

9. Die Craquelinmasse aus dem Gefrierfach nehmen und kleine Kreise ausstechen, die etwa denselben Umfang haben wie der Brandteig, und auf jeden der Brandteigkleckse einen legen.

10. Für 20 Minuten backen, dann die Backofentemperatur auf 150°C Umluft/170°C Ober- und Unterhitze/Gasstufe 3 senken. Weitere 5 Minuten backen, dann den Backofen

öffnen, um eventuellen Dampf abzulassen, und zum letzten Mal 5 Minuten backen. Der Brandteig ist fertig, wenn er sich vom Backblech löst und leicht bewegen lässt. Auf einem Kuchengitter zum Abkühlen beiseitestellen.

11. Die Vanillecreme in eine Küchenmaschine kratzen; sie wird fest und gleichzeitig wabbelig sein, aber lassen Sie sich davon nicht irritieren. Stark rühren oder mixen, bis sie glatt und ohne Klumpen ist.

12. Die Crème double halbsteif schlagen: Wenn Sie den Rührlöffel herausnehmen, sollte die Creme ihr eigenes Gewicht halten, aber das Ende wird herunterplumpsen. Ein Drittel der geschlagenen Creme zur Vanillecreme hinzufügen und gut verrühren. Das zweite Drittel der geschlagenen Crème double mit einem großen Metalllöffel vorsichtig unterheben: Dabei den Löffel auf die Seite drehen und damit mitten durch die Mischung schneiden, dann den unteren Teil der Mischung über den oberen Teil heben. Die Schüssel um ein Viertel drehen und wiederholen, bis die Mischung eine einheitliche Farbe hat – nicht zu sehr mischen! Dasselbe mit dem letzten Drittel wiederholen. Die aufgehellte Vanillecreme in einen Spritzbeutel mit einer 0,5-cm-Düse füllen.

13. Mit einem Spieß oder einem kleinen Messer unten an jedem Windbeutel eine Öffnung stechen. Vorsichtig die Vanillecreme hineinspritzen, bis der Windbeutel voll ist. Überschüssige Vanillecreme an der Öffnung abwischen, damit der Windbeutel ordentlich aussieht.

15

Jeder Tag brachte weitere Details, Aufgaben und Entscheidungen mit sich, die für unsere bevorstehende Hochzeit notwendig waren. Und mit jeder Entscheidung wurde mir die Lücke, die Mums Abwesenheit in meinem Leben hinterlassen hatte, deutlicher bewusst.

Es wäre ein Albtraum gewesen mit ihr, doch dadurch wurde es auch nicht einfacher zu ertragen. Jeder Punkt im Planungsprozess wäre komplizierter gewesen, wenn Mum an meiner Seite gewesen wäre; sie hatte genauso viele unumstößliche Ansichten bezüglich der Korrektheit bei Hochzeiten wie bei Beerdigungen. Sie hätte die Dinge genau so haben wollen, wie sie sie sich vorstellte. Ihr hätten meine Hochzeitseinladungen nicht gefallen (*Sie sollten von mir und deinem Vater kommen! Es geht nicht, dass du Leute zu deiner eigenen Hochzeit einlädst!),* und vor allem hätte ihr nicht gefallen, wann wir sie verschickten (*Nicht früher als sechs Wochen vorher!).* Sie hätte gewollt, dass die Hochzeit oben im Norden stattfindet – genau genommen in unserer Dorfkirche. Dann hätte ich an unserem großen Tag von meinem Zuhause zu den Feierlichkeiten zu Fuß gehen können. Doch ohne sie fühlte sich eine Hochzeit im Norden falsch an. Wir lebten dort nicht mehr. Es war nicht mehr mein Zuhause.

Ich führte einen eigenartigen inneren Dialog, in dem ich versuchte dahinterzukommen, was sie gewollt hätte, und dann mit ihr über jede einzelne Entscheidung stritt, die ich getroffen hatte und die vielleicht nicht ihren Vorstellungen entsprochen hätte. Dies floss rasch in tatsächliche Gespräche mit ein. Ich saß neben Sam, umgeben von Namen, und wir versuchten über den Tischplan zu entscheiden: »Ich will keinen Brautpaartisch«, sagte ich zu ihm. »Ich weiß, Liv«, erwiderte er, »wir haben bereits darüber gesprochen. Ich bin damit einverstanden.« Doch ich konnte nicht lockerlassen. »Ich will einfach nur, dass Freunde und Familie sich vermischen. Außerdem müssten viel zu viele Leute an den Brautpaartisch passen!«, insistierte ich. »Ja, ich weiß, ich halte das für vernünftig.« Eine leicht erschöpfte Note hatte sich in Sams Tonfall eingeschlichen. »Sieh mal, ich weiß, dass Brautpaartische Tradition haben, aber in diesem Fall ist es *einfach nicht die Lösung*«, erklärte ich in klagendem Ton. »Liv, ich hab's kapiert. In diesem Punkt gibt es keinerlei Meinungsverschiedenheiten. Du brauchst mich nicht zu überzeugen«, gab er zurück. »Ich weiß«, sagte ich. »Ich weiß.« Es war, als müsste ich ihre Ansichten vorbringen, auch wenn sie Sams und meinen eindeutig widersprachen. Bei jeder Entscheidung spielte sich dieselbe Farce ab: Blumen, Einladungen, Reden, Schwüre, Menüs, Schleier. Es nahm kein Ende.

Wenn ich nicht gerade Entremets plante, ging ich auf Hochzeitskleidsuche. Allein. Das machte mich nicht unbedingt traurig; es war für mich eher eine Aufgabe, die ich zwischen die morgendliche Kochvorführung und eine Vorlesung am frühen Abend quetschte. Maddy wohnte so weit weg, dass es mir albern vorkam, sie nach London zu zerren, und ich war schon mit Ruth in ein paar Läden gewesen. Ich hatte sehr genaue Vorstellungen in Bezug auf das Kleid, und ich war –

so redete ich mir ein – eine effiziente, kompetente Frau. Ich saß vorne im Laden und wartete auf eine Verkäuferin, während sich zahllose Mütter und Töchter hinter mir tummelten. Ich probierte ein Kleid nach dem anderen an, alles von Baisers bis hin zu anschmiegsamen griechischen Togen. Neben mir taten die anderen Bräute in spe dasselbe. Doch bei jedem Kleid, das sie anprobierten, löste sich neben ihnen eine Mutter beim Anblick ihrer Tochter in Tränen auf. Strahlend, glänzend. Meine Widerstandskraft geriet ins Wanken. Ich fühlte mich sehr, sehr einsam.

Ich hatte so etwas noch nie gemacht, aber ich hatte Bücher gelesen, ich hatte Filme gesehen: Wenn deine Mum nicht da ist und mit Tränen in den Augen »Das ist es!« flüstert, wie um alles in der Welt soll man es dann wissen?

Panisch rief ich Charis an. Charis lebte in Schweden und war nicht nur eine meiner ältesten Freundinnen, sondern zufälligerweise auch eine abartig talentierte Modedesignerin. »Ich weiß nicht, was ich tun soll. Nichts sieht richtig aus. Ich habe alles probiert«, sagte ich zu ihr. »Mach dir keine Sorgen, wir kriegen das hin. Wir machen dir einfach selber ein Kleid.« Sofort spülte eine Woge der Erleichterung über mich hinweg.

Ich war mir sicher gewesen, keine Brautjungfern zu wollen (und mutmaßte auch, dass meine Mutter die Vorstellung von erwachsenen Brautjungfern vulgär gefunden hätte). Ich hatte immer vorgehabt, Maddy zur Trauzeugin zu machen – ich hatte sie sogar schon gefragt –, zusammen mit meinem Patenkind als Blumenmädchen und meinem angehenden Neffen als Pagen. Wie es meine Angewohnheit war, hatte ich die Tatsache, dass ich keine Brautjungfern wollte, bereits lautstark verkündet. Doch plötzlich, aus heiterem Himmel, wollte ich mehr als alles andere auf der Welt, dass die Frauen in meinem Leben an meinem Hochzeitstag an meiner Seite waren.

Wenn ein geliebter Mensch stirbt, nimmt er nicht nur seine Gedanken und Erinnerungen mit sich. Sondern auch deine. Egal, ob es ihm oder dir bewusst ist – er ist eine Art Zeuge deines Lebens. Ohne diesen Zeugen – diesen Menschen, der sagen kann *Ja, das ist genau so passiert, wie du es in Erinnerung hast* oder *Weißt du noch, als …?* oder sogar *So war das doch gar nicht!* – gerät deine Identität ins Wanken. Ohne Mum fühlten sich Teile meiner Identität fein wie ein Gespinst an, nicht verifizierbar, zum Reich der unzuverlässigen Erinnerungen gehörig. Neben Maddy waren meine vier ältesten Freundinnen – Ruth, Suzy, Charis und Steph – die Zeuginnen meines Lebens. Ein Teil meiner Identität steckte in ihren Leben. Ich brauchte sie bei mir. Und ich hatte sie lieb und wusste, dass sie mich auch lieb hatten, und war bereit, die aktive Entscheidung zu treffen, an meiner Hochzeit von meinen Lieben umgeben zu sein. Nach genau einer Stunde und mehreren Anrufen hatte ich es von null auf fünf Brautjungfern gebracht.

Es wäre dumm, so zu tun, als wäre meine Hochzeit nicht von Mums Abwesenheit überschattet. Dumm, zu glauben, dass ich über diese Abwesenheit und deren Wirkung hinwegsehen könnte, wie ich es in allen anderen Aspekten meines Lebens so lange versucht hatte. Inzwischen wusste ich, dass ich schlecht mit meiner Trauer umgegangen war, indem ich ihre Existenz verleugnet hatte beziehungsweise ihre Wirkung auf mich. Tatsache war, dass ich immer noch komplett durcheinander war.

Seit wenigen Wochen machte ich nun eine Therapie. Langsam, mit geduldiger Sondierung und Anleitung, lernte ich, mich mit dem Schmerz, den ich so lange ignoriert hatte, auseinanderzusetzen. John und ich nahmen Stück für Stück das Narrativ auseinander, das ich mir geschnitzt und zurechtgeschliffen hatte. Wir rissen uns los von meinen Hypothesen, meinen Rechtfertigungen, meinen Widersprüchen. Zu meinem großen Glück hatte mein Therapeut kein Interesse an netten Redewendungen oder Erzählstrukturen. Ich versuchte, Dad und Maddy gegenüber offener zu sein, indem ich mich dazu zwang, mit ihnen darüber zu reden, wie ich meine Trauer verarbeitete, anstatt sie nur zum Lachen zu bringen, damit sie ihre eigene Trauer vergaßen.

»Was macht Sie traurig, wenn Sie an sie denken?«, fragte mich John ruhig. Mein Kopf wurde leer. Ich war so gut darin geworden, mir diese Gedanken nicht zu erlauben und den Schmerz nicht anzurühren, dass ich wirklich nicht wusste, wie ich anfangen sollte, darüber nachzudenken, was genau mich so überwältigend traurig machte. Als ich nicht antwortete, wartete John einfach. Ich dachte daran, wie ich immer neben ihr auf dem Sofa gesessen hatte, dachte an unsere täglichen Telefongespräche, dachte an ihre perfekten Schinken-Tomaten-Sandwiches. Ich dachte daran, dass sie immer, ohne Ausnahme, zu mir gehalten hatte. Ich dachte an alles, was sie verpasst hatte, und an alles, was ich ihr noch hatte sagen wollen. Ich konnte nicht sprechen. Schließlich brachte ich die Worte heraus. »Ich vermisse sie einfach«, sagte ich. Und weinte, so richtig, ohne sofort zu versuchen aufzuhören, ohne dass ich mich dafür schämte, zum ersten Mal vor einem anderen Menschen. Jetzt, wo ich es einmal ausgesprochen hatte, klang es so offensichtlich.

Ich erschien zu unserer allerletzten praktischen Übung, bereit, sie zu hassen. Es ging um die »moderne Torte«; ein ganzes Modul, das in eine einzige sechsstündige praktische Übung gepresst wurde. Jeder Schüler sollte eine andere Torte herstellen, die aus einer Vielzahl von Elementen bestand; diese Elemente wurden von der Nummer bestimmt, die jeder beim Betreten der Küche ziehen musste. Ich hatte keine Lust darauf: Demnächst standen Prüfungen an, in denen wir uns auf Dutzende verschiedene Rezepte konzentrieren mussten – warum um alles in der Welt sollte ich meine kostbare Lernzeit mit etwas verschwenden, das in keinerlei Zusammenhang mit unserem Prüfungsgebäck stand? Man sagte uns, wir sollten es als Gelegenheit betrachten, Techniken zu üben, die in der Prüfung relevant waren, doch ich hatte kein Interesse daran. Ich war eher trotzig.

Und müde war ich auch. Der Nachmittagstee hatte mich aus dem Konzept gebracht. Ich hatte wirklich nicht gewusst, dass Backen mich traurig machen konnte, dass es mir das Gefühl vermitteln konnte, inkompetent oder unvollkommen zu sein; es war bisher immer mein Gegenmittel gewesen. Ich wusste, dass ich eine Prüfung vor mir hatte, und in gewissem Maße war ich einfach bereit, sie über mich ergehen zu lassen. Die Zähne zusammenbeißen, es hinter mich bringen und bei Gott hoffen, dass ich bestand. Ich war hergekommen, um meiner Anwesenheitspflicht zu genügen und das Ganze dann hinter mir zu lassen. Das war eine sechsstündige praktische Übung – im Vergleich zum Nachmittagstee ein Klacks. Als ich den Unterrichtsraum betrat, zog ich eine Nummer aus Chef Oliviers Hut: Station zwei. Ich sah mir die Tortenelemente an, die auf dem Arbeitsblatt des Chef-Patissiers standen: Ein

Boden aus Pâte sablée (Mürbeteig) mit einer Schicht Ananas-Vanille-Marmelade, ein Weiße-Schokolade-Bananen-Crisp, ein Lemon success, ein Mango-Limetten-Mousse und eine weiße Schokoglasur. Okay, das klang ganz in Ordnung. Ich wusste ironischerweise zwar nicht, was ein »success« war, aber das Herrliche am Abschlusstrimester war, dass man, anders als in den beiden vorangegangenen, für all diese Elemente Rezepte bekam. Diesen brauchte ich nur zu folgen.

Das »moderne« Element dieser Torte lief anscheinend auf eine Mürbeteighülle hinaus, die etwa fünf Zentimeter größer war als der Kuchen, der darin untergebracht war. Dadurch würde ein Graben um die Torte herum entstehen, der mit pochierter Ananas gefüllt und mit frischen Früchten bedeckt werden konnte (man konnte das Ganze – Teig und Innenleben – auch quadratisch anlegen, aber ehrlich gesagt war das für meinen Geschmack etwas *zu* modern).

Ich backte meine Teighülle ohne Zwischenfälle, und wie sich herausstellte, war der sogenannte Lemon success einem Macaronrezept nicht unähnlich und musste auf ein Backblech gespritzt oder darauf verteilt werden. Die Einlage – der Bananencrisp – wurde hergestellt, indem man weiße Schokolade und Kakaobutter temperierte und gemixte gefriergetrocknete Bananenstücke hineinrührte, das Ganze dann zwischen zwei Stücken Backpapier ausrollte und einfror, bis es hart war. Um es in die richtige Form zu schneiden, erwärmte ich vorsichtig einen Metallring auf dem Herd und legte ihn auf den Schokocrisp, bis sich eine saubere Scheibe Bananenschokolade aus den Überständen herauslöste.

Es dauerte ewig, bis ich die Ananas vorbereitet hatte: zuschneiden, die Augen entfernen, das ganze Ding dann ganz langsam sehr fein würfeln und schließlich auf die Größe von Tic Tacs reduzieren. Anderen Leuten waren Bramley-Äpfel, Birnen und Himbeeren zugeteilt worden – Früchte, die mit minimalem Aufwand verarbeitet werden konnten und einen nicht versuchten anzugreifen, wenn man sie in Stücke schnitt. Ich war neidisch. Wenn ich erpichter auf diese praktische Übung gewesen wäre, hätte ich es vielleicht als Herzensangelegenheit betrachtet. War ich aber nicht, deshalb tat ich das nicht. Ich warf die Ananasstücke in den Topf, schlitzte eine Vanilleschote auf, schabte mit dem Messerrücken die Samen heraus und ließ sie in den Topf mit den Früchten fallen. Dann fügte ich ein wenig Wasser und ein paar Esslöffel Zucker hinzu, stellte die Hitze runter und dachte nicht weiter darüber nach. Ich hatte Wichtigeres zu tun (beziehungsweise Mousses zu rühren).

Zwanzig Minuten später wurde ich von dem Geruch abgelenkt, der von meinem Herd herüberwehte. Aber nicht auf die Art und Weise, an die ich mich allmählich widerwillig gewöhnte: der nussige und gleichzeitig saure Geruch, der auf verbrannte Schokolade hindeutete, oder der Panik verursachende Hauch von Rauch, der von blubberndem Karamell herrührte. Die Ananas roch einfach *fabelhaft.* So etwas hatte ich noch nie gerochen – komplex und aromatisch. Es war wie das platonische Ideal von Ananas. Ich sah mich um und war beinahe misstrauisch; wusste irgendjemand hier, wie fabelhaft diese Kombination war? Wie konnte es sein, dass die Anwendung von Hitze und ein wenig Vanille im Zusammenspiel mit der Ananas etwas so Magisches hervorzaubern konnte? Wie konnte es sein, dass es so viel großartiger war als die Summe seiner Teile? Ich hatte neun Monate damit verbracht, mich intensiv mit Gebäckarten und Nachtischen zu beschäftigen, und etwas so Simples wie Ananas und Vanille konnte mich noch umhauen! Es konnte mich glücklich machen.

Beschwingt wandte ich mich meinen anderen Aufgaben zu. Ich entnahm meine Mousse der Form und platzierte sie auf dem Lemon success und dem Bananencrisp. Dann stellte ich aus Milch, Gelatine, Glukose und weißer Schokolade eine Glasur her, fügte Lebensmittelfarbe hinzu, bis sie das Gelb von Osterglocken hatte, und goss sie über meine innere Torte. Diese hob ich dann in meine Teighülle, löffelte meine kostbare Ananasmarmelade um sie herum und legte frische Früchte darauf. Ich nahm ein Stück Isomaltzucker von der Silikonmatte, wickelte es um meinen Stahl und zog es ab, um eine kleine Spirale herzustellen, dann machte ich eine weitere, die sich um einen Metallring schlang. Gezogener Zucker konnte mir nichts mehr anhaben. Ich legte die Spirale über ein Stück frische Ananas und balancierte die Schlaufe um eine kleine Gruppe Himbeeren. Und damit war ich fertig. Dies war vor der Abschlussprüfung mein letztes Mal in der Küche. Vor sechs Stunden hatte ich total genervt den Raum betreten, doch jetzt, da ich ihn verließ, fühlte ich mich verdammt gut – wegen meiner Torte, wegen meines Kurses und auch meinetwegen.

Als ich auf dem Nachhauseweg in der U-Bahn über die Torte nachdachte, fiel der Groschen endlich. Die Sablés und Genueser Biskuits, die Mousses und Glasuren waren kein Selbstzweck gewesen, sondern sollten uns auf Bestandteile für kompliziertere, beeindruckendere und köstlichere Dinge vorbereiten. Ich hatte die Patisserieversion von *Karate Kid* durchlaufen: Training, Muskelgedächtnisaufbau durch scheinbar sinnlose Aufgaben. Ich hatte eine Weile gebraucht, bis ich verstanden hatte, dass wir keine Reihe von Rezepten beigebracht bekamen, auch wenn sich das so angefühlt hatte, als ich mich durch eine praktische Übung nach der anderen geackert hatte. Man lehrte uns Techniken – tausend verschiedene Arten, wie man die Zutaten, die wir bekamen, zu beinahe allem verarbeiten konnte. Wir waren jetzt in einem Stadium angelangt, in dem wir der knappsten Anweisung für die kompliziertesten Elemente folgen und diese dann zu beeindruckenden, professionellen Süßspeisen kombinieren konnten. Wir konnten riechen, wenn Karamell kochte, hören, wenn Kuchen fertig gebacken, spüren, wenn Brot gegangen, und sehen, wenn Schokolade temperiert war. Wir konnten unsere eigenen Rezepte für diese Elemente aufstellen, wir konnten unsere eigenen Gerichte designen. Wir waren bereit.

Fast niemand war im Umkleideraum, als ich mich für das Abschlussexamen umzog. Zum letzten Mal zog ich meine karierte Hose an, band mein Halstuch, knöpfte meine Kochjacke zu, schnürte die Schürze, strich meine Topflappen und mein Geschirrtuch, die an meiner Taille hingen, glatt und steckte meinen Pferdeschwanz in das Haarnetz. Noch vor ein paar Monaten hatte ich mich in der Uniform wie eine totale Idiotin gefühlt und nicht mal gewusst, wie ich mein Halstuch zu binden hatte. Jetzt hatte ich das Gefühl, das Recht erworben zu haben, das alles mit Stolz zu tragen, auch wenn mir die Jacke und die Hose nicht so richtig passten. Ich nahm mein Messerset, mein Bündel Papier, auf dem meine Rezepte, mein Zeitplan und meine Diagramme aufgeführt waren, und indem ich mich allein auf den Weg zur Examensküche machte, begann der einsamste Aufstieg des letzten Jahres.

Sechs Stunden sind lang. Eine lange Zeit, wenn man sich konzentrieren muss. Es ist lang, wenn man von Menschen umgeben ist, ohne mit ihnen zu sprechen. Es ist so lang wie zwei Drittel der *Herr-der-Ringe*-Trilogie. Eine lange Zeit, wenn man sie in fünfminütige Intervalle einteilen muss. Gleichzeitig ist es ein sehr, sehr kurzer Zeitraum, um ein ausgewachsenes und zwei individuelle Entremets herzustellen, die mehrmals kaltgestellt werden mussten. Man hat eigentlich keine Zeit, um Fehler zu machen, auch wenn man einzelne Teile neu machen darf. Unsere Anfangszeiten für das Abschlussexamen waren gestaffelt. Die Argumentation, die dahintersteckte, war gut: Jeder musste ja seine drei Entremets der Jury präsentieren, und es gäbe wohl ein Gemetzel, wenn man versuchte, von jedem Schüler drei große Teller mit Süßspeisen gleichzeitig hinauf in den Juryraum zu bringen. In Wirklichkeit liegt es aber daran, dass der Schnellkühler, der für praktisch jedes einzelne Element jeder Süßspeise benötigt wird, dauernd geöffnet wird, was bedeutet, dass er nie wirklich die Temperatur erreicht, die er haben sollte, wodurch jedes »stichfeste« Element größerer Gefahr ausgesetzt ist. Dem kann man vorbeugen, indem man den Gelatineanteil erhöht – man entschied selbst, wie viel man davon benutzte –, doch wie jeder der unterrichtenden Köche uns gewarnt hatte, war es eine Kardinalssünde, eine gummiartige Speise mit zu viel Gelatine auf den Tisch zu bringen. Ein Entremets, das zurückfederte, anstatt zu beben, das sich dem Löffel nicht beugte, würde *extrem* schlecht dastehen.

Ehrlich gesagt war ein federnder Kuchen die geringste meiner Sorgen. Die letzten drei Wochen hatten massenhaft Horrorstorys über das Abschlussexamen die Runde gemacht. Gerüchte flogen zwischen uns hin und her – von Schülern, die ihre Zutaten falsch berechnet hatten und denen nach der Hälfte die Eier ausgegangen waren oder die ihren Biskuit aus Versehen weggeworfen hatten. Eine der eigenartigen Anforderungen der Prüfung war, dass die Kandidaten ihre Entremets persönlich zur Jury tragen mussten. Letztes Jahr, so ging das Gerücht, war eine Schülerin auf dem Weg dorthin gestolpert; das Entremets war heruntergefallen, und sie hatte den Kurs deswegen nicht bestanden. Dadurch war ich mir meiner kleinen, ungeschickten Füße und der clownesken Küchenclogs, die ich tragen musste, extrem bewusst.

Panik stieg in mir auf, als ich mein Messerset auspackte und mir meine Station einrichtete. Ich hatte mir stapelweise Notizen gemacht, jedes Element auf einer separaten Seite, in seiner eigenen Klarsichthülle. Ich hatte kleine Plastikbecher mitgebracht, jeder davon war mit Malerkreppband beklebt, auf dem Zutaten und Mengen standen. Die Idee, die dahintersteckte, war, dass dadurch alles idiotensicher wurde, selbst wenn ich, die betreffende Idiotin, in Panik geriet, konnten meine Rezepte und Methoden unmöglich schiefgehen. Doch was ich tatsächlich getan hatte, war, mir für die Prüfung eine komplett neue Arbeitsweise zu verpassen, die ganz anders war, als wenn ich sonst in dieser Küche gearbeitet hatte. Ich fühlte mich verloren. Ich holte tief Luft und versuchte, mich zu erden. *Komm schon, Liv. Einen Schritt nach dem anderen.* Ich startete mit der knusprigen Schokoschicht, dem einfachsten von all meinen Elementen. Ich temperierte Praline- und Milchschokolade sowie Feuilletine-Waffeln zusammen und verteilte sie auf einem Blech, dann schnitt ich einen Kreis aus der Mischung aus und legte sie auf den Boden meiner Springform. Ich beugte mich über das Wasserbad mit Schokolade, wie Dutzende andere Male in den neun Monaten, rührte in der Schüssel, schabte von oben nach unten über deren Seiten und entspannte mich ein klein wenig. Ich ertappte mich dabei, wie ich in diesen Küchenrhythmus verfiel, der mich hauptsächlich zum Backen hingezogen hatte. Ich stellte eine Mangovanillecreme her und platzierte sie im Schnellkühler. Ich fror meine Pâte à décor mit heraldischen Lilien ein und bereitete dann meinen Haselnussbiskuit zu, den ich dann auf meine gefrorene Pâte à décor strich. Als es gebacken war – pinkfarbene heraldische Lilien vor dunkelgelbem Hintergrund –, zog ich das sperrige Blech mit Leichtigkeit aus dem Backofen, spannte dabei meinen Topflappen zwischen meinen beiden Händen und rief »Achtung, hinter euch!«, als ich mich an Alex und Savannah vorbeischlängelte. Ich schnitt den Biskuit zu, dann nahm ich ihn vom Blech und legte ihn innen um meine Springform. Ich hatte eine Mousse aus weißer Schokolade und Kardamom hergestellt und betete, dass sie nicht zu fest und nicht zu glibberig wurde. Und jetzt löffelte ich die Mousse in den Biskuitrand, gab die Mangovanillecreme in die Mitte, deckte sie mit noch mehr Mousse ab und glättete sie mit einem Palettenmesser. Dann stellte ich das Ganze in den Schnellkühler und hoffte das Beste.

Zwei Stunden waren vergangen, als Penny, die an der Station mir gegenüber arbeitete, plötzlich abrupt innehielt. Absoluter Horror zeichnete sich auf ihrem Gesicht ab. Ich temperierte gerade Schokolade und blickte auf, um herauszufinden, was los war. Oh nein. Oh nein, oh nein, oh nein. Sie hatte gerade die Mousse für ihr Entremets zubereitet und – genau wie ich – in ihre Metallform mit dem Biskuit an der Innenseite gefüllt; sie hatte es glattgestrichen und in den Schnellkühler gestellt. Dann war sie an ihre Arbeitsstation zurückgekehrt und hatte auf dem Weg, wie es sich für eine gute Abschlussschülerin gehörte, alles sauber gemacht, fest entschlossen, keine Punkte in Hygiene oder Arbeitsweise zu verlieren. Und jetzt stand sie da und hielt die fünf Blatt unbenutzte Gelatine in der Hand, die sie vergessen hatte, der Mousse hinzuzufügen. Ohne Gelatine würde die Mousse nie und nimmer fest werden. Sie wäre lediglich eine Mischung aus Fruchtpüree, geschlagener Sahne und ein wenig Vanillecreme; keine Chance, den Kuchen aus der Form zu holen, ohne dass er auslief. Chef Matthew, einer der beiden Patissiers, die unsere Prüfung beaufsichtigten, witterte Probleme und trat näher, um herauszufinden, was los war. »Ich kann Ihnen nicht sagen, was Sie tun sollen«, sagte er leise. »Welche Möglichkeiten haben Sie?« Penny hatte die Augen aufgerissen und sah aus, als würde sie gleich davonstürzen oder würgen oder beides; sie zerbrach sich eindeutig den Kopf über Patisseriewissen, das sie zu jedem anderen Zeitpunkt mühelos hätte abrufen können. Zwischen Schluchzern erwiderte sie: »Ich kann die Gelatine hinzufügen, oder ich kann es lassen«, sagte sie. »Richtig. Was passiert, wenn Sie es lassen?« sagte der Patissier. »Die Mousse wird nicht fest«, erwiderte sie todunglücklich. »Und was passiert, wenn Sie die Gelatine hinzufügen?«, half er ihr auf die Sprünge. »Ich werde sie in die Mousse einrühren müssen, das heißt, dass ich sie erhitzen muss, und dann wird die Schlagsahne zusammenfallen, und die Mousse wird *auch nicht* fest werden!« Sie konnte nicht mit neuen Zutaten noch mal von vorne anfangen – komplette Wiederholungen eines fertigen Schrittes waren verboten; es konnte nichts zurückgenommen werden – neue Sahne hinzuzufügen stand also außer

Frage. »Ich darf Ihnen nicht sagen, was Sie tun sollen«, sagte Matthew wieder. Penny traf ihre Entscheidung und nahm ihr Entremets aus dem Schnellkühler: Sie würde die Gelatine hinzufügen. Das hätte ich unter diesen Umständen auch getan, aber ich fühlte mit ihr, als ich beobachtete, wie sie ihre schöne geschlagene Mousse aus der Form in den Topf auf dem Herd löffelte, in dem Wissen, dass diese wahrscheinlich nicht richtig fest werden würde. Neun Monate guter, harter Arbeit, gelernte Techniken und Fähigkeiten halfen einem gar nichts, wenn man einen Moment lang nicht bei der Sache war. Das schien so unfair.

Mühsam wandte ich meine Aufmerksamkeit wieder meinem eigenen Arbeitsplatz und meiner To-do-Liste zu. Ich polierte Servierplatten, bis sie glänzten, wie man es uns beigebracht hatte, und hüllte sie in Frischhaltefolie, um sie vor Staub und Fett zu schützen. Ich stellte Aprikosentuiles, Crème anglaise und eine leuchtend rosa Erdbeerglasur her. Ich temperierte meine Schokolade und formte Schokofedern daraus. Wenn sie gelangen, waren sie exquisit: so zart, dass sie aussahen, als könnten sie schweben. Wie es aussah, hatte bei meinen ein Labradorwelpe Hand (beziehungsweise Pfote) angelegt.

Ich nahm mein kaltes Entremets aus dem Kühler und erwärmte die Seiten mit einem Gasbrenner, um es ganz aus der Form herauszubekommen. Es flutschte sauber und mit einem Schmatzen heraus, und man sah meinen farbenfroh gemusterten Biskuit, einen Streifen elfenbeinfarbene Mousse und darüber eine ganz dünne Linie Blassrosa. Ich betrachtete es kritisch: Die Geleeglasur wollte einfach nicht fest werden, aber wenigstens lief sie nicht an den Seiten herunter. Die Tuiles waren ein bisschen traurig und schlapp; ich hatte den Dreh nie so richtig herausbekommen, ganz egal, wie oft sie uns im Unterricht begegnet waren. Die besseren Nachrichten: Meine Crème anglaise war perfekt und saß ordentlich im Schokomuster, das ich auf die Teller gespritzt hatte.

Meine Hände zitterten, als ich die Schokofedern auf mein Entremets legte, der allerletzte Schritt in meinem Kuchenbackmarathon – sowohl dem sechsstündigen als auch dem neunmonatigen. Ich beendete diesen heiklen Schritt und nahm die immer noch bebenden Hände weg, Sekunden bevor Chef Dominique das Ende der Prüfung verkündete. Vorsichtig trug ich das Entremets zum Juryraum, mein Herz klopfte, und ich versuchte, nicht an meine plumpen Küchenschuhe zu denken oder an die Auswirkungen, falls ich stolperte. Ich übergab die Entremets, schüttelte den Patissiers die Hand und sammelte zum letzten Mal mein Messerset ein. Wie auch immer – meine Zeit, in der ich Patisserie am Cordon Bleu studiert hatte, war hiermit beendet.

*

Okay, ich will ehrlich sein: Ich habe versucht, das komplette Entremetsrezept hier aufzuführen. Wirklich, ich hatte das ganze Ding schon aufgeschrieben. Jedes einzelne Element, bis hin zu den Schokofedern und diesen leicht schlabbrigen Aprikosentuiles. Doch mein Verlag wollte nichts davon wissen. Es zog sich über Seiten, und wenn ich ehrlicherweise schon nicht sagen kann, ob ich das verdammte Ding je wieder machen würde, scheint es albern, sich vorzumachen, Sie würden das tun. Deshalb kürze ich alles weg bis auf das Beste: die knusprige Schokoschicht. Nachdem Sam neun Monate lang fast alles, was ich in der Schule gebacken hatte – vom Obstsalat bis hin zum Nachmittagstee –, probiert hatte, konnte er von diesem Schokocrisp einfach nicht genug kriegen: Er aß haufenweise Schnittreste und bettelte dann darum, dass ich mehr davon machte. Im Entremets geht er vielleicht ein wenig verloren zwischen den Mousses und der Crème und spielt eine vorwiegend strukturelle Rolle, aber allein verzehrt ist er absolut köstlich. Sobald er fest geworden ist, kann er zerbrochen und für sich gegessen werden, oder man füllt ihn in Zellophantütchen, bindet ein Schleifchen darum und hat ein tolles Geschenk. Ich stelle das Praliné hier selbst her und verwende Cornflakes anstelle der Feuilletine-Waffeln, die wir benutzt hatten, da diese fast nur in industriellen Mengen erhältlich sind. Ja, es ist eine Art Erwachsenenversion von Cornflake-Knusper-Kuchen, aber ich kann Ihnen eins sagen: Es ist eine verdammt gute Version von Cornflake-Knusper-Kuchen.

Gesalzener Milchschokolade-Praliné-Crisp

Menge: 250 g Schokobruch
Zubereitungsdauer: 20 Minuten und Zeit zum Abkühlen
Backzeit: 20 Minuten
Benötigt wird: ein digitales Küchenthermometer

Zutaten:

60 g Cornflakes
15 g Milchpulver
15 g hellbrauner Zucker
40 g Butter, geschmolzen
35 g Zucker
65 g ganze, ungeschälte Haselnüsse
100 g Milchschokolade, in Stücke gebrochen
5 g Salz
Eiswürfel

1. Den Backofen auf 140° C Umluft/160° C Ober- und Unterhitze/Gasstufe 2 vorheizen. Die Cornflakes in einer Schüssel mit den Händen auf ein Viertel ihrer Originalgröße zerbrechen. Milchpulver und hellbraunen Zucker hinzufügen und das Ganze herumschwenken. Dann die geschmolzene Butter unterziehen, bis alle Cornflakes vollkommen davon überzogen sind. Auf einem mit Backpapier belegten Blech verteilen und 20 Minuten backen, bis die Masse leicht geröstet ist. Komplett abkühlen lassen.

2. Als Nächstes die Praliné herstellen. Den Zucker zusammen mit 1 EL Wasser in einen kleinen Topf geben und bei hoher Hitze zum Kochen bringen. Wenn sich am Rand des Topfes kleine Blasen bilden, die Haselnüsse hinzufügen; umrühren, bis sie vollkommen mit Zuckersirup überzogen sind. Auf mittlere Hitze herunterschalten und das Ganze kochen, bis der Sirup eine dunkelgoldene Farbe annimmt; den Topf hin und wieder schwenken. Die Haselnüsse und den Karamell direkt aus dem Topf auf ein Backpapier gießen und fest werden lassen.

3. Sobald sie fest geworden sind, den Haselnusskaramell in Stücke brechen und in einen Mixer geben. Die Mischung mixen: Zuerst wird sie krümelig, und dann, wenn das Öl aus den Nüssen austritt, verwandelt sie sich allmählich in eine Paste.

4. Einen kleinen Topf mit Wasser auf den Herd stellen und erhitzen. Eine Metall- oder Glasschüssel über den Topf mit dem köchelnden Wasser setzen und die Milchschokolade und die Pralinépaste zusammen mit dem Salz hinzufügen. Ein Eisbad vorbereiten, indem Sie eine große Schüssel oder einen Topf mit Wasser und jeder Menge Eiswürfel füllen.

5. Sobald die Schokolade vollkommen geschmolzen ist, die Schüssel aus dem Wasserbad nehmen (den Topf mit dem Wasser aber weiterköcheln lassen!) und mit dem Teigschaber an den Seiten entlangschaben und umrühren; dann den Boden der Schüssel nur einen Moment lang ins Eisbad halten, dann wieder anheben und rühren. Weiterhin abwechselnd umrühren und ins Eisbad halten, dabei immer

wieder die Temperatur mit einem digitalen Küchenthermometer messen, bis sie auf 27° C gefallen ist. Nun die Schüssel wieder einen Moment lang auf den Topf mit dem heißen Wasser setzen und die Schokomischung gerade so lange umrühren, bis sie flüssig genug zum Gießen ist; die Schokoladentemperatur sollte etwa 29 bis 30° C betragen.

6. Die Cornflakes unter die geschmolzene Schokolade mischen und dünn auf einer Silikonmatte oder einem Stück Backpapier verstreichen. Ein weiteres Stück Backpapier darauflegen und die Mischung vorsichtig mit dem Nudelholz rollen, sodass zwischen den beiden Backpapierlagen eine gleichmäßige Schicht entsteht. Das Ganze auf ein Hackbrett gleiten lassen und für 20 Minuten in den Kühlschrank stellen. Anschließend die Schoko-Praliné-Mischung in Stücke brechen.

16

Im Cordon Bleu war es ruhig. Die Kurse waren zu Ende, die Umkleiden ausgeräumt. Ich stand vor einem der Unterrichtssäle und wartete auf meine Abschlussexamensnote, um herauszufinden, ob ich bestanden hatte oder durchgefallen war. Da war eine Schlange, ein Rückstau von Leuten, die Chef Javier sehen wollten. Ich lehnte mich an die Wand neben diese seemännischen Fotos des Lehrpersonals, die vor neun Monaten noch so seltsam gewirkt hatten und jetzt einfach nur Teil der Szenerie waren. Als Mum gestorben war, wusste ich nicht, was auf mich zukam. Ich wusste überhaupt nichts. Jetzt empfand ich diese seltene, eigenartige Mischung aus Aufregung und Angst, die entsteht, wenn man weiß, dass eine Phase des eigenen Lebens zu Ende geht und sich alles verändern wird.

Der Schüler vor mir kam heraus, und Chef Javier bat mich herein. Es fühlte sich seltsam an, dem Koch auf diese Weise gegenüberzusitzen – er in seiner weißen Kochkleidung und der hohen Kochmütze, ich jetzt in meinen eigenen Kleidern. Er drehte den Bildschirm zu mir: Er war bedeckt mit Fotos von meinen Entremets, die aus verschiedenen Winkeln und Distanzen aufgenommen waren. Es war, als würde man ein Foto von sich selbst sehen, wenn man es nicht erwartete, oder einen Blick auf sein Spiegelbild erhaschen, bevor einem aufgeht, dass es das eigene ist. Chef Javier lächelte mich an: »Nun«, sagte er, »Sie haben bestanden!« Ich hatte mit ordentlichen Noten bestanden – besser, als ich erwartet hatte. Meine Mousse war leicht und schwammig, meine Tuiles ein wenig glanzlos; mein Tellerdesign war gut, meine Schokolade hatte die richtige Konsistenz. Meine Crème anglaise war perfekt. Chef Javier gratulierte mir, schüttelte mir die Hand und wünschte mir alles Gute für die Zukunft. »Danke, Chef Javier«, erwiderte ich. »Für alles.«

Penny hatte bestanden, obwohl es ihr nicht gelungen war, ihr nicht fest gewordenes Entremets aus der Form zu lösen. Savannah war durchgefallen. Einer der Jungs aus dem Cuisinekurs war durchgefallen, weil ihm ein halber Punkt von achtzig fehlte. *Ein halber Punkt.* Wir saßen im Sonnenschein, tranken Cocktails und tauschten Ungerechtigkeiten und Überraschungen in Bezug auf unsere Ergebnisse aus und unterhielten uns über unsere Pläne. Georgie hatte ungefähr sieben Etappen vorgezeichnet; sie wollte so viel Erfahrung wie möglich sammeln, deshalb würde sie jede Topküche und -bäckerei ausprobieren, die sie nehmen würde. Sie strahlte Enthusiasmus, aber auch Entschlossenheit aus. James und Daisy blieben noch, um den Kurs in kulinarischer Leitung zu belegen, eine dreimonatige Zusatzausbildung für Leute, die Lebensmittelunternehmen leiten wollten. Miriam würde nach Frankreich zurückkehren, wo sie hoffte, Patisserieunterricht geben zu können. Und ich? Ich war mir noch nicht sicher.

Was hatte ich erwartet, was mir der Besuch des Cordon Bleu bringen würde? Wenn ich auf meine Entscheidung, dorthin zu gehen, zurückblicke, fühlt es sich manchmal wie der Höhepunkt der Kaprizen an, einen absolut guten Job für etwas so Dekadentes hinzuschmeißen. Ich hatte gedacht, ich würde herausfinden, wofür ich ein natürliches Talent hatte, dass ich vielleicht ein Schokosavant wäre, ein Entremetsgenie oder dass ich Wunderdinge aus Zucker ziehen könnte. Ich hatte nichts dergleichen herausgefunden. Was ich gelernt hatte, war, dass sich harte Arbeit meistens auszahlte. Ich hatte gelernt, dass Praxis durch nichts ersetzt werden kann. Und dass es keine Schande ist zu scheitern, wenn man bereit ist, sich wieder aufzurappeln und es noch mal zu probieren. Ich hatte gelernt, dass es okay war, traurig zu sein, wenn etwas schiefging, solange man am nächsten Tag wieder auftauchte und es noch mal versuchte. Ich hatte gelernt, dass es immer wieder Gelegenheiten gibt, sich zu rehabilitieren (und dass ich sie brauchte).

Ich hatte herausgefunden, dass Geduld wirklich eine Tugend sein kann – sehr zu meiner Verärgerung. Ich hatte herausgefunden, dass die Welt nicht untergeht, wenn man seine Karriere abbricht, ohne einen perfekten Plan zu haben. Es mochte vielleicht eine halbgare Idee gewesen sein, aber eine gute.

Ich hatte viel über mich selbst gelernt. Ich hatte gelernt, dass ich zäher war und dass mir dieser Weg wichtiger war, als ich gedacht hatte. Ich hatte gelernt, dass man mit Entschlossenheit ziemlich weit kam. Ich hatte herausgefunden, dass ich größere Schmerzen aushalten konnte, als ich gedacht hatte, und dass ich mutig sein konnte.

Meine Fertigkeiten mit dem Messer waren noch immer beschissen: Zwiebeln schnitt ich bestenfalls willkürlich, und ich hatte keine Ahnung, wie ich es anfangen sollte, einen Pilz zu tournieren. Ich weiß nicht mal so recht, was ein tournierter Pilz überhaupt ist. Vielleicht werde ich nie ein hübsches Tuile hinkriegen. Ich kann nicht mit Schokolade umgehen – eigentlich mit überhaupt nichts –, ohne damit meine

Kochjacke zu bekleckern. Aber ich beherrsche 120 Tellerdesserts. Ich kann eine Torte zusammensetzen. Ich kann im Team arbeiten. Okay, nein, kann ich nicht. Aber wenigstens weiß ich das jetzt. Ich kann kommunizieren. Ich kann mich wieder aufraffen, wenn ich etwas versaut habe. Ich kann Vanillecremes und andere Cremes retten, wenn sie misslungen sind. Ich kann etwas üben, bis ich es kann. Ich habe Freude an der Arbeit und am Prozess.

Meine Hände haben eine ganz neue Sammlung an Narben abbekommen. Vier perfekte Kreise, wo mein Daumen in die Hand übergeht, waren von Tiefrot zu hellem Korallenrot verblasst; das sind die Verletzungen von meiner Arbeit mit dem Karamell, als ich Croquembouche herstellte. Das leicht stumpfe Ende meines Daumens, wo ich ihn in der Briocheübung aus Versehen mit dem Messer traktiert hatte. Der immer noch erhöhte rosafarbene Halbmond, der zurückgeblieben war, als ich die Hand durch die Glasschüssel einer Küchenmaschine steckte, die zu Hause von der Arbeitsfläche fiel und zerbrach, als ich Donuts backte. Was ich gelernt habe, meine Erfahrungen, kann ich an meinen Händen ablesen. Vielleicht werde ich nie solche Narben haben wie die, die uns Chef Javier zeigte, aber das will ich auch gar nicht; ich hatte meinen Frieden gemacht mit der Tatsache, dass ich nie in einem Restaurant arbeiten würde. Dennoch sind die Narben, die ich habe, wie eine Landkarte meiner jüngsten Vergangenheit. Diese Hände, die allmählich denen meiner Mutter ähnelten, erzählten ihre eigene Geschichte. Meine Hände waren noch nie meine besten Bestandteile gewesen, und in den vergangenen neun Monaten waren sie gewiss nicht hübscher geworden, doch zum ersten Mal sagten sie etwas über mich aus. Und ich glaube, mir gefällt, was sie aussagen. Sie sagen, dass ich keine Angst vor harter Arbeit habe. Vielleicht auch, dass ich generell weniger Angst habe.

Nicht alle meine Narben sind zu sehen. Man sagt, dass Narben Geschichten erzählen; was passiert dann, wenn man die Narben nicht sieht? Bleiben die Geschichten unerzählt? Bleiben sie stumm? Was passiert, wenn man diese Geschichten unterdrückt? Ich brauche meinen Therapeuten nicht, um mir zu sagen, dass das nicht hilfreich ist.

George Engel, ein amerikanischer Psychiater und Begründer des biopsychosozialen Modells, beschrieb Trauer als ein psychologisches Trauma, genau wie eine Wunde oder eine Verbrennung ein physiologisches Trauma darstellt. Er argumentierte, dass sie damit in das Pantheon der Krankheiten gehört, dass Trauer das Abweichen von einem Zustand der Gesundheit und des Wohlbefindens darstellt. Genau wie Heilung im Reich des Physischen Zeit braucht, um den Körper wieder in ein gesundes Gleichgewicht zu bringen, bedarf es einer gewissen Zeitspanne, bis der Trauernde wieder ein emotionales und psychisches Gleichgewicht erlangt. Daher ist es verrückt, regelrecht ein Wahn, so zu tun, als würde es einem gut gehen, ohne irgendeinen Heilungsprozess durchlaufen zu haben. Im Scherz würde ich mich selbst als ein Negativbeispiel für Trauern angeben – *Tun Sie nicht, was ich getan habe, dann wird alles gut!* Doch letztendlich habe ich der Tatsache ins Auge gesehen, dass Arbeit geleistet werden musste. Ich hatte gedacht, dies allein bewältigen zu können, autark zu sein, eigenverantwortlich. Ich hatte mich geirrt.

Die Lücke, die Mum in meinem Leben hinterlassen hat, wird nicht kleiner. Je älter ich werde, desto größer wird sie.

Immer mehr Gelegenheiten werden verpasst. Mutterlosigkeit bedeutet nicht nur den Verlust einer Mutter, sondern ihre ständige Abwesenheit. Ein Mangel an Bemutterung ebenso wie das Fehlen einer Mutter. Deshalb empfinden Menschen, die ihre Mutter verloren haben, als sie noch klein waren – noch bevor Erinnerungen gebildet wurden –, diesen Schmerz, diesen Verlust. Man kann nur gemäß seiner Lebenserfahrung zum Todeszeitpunkt trauern: Eine Elfjährige kann ihre Mutter nur so betrauern, wie sie es zu dieser Zeit versteht, aber sie kann nicht um Verluste trauern, die sie noch nicht erlebt hat. Sie kann nicht um die verpasste Abschlussfeier, Hochzeit, Geburt oder eigene Krankheit trauern. Das kommt später. Ich versuche dahinterzukommen, was das entscheidende Gefühl der Mutterlosigkeit ist – neben Selbstmitleid, das wie ein Kater nicht abzuschütteln ist: Es ist das Gefühl, ungetröstet zu sein. Niemand ist da, der mich tröstet. Es waren Mums Hände. Wenn ich traurig oder krank bin, presse ich Sams Hand flach auf meine Stirn und suche nach diesem Trost – versuche, mich selbst zu trösten. Es funktioniert nicht. Ich will immer noch meine Mami.

Meine Mutter sagte immer, dass sie durch meine Geburt weißhaarig geworden sei. Mein ganzes Leben lang hatte sie ihre Haare gefärbt, wobei sie von ihrem dunkelbraunen Naturton, der meinem entsprach, überging zu einem hellen Kupfer, das eher wie Maddys Haar aussah. Sie war neunundzwanzig, als ich zur Welt kam. Als ich selbst neunundzwanzig war, hatte ich ebenfalls weiße Strähnen – ein Weiß, das ich nach achtzehn Monaten des Widerstands aufgehört hatte zu färben und herauswachsen ließ, weiche Linien kühlen Graus durchbrachen jetzt mein glattes dunkles Haar. Als ich neunundzwanzig war, war sie schon vier Jahre tot. Es lag nicht an mir, wollte ich ihr sagen. Nicht ich habe deine Haare weiß werden lassen. Das warst du. Das waren wir. Das war etwas, was wir gemeinsam hatten. Aber diese Tatsache konnte ich ihr nicht mitteilen.

Jedes kleine Glück beinhaltet jetzt auch etwas Trauriges. In die Kanzlei aufgenommen zu werden. Mein Abschluss am Le Cordon Bleu. Jedes Weihnachtsfest, jeder Geburtstag. Meine Verlobung. Meine Hochzeit. Jedes fantastische Essen, jede perfekte Anekdote, der Neustart der *Gilmore Girls* – von alldem kann ich ihr nicht mehr erzählen. Nicht einmal von diesem Buch, meinem Buch. Ihrem Buch.

Ich frage mich oft, wie sie jetzt wäre. Ich trauere um ihr ungelebtes Leben: die Dinge, die sie nicht mehr gesehen, erlebt, erfahren hat. Ich trauere um meine Zukunft ohne Mutter, in der alle Kinder, die ich je haben werde, ihre Oma nicht kennenlernen würden, in der mein Mann seine Schwiegermutter nie kennenlernen würde. Aber ich trauere auch um mein eigenes ungelebtes Leben: Ich trauere um das Leben, das ich geführt hätte, wenn Mum nicht gestorben wäre, die Leichtigkeit, mit der ich von Tag zu Tag gelebt hätte. Natürlich funktioniert das so nicht. Ich schaue durch eine rosarote Brille; mit oder ohne Mum würde mein Leben immer Höhen und Tiefen haben. So ist das Leben. Aber das hier ist Fantasie, deshalb erlauben Sie mir bitte meine Träumerei.

Verlust ist transformativ. Ich würde alles tun, um meine Mutter zurückzubekommen, aber es wäre falsch zu sagen, dass mich ihr Tod zu meinem Nachteil verändert hat. Ihr Tod hat mich zu einem besseren Menschen gemacht. Und ich führe jetzt ein Leben, das mich, abgesehen von ihrem Tod, glücklicher macht. Die Trauer hat mich verändert. Lange Zeit hatte ich die Trauer mein Leben bestimmen lassen, als ich alles in meiner Macht Stehende getan hatte, mich nicht mit der Realität zu befassen. Indem ich versuchte, sie zu ignorieren, erlaubte ich, dass sich Fäulnis einnistete, bis diese größer wurde als ich.

Die Form der Trauer hat sich im Lauf der Jahre verändert. Es fühlt sich ein wenig wie diese Heißer-Draht-Spiele an, bei denen man eine Metallschlaufe an einem stromführenden Leiter entlangführen muss, ohne diesen zu berühren; berührt man den Leiter, fängt das ganze Ding zu brummen und zu kreischen an, und man bekommt einen kleinen elektrischen Schlag. Direkt nach Mums Tod war die Schlaufe kaum größer als der Draht; es war unmöglich, sich überhaupt zu bewegen, ohne den Leiter zu aktivieren und Schockwellen durch mich hindurchzusenden. Im Lauf der Zeit wurde die Schlaufe größer, aber sie sitzt immer noch auf dem Leiter. Man stößt nicht mehr so oft an; ich war versierter in diesem Spiel geworden. Doch wenn ich strauchle und die Schlaufe berührt den Leiter, fühlt es sich genau so an.

Einen Monat vor meiner Hochzeit starb Jan. Tante Jan – die Schwester meiner Mum.

Am Tag vor meinem dreißigsten Geburtstag wurde bei ihr aggressiver Magenkrebs diagnostiziert. Sie war zweiundsechzig. Dad rief mich an, um mir zu sagen, dass es ihr nicht gut ging. Er versuchte mir zu erklären, dass die Prognose schlecht war, doch ich klammerte mich an die winzigen Hoffnungen in dem, was er sagte – Dinge, die er nicht wirklich meinte, in Bezug auf weitere Untersuchungen und Pflegepläne. Und dann, eine Woche später, rief er wieder an. »Du solltest sie besuchen.« Ich wollte nicht. Ich versuchte, es hinauszuschieben.

»Hör mal, ich bin dieses Wochenende auf einer Hochzeit in den Highlands, ich werde versuchen, danach hinzufahren«, sagte ich zu ihm. »Nein«, sagte er. »Warte nicht so lange.«

Deshalb nahm ich den Zug nach Lincolnshire und dann ein Taxi vom Bahnhof zum Krankenhaus. »Besuchen Sie jemanden?«, rief der Taxifahrer fröhlich zu mir nach hinten, als ich ihm mein Ziel nannte. »Ja«, antwortete ich, unfähig, etwas Positives zu erwidern. »Ah, schön!«, sagte er. »Dann hoffen wir mal, dass es demjenigen bald wieder gut geht.« Er ließ mich am Nordende des Krankenhauses raus, nichtsahnend, dass es sich um die palliative Pflegestation handelte.

Bei Jan war gerade Visite, als ich ankam, deshalb setzte ich mich ins Wartezimmer und wartete. In beinahe jeder Hinsicht wäre ich lieber nicht dort gewesen: Ich wollte mich nicht verabschieden. Ich wusste nicht, wie. Ich stand zu sehr unter Druck. Ich hatte solche Angst; meine Hände zitterten.

Ich saß in ihrem Krankenhauszimmer in Lincolnshire neben ihr, hielt ihre Hand und redete mit ihr über ihre Schwester. Als Mum starb, war für Jans Trauer kein Platz in meinem Kopf gewesen. Ich hatte befürchtet, dass sie andeuten könnte, sich auch nur einen Bruchteil so sehr nach meiner Mutter zu sehnen wie ich.

Als Maddy und ich nach Mums Tod unsere brutalen Vollstreckerinnenpflichten erfüllten, hatten wir eine Parfümflasche aufbewahrt. Nicht für uns, sondern für Jan. Es fühlte sich an, als würden wir eine Erinnerung für sie bewahren, etwas, was man auf einem Tisch zurücklassen oder aus der Schublade herausholen konnte, wenn es nötig war. Das war sentimental und süß, und wir taten es, ohne groß darüber nachzudenken. Später erzählte sie uns, dass sie ein Ritual rund um diese Parfümflasche erschaffen hatte. Jeden Morgen setzte sie sich an ihren Frisiertisch, roch an Mums Parfüm und erlaubte sich, sie zu vermissen und zutiefst und überwältigend traurig zu sein. Dann schloss sie den Deckel und nahm ihren Tag in Angriff. Als sie mir das bei einem unserer Telefongespräche erzählte, von denen wir wohl beide insgeheim hofften, dass sie als Ersatz für diese Anrufe fungierten, die wir getrennt voneinander mit Mum geführt hatten, verdrehte ich die Augen. *Wie sentimental,* dachte ich. *Wie überflüssig. Warum können die Leute nicht einfach mit ihrem Leben weitermachen?* Wie konnte ich bloß nicht begreifen, dass Jans Art und Weise, mit dem Tod ihrer Schwester umzugehen, so viel gesünder, direkter und sich selbst gegenüber gütiger war als meine?

Ein Jahr zuvor hatten Maddy, Jan und ich an dem großen Küchentisch des Bauernhofs gesessen, in dem wir uns zu Dads sechzigstem Geburtstag versammelt hatten, und sprachen darüber, wie Mum immer gerochen hatte. Für meine Schwester war sie Chanel Chance, das Parfüm, das sie benutzte, als sie älter wurde. Für mich war es Chance, vermischt mit der Gesichtslotion von Clarins, die sie benutzte, und den Silk-Cut-Zigaretten, die sie rauchte. Außerdem erinnerte ich mich noch weiter zurück: an den Gesichtspuder von Max Factor, den sie immer trug, und an Elizabeth Ardens Sunflowers, einen Duft, mit dem sie sich die Neunziger über besprühte und der mich an Familienurlaub, Sommer und ihren Frisiertisch erinnerte. Jan hingegen konnte sämtliche Parfüms meiner Mutter, ihre Düfte, ihre charakteristischen Merkmale, herunterrattern – Düfte, die mir entgangen waren, die sie vor meiner Zeit benutzt hatte. Die Parfüms, die sie als Teenagerin benutzt hatte, als junge Frau, als frisch Vermählte. Düfte, die meine Mutter ausmachten, bevor sie meine Mutter wurde. Wir saßen beisammen, übertönten einander, schrien triumphierend Markennamen hinaus, als wären wir in einer seltsamen Spielshow; wir klammerten uns an Dinge, die wir noch festhalten konnten, die greifbar waren. An Namen von Dingen, die, anders als ihre Trägerin, noch existierten. Ich bin so froh, dass sie diese Parfümflasche hatte. Ich wünschte, ich hätte auch eine behalten.

Jan starb knapp zwei Wochen später. Wir hatten im Krankenhaus über Mum gesprochen. Zuerst weinten wir nicht, sondern strengten uns an, trotz der brutalen Realität, die unserem Gespräch zugrunde lag, zu lächeln. Und als wir dann doch weinten, konnten wir gar nicht mehr aufhören. Aber nicht auf die Art und Weise, die ich fürchtete; nicht so, dass es sich anfühlte, als würde ich ertrinken. Als ich das Krankenhaus verließ, fühlte ich mich wohl so, wie man sich fühlte, wenn man es geschafft hatte, sich von einem geliebten Menschen zu verabschieden; dass ich meinen feigen Instinkten nicht nachgegeben und mich mit der Realität ihres Todes konfrontiert hatte. Und ich war rasend wütend, dass ich das nicht mit Mum gehabt hatte. Aber andererseits hätte gerade Jan das verstanden.

An der Uni hatte ich literarische Tragödien studiert und war darüber frustriert gewesen. Wir hatten uns im Unterricht den Film *Begegnung* angesehen und darüber im Kontext des Genres Tragödie diskutiert. Ich war normalerweise schlecht vorbereitet und schlecht informiert, deshalb waren jegliche starke Meinungen, die ich in Kolloquien und Seminaren vorbrachte, üblicherweise Nebelkerzen, die die Tatsache verschleiern sollten, dass ich mehr Zeit damit verbracht hatte, in Pubs herumzuhängen und Aktivitäten nachzugehen, die mit der Uni nichts zu tun hatten, als meinen Foucault und meinen Freud zu lesen. Aber das hier war anders: Hier hatte ich eine entschiedene Meinung über etwas – die Vorstellung, dass *Begegnung* tragisch ist, war Blödsinn. Zwei verheiratete Menschen, die sich ineinander verlieben und dann zu ihren jeweiligen Ehepartnern zurückkehren, machen noch keine Tragödie. Eine einzige Episode von *EastEnders* enthält mehr Tragödie als ein Paar, das beschließt, eine Affäre zu haben, ganz egal, wie sehr sie das Gefühl haben, dass dies Schicksal ist. Es ist egoistisch, selbstbezogen. Natürlich rührte meine Selbstgerechtigkeit daher, dass ich Tragödie als Literaturform gründlich missverstanden und das meiste meiner Pflichtlektüre nicht gelesen hatte. Aber ich wusste dennoch, dass der Tod meiner Mutter keine Tragödie war. Er war nur eines dieser Dinge. Leben. Oder Tod. Das passierte jedem. Wie ungerecht es sich auch für mich anfühlen mochte, mein Leid und ihr Leid waren nicht *tragisch*.

Sam betrat mein Leben genau in dem Moment, als meine Mutter es verließ, und dadurch fühlt sich das Ganze eher wie eine Salonfarce oder eine Sittenkomödie an als eine konventionelle Tragödie. Und eine Komödie muss mit einer Hochzeit enden. So lauten die Regeln des Dramas.

Am Abend vor unserer Hochzeit gingen wir mit unseren Familien, den Brautjungfern sowie den Trauzeugen des Bräutigams in ein Pub in der Nähe des Veranstaltungsorts. Nach dem Abendessen moderierte mein künftiger Schwager ein Pubquiz, in dem es um meine und Sams Hobbys und Interessen ging (da soll noch einer sagen, dass ich keine Befürworterin von organisiertem Spaß bin). Es gab Runden, in denen es um Gesetze und um Tiere ging – Sam hatte Zoologie studiert und liebte Hunde – und um Orte, an denen wir gewohnt hatten. Irgendwann erreichten wir die Patisserierunde. Nach einigen Fragen, die mich extrem selbstzufrieden stimmten, zauberte Sams Schwester plötzlich ein halbes Dutzend Victoria-Biskuits hervor, von denen jedes Team einen erhielt. Eine Überraschungsbonusrunde! Jedes Team musste seinen Kuchen verzieren, und der beeindruckendste Kuchen wurde mit Extrapunkten belohnt. Mir schwoll die Brust, und ich wurde einige Zentimeter größer: Heute Morgen hatte ich meine eigene Hochzeitstorte abgeliefert, die ich in den letzten drei Tagen hergestellt hatte, und fühlte mich unbesiegbar. Ich war geübt, ich hatte Erfahrung, und gleich konnte ich zeigen, was ich draufhatte. Diese kleinen Tuben Zuckerglasur, wie sie im Supermarkt erhältlich waren, wurden unter den Teams verteilt, und natürlich nahm ich die von meinem Team sofort an mich. Ich fing an, Gussschlangen herauszudrücken, aber diese Tuben funktionieren nicht wie die kleinen Spritzbeutel aus Papier, die wir im Cordon Bleu gefaltet und verwendet hatten. Ich veranstaltete eine nicht unbeträchtliche Schweinerei. Ich war erst halb fertig, als mir meine Teamkolleginnen, Maddy und Gill, behutsam die kleinen Gusstuben abnahmen. Ich saß halbwegs beleidigt in der Ecke und mokierte mich über das schlichte, ordentliche Design, das der Rest meines Teams ausführte. Sehr zu meinem Kummer gewann unser Team auch noch.

Unsere Hochzeit fand an einem kalten Dezembertag statt. Während ich mit zwei meiner Brautjungfern, Ruth und Steph, am Frühstückstisch saß, begann nicht vorhergesagter Schnee zu fallen. An den Dachsparren der Scheune glitzerten Lichterketten, und an einer riesigen Tanne funkelten weiße Lichter. Draußen in einer Jurte tanzten Hunderte von diesen Origamivögeln, die wir mit ein wenig Hilfe unserer beiden Familien gefaltet hatten, an bunten Bändern, die von der Spitze der Jurte bis zu den Rändern gespannt waren, wie eine Kreuzung aus Zirkuszelt und Maibaum, genau wie ich gehofft hatte. Am Ende hatten wir 1700 Kraniche gebraucht, um den Raum auszufüllen. Und wir waren erst zwei Tage vorher damit fertig geworden. Wir aßen große Servierteller mit Schweinebraten und knusprigem Pflaumenkuchen mit Ingwereis. Es war perfekt, nur in einer einzigen Hinsicht nicht.

In jeder einzelnen Sekunde dieses Tages wünschte ich, sie wäre da. Ich wünschte, sie wäre da, als ich allein in der Hochzeitssuite war und aus der Badewanne steigen und in ein Handtuch gehüllt an die Tür gehen musste, um meinen Brautstrauß entgegenzunehmen. Ich wünschte, sie wäre da, als ich mein Kleid anzog und meine Brautjungfern nebeneinander auf dem Sofa saßen und weinten. Ich wünschte, sie wäre da, als ich zur Ouvertüre des Films *Betty und ihre Schwestern* zum Altar schritt, dem letzten Buch, das sie mir abends vorgelesen hatte, und unser gemeinsamer Lieblingsfilm.

Ich halte nichts von diesem die-Toten-bleiben-bei-dir-Quatsch. Ich bin nicht religiös. Was mich betrifft, wacht meine Mutter nicht über mich. Sie ist tot. Aber auch wenn ich ihre Präsenz nicht auf spirituelle Weise spürte, war sie an diesem Tag da.

Sie hat jede Entscheidung beeinflusst, die ich für meine Hochzeit getroffen hatte. Sie war bei mir in Form ihrer Opalohrringe, die sie jeden Tag getragen und die ich beiseitegelegt hatte, unfähig, sie zu tragen, bis es wirklich darauf ankam. Sie war bei mir durch meine wunderbare Schwester, die an dem Tag im Hochzeitsauto insgeheim meine Hand gehalten hat, genau wie im Wagen auf dem Weg zu Mums Bestattung. Sie war bei mir durch meine Freundinnen, die meine Mum lieb gehabt hatten und die meine Mum ebenfalls lieb gehabt hatte; sie hatten mit mir um sie getrauert und waren auf der Beerdigung an meiner Seite gewesen, hatten meinen Kühlschrank gefüllt und mich in den Arm genommen. Mein Mum war anwesend in Dads Rede, die warmherzig und weise und voller Liebe und Lachen war. Sie war auch in Maddys Rede spürbar: So klug und witzig, eloquent und herzzerreißend. Mum wäre so stolz auf sie gewesen. In ihrer Rede bezeichnete Maddy Mum als unseren Polarstern. Bis zu diesem Moment hatte ich sie immer als unseren Anker betrachtet, aber Maddy hatte recht: Das war sie nicht. Sie hat uns nicht an einem Ort festgehalten, sie hat uns geleitet. Und deshalb fühlte ich mich so verloren, als sie starb. Aber allmählich spürte ich, dass ich eine neue Richtung gefunden hatte.

Sie war sogar bei unserem letzten Tanz bei uns. Wie die meisten normalen Paare hatten wir uns natürlich unseren ersten Tanz ausgesucht, doch darüber hinaus hatten wir dem DJ eine Liste mit Songs gegeben, die uns gefielen, sowie die allgemeine Anweisung, weihnachtliche Hochzeitsmusik zu spielen. Daher war ich überrascht, als ich auf die Tanzfläche gerufen wurde, nachdem ich gerade die Füße auf einem Stuhl hochgelegt und mir eine Tüte Pommes und ein Bier besorgt hatte. »Und nun der letzte Song!«, brüllte der DJ vom Halbgeschoss über der Tanzfläche. »Kommt alle zum glücklichen Brautpaar auf die Tanzfläche, um euch zu verabschieden.«

Alle strömten auf die Tanzfläche und drängten uns in die

Mitte, wo sie einen riesigen Kreis um uns bildeten wie bei einem extrem förmlichen Ringelpiez. »Habe ich etwas verpasst?«, zischte ich Sam zu. »Macht man das heute so?« Ich erinnerte mich nicht daran, dies bei einer der Hochzeiten, auf denen wir gewesen waren, gesehen zu haben, aber wahrscheinlich hatte ich da schon ordentlich einen im Tee gehabt, wenn es so weit gewesen war. »Ich glaube nicht«, sagte Sam und sah mich mit einem wilden Was-solls-Blick an. »Vielleicht sollten wir einfach … mitspielen? Lass uns allen zeigen, wie sehr wir uns lieben.« Die Musik fing an. »Oh, nein. Nein, Gott, nein, nicht dieses Lied.« Wir starrten einander an, unfähig, uns zu rühren. »Na ja, er weiß es wahrscheinlich nicht«, sagte Sam schulterzuckend. Der DJ spielte »Angels« von Robbie Williams. Während Robbie über Tod und Engel dröhnte, lehnte ich mich an Sams Schulter und gab mich haltlosem Gelächter hin. Ich konnte nicht fassen, dass er von allen Songs auf der ganzen Welt ausgerechnet auf diesen verfallen war.

Fest steht: Meine Mum ist tot. Wo beginnt meine Geschichte, und wo endet sie? Trauer ist unordentlich. Sie hat keinen richtigen Schluss. Es liegt in der Natur der Trauer, dass sie einem nicht kleiner vorkommt, auch wenn man irgendwann dazu in der Lage ist, dem Schmerz ins Auge zu sehen. Man kann nur lernen, mit ihr zu leben, anstatt ihre schiere Existenz zu leugnen. Fünfundzwanzig Jahre lang war meine Mum meine große Liebesgeschichte. Jetzt habe ich eine neue. Ist das ein Happy End? Das hoffe ich. Auch wenn es natürlich bittersüß ist.

Auf einer Hochzeit, an der ich in meiner inzwischen üblichen Eigenschaft sowohl als Freundin als auch als verlässliche Hochzeitstortenherstellerin teilnahm, stand ich neben einem Freund, und wir beobachteten, wie das Brautpaar eine Torte anschnitt, die ich gebacken hatte. »Macht es dich nicht traurig, wenn du eine schöne Hochzeitstorte kreiert hast und dann wird sie einfach in Stücke geschnitten und vernichtet?«, fragte er. »Nein!«, rief ich entsetzt. »Das ist der beste Teil!« Ich kann schon nachvollziehen, dass in großen Hotels oder Bäckereien der Bedarf besteht, die Erzeugnisse eines Patissiers oder einer Patisserieküche über eine lange Zeit zu präsentieren, deshalb sind die hergestellten Torten und Gebäcke auch nicht zum Verzehr gedacht – schwindelerregend hohe Isomaltzuckerkonstruktionen oder Ausstellungsstücke aus Schokolade, die aus einer ziemlich unappetitlichen Mischung aus Kakaopulver und Essig bestehen, sogar Hochzeitstorten ausschließlich aus Styropor und Guss – aber das ist nichts für mich. Selbst nachdem ich neun Monate lang Zucker geblasen und millimetergenau gemessen hatte, liebte ich es vor allem, wenn Menschen mit Freude das aßen, was ich mit meinen eigenen Händen erschaffen hatte.

Zu heiraten scheint eine verrückte Sache zu sein, in der viele Hoffnungen stecken. Wider alle statistischen Beweise, die im Grunde dagegensprechen, dass es funktioniert, gehen wir eine Verpflichtung ein. Und auch wenn ich in den meisten übrigen Aspekten meines Lebens zynisch bin, gibt es meiner Meinung nach wenige Dinge, die bewegender sind, als zu sehen, wie zwei Menschen vor ihren Freunden und ihrer Familie stehen und *Ja, wir werden hier unser Bestes geben* sagen. Zwei Menschen, die noch vor zwei oder vielleicht drei Jahren einigermaßen zufrieden ihr Leben geführt hatten, ohne einander zu kennen. Zwei Menschen, die Reden, Lieder und Tänze und – Gott, wenn sie wollten, auch *Hussen* – ausgesucht hatten, die etwas über sie als Paar aussagten, mit denen sie ihre Freundschaft, ihre Partnerschaft und ihre Familien feiern wollten. Das ist – wie ich finde – wirklich wundervoll. Dass sie ihre Gefühle, ihre Liebe in die richtigen Worte fassen. Das ist das absolute Gegenteil von jedem einzelnen meiner Traueransätze. Es ist offen gefühlsbetont, trieft vor Emotionen und repräsentiert das Verschwimmen der Grenzen zwischen den Leben der einzelnen Menschen.

Und deshalb beschloss ich, es zu tun. Meiner eigenen Hochzeit eine Karriere aus Hochzeiten folgen zu lassen. Kuchen für Hochzeiten herzustellen. Für das Catering zu sorgen. Alles auf eine halbgare Idee zu setzen. Ja, ich weiß, dass ich nicht im Team arbeiten kann, aber ich habe ein Team mit Kate gebildet, deren Freundlichkeit und Sanftmut im Lauf unserer Freundschaft einige meiner härteren Kanten abgeschliffen haben. Auf meiner Hochzeit hatte sie einen Abschnitt aus *Einfach genießen* des bekannten Kochs und Autors Nigel Slater vorgetragen; es ging um die Paarung von Zutaten – Nahrungsmittel, die vordergründig überhaupt nicht zusammenpassten, in Wirklichkeit aber perfekt harmonierten. Als ich die Stelle gefunden hatte, zeigte ich sie Sam und schlug vor, sie auf unserer Hochzeit vorlesen zu lassen. Seine Antwort war simpel: »Klar. Aber ich glaube, wir wissen beide, dass es darin um Kate und dich geht.«

Manchmal backen Kate und ich Dinge, die auf etwas Äußerlichem basieren, auf etwas, das beide Brautleute lieben – einem Ort, einer bestimmten Küche, womöglich sogar einer Fernsehsendung. Manchmal stellen wir einfach ihre Lieblingsgerichte her: Schüsseln mit Crumble, dazu große Gefäße mit Crème anglaise (natürlich), oder goldbraune knusprige

Porchetta, einen italienischen Schweinebraten. Wir servieren riesige Platten; am Tisch werden sie zwischen Gruppen von Menschen weitergereicht, die sich vielleicht nie wieder im selben Raum aufhalten werden, hier jedoch alle in ihrer Liebe zum Brautpaar vereint sind.

Ich habe schon im Hochsommer an einem See in Suffolk gestanden und habe Myriaden winziger schwarzer Fliegen von einem makellosen primelgelben Buttercremekuchen verscheucht. Ich habe in Edinburgh bei strömendem Regen auf einem Feld gekauert und versucht, einen fünfzehn Meter langen Schlauch anzuschließen, um eine Küche an die Strom- und Wasserversorgung anzuschließen. Ich war schon mit versagenden Generatoren konfrontiert und mit Lebensmittelbestellungen, die nie ankamen, und einmal hätte ich die Hochzeitstorte fast auf einer falschen Veranstaltung aufgestellt.

Und wissen Sie was? Jedes Mal weine ich. Auf jeder einzelnen Hochzeit, die ich als Gast oder Caterer besuche, weine ich. Ich kann nicht anders. Es ist wie beim Pawlowschen Hund. Die Musik schwillt an oder der Vater der Braut steht auf, um seine Rede zu halten, und selbst wenn ich keine Ahnung habe, wer das Brautpaar ist, und von der Küche aus nicht hören kann, was gesagt wird, weine ich. Aber nicht, weil ich nicht um meine Mum weinen kann. Nicht mehr. Ich weine, weil ich so glücklich bin, dass diese Menschen – wer auch immer sie sind – diese verrückte, optimistische Unternehmung wagen und ihr Bestes tun, ein wenig Freude in diese Welt zu bringen. Mehr kann eigentlich keiner von uns tun.

*

Ich wollte, dass meine Hochzeitstorte diese Zusammengehörigkeit ausdrückt, die jede Hochzeit für das Brautpaar so individuell und speziell macht. Sie war vierstöckig, unten goldbraun, und mit jeder Ebene wurde sie heller, bis hin zu elfenbeinfarben: Die untere Schicht bestand aus einem Kardamomkuchen mit Kaffeebuttercreme, die nächste Etage aus klebrigem Ingwer mit Karamellkeksglasur. Die zweite Etage von oben bestand aus einem Rosmarin-Honig-Kuchen mit gebrannter Buttercreme, den oberen Abschluss bildete ein Früchtekuchen nach einem traditionellen Rezept aus Sams Familie, der mit Marzipan und Fondant überzogen war. Ich hatte Dutzende Lebkuchenfiguren gebacken, verziert mit weißem Zuckerguss, die unsere Geschichte erzählten: Auf dem Kuchen war Sams heiß geliebter und leider verstorbener Golden Retriever Waffle zu sehen, Rücken an Rücken mit meiner missmutigen dicken Katze Gus, die vor ein paar Jahren zu meinem Vater gezogen war (zuerst vorübergehend, dann langfristig, weil sich »grumpy Gus« Hals über Kopf in meinen Dad verliebt hatte und ihm seitdem überallhin folgte. Einmal überraschte ich die beiden beim Tanzen). Da waren die beiden Colleges, die wir während des Studiums besuchten und die nur einen Katzensprung voneinander entfernt waren; wir hatten drei Jahre gleichzeitig dort verbracht, ohne uns je über den Weg zu laufen. Da war das Wetherspoon's an der Victoria Station, wo wir uns endlich doch kennenlernten. Da war die große Scheune, in der wir heirateten, und die Jurte, die ich mit Origamivögeln geschmückt hatte, daneben ein kleines Wildschwein, das Siena darstellte, wo wir uns verlobt hatten, und eine Hummel und ein Bienenstock als Hinweis auf unseren zusammengesetzten Nachnamen »Polin«; außerdem noch Rentiere und schneebedeckte Kiefern – Wunschdenken für unser Hochzeitsdatum im Dezember. Und ganz oben standen Braut und Bräutigam aus Lebkuchen – mit meinem Kleid und Sams Anzug aus Zuckerguss. An den Rändern der einzelnen Etagen waren Zuckerrosen, die denen in meinem Brautstrauß ähnelten, und echter Eukalyptus rankte sich am Kuchen hinauf. Es war das Beste, was ich je gemacht hatte.

Lebkuchen

Menge: 24 Lebkuchen
Zubereitungsdauer: 10 Minuten und Abkühlen
Backzeit: 9 Minuten

Zutaten:

Für die Lebkuchen
450 g Mehl, zusätzlich ein wenig zum Bemehlen
1 TL Salz
1 EL gemahlener Ingwer
2 TL gemahlener Zimt
¼ TL gemahlenes Lebkuchengewürz
150 g dunkelbrauner Zucker
80 g Butter
1 Ei
180 g heller Zuckerrübensirup
1 EL Melasse

Für den Guss
250 g Puderzucker
1 Eiweiß

1. Mehl, Salz und Gewürze in einer großen Schüssel vermischen.

2. Den dunkelbraunen Zucker in eine andere Schüssel sieben; dadurch vermeidet man braune klebrige Punkte in den fertigen Lebkuchen. Butter und Zucker schaumig rühren, bis

eine helle, glatte Masse entsteht. Das Ei hinzufügen und in die Masse einrühren.

3. Zuckerrübensirup und Melasse hinzufügen und gut verrühren, dann die trockenen Zutaten zugeben. Den Teig in Frischhaltefolie einwickeln und mindestens eine Stunde kaltstellen.

4. Den Backofen auf 190° C Umluft / 210° C Ober- und Unterhitze / Gasstufe 6½ vorheizen. Den Teig aus dem Kühlschrank nehmen, die Frischhaltefolie entfernen und auf eine leicht bemehlte Oberfläche legen. Auf die Dicke einer Geldmünze ausrollen und die gewünschte Form mit einem Cutter ausschneiden. Die Lebkuchen mit einem flachen Messer auf ein mit Backpapier belegtes Blech legen.

5. Die Lebkuchen 8–9 Minuten backen, bis sie ein wenig Farbe bekommen haben, aber nicht gebräunt sind. Wenn sie aus dem Backofen kommen, sind sie noch weich, deshalb komplett abkühlen lassen, bevor man sie bewegt.

6. Für den Guss den Puderzucker und das Eiweiß zusammenrühren, dabei langsam beginnen, damit keine Puderzuckerwolken durch die Küche wehen. 5 Minuten rühren, bis eine strahlend weiße Paste entstanden ist. Mit Wasser verdünnen, bis die Konsistenz von Shampoo erreicht ist. Jetzt kann der Guss auch gefärbt werden; ich verwende dazu Gelfarben, da sie die Konsistenz des Gusses nicht verändern. Achtung: Flüssige Speisefarbe verwässert die Mischung. Den Guss in einen Spritzbeutel geben und auf die abgekühlten Lebkuchen spritzen oder mit einem Teelöffel oder Palettenmesser verteilen.

Danksagungen

Wer ein Buch schreibt, hat natürlich Hunderten von Menschen zu danken. Doch wer ein Buch in einem Lebensabschnitt schreibt, in dem er zu kämpfen hat, in dem er unterstützt und geliebt wird, auch wenn er höllisch anstrengend ist, hat bestimmt gefühlt Tausenden von Menschen zu danken. So viele Menschen haben mir Freundlichkeiten erwiesen, mir Großzügigkeit entgegengebracht und praktische Hilfe angeboten, als ich meine Mum verlor; sie haben nicht die Augenbrauen nach oben gezogen, als ich den Anwaltsberuf aufgab; und haben sich nicht schlappgelacht, als ich sagte, dass ich ein Buch über all das schreiben würde. Wenn ich sie alle aufzählen würde, wäre das Buch jetzt doppelt so lang, aber ich bin ihnen unendlich dankbar. Einer Reihe von Menschen schulde ich ganz besonderen Dank.

Meiner Agentin Zoe Ross, die mir gut zugeredet und mich beschwatzt hat und sich – was am wichtigsten ist – von Anfang an für diese halbgare Idee eingesetzt hat. Ich kann Ihnen gar nicht genug danken.

Meiner Lektorin Juliet Annan. Ich kann mein Glück gar nicht fassen, dass Sie dieses Buch übernommen haben und dass Sie in jeder Hinsicht mit Begeisterung daran geglaubt haben. Danke, dass Sie das Buch zu etwas geformt haben, worauf ich so stolz bin; es war ein absolutes Privileg, mit Ihnen zu arbeiten.

Assallah, es war eine solche Freude, dich in meinem Team

zu haben! Danke für deine Betreuung und deine Ermutigung, dafür, dass du all meine dummen Fragen beantwortet und mich zum Lachen gebracht hast, selbst als ich wegen des Buchs ein Nervenbündel war.

Herzlichen Dank auch an die akribische, geduldige und freundliche Annie Lee, die dieses Buch in die Form gefeilt hat, die Sie jetzt vor sich haben, anstatt das grammatikalisch falsche, unpräzise, amorphe Gebilde, das es davor gewesen war.

An Olivia Mead, die unvergleichliche Publizistin, Natalie Wall, die wunderbare Redaktionsmanagerin, und das ganze Penguin-Team: Danke für Ihre harte Arbeit, Ihren Enthusiasmus und Ihre Freundlichkeit.

An Kate, ich kann nicht glauben, dass du in der Lage bist, dieses Buch zu erwähnen, ohne die Augen zu verdrehen: Deine Geduld, deine Küchengesellschaft (dein starker Rücken!), aber vor allem deine Freundschaft waren mein größtes Glück in den letzten drei Jahren.

An meine Mädels: Ruth, Steph, Charis und Suzy. Danke, dass ihr meine Trauzeuginnen wart, dass ihr mich aufgerichtet habt, wenn ich fiel (buchstäblich und im übertragenen Sinne), dass ihr mich zur Rede gestellt habt, wenn ich mich wie eine Idiotin aufgeführt habe, dass ihr mich lieb hattet, auch wenn ich extrem nervig war.

An die Corpus-Truppe: Ellie, Daisy, Zen, Ollie, Grace, Lizzy und George. Danke für die Marmitetoasts, den Corpus-Rosé und dafür, dass ihr der Vereinigung beigetreten seid, nur um mich zu wählen.

An Genevieve, Graeme und Duncan. Danke, dass ihr brillante Anwälte an Strafgerichten seid, sodass ich das alles indirekt durch euch miterleben kann. Danke für all die lärmenden

Pubs. Genevieve und Duncan, tut mir leid, dass ich euch all die Jahre Graeme aufgehalst habe; was kann ich sagen? Er ist wie eine Klette. Duncan (und Suze!), danke, dass ihr mir zugetraut habt, meine erste Hochzeitstorte für euch zu machen.

Danke an alle in 5 Paper Buildings, aber vor allem an Dale, Julian, Miranda, Deanna, Fooks, BDJ, Milo, Teresa, Charlene, Andrew, Carolina und Josh. Es war mir eine Ehre, von einigen der fähigsten, leidenschaftlichsten und talentiertesten Mitgliedern der höheren Anwaltschaft umgeben zu sein. Ich werde die Freundlichkeit nie vergessen, die ihr mir sowohl in der schlimmsten Zeit meines Lebens als auch bezüglich der darauf folgenden Kehrtwende erwiesen habt. Andrew, ein ganz besonderes Dankeschön an dich für deine harte Arbeit, Fürsorge und Ermutigung: Etwaige Fehler gehen alle auf meine Kappe.

Vielen Dank an Vicky, Rachael und Hannah: Ihr wart bei mir, als so vieles von alldem noch so neu für mich war. Ich kenne keine drei Menschen, mit denen ich lieber ein ganzes Jahr lang in einem kleinen Zimmer eingesperrt wäre.

Danke an alle meine Mitschüler im Cordon Bleu, aber besonders an Keiron, Rose, Katie und Mimi, die die Hauptlast meiner Verdrießlichkeit abbekamen, als ich mein Baiser nicht richtig dressieren konnte, und die mich jeden einzelnen Tag zum Lachen brachten. Mein Dank geht auch an das Lehrpersonal im Cordon Bleu – an die Chefs Julie, Graham, Nick, Nicolas, Matthew, Javier, Olivier, Dominique und Jérôme; danke für Ihre Ermutigung und Nachsicht angesichts meines Mangels an natürlichem Talent.

Als ich mich auf diese etwas unsichere Reise in die Welt des Food Writings aufmachte, halfen mir einige sehr freundliche

Menschen. Meine Lektoren beim *Spectator*, Lara Prendergast, Danielle Wall und Will Gore. Danke, dass Sie das Risiko mit mir eingegangen sind und mir Raum und Freiheit gewährt haben, meinen Schreibstil zu entwickeln und über alles von Mandelsulz bis hin zum Brexit zu schreiben. Den Preisrichtern und Organisatoren der YBF Awards, die die Minestrone meiner Mum ebenso liebten wie ich. Ich habe das Glück, mit einigen der besten Food Writer da draußen befreundet zu sein. Deb Robertson (und ihre wunderbare Küche), Thane Prince, Diana Henry und Sue Quinn, danke für euren Rat, eure Ermutigung und eure Freundschaft. Nicola Swift, danke, dass du mich vor all diesen Jahren zum Rindfleischessen eingeladen hast – und für all die Naanbrote.

Für meine schwierigen Tanten SGP, Ella, ASP, Emma, Sarah, Eley, Marika, Alice, Minx, Fez, Xtin. Danke für alles.

All jenen, die mich unermüdlich unterstützt haben. Mums Freundinnen, die mir in der ersten Trauerzeit beistanden und geduldig meine Anfragen beantworteten, während ich schrieb: vielen Dank.

Meinem Therapeuten, »John«, ohne den es kein so glückliches Happy End gegeben hätte. Den Palins: Jennie, Maurice, Meurig, Jess, Angie, Charles, Sebastian und Matilda. Danke für eure Liebe und eure gute Laune, für eure Früchtekuchen und eure Brotsoße.

Meiner Familie: Mo und Kris, Gerry, Marcus, Hallam, Christine und Ian, vielen Dank für eure Unterstützung und eure Liebe über all die Jahre, vor allem aber in den letzten sechs. Daddy und Gill, ich weiß gar nicht, wo ich anfangen soll, wenn es um eure Liebe und Großherzigkeit geht. Danke für absolut alles. Maddy, du bist der lustigste, klügste, beste

Mensch, den ich kenne. Du hast keine Ahnung, wie stolz Mummy auf dich wäre.

Mein Dank geht außerdem an Ruby, meine Mitarbeiterin, meine Gefährtin, meine Ablenkung. Danke für deinen weichen Kopf, deine hervorragenden Ohren und dafür, dass du mich gelegentlich dazu gebracht hast, der Außenwelt zu trotzen und frische Luft zu schnappen, ob ich wollte oder nicht.

Und an Sammy, dieses Buch würde ohne dich nicht existieren. Du hast so viel Zeit, Energie und Tatkraft investiert. Danke, dass du diesen Käsetoast für mich gemacht hast, dass du mich dazu gebracht hast, kochen zu wollen, und mich vom Schreiben überzeugt hast. Danke, dass du jedes verdammte Wort liest, das ich schreibe: Alle Fehler gehen auf deine Kappe, ich übernehme dafür keine Verantwortung.

Olivia Potts ist Patissière und betreibt den Cateringservice FEAST. Vor einigen Jahren entschied sie sich, die Anwaltsrobe an den Nagel zu hängen und eine Ausbildung an der Kochschule Le Cordon Bleu in London zu machen. Sie schreibt Foodkolumnen für verschiedene englische Zeitungen und Magazine. »Das Leben neu backen« ist ihr erstes Buch.

Siehe auch
https://ahalfbakedidea.co.uk/
https://www.foodbyfeast.com/aboutfeast

Die Originalausgabe erschien 2019 unter dem Titel »A Half Baked Idea: How grief, love and cake took me from the courtroom to Le Cordon Bleu« bei Fig Tree, London, an imprint of Penguin Books.
Fig Tree is part of the Penguin Random House group of companies whose addresses can be found at global.penguinrandomhouse.com

Dieses Buch ist auch als E-Book erhältlich

Das in diesem Buch eingesetzte Papier stammt aus nachweislich kreislauforientierter, nachhaltiger Forstwirtschaft.

Wunderraum-Bücher erscheinen im Wilhelm Goldmann Verlag, München, einem Unternehmen der Random House GmbH.

1. Auflage
Deutsche Erstveröffentlichung März 2020

Neumarkter Str. 28, 81673 München
Umschlaggestaltung und Konzeption: buxdesign | München
Umschlagillustration: Ruth Botzenhardt
Abbildung Seite 7: © privat
Redaktion: Julie Hübner
Satz: Buch-Werkstatt GmbH, Bad Aibling
Druck und Bindung: GGP Media GmbH, Pößneck
Printed in Germany
ISBN 978-3-336-54811-8

www.wunderraum-verlag.de